며느리 인권

이 글은 나의 경험을 바탕으로 쓴 글입니다.

사랑하는 나의 딸과 아들이 행복하게 살기를 바라며 이 글을 씁니다.
그리고 세상의 모든 딸과 아들이 행복하게 살기를 바랍니다.

나의 이야기와 비교하며 당신의 가족을 비난하지 않길 바랍니다.
아픔의 크기는 비교의 대상이 아닙니다.
상처받은 사람에게 있어 아픔은 절대적입니다.
피해자는 순간순간을 기억합니다.
아팠기 때문입니다.

아픈 과거의 기억을 일부러 떠올린다는 것은 큰 결심과 각오를 해야 하는 일입니다.

이 글을 쓰기로 마음은 먹었으나 실제로 시작하기까지 많이 망설였습니다. 글을 쓰는 시간 동안 스스로 나 자신을 갉아먹을 것을, 어쩌면 견디기 힘들어 포기하게 될지도 모른다고 생각했기 때문입니다.

글을 쓰는 동안 당시의 아픔과 분노를 견디지 못해 항우울제를 먹어 가며 마음을 다스려야 했습니다. 항우울제는 종종 먹고 있었지만 이 글을 쓰는 동안에는 더 자주 먹어야 했고, 때로는 두 첩을 한 번에 삼켜야 견딜 수 있었습니다. 글을 쓰기 위해 과거의 경험을 하나하나 떠올리며 그 당시의 아픔은 생생하게 되살아나 나를 괴롭혔습니다. 눈물과 분노는 온몸을 휘감았고 불면증이 다시 시작되었습니다. 며칠 동안 앓아눕기도 하고 한숨을 쉬는 날도 늘어갔습니다. 글을 쓰는 동안 죽을지도 모른다는 두려움에 몸을 가누기 힘든 날도 많았습니다.

아직도 나를 괴롭히고 있는 아픔들을 더 자세하게 파헤치며 글로 쓴다는 것은 나의 몸과 마음을 자청하여 파괴하는 것이었습니다. 글을 쓰는 동안 과거의 기억으로 참 많이 아팠습니다. 하루에 약을 4첩씩 삼키다 글 쓰는 것을 놓고 두 달 동안 누워 있기도 했습니다. 그래도 이 글을 써야 한다고, 그렇게 해서 끔찍하게 대대로 이어져 내려오고 있는 연결고리를 끊어야 한다고, 그래야 미래가 바뀔 것이고 나의 아이들이 그리고 세상의 아이들이 행복하게 살아갈 수 있다고 마음으로 소리치며 다시 글을 쓰기 시작했습니다.

전통도 아니면서 대대로 불행과 원한을 이어가며 뫼비우스의 띠처럼 반복되는 학대와 갑질을, 나는 이 글을 통해 끊어 버릴 생각입니다. 당신들이 해 왔던 것은 당연한 일이 아니며 당연해서도 안 되는 비인간적이고 추한 것들이었다고 일침을 날려 버릴 생각입니다. 그러니 당신들의 부당한 행위를 멈추고 이 세상에서 그 문화(문화라고도 부를 수 없는 추한 행태)를 지우라고 말할 것입니다. 아예 세상에서 싹 쓸어버려 점 하나도 남지 않기를 바랍니다.

그리하여 결국에는 결혼으로 맺어진 부모에 대한 책임과 부모의 간섭으로 인해 두 사람이 불행해지거나 힘든 삶을 살게 되지 않기를 희망합니다. 부부로서 마땅히 누려야 할 행복을 충분히 느끼며 살기를 바랍니다. 그것은 부부로서 인간으로서 당연히 누려야 할 권리이며, 그 권리는 누구도 침해하거나 빼앗을 수 없는 인간으로서의 존엄입니다.

나는 악습으로 이어져 내려온 관습이 부부의 삶을 망쳐 놓고 한 인간의 행복을 빼앗도록 내버려 두지 않을 것입니다.

이 책에는 나의 아픔과 고통, 불합리한 관계로 인한 갑질과 학대, 언어적 폭력들 그리고 그로 인해 한 부부의 행복이 망가져 가는 과정이 담겨 있습니다.

나의 슬픔과 아픈 경험을 드러냄으로써 추악한 악습을 뭉개 버리고 나의 아이들과 세상의 아이들에게 당연한 권리와 행복을 돌려주고자 합니다.

결혼에서 가장 중요한 것은 두 사람의 행복입니다. 두 사람이 먼저 행복하고, 두 사람의 사랑 속에서 상대의 부모님과 가족에 대한 애정이 피어나 상대방의 가족까지 품을 수 있게 되는 것입니다. 사랑하는 사람의 가족이니 그 사람의 가족까지 아끼게 되고 보살피게 되는 것입니다. 강요와 의무가 아닌 마음이 서로를 움직이게 해야 합니다.

서로를 보듬어 주고 이해하는 가운데 상대의 마음을 헤아리려 노력하고, 열린 마음으로 그리고 역지사지의 마음으로 대화를 해야 합니다. 의무와 강요, 암묵적인 희생은 가족 모두를 슬프게 합니다. 가족은 불행해집니다. 우리는 그렇게 살기 위해 세상에 태어난 것도 아니고 그러기 위해 세상을 살아가는 것도 아닌데, 서로를 위해 아무것도 하지 않는 것은 자신과 가족을 버리는 것입니다. 자신의 행복을 스스로 내팽개치지 않기를 바랍니다.

이 책 속에서 영희와 철수는 현대 사회를 살아가면서도 과거의 관습에 얽매여 자신들의 진정한 행복과 독립적인 삶을 누리지 못하는 인물입니다. 그래서 과거 교과서 속의 '영희'와 '철수'라는 이름을 사용하였습니다. 그리고 독자들을 위해 책 속의 대화는 사투리 대신 표준어를 사용하였습니다.

목 차

I

영희와 철수의 만남

천둥

아버지가 돌아가시고 화장을 하는 날.

하늘은 어둡고 천둥과 비가 오락가락하였다. 무거운 공기와 검은 비가 영희의 가족을 짓누르고 있었다.

진회색 빛 구름과 컴컴한 하늘, 검은색 상복, 어두운 가족의 얼굴들….

그 속에서 환하게 빛나는 것은 아버지의 관을 태우고 있는 불길뿐이었다.

대학교 4학년인 23살 영희와 대학교 1학년 20살 남동생 성재, 고등학교 2학년인 막내 남동생 성진, 그리고 어머니….

남겨진 4명의 가족을 내려다보며 하늘은 무슨 생각을 하고 있을까? 가족을 두고 떠나는 마지막 순간에 아버지는 어떤 생각을 했을까? 영희의 머릿속은 흐릿한 원망들로 어지러웠다.

아버지가 돌아가신 정신없는 중에도 성재는 장남이라는 이유로 친척들을 맞이하고, 인사를 나누고, 점심을 챙기며 화장을 치르느라 눈물을 흘릴 겨를이 없었다.

막내 성진이는 어머니의 곁을 지키며 눈을 감았는지 떴는지 알 수 없을 정도로 눈이 부어 있었고, 장녀인 영희는 화장터 건물 현관에 서서 멍하니 하늘을 올려다보고 있었다.

아버지를 떠나보내는 마지막 날.

2000년 4월 말 연푸른 잔디와 화사한 꽃들을 회색으로 덮어 버린 구름 아래 영희네 가족의 가슴에 번개가 내리치고 있었다.

첫 만남

"영희야, 술 한잔하자~"

은숙이는 영희의 단짝 친구이다.

대학에 와서 처음 알게 된 사이이긴 하지만, 둘은 코드가 맞았다. 술을 좋아하는 것도 사소한 것에 목숨 걸지 않는 성격도 닮았다. 중간고사 기간 중 영희의 아버지가 돌아가셨을 때 교수님들에게 사정을 설명한 사람도 은숙이었다.

아버지가 돌아가신 후 영희는 술이 늘었다. 매일 맥주 한두 병은 마셔야 잠이 들 수 있었다. 자취하던 영희가 주말에 집에 가면 아버지는 늘 영희를 따뜻하게 안아 주며 반기셨다. 고등학교 2학년, 3학년 시절 야간 자율학습을 할 때는 매일 학교 앞으로 데리러 오셨고, 차 안에는 늘 간식이 한 봉지씩 있었다. 그렇기에 동생들은 누나가 집에 오기를 기다렸다. 실은 누나가 아니라 간식을 기다린 것이다.

영희의 아버지는 '딸 바보'였다. 짧은 치마나 바지는 못 입게 하고 통금 시간도 있었지만, 여자니까 힘든 일은 하면 안 된다며 화장실과 베란다 청소, 세차 등은 남동생을 시켰고, 여자에게 밤길은 위험하다며 매일 야간 자율학습을 마치는 시간에 맞춰 데리러 오셨다.

따뜻했던 아버지에 대한 그리움과 미래에 대한 불안으로 영희는 힘들어했고, 친구 은숙이와 술에 기대며 견디고 있었다. 아버지가 돌아가신 지 두 달도 되지 않은 때였다.

"영희야, 술 한잔하자~"

은숙이의 전화를 받고 자주 가던 술집에 들어섰는데 웬 남자와 함께 앉아 있었다. 은숙이는 난처한 표정을 지었다.

"내가 안 된다고 했는데, 선배가 하도 조르고 볼 때마다 이야기하고 귀찮게 해서…. 미안해, 영희야."

"이 선배는 군대 다녀와서 작년에 복학해서 올해 우리와 같은 4학년이야. 우리 학교 총동아리 회장인데, 우리 전에 학생 시위할 때 앞에 서 있었어. 네가 기억할지 모르겠지만…. 같은 강의도 있어서 널 여러 번 봤대. 네가 마음에 드나 봐. 그럼, 서로 인사해. 이쪽은 김철수 선배 그리고 내 친구 김영희."

은숙이는 난감해하는 영희와 얼른 가라고 눈치를 주는 철수 사이에서 갈등하다 그만 가라는 철수의 말에 두 사람을 남겨 두고 자리를 떠났다.

"실은 지난 한 학기 동안 널 봐왔어. 강의실 앞, 커피 자판기 앞에서, 캠퍼스 잔디에서도 널 봤어. 넌 날 본 적이 있는지 모르겠지만… 난 네가 맘에 들어. 나랑 사귀자."

참으로 대담하고 간단했다.

"저는 선배를 오늘 처음 봤어요. 선배도 제 성격은 모르시잖아요. 서로에 대해 알지 못하는데 어떻게 사귀어요?"

"일단 사귀어 보고 아니면 헤어지면 되지 않을까? 하지만 내가 먼저 헤어지자고 말하는 일은 없을 거야. 일단 만나 보고 아니다 싶으면 네가 먼저 헤어지자고 하면 되잖아."

영희에게 이렇게 대담하게 돌직구를 날린 사람은 없었다. 영희는 학교에서도 예쁜 편이었지만 어딘가 모르게 어려워 보여서 선배들도 먼저 말을 걸기는 어려워했다.

'이 선배는 내면에 얼마나 대단한 걸 가지고 있길래 이렇게 당당한 거지?'

처음 겪은 일에 그 선배가 궁금해졌지만 지금 당장 필요한 건 마음의 안정이었고 남자를 만날 여유가 없었기에 영희는 선배를 거절했다.

"죄송해요. 지금은 제가 그럴 상황이 안 돼요."

그렇게 철수와 영희의 인연이 시작되었다.

◇◇◇◇

뚝배기

오늘은 2학기 수강 신청을 하는 날이다. 수강 신청이 끝나면 여름방학이
시작된다. 컴퓨터로 수강 신청을 하는 대학도 있었으나 영희가 다니는 대학
은 아직 수강 신청 종이를 들고 캠퍼스를 이리저리 뛰어다녀야 한다. 여름방
학 전날 땡볕 아래 땀을 뻘뻘 흘리며 최소 반나절을 뛰어다녀야 하는 지옥
같은 시스템이었다.

영희는 어젯밤부터 머리가 너무 아팠다. 아침에 일어나니 더 심해졌다. 가
까스로 몸을 일으켰으나 구토가 먼저 나왔다. 겨우 시내버스를 타고 학교 앞
정류장에 내렸지만 내리자마자 구토부터 했다. 할 수 없이 은숙이에게 전화
를 걸어 사정을 이야기하고 수강 신청을 부탁한 뒤 길가 벽에 기대어 길바닥
에 주저앉고 말았다. 눈을 뜰 수가 없었다. 3분 거리에 병원이 있었지만 걸어
갈 기운도 없었다.

그렇게 몇 분 뒤, 학교 근처에 산다는 철수가 헐레벌떡 뛰어왔다. 영희는 철
수를 올려다보았지만 말할 기운조차 없었다.

철수는 영희를 업고 병원으로 뛰었다. 병원에서 간단한 검사와 진찰을 받
고 수액을 맞으며 침대에 누워 있는 동안 철수는 내내 곁을 지켰다.

"선배, 오늘 수강 신청 해야 하잖아요…. 빨리 가세요, 늦었어요."

"아니야, 너 일어나는 거 보고 갈게. 천천히 가도 돼. 너 뭐라도 좀 먹었어?
기운이 하나도 없네. 집에 연락은 했어?"

"아니요…."

"지금 해. 어머니 오시는 데 시간 좀 걸리지 않아?"

영희는 엄마에게 연락했고 엄마는 택시를 타고 40분 뒤 도착한다고 하였
다. 링거를 다 맞고 나자 철수는 말 한마디를 남기고 나갔다.

영희와 철수의 만남

11

"좀 누워 있어. 잠시 다녀올게."

30분 뒤 철수가 왔고 곧 엄마에게도 도착했다는 연락을 받았다. 병원에서 나오기 전 영희는 수납 창구로 향했다.

"병원비 계산하고 올게요."

"내가 계산했어. 어머니께 데려다줄게."

철수는 영희를 부축하여 영희 엄마가 타고 있는 택시에 영희를 태웠다.

"안녕하세요, 어머니. 잠시만 기다려 주세요. 영희야, 잠깐만!"

철수는 택시 근처 집으로 달려가 봉지에 뭔가를 담아서 나왔다.

"영희야, 이거 전복죽인데 내가 만들었어. 먹고 기운 차려. 식을까 봐 뚝배기에 담았어."

"병원비도 주셨는데, 죄송해요. 고맙습니다…."

"됐어. 조심히 가. 어머니, 안녕히 가세요~"

"그래, 고마워. 영희 병원비는 내가 다음에 줄게. 고마워."

영희를 보내고 철수는 수강 신청을 하러 달려갔다. 수강 신청을 할 수 있는 오전이 거의 끝나 가고 있었다. 철수는 은숙이를 불렀다.

"영희 수강 신청서 줘. 내가 할게."

"영희에게 먼저 물어봐야 하지 않을까요?"

"그냥 줘. 내가 한다니까."

"안 돼요. 영희가 나한테 부탁한 건데…."

"아이, 달라니까!"

철수는 강제로 영희의 수강 신청서를 뺏어 들고 수강 신청을 시작했다.

늦었지만 어차피 수강 신청을 받고 있는 사람들은 재학생들이었다. 복학생이고 4학년인 철수에게는 후배나 친구가 대부분이고 친한 형님 몇 명이었으므로 별 어려움이 없었다.

"안 돼요, 선배. 인원이 다 찼어요. 다른 요일로 해 보세요."

"뭐? 야! 그냥 받아~!"

"저 교수님한테 혼나요. 한 명도 아니고 두 명을 더 받으라뇨~"

"내가 책임질게! 받아! 아, 다음에 술 한잔 살게~ 응?"

반협박을 해 가며 철수는 본인과 영희의 수강 신청을 마쳤다. 부전공을 제외하고는 시간표가 똑같았다. 철수는 만족스러운 미소를 지으며 영희의 수강 신청서를 은숙이에게 돌려주었다.

영희는 엄마와 큰 병원으로 가서 CT 촬영을 하였으나 별 이상이 없어서 신경성인 것 같다는 진단을 받고, 엄마가 계시는 집으로 가서 여름방학 동안 쉬었다. 엄마는 영희가 아빠를 잃은 충격으로 그런 것이라 생각해 안타까워하며 영희의 잠자리 머리맡 주변으로 작은 허브 화분들을 빙 둘러놓아 주었다.

수강 신청을 마치고 그날 저녁 철수는 영희의 핸드폰으로 여러 번 전화하였으나 영희는 전화를 받지 않았다. 아파서 그러겠거니 했으나 그 후로도 연락이 닿지 않았고 전화가 꺼져 있다는 안내 소리만 들려올 뿐이었다. 은숙이도 연락이 닿지 않는다고 하니 연락하거나 만날 방법이 없었다.

시간이 흐를수록 철수는 속이 탔다. 은숙이에게 영희의 집을 물었으나 지역만 알 뿐 정확한 위치를 알지는 못했다. 그래도 혹시나 자취방으로 오려는 영희를 만날 수 있을까 하여 영희가 사는 곳 시외버스 주차장까지 가서 몇 시간을 기다리다 오기를 반복했다.

철수는 약간은 서운하고 화도 나는 것 같기도 했다. 철수가 포기할 때쯤에는 개강이 가까워져 있었다.

급하게 오느라 자취방에서 아무것도 챙겨오지 못한 영희는 엄마 옷을 입으면서 지냈고 핸드폰 배터리 충전도 못 한 채(당시에는 휴대전화끼리 충전기 호환이 안 되던 시절이었다) 방학을 보냈다. 부재중 전화로 여러 번, 매우 자주 들어온 번호가 있었으나 모르는 번호여서 연락하지 않았다. 누구인지 짐작은 갔으나 연락할 기운도 누군가를 받아 줄 마음의 여유도 없었다.

개강 직전 자취방으로 돌아온 영희에게 수강 신청서를 내밀며 은숙이가 말했다.
"선배가 강제로 빼앗아가다시피 해서 어쩔 수가 없었어. 미안해…. 그런데 몸은 좀 괜찮니? 검사 결과가 깨끗하다니까 하는 말인데, 사실은 뇌종양이라도 생긴 걸까 봐 엄청 걱정했어. 말도 못 하겠고…. 실은 내 친구 중에 뇌종양이 생긴 애가 있었는데 너랑 증상이 똑같았어."
"괜찮아졌어. 여러 가지로 고맙고 미안해…."

영희는 강의실에서 매번 철수를 마주쳤지만 서로 인사를 나누거나 말을 하지는 않았다. 철수가 화난 것처럼 보여서 감사 인사와 사과 인사를 해야 한다고 생각했지만, '선배랑 사귈 것도 아니고 그럴 여유도 없는데, 뭐. 그리고 곧 졸업이니까.'라고 생각하며 어색함을 꾹 참았고 곧 대학을 졸업했다.

그때는 몰랐다. 철수의 마음에는 뚝배기처럼 오래도록 온기가 남아 있다는 것을…. 철수는 알았을까?

◇◇◇◇

밥 사!

다행히 영희는 졸업 직후 공무원 시험에 합격해 통영으로 발령을 받았다. 월급은 적었지만 직장을 얻었다는 것에 감사했고 성실하게 일했다. 직장 선배들에게 매일 아침 자처하여 커피를 타 주었고 모르는 것은 스스로 물어보며 가르쳐 준 선배들에게 감사 인사를 잊지 않았다.

사실 영희는 싹싹한 성격이 아니었다. 어릴 때부터 말이 적고 혼자 있는 것을 편하게 느꼈으며 조용하고 소심한 성격이었다. 사람들이 많으면 부담스럽게 느꼈고 여러 친구보다는 단짝 친구가 편했다. 단짝 친구도 매일 만나서 놀지는 않았다. 혼자서 이것저것 만들거나 책을 읽는 것이 가장 편했다.

하지만 직장은 달랐다. 일을 해야 했고 자리를 잡아야 했으며 선배들과 직장 상사들을 매일 만나야 했다. 출근 첫날, 첫 퇴근을 하던 때 영희는 자취방의 문을 열자마자 펑펑 울었다. 몸도 마음도, 특히 마음이 더 힘들었다. 첫 주 동안은 매일 울었으나 주말을 지내고 나자 더 이상 눈물은 나오지 않았다. 영희는 그렇게 사회생활에 적응해 갔다.

영희는 가족과 떨어져 타 지역에서 일하느라 외롭고 힘들었지만 워낙 정신없는 하루를 보내다 보니 퇴근 후 쓰러지다시피 하며 잠드는 날이 많았다. 피곤한 날들이었지만 엄마에게 생활비를 보내고 동생들 학자금 대출 빚을 갚아야 하다 보니 투덜거릴 여유가 없었다. 돈은 늘 모자랐고 영희는 가계부를 써 가며 생활해야 했다. 그래도 차로 2시간 거리에 있는 엄마 집을 매주 주말마다 다녀오고 나면 한결 마음이 편해졌다.

철수 역시 통영에 공무원으로 발령을 받고, 직장생활에 적응하느라 정신이 없었다. 남자다 보니 회식 자리가 많았고 동호회 모임까지 하느라 정신없는 날들을 보내고 있었다. 철수는 빨랫감을 가지고 매주 주말 집을 다녀오고, 주중에는 동호회, 축구, 배구 등의 활동과 회식을 하며 저녁을 거의 밖에서 먹고 있었다. 철수는 친구, 선배 등 지인들과 모이는 것을 좋아하는 사람이라 피곤하기는 해도 자신의 생활을 즐기는 중이었다.

그해 여름, 영희는 신입 워크숍 겸 교육에 참여하게 되었다.

연수에 간 영희는 깜짝 놀랐다. 철수가 같은 지역에서 근무하고 있었고 연수에서 총무를 맡아 사원들의 간식 등을 챙겨 나르고 있었다.

'설마 같은 지역일 줄이야. 이렇게 계속 얼굴을 봐야 하나… 사과라도 할까?'

며칠 뒤, 로비에서 우연히 마주친 두 사람은 종이컵에 커피를 타고 있었다. 어색한 침묵만 흘렀다.

"저… 선배. 잘 지내셨어요?"

"응."

철수는 단답형으로 대답했다. 하지만 그러면서도 자리를 뜨지는 않았다.

"예전에 정말 고마웠어요. 전복죽도, 병원비도….'

"응."

"…실은, 그날 급하게 가느라 아무것도 챙겨가지 못했어요. 휴대전화 충전기도 못 챙겼어요."

"그 얘길 왜 이제 해?"

철수는 많이 놀란 듯 눈을 동그랗게 뜨고 말했다.

"부재중 전화가 여러 통 있었을 텐데 왜 연락 안 했어?"

"아, 저… 선배 전화인 줄 몰랐어요. 2주 가까이 몸이 너무 안 좋아서 그럴 정신도 없었고요. 죄송해요…."

"미안하면 밥 사!"

"네? 네. 언제 살까요…?"

"내가 시간 보고 연락할게. 그때는 전화 받아. 내 전화번호 입력해 놓고."

"아, 네."

'어차피 은혜는 갚아야 하니까 이렇게 마무리 짓는 것도 괜찮겠다.'라고 생각하며 영희는 흔쾌히 대답했다.

연수가 끝나고 며칠 뒤 철수에게서 연락이 왔다.

"내일 6시 어때? 내가 경치 좋은 곳을 알아. 카페 겸 이탈리안 레스토랑이야."

"네, 좋아요."

"내일 집 근처로 데리러 갈게."

"네, 선배. 그럼 내일 봬요."

철수는 영희가 차가 없다는 걸 알고 데리러 갔다. 철수와 영희는 통유리를 통해 석양이 아름답게 비치는 바다를 내다보며 테이블에 마주 앉았다. 파스타와 샐러드를 시키고 커피를 마셨다. 소소하게 대학시절 이야기를 하며 식사를 마치고 영희는 계산을 하려 했다.

"아까 남자분이 계산하셨어요."

카운터 여직원은 의미심장한 미소를 지었다. 영희가 자리를 비운 건 화장실을 다녀올 때뿐이었다.

"선배! 제가 사 드리는 자리인데요."

"오늘 내가 밥 샀으니까 다음에 네가 커피 사."

'아, 이게 아닌데…. 왠지 걸려든 느낌이야.'

영희는 당황스러웠다. 밥을 야무지게 사 주고 빚진 느낌과 미안한 마음을 모두 떨쳐내려고 했는데 계획이 어그러진 느낌이었다.

"네, 그럼 다음에 차 한잔 살게요. 연락 주세요."

"그래~"

철수는 웃으며 성큼성큼 앞서 걸어갔고, 영희를 집 근처에 내려 준 뒤 돌아갔다. 영희의 집 앞에 내려 주겠다고 했으나 영희는 괜찮다며 끝내 거절했다.

주말이 지나고 며칠 뒤 퇴근한 영희는 몸이 좋지 않았다. 몸에 열이 나고 머리도 아팠다. 저녁밥을 준비하기 힘들어서 시켜 먹을까 고민하던 중 철수에게서 전화가 왔다.

"영희야, 차 한잔하자. 오늘은 네가 사."

"선배, 죄송한데요… 오늘은 안 되겠어요. 몸이 좋지 않아요. 다음에 보면 안 될까요?"

"뭐?! 어디가 아픈데?"

"머리도 아프고 열도 나고 몸살인 것 같아요."

"그래. 그럼 다음에 보자."

전화를 끊고 얼마 후 다시 철수에게서 전화가 왔다.

"나 지금 약 가지고 출발한다. 30분 뒤에 나와."

"네?"

철수는 바로 전화를 끊어 버렸다.

30분 뒤, 다시 전화가 왔다.

"너 집이 어디야? 몸도 안 좋은데 가져다줄게."

"아니에요. 괜찮아요. 집을 알려드리기는 좀….."

"그럼 큰 길가로 나와서 약만 받아 가도 돼."

"아, 네. 지금 나갈게요."

큰길가에 철수의 차가 있었다.

"고맙습니다. 선배."

"약 잘 챙겨 먹고 얼른 나아. 그리고 나중에 차 한잔 사 줘."

"네, 그럴게요. 조심해서 가세요."

◇◇◇◇

도둑

영희의 뒷덜미가 서늘했다. 출근하는 길에서, 퇴근길 집 앞에서, 마트에 가는 길에서도 누군가 뒤따라오는 듯한 느낌에 자꾸 뒤를 돌아보게 되었다. 분명히 운동화 발소리가 들렸는데 돌아보면 아무도 없었다.

어느 날 걸어가다 뒤돌아보았더니 검은 점퍼에 검은 모자를 눌러 쓴 남자가 영희를 지나쳐 갔다. 그런데 그 뒤로도 영희는 자신이 다니는 길 주변에서 같은 옷차림의 그 남자를 자주 목격했다. 보통보다 조금 작은 키에 약간 호리호리한 체격, 푹 눌러쓴 모자와 시커먼 옷. 영희는 무서워졌다.

어느 날 출근하면서 차 유리에 비친 모습에 영희는 깜짝 놀랐다. 다른 동료 직원의 차가 회사로 들어가기에 멈춰 섰는데 보조석 차 유리에 그 남자가 영희 뒤에 서 있는 모습이 비친 것이었다.

영희는 3개의 방이 붙어 있는 자취방에 살고 있었다. 공용 화장실이 있었고 자취를 위한 집으로 만들어진 듯했다. 집주인은 걸어서 10분 거리의 아파트에 살고 있었다.

어느 날 영희는 자취방 문 자물쇠에 열쇠를 끼우기도 전에 자물쇠가 풀리는 것을 보고 깜짝 놀랐다. 방 안에 들어가니 서랍과 보석 상자가 열려 있었고 선물 받은 귀걸이, 반지 등이 사라져 있었다. 모조품과 같이 담아 놓았는데, 진짜만 골라서 가져갔다.

'전문털이범인가? 진짜만 딱 골라서 가져갔네.'

전문털이범이라면 더 무서웠다. 겨우 마음을 가다듬고 문과 창문을 단단히 잠그고 잠을 자려고 하였으나 도저히 잠이 오지 않았다. 영희는 혼자였다. 왼쪽 방의 사람은 오후 5시에 출근하는 사람이었고, 오른쪽 방의 사진작가는 사진을 찍으러 다니느라 짧게는 일주일, 길게는 한 달 동안 방을 비우는 사람이었다. 밤 10시, 영희는 차로 25분 거리에 사는 친구에게 전화를 걸었다. 병원에서 간호사로 일하는 고등학교 동창이었다. 사정을 이야기하니 자기 자취방에서 일주일 동안 같이 지내보자며 당장 오라고 하였다. 영희는 가방을 쌌다.

일주일 동안 친구 집에서 출퇴근을 하면서 오후에 잠깐 영희는 자신의 자취방에 들러 필요한 물건들을 챙겨 갔으나 그 뒤로 도둑은 다시 오지 않았다.

일주일 뒤 영희는 자신의 자취방으로 다시 돌아왔다. 집에서 직장까지 걸어서 10분 거리였는데 친구 집에서는 시내버스를 타도 25분이고, 정류장까지 10분 가까이 걸어 나가야 해서 출근 시간에 너무 바쁘고 힘이 들었다.

그러나 본인 자취방에서 다니기 시작한 영희는 더 큰일을 겪게 된다.

영희네 자취방은 공용 화장실을 써서 화장실이 문밖에 있었다. 어느 날 저녁, 퇴근 후 저녁밥을 먹고 화장실에 다녀와서 TV를 보고 있던 영희는 '부스럭' 하는 소리에 화들짝 놀랐다. 잘못 들었나 싶었는데 3~4번 더 반복되었다. 창고처럼 쓰이는 작은 공간에서 나는 소리였다. 1m가 조금 넘는 낮은 높이의 공간에 화장지, 그 계절에 입지 않는 옷, 기타 물건들을 보관해 두었는데 화장지 포장 비닐의 소리였다. 그 이외에는 소리가 날 만한 물건이 없었다. 영희는 그곳을 쳐다보았다. 항상 닫아두는 곳인데 작은 나무문이 아주 조금 열려 있었다.

머리카락이 쭈뼛하게 선다는 것이 바로 그런 느낌이었다. '경찰에 신고해야 하나? 보복하면 어떡하지? 경찰에 신고하면 도망갈 텐데, 여기는 주변에 CCTV도 없는데, 도망가면 잡지도 못할 텐데…. 진짜 보복하면 어쩌지? 신고해도 도망가 버리면 별수 없을 텐데….' 당시에는 이런 범죄를 지금처럼 철저하게 조사하는 분위기가 아니었고, 여성 관련 범죄의 처벌에 대한 인식도 지금과는 달랐다.

고민하던 영희는 엄마에게 전화를 걸었다.

"엄마, 뭐 해? 저녁은 먹었어? 아~ 나도 잘 지내고 있지. 저녁은 먹었는데 배고파서 편의점 가서 먹을 거 좀 더 사 오려고."

영희는 전화를 끊고 일부러 문을 잠그지 않은 채 근처 편의점에 음료수를 사러 다녀왔다. 조심스럽게 방에 들어가 창고의 나무문을 열었다. 아무도 없었다.

'정말 다행이다. 도망갔나 보네. 어쩌지? 이사 갈까? 원룸은 얼마나 하려나? 돈이 없는데 대출을 받아 볼까?'

영희는 정신이 하나도 없었다. 불안함에 잠이 오지 않았다. 영희는 겨우 2시간 눈을 붙이고 다음 날 출근을 했다.

그날 저녁 영희는 간호사인 친구에게 다시 연락하였으나 야간근무라 어차피 친구 집도 비어 있어 친구에게 가지 않았다.

그 뒤로는 잠잠한 듯했다. 그러나 3주 뒤 일이 생기고야 말았다.

◇◇◇◇

신호

영희는 요즘 검은 모자의 남자도 보이지 않고 더 이상 도둑도 들지 않아 편안한 시간을 보내는 중이었다. 저녁에 된장국을 야무지게 끓여 먹고 커피까지 마신 영희는 TV를 보다가 맥주를 사러 가 볼까 고민하는 중이었다. 결국, 맥주를 사기로 한 영희는 외투를 입기 시작했다.

그때, 밖에서 문을 두드리는 소리가 들렸다. 영희의 방문 바로 앞이었다. 공용으로 쓰는 철로 된 대문은 늘 열려 있었다. 각자 자취하는 사람들의 출퇴근 시간과 드나드는 시간이 달라 편하게 열어 두고 생활하고 있었다.

'누구지? 올 사람이 없는데?'

"누구세요?"

대답이 없었다.

'잘못 찾아왔나? 조용한 거 보니 갔나 보네.'

잠시 후 다시 문을 두드리는 소리가 들렸다.

"누구세요?"

역시 대답이 없었다. 영희가 문을 열지 않자 밖에 있는 사람은 문손잡이를 흔들기 시작했다. 영희는 겁이 나서 주저앉을 뻔했다.

"누구세요?"

밖의 사람은 대답도 없이 문손잡이를 또 흔들어 댔다.

영희는 눈물이 날 것 같았다. 손이 바들바들 떨리고 다리가 후들거렸다. 목이 메어왔다. 영희는 가까스로 소리쳤다.

"경찰에 신고할 거예요!!"

잠시 소리가 멈추었다. 영희는 문에 귀를 갖다 대고 그 사람이 가는 소리가 나는지 확인했으나 아무 소리도 들리지 않았다. 그러나 잠시 후, 밖에서 다시 문을 두드렸다.

'어쩌지? 신고해야지. 아, 근데 이 집 주소가 뭐였지? 맨날 다니면서 왜 자세히 보지 않았을까? 어쩌지, 어쩌지…?'

영희는 일부러 문 앞에서 휴대전화를 열고 버튼을 누르는 소리를 냈다.

"여보세요? 경찰서죠? 여기…."

순간 시멘트 바닥에 운동화를 신은 발이 뒤돌아서는 소리가 나며 누군가 급히 걸어 나가는 소리가 들렸다. 그리고 영희는 바닥에 주저앉아 버렸다. 영희는 흙먼지와 모래가 있는 시멘트 바닥에 운동화를 신은 발이 돌아설 때의 그 소리가 너무나 끔찍하게 다가왔다. 온몸이 부들거렸다. 갔는지 확인을 해야 했지만, 문을 열 엄두가 나지 않아 문과 방 사이의 중간 문을 닫고 그대로 이불을 둘러쓰고 몸을 둥글게 말았다.

한참 동안 밖에서는 아무 소리도 들리지 않았다. 영희는 화장실에 가고 싶었으나 나갈 엄두가 나지 않았다. 하지만 어차피 가야 할 거니까 가기로 마음을 먹고 중문을 열었다. 그때 밖에서 다시 문손잡이를 돌리고 흔들기 시작했다. 영희의 온몸이 공포로 덮여 버렸다.

'주소를 모르는데 대충 위치를 설명하면 경찰이 찾아오지 않을까? 보복하면 어쩌지?' 하는 생각들로 어지러웠다. 직장 동료 중 와 줄 수 있는 사람이 없었다.

영희는 휴대전화를 열고 통화 목록을 살폈다. 밖에서는 계속 소리가 나고 있었다. 버튼을 누르는 영희의 손이 부들부들 떨렸다.

가까스로 영희는 철수에게 전화를 걸었다.

"어? 웬일이야? 먼저 전화를 다 하고?"

"선배! 지금 바빠요?"

영희의 목소리는 떨렸고 울먹이고 있었다.

"아니, 괜찮아. 지금 모임 중이야. 밥 먹고 있어. 개인 모임이라 통화 괜찮아. 근데 무슨 일 있어? 목소리가 왜 그래? 어디 아파?"

영희는 눈물을 흘리기 시작했다.

"밖에서 누가 자꾸 문을 두드려요. 흑…. 손잡이를 잡고 막 흔들고 억지로 문을 열려고 해요. 신고하려는데 주소를 모르겠어요. 흑흑…."

"나 지금 바로 갈게. 여차하면 크게 소리를 질러."

전화 통화 소리를 들었는지 밖이 잠잠했다. 얼마 후 철수에게서 전화가 왔다.

"지금 가는 중이야. 10분 뒤 도착할 거야. 아직도 문 두드려?"

"지금은 조용해요. 그런데 밖에 못 나가겠어요."

"알았어, 너 못 나오니까 집 근처에서 다시 전화할게. 집 알려 줘."

잠시 후 철수에게서 다시 전화가 왔다.

"전에 너 내려 줬던 곳이야. 이제 어디로 가면 돼?"

"오르막길 하나 보이시죠? 그 길 따라 올라와서 세 갈래 길에서 왼쪽 아스팔트 길로 꺾으세요. 계속 오다 보면 초록색 철문이 있는 단층집이 있고, 거기 문 바로 건너편에 가로등이 있어요."

"다 왔어. 그런데 초록색 철문이 한 개가 아닌데?"

"철문 안에 자취방 문 3개가 나란히 있는 단층집이에요."

'아, 경찰한테 이렇게 설명하면 될걸. 너무 당황해서 정신이 없었나 봐.'

"아, 찾았다. 주차 좀 하고!"

잠시 후 영희네 집 문을 두드리는 소리가 났다.

영희는 선뜻 대답을 못 했다. 밖에서 다시 문을 두드렸다.

"…누구세요…?"

"나야, 문 열어 봐."

"잠시만요, 지금 선배한테 전화할게요."

전화벨이 바로 문 앞에서 울렸다. 영희는 조심스레 문을 열었다. 그런데 철문 밖 가로등 아래에 그 검은 모자를 눌러쓴 남자가 어둠 속에서 반만 몸을 숨긴 채 이쪽을 쳐다보고 있었다. 전에 영희의 뒤를 밟던 남자였다. 영희는 숨을 쉴 수가 없었다. 철수가 영희의 눈길을 따라 뒤를 돌아보자 남자는 내리막길을 따라 걷기 시작했다. 철수가 다시 영희를 보며 물었다.

"괜찮아?"

영희의 시선은 여전히 밖에 있었다.

"저 남자예요."

"어디?"

"금방 길 따라 내려갔어요. 집 앞에 서 있다가 선배를 보고 갔다고요."

철수는 문밖으로 나가 살펴보았다.

"아무도 없는데?"

영희가 나가 보니 정말 아무도 없었다. 큰길까지는 절대 갈 수 없는 시간이었다. 뻔했다. 시장으로 통하는 사잇길로 들어간 것이다.

"됐어, 내가 왔잖아. 들어가자."

영희는 방에 들어가자마자 털썩 주저앉았다. 철수는 영희의 어깨를 감싸 안았다. 영희가 온몸을 바들바들 떨면서 울고 있었다.

"일단 이불 덮고 좀 누워. 진정하고."

철수가 영희를 눕히고 이불을 덮어 주었으나 영희는 여전히 떨고 있었다.

"밥은 먹었어?"

"네."

"따뜻한 거라도 한 잔 줄까? 커피 마실래?"

"네. 고마워요…."

커피잔을 받아 든 영희의 손이 너무 심하게 떨려 커피를 쏟을 것 같았다.

"안 되겠다. 좀 있다가 마셔. 그냥 누워 있어."

영희는 그렇게 한 시간을 누워 있었다.

"이제 좀 괜찮아?"

"네…."

철수는 영희를 일으켰다. 아까보다는 나았지만 여전히 떨고 있었다. 철수는 커피를 다시 타서 영희에게 주었다.

"마시고 좀 쉬다가 그대로 자도 돼. 오늘은 내가 옆에 있을게. 걱정하지 말고 자."

"그래도 돼요? 그렇지만…."

"뭘 걱정하는지 알겠는데, 그런 걱정 안 해도 돼. 그냥 푹 자."

"네…."

"아예 지금 불 끄고 자는 게 낫겠다."

철수는 방의 전등을 끄고 영희와 조금 떨어져서 누웠다. 영희 방에는 침대가 없었다. 워낙 추위를 많이 타서 어렸을 때부터 부모님은 침대 대신 패드를 사 주셨고, 영희는 지금도 그렇게 살고 있다.

침구 세트는 늘 베개가 두 개다. 영희는 지금 이 순간 그게 다행이라 생각했다. 베개마저 없으면 선배한테 너무나 미안한 일이다.

영희는 진정이 잘 안 되었다. 잠도 오지 않았다. 철수가 뒤척이는 영희의 어깨를 감쌌다. 영희는 여전히 떨고 있었다.

"너 이래선 못 자겠어. 맥주라도 한잔하고 자. 집에 술 있니?"

"없어요…."

"그럼 사러 가자."

영희는 철수를 불안한 얼굴로 쳐다보았다.

"괜찮아. 나랑 같이 갈 건데 뭐. 혼자 두고 다녀올 수는 없어."

영희는 철수와 함께 집을 나섰다. 철수는 영희의 어깨를 감싸고 있었고, 영희는 철수의 옆구리를 꼭 붙든 채 주위를 두리번거렸다. 그때 철수의 바로 옆으로 그 검은 모자의 남자가 거의 닿을 듯 가까이 스쳐 지나갔다. 영희는 놀라서 멈춰 섰다.

"왜 그래?"

"저 남자예요!!"

"어떻게 알아? 뒤쪽 끝에서 오던데?"

"제 뒤를 따라오는 걸 몇 번 봤어요. 아까 선배가 우리 집에 들어올 때도 가로등 밑에 서 있었어요."

"저 끝쪽이 집인 거 아냐? 너랑 방향이 같으니까 겹친 거 아닐까?"

"선배, 저쪽 끝 집이 마지막이에요. 그 집 주인은 저 사람이 아닌 거 제가 알아요. 그리고 그 집 옆은 공터라고요."

영희는 작게 속삭여 말하지 않았다. 들으라는 뜻이었다. 듣고 도망가서 다시는 나타나지 않기를 바랐다.

철수와 영희는 근처 마트에서 맥주 4병과 간단한 안주를 사서 돌아왔다. 맥주 2병 정도를 마시고 약간의 취기가 올라오자 영희는 눈을 감았다. 철수는 영희의 어깨를 토닥이다 잠이 들었다.

다음 날 아침, 알람 소리에 영희가 먼저 잠에서 깼다. 철수의 휴대전화에서 울리는 알람이었다. 6시 30분, 평소보다 일찍 일어나게 되었다. 일어나니 영희는 철수의 팔베개를 베고 있었다.

"선배, 일어나요. 알람이 울렸어요."

"음, 그래. 잘 잤어?"

철수는 팔을 주무르며 일어났다.

"팔 아픈데 밤새 팔베개를 하고 있었어요?"

"괜찮아, 금방 풀려."

철수는 일어나서 냉장고에서 생수를 꺼내 마셨다. 그리고는 이내 머리를 간단하게 만지고 외투를 입었다.

"집에 가서 씻고 옷도 좀 갈아입고 출근하려면 지금 나가야 할 것 같아. 오늘 퇴근 후에 또 올 거니까 걱정하지 말고. 혼자 있기 무서우면 내가 올 때까지 회사에 있어."

"그럴게요. 고마워요, 선배."

"그럼 오후에 보자."

나가는 선배를 마중하기 위해 문을 열었는데 대문 밖 불 꺼진 가로등 아래에 그 남자가 서 있었다.

'뭐야, 밤새 감시한 거야?' 영희는 순간 얼어붙었다. 하지만 선배도 출근하려면 바쁠 것이기에 영희는 아무 말도 하지 않았고, 다행히 철수와 인사를 나누는 동안 남자는 길을 따라 바삐 걸어 내려가 버렸다.

영희가 출근 준비를 하고 조심스럽게 문을 열었을 때 밖에는 아무도 없었고, 출근길에도 퇴근길에도 누군가 따라오는 느낌은 없었다.

영희가 퇴근하고 집 앞에 도착했을 때 집 앞에는 철수의 차가 서 있고, 철문 앞에 철수가 정장 차림을 한 채 기다리고 있었다. 영희가 안도의 한숨을 쉬며 집을 향해 오르막길을 올라가는데 철수의 얼굴 뒤쪽으로, 공터에 서 있는 그 남자가 보였다. 영희는 무서워서 철수의 팔짱을 끼며 바짝 붙었고 함께 집 안으로 들어갔다.

영희는 조금 전에 그 남자가 뒤에 서 있었던 것, 철수가 출근할 때 가로등 밑에 서 있었던 것, 그리고 그동안 있었던 일에 관해 이야기했다.

"한 번 더 나타나면 경찰에 신고해 버려!"

"이 주변에 CCTV도 없고, 얼굴도 모르는데 경찰이 찾을 수 있을까요? 조사를 와도 흔적이 남아 있는 것도 아니고…. 그리고 무엇보다 혹시 잡히더라도 오래 붙잡혀 있지 않을 텐데 보복이라도 하면…."

"그건 그래. 그래도 혹시나…."

"네, 그럴게요."

그날 밤도 철수는 영희의 옆에 있어 주겠다고 했다. 집에 식재료가 부족해서 함께 마트에 다녀오고 된장국을 끓여 간단하게 저녁을 먹었다. 커피를 마시고 TV를 보다가 어제 남은 맥주를 마저 마셨다. 그런데 영희의 집 위에서 발소리가 들렸다. 운동화와 시멘트 바닥의 모래가 마찰하면서 나는 소리. 영희가 소름 끼쳐 하던 그 소리였다. 영희의 자취방 입구 철문 안쪽 바로 옆에는 옥상으로 향하는 가파른 시멘트 계단이 있었다. 단층이지만 옥상을 이용할 수 있도록 만들어 놓은 것이다.

"선배, 옥상에 누가 있나 봐요. 운동화로 모래를 밟는 소리가 계속 나요."

"에이, 설마. 바람 소리겠지."

"아니에요, 잘 들어 봐요."

"잘 모르겠는데⋯. 안 그래도 불안해하면서⋯. 그냥 좀 쉬어. 잠을 자는 게 좋을 것 같아."

"저⋯ 맥주를 마셨더니 화장실에 가고 싶은데 무서워서 못 가겠어요. 밖에 서 있어 주시면 안 돼요?"

"내가 밖에 서 있으면 불편하지 않겠어? 문 열어 둘 테니까 무슨 일 있으면 소리 질러. 바로 갈게. 알았지?"

영희가 문을 열고 나가자마자 옥상계단 중간쯤에서 시커먼 형체가 후다닥 뛰어 내려와서 대문 밖으로 급히 뛰어나갔다. 검은 모자에 운동화, 작은 키. 그 남자였다. 영희는 대문을 닫고 안에서 잠가 버렸다. 그리고 화장실을 다녀와서 대문을 다시 열어 놓고(다른 자취생들이 언제 올지 몰라서) 방으로 들어가 금방 있었던 일을 철수에게 이야기했다.

그날도 영희는 철수의 팔베개를 하고 잠이 들었다.

다음 날 아침 철수가 가기 전, 영희는 언젠가 영화에서 본 적이 있다며 둘만의 신호를 만들자고 했다.

"밖에서 문을 3번, 2번, 1번 차례로 두드리면 제가 문을 열게요."

철수가 퇴근 후 잊지 않고 둘만의 신호대로 문을 두드렸다.

그다음 날, 퇴근 후 집에 있던 영희는 문을 두드리는 소리를 들었다. 4번, 3

번, 4번…. 규칙이 없었다. 영희는 가쁜 숨을 몰아쉬며 철수에게 전화했고 전화 통화를 시작하자 누군가 대문을 나서는 소리가 들렸다. 철수가 영희의 집으로 오는지 감시하고 있었던 것이다. 영희는 또 어딘가에서 지켜보고 있을지도 모를 그 남자를 생각하면 소름 끼쳤다.

영희는 철수에게 신호를 수시로 바꾸자고 했고 그날부터 둘만의 신호를 바꾸었으나 3일 만에 둘 다 번거로움을 느껴 대신 문의 자물쇠를 바꾸어 달았다.

그렇게 일주일을 보낸 후부터 그 남자는 다시는 보이지 않았다. 가끔 퇴근길 큰 도로에서 그 남자인가 싶은 사람이 걸어 다니기는 했으나 더 이상 영희의 주변에 나타나지 않았다.

철수는 밤에 혼자 있는 영희가 걱정되어 가끔 영희의 집을 찾아왔고, 회식 중에도 전화를 걸어 영희가 무사한지 확인했다. 카페에서 커피를 마시거나 밥을 함께 먹으며 함께 있는 시간도 늘어 갔다.

그렇게 영희와 철수는 연인이 되어 가고 있었다.

◇◇◇◇

연인

영희가 마음의 휴식을 위해 매주 주말 본가에 다녀온다면, 철수는 빨래가 더 큰 이유였다. 매일 정장 차림으로 출근하는 철수는 6개의 셔츠가 필요했다. 영희도 어느 정도 정장을 챙겨 입었으나 영희는 직접 빨래를 하고 옷을 다렸다.

주말, 집으로 가기 위해 집 근처 시외버스터미널에 가려고 문을 나서는데 철수에게서 전화가 왔다.

"주말인데 집에 가니?"

"네. 저 매주 가요."

"나도 매주 가는데…. 같이 가자."

"저 데려다주려면 돌아서 가야 하잖아요. 괜찮아요. 버스 타고 가도 돼요."

"아냐, 조금만 돌아가면 되는데 뭐. 그리고 버스보다 승용차가 빠르지. 지금 데리러 출발한다~"

철수는 그렇게 말하고는 전화를 끊어 버렸다.

'이 선배 특기인가? 전화 먼저 끊기, 대담하게 말하기. 과감한 성격인가?'

그날부터 철수는 매주 영희를 데리러 왔다. 갈 때 영희를 데려다주고 올 때도 함께 오면서 중간에 휴게소에 들러 간식을 사 먹었다. 구운 쥐포를 유난히 좋아하는 영희를 위해 매번 꼭 들렀다.

그러던 어느 주말, 영희가 피곤해서 쉬겠다며 집에 가지 않겠다고 하자 철수도 가지 않았고 둘은 함께 주말을 보내게 되었다. 철수는 책 몇 권을 들고 영희의 집으로 갔다. 둘 다 책 읽는 것을 좋아하니 판타지 소설을 보며 시간을 보낼 생각이었다. 점심을 먹은 후 바닥에 배를 깔고 나란히 엎드려 주전부리를 즐기며 책을 보고 있는데, 철수의 전화가 울렸다.

"응, 엄마. 이번 주말에는 집에서 쉬려고. 셔츠? 내가 알아서 할게. 아니면 세탁소에 맡겨도 돼. 밥? 내가 애야? 알아서 잘 먹어. 그래 알았어. 다음 주에 내려갈게."

"셔츠 다려야 해요? 선배 자취방에 세탁기 없어요? 그럼, 제가 빨아서 다려 줄게요."

"아냐, 괜찮아. 세탁소 맡기면 돼."

"내일 저녁까지는 찾을 수 있어야 하잖아요. 혹시 그 전까지 못 찾으면 어떡해요. 해 줄게요. 선배한테 신세 진 것도 많은데…."

"그래? 진짜? 그럼 지금 가서 가지고 올까?"

"네, 다녀오세요."

빨래가 해결되자 철수는 그다음 주말에도 집에 가지 않았고 엄마로부터 잔소리를 들었지만 철수는 신경 쓰지 않았다.

영희와 철수는 술자리를 즐기는 편이었다. 소심한 영희도 적당히 취한 술자리에서는 마음이 열리는 것 같았기 때문이다. 영희와 철수는 주중에는 각자의 친구를 만나거나 회식, 모임을 하느라 거의 만나지 못했다. 모임이 있는 날이면 서로를 배려해 모임이 끝날 때까지 먼저 전화하는 법이 없었고 전화를 받지 않는 일이 있어도 일이 바쁜가 보다 하며 간섭하거나 구속하지 않았다. 물론 화를 내지도 않았다. 영희는 '여자가…' 하며 구속하지 않는 철수가 편했고, 철수는 '모임이라고 전화도 못 받아?'라는 간섭이 없어 마음이 편했다. 밤늦게까지 전화를 붙잡고 늘어지는 경우도 없었다. 주말에 만나서 함께 있을 거니까. 서로 이야기를 하거나 합의하는 과정이 전혀 없었는데도 둘은 그런 면에서 생각이 비슷해서 다툴 일이 없었다. 주중에는 일에 집중하고 주말을 공유하며 즐겼다. 영희와 철수의 연애 방식은 굉장히 비슷했고 서로 잘 맞았다.

집에 가지 않는 주말이 되면 철수와 영희는 함께 외식하거나 드라이브를 했다. 경치가 좋다고 소문난 카페를 찾아가 커피를 마시기도 하고, 다정하게 손을 잡고 또는 서로의 허리를 감싸 안고 산책을 즐기기도 했다.
그러다가 우연히 직장 동료들과 마주칠 때면 둘은 안 친한 척, 또는 남인 척했다.
"여기가 서울이나 부산 같은 대도시도 아니고, 주변 직장 사람들도 다 알고 지내는 작은 도시인데 네가 누굴 만나고 사귀는지 소문이 퍼지게 될 거야. 그러니까 결혼식 전까지는 우리 사이를 비밀로 하자."
"네? 결혼이요?"
"아, 물론 우린 그냥 아직, 뭐 그냥 만나는 거지만 사람 일은 모르잖아."
철수는 얼굴이 빨개졌다.

"난 소문 나도 괜찮은데 넌 여자니까…. 만약에라도 우리가 헤어지게 되면 네 혼삿길에 걸림돌이 될 수도 있어."

"전 상관없어요."

영희가 쿨하게 대답했다. 철수는 영희를 달래었다.

"너도 괜찮고 나도 괜찮지. 나도 내 여자친구가 누굴 만났든 그런 소문을 알아도 상관없어. 그런데 사람들이 안 그래. 의외로 아직도 내 또래의 남자들은 많이 보수적이야. 널 위해 하는 말이야."

"네, 알았어요."

영희는 심각하게 생각하거나 따져 볼 만한 일이 아니라 생각하고 시원스럽게 대답했다. 실제로 영희에게 그것은 아무것도 아니었다.

'그런 소문을 따질 정도의 남자라면 아예 만나고 싶지 않아.'

영희의 생각은 단호했다.

주말 저녁 식사는 철수의 집이나 영희의 집에서 함께했고 소설책을 번갈아 읽다가 함께 잠이 들었다. 늦잠을 자고 일어난 일요일, 철수는 영희와 함께 점심을 먹으며 엄마에게서 걸려오는 전화를 모른 척하고 있었다.

"우와, 미역국 맛있네요. 선배 집에서 기져왔이요?"

"내가 끓인 건데? 내가 요리는 좀 하지. 흐흐."

"좀 하는 게 아닌 거 같은데요? 내가 한 요리 맛없었겠네요."

"괜찮았어. 같이 먹으니까 좋았고."

"그래요? 호호호."

"그런데, 언제까지 선배라 부를 거야?"

"그럼, 오빠?"

"그래, 그러던지… 흠흠."

한동안 영희는 '오빠, 오빠~' 하며 불렀으나 철수는 그다지 좋아하는 것 같지 않았다.

"영희야, 내가 여동생만 둘이라서 오빠라고 부르는 게 좀 그래. 여동생이 날 부르는 느낌이랄까…?"

"그럼 뭐라고 불러요?"

"음… 자기?"

"알았어요, 자기. 호호호. 그런데 자기라고 하려니까 높임말을 쓰기가 좀 애매해요. 그냥 오빠라 부르면 안 돼요?"

"그럼 반말하면 되지, 우리 사이에. 자기야~ 해 봐."

덩치에 맞지 않게 귀여움을 떠는 철수를 보며 영희는 웃음이 빵 터져 버렸다.

철수는 키는 177cm이지만 체격이 좋은 편이었다. 뚱뚱한 건 아니었지만 건강해 보여 듬직한 느낌이 있었고 영희는 그 건강함과 듬직함이 좋았다. 영희네 가족이 마른 편이라 더 그랬는지도 모른다. 영희는 165cm 정도의 키에 보통 체격이었다. 어깨가 넓은 편이라 다이어트를 조금만 해도 날씬해 보였으나 반대로 조금만 살이 쪄도 '덩치가 있어 보인다'라는 말을 들어 체중 관리에 신경을 쓰는 편이었다.

데이트하며 이것저것 먹다 보니 둘 다 살이 조금 붙었고 체중에 신경을 쓰기 시작했다. 술도 간식도, 외식도 줄여 나갔다.

"자기야, 나 살이 좀 찐 것 같지 않아?"

영희는 배에 손을 얹으며 철수에게 물었다.

"뭐 조금. 그런데 딱 보기 좋아. 그보다 자기야, 나 10kg이나 쪘어. 주말에 잔소리 들었어. 살쪘다고…. 지금 옷이 안 맞아."

"난 그래도 자기가 좋아. 건강해 보이고 듬직해 보이고. 그리고 자기 안 뚱뚱해. 딱 좋아."

"아, 선물 있어."

"선물? 무슨 날도 아닌데?"

"지나가다가 예뻐서 샀어. 자기한테 잘 어울릴 것 같더라고."

철수가 빨간 상자를 가져왔다.

"열어 봐."

안에 든 것은 빨간 호피 무늬 커플 속옷이었다.

그렇게 영희와 철수는 보통의 연인이 되어 가고 있었다.

◇◇◇◇

청혼

해를 넘겨 2002년, 철수는 신축아파트의 원룸으로 이사를 했다. 직장을 구하면서 분양을 받고 기다리다 1년 뒤 입주를 하게 된 것이다.

그해 여름, 월드컵으로 나라 전체가 들썩였고 철수와 영희도 그 물결에 동참했다. 이전에 없었던 우리나라 최고이자 최초, 역사적 4강 진출로 월드컵 경기가 마무리되었고 영희와 철수가 사귄 지 1년이 되어 가고 있었다.

어느 날 철수가 결혼 이야기를 꺼냈다.

"자기야, 이제 우리 결혼하면 어때?"

"뭐? 결혼? 글쎄. 우리 이제 겨우 25살, 27살인데? 우리 둘 다 조기입학생인 걸 고려하면 우리 24살, 26살이야. 너무 이르지 않아? 우리 사귄 지도 1년밖에 안 됐어."

"빨리 결혼하면 자리도 빨리 잡고 더 좋지 않을까? 어차피 결혼 전에는 돈이 잘 안 모이잖아. 모임도 많고 생활비도 따로 나가고. 그리고 아이도 빨리 낳아 키우고 나면 남들보다 빨리 여유를 즐기면서 살 수 있을 것 같아."

철수는 영희와 빨리 가정을 이루고 싶었다. 하지만 영희의 생각은 달랐다.

"결혼하려면 결혼 자금도 모아야 하고, 집을 사려면 대출을 받더라도 어느 정도 기본 자금은 있어야 하는데 우린 아직 월급도 적고 모아 놓은 돈도 없잖아."

"결혼해서 조금씩 모으면서, 갚으면서 살면 어때? 결혼하지 않으면 이리저리 돈을 쓰게 되고, 그러면 돈이 모이지 않잖아."

"글쎄…. 난 좀 시간이 필요한 것 같아. 그리고 난 결혼은 좀 늦게 하고 싶어."

"언제쯤?"

"서른 넘어서?"

"뭐?! 너무 늦잖아. 그냥 지금 우리 한창일 때 결혼하면 안 될까?"

"잘 모르겠어. 결혼 얘기는 좀 더 생각해 보자."

며칠 뒤 철수는 다시 결혼 이야기를 꺼냈다.

"생각해 봤어?"

"응. 그 전에 나 할 말이 있어. 내 말 끝날 때까지, 끝까지, 진지하게 듣고 대답해야 해. 알았지? 그리고 당장 대답하지 않아도 돼. 진지하게, 깊이 생각해 보고 며칠 뒤에 아니면 충분히 생각해 본 뒤에 시간을 충분히 갖고 대답해 주면 좋겠어."

"그래, 그럴게. 이제 말해 봐."

"나 대학 4학년 때 아버지 돌아가신 거 알지? 그때 동생들이 대학생, 고등학생이어서 학자금 대출을 받았고 빚을 내가 갚고 있어. 지금 내 월급은 엄마한테 보내고 난 생활비를 받아서 쓰고 있고. 결혼해도 용돈은 매달 보내드려야 해. 우린 신입이라 월급도 적은데 용돈까지 보내드리면 경제적으로 힘들 수도 있어. 요즘 결혼 기피 대상 1위가 빚 있는 여자인 건 알고 있지? 내 이런 상황 때문에 난 평생 결혼을 안 할 생각도 하고 있었어. 자기를 만난 후에는 어느 정도 내 상황이 나아진 후 천천히 결혼하면 되지 않을까, 혹시 상황이 나아지지 않으면 보내 줘야지 하는 생각도 했어. 그러니까, 이런 내가 싫으면 그만하자고 해도 돼. 난 충분히 이해하고 받아들일 수 있어. 예전부터 생각해 왔던 일이야."

"우리 둘이 맞벌이하면 괜찮을 것 같은데? 난 괜찮아."

"그리 간단한 문제가 아니야. 현실은 달라. 실제로 경제적으로 어려움을 느끼게 되면 우리 사이도 나빠지고 불행해질 수도 있어. 어쩌면 자기가 날 많이 원망하게 될지도 몰라."

"괜찮다니까 그러네."

"지금 대답하지 마. 부탁인데 단 며칠이라도 현실적으로 진지하게 생각해 보고 대답해 줘. 이건 아주 중요한 문제야. 오늘 들은 대답은 못 들은 거로 할게."

"그래, 알았어. 생각해 보고 대답할게."

"그리고 한 가지가 더 있어."

"뭔데? 말해 봐. 다 듣고 대답할게."

"나 원래 몸이 약했어. 어렸을 때부터. 4학년 때 엘리베이터 없는 5층짜리 아파트의 5층에 살았는데, 매일 오르내리고 살아도 매일 힘들었어. 학교에서 100m 달리기를 하면 너무 숨이 차서 두 번은 쉬어야 했어. 뛰고 나서도 원래 숨으로 돌아오는 데에 10분, 20분 나중엔 30분이 걸렸어. 그러다가 운동회날 엄마가 오셨을 때 담임 선생님이 아이가 이상하다고 병원에 데리고 가보라고 하셨어. 그래서 병원에 갔는데 의사 선생님이 심장에서 바람 소리가 난다고 검사를 해 보시더니, 일찍 오길 정말 다행이라고 더 늦었으면 수술해야 한다고 하셨어. 병명은 기억나지 않지만 그 말은 분명히 기억해. 그런 후에 6개월 동안 약을 먹었어. 그 뒤로는 달리기하면 3등 안에 들었어. 지금까지는 아무 문제 없이 잘 지내고 있지만, 나중에 아이를 낳을 때 문제가 될지도 몰라. 심장병은 유전이 된다잖아."

"아프면 치료받으면 되지."

"수술비도 많이 들고 가족들도 힘들어질 거야. 내가 직장을 다니지 못하면 경제적으로도 힘들어질 테고 가족들의 생활도 엉망이 될 거야. 그러니까 이게 마음에 걸리면 나랑 끝내도 돼. 이해할 수 있어. 자기랑 만나기 전에도 늘 생각해 왔던 일이야. 혹시 이런 내 사정과 건강 문제 때문에 헤어지자고 한다면 충분히 이해하고 받아들일 수 있다고 내내 생각해 왔어. 사실은, 연애도 결혼도 하지 말아야겠다고도 생각했어. 사랑하는 사람에게 진흙 구덩이에서 같이 뒹굴자고 할 수는 없는 거잖아. 사랑하는 사람이니까 그 사람의 행복을 위해 보내 주는 게 옳다고 생각했으니까…."

"난 둘 다 상관없어. 우리가 사랑하면 그만이지. 같이 있는 게 더 중요하잖아."

영희는 철수가 현실을 모르고 정말 힘든 상황을 몸으로 느껴 보지 못해서 심각성을 모른다고 생각했다.

"지금 대답하지 말고 진지하게 생각해 보고 나중에, 나중에 대답해 줘. 기다릴게."

"그래, 그럴게."

영희는 한동안 철수에게 연락하지 않았다. 철수에게 먼저 연락이 와도 얼른 끊으려 애썼다. 영희는 마음의 준비를 하고 있었다. 눈물이 났지만 원망스럽지는 않았다. 현실도 지금 처한 상황도, 철수가 들려줄 대답도 영희는 받아들일 준비가 되어 있었다. 영희는 지금 자신의 상황에서는 충분히 일어날 수 있는 일이라고 생각했다.

어느 날 철수가 만나자며 연락을 해 왔다. 영희는 집이 아닌 카페에서 만나자고 했다. 집에 함께 있으면서 철수의 대답을 들으면 자리를 뜨기가 이상할 것 같아서였다. 영희는 'No'라는 대답을 확신했고 어느 정도 마음을 정리하고 이별을 준비하며 철수를 만나러 갔다.

철수를 만난 자리에서 영희는 표정이 없었고 말도 거의 하지 않았다. 커피를 마시며 차분하게 철수의 대답을 기다렸다.

"생각해 봤는데, 아무리 생각해도 난 괜찮아."

영희는 철수의 대답이 반갑지 않았다.

"난 자기랑 꼭 결혼하고 싶어."

철수의 완강함에 영희는 시간이 흐르고 철수가 현실을 좀 더 직시하면 변할 것이라는 생각이 들었다. 영희는 철수를 떠나보낼 생각이었다.

"그럼, 우리 돈을 좀 모으고 결혼 자금도 준비가 되면 그때 생각해 보자. 결혼을 좀 천천히 했으면 해."

"난 이런 상황일수록 더 빨리 결혼하는 게 낫다고 생각해. 서로 의지도 되고 돈도 빨리 모으고. 그냥 우리 결혼하자, 응?"

영희는 철수가 너무 고마웠다. 하지만 여전히 결혼은 아니라고 생각했다.

"결혼은 좀 더 생각해 볼게."

그날의 이야기는 그렇게 마무리가 되었다. 철수는 그날 이후로도 예전과 다름없이 영희를 대했지만 영희는 마음 한구석이 늘 불편했다.

'나중에 나를 원망하면 어쩌지?

◇◇◇◇
첫인사

"저기, 내가 집에 자기 얘기를 했어. 한번 데려오라고 하시는데."

"난 좀 부담스러워, 아직은. 당장 결혼할 것도 아니고."

"그냥 저녁밥만 같이 먹는 거야. 부담 갖지 마. 그냥 얼굴만 보는 거야. 궁금해하시니까…"

"그래도 난 부담스러운데. 마음의 준비도 안 됐고…"

철수의 끈질긴 설득으로 결국 영희는 철수의 집에 인사를 하러 가게 되었다. 철수의 본가는 산청이었다. 영희는 치마 정장을 입고 과일 바구니를 준비하여 저녁 식사 시간에 철수의 집을 방문했다. 철수의 집까지는 2시간 10분이 조금 더 걸렸다.

철수의 집 앞에 도착하니 크게 '갈비탕'이라는 간판이 붙어 있었다. 철수의 집은 식당과 집이 한 데 있었다. 신발을 벗고 들어가는 좌식 식당은 제법 컸다. 4인용 좌식 테이블이 15개 정도 있었고 뒤쪽으로 부모님의 방과 철수가 쓰던 방, 여동생들이 함께 쓰는 방이 나란히 붙어 있었다. 거실이 따로 없고 식당이 곧 식사하는 곳이면서 거실이고 생활하는 공간이었다. 아파트가 따로 있긴 했으나 전세를 주고 있었다.

영희와 철수가 들어서니 부모님과 동생들이 반갑게 맞아주었고 식당 테이블에 저녁 식사가 차려져 있었다.

으레 인사 자리가 그렇듯 영희의 가족에 대해 이것저것 질문이 오갔고 영희가 상당히 마음에 드는 듯 분위기는 화기애애했다. 밥 먹는 속도가 느린 영희는 철수의 가족이 모두 식사를 마쳤는데도 밥을 반 그릇밖에 먹지 못했다. 그런데 더 먹으라는 철수 어머니의 권유를 끝내 거절하지 못해 한 그릇을 더 먹는 바람에 온 식구가 지켜보는 가운데 혼자 식사를 하는 풍경이 벌어졌다.

여동생들은 오빠가 집에 여자친구를 데려온 게 처음이라며 영희를 계속 쳐다보았다. 다들 반갑게 맞아 주니 영희는 조금이나마 긴장이 풀리는 듯했다.

식사를 마치고 커피까지 마신 후 자리에서 일어나자 철수의 어머니가 영희를 붙잡았다.

"이왕 온 김에 자고 가렴."

"네? 아, 아니에요. 괜찮아요."

"아이고, 괜찮아. 저기 옆방에 이불 깔아 줄 테니까 철수랑 같이 자고 가. 내일 아침도 같이 먹고 천천히 가렴."

"네? 아직 결혼도 안 했는데 어떻게….”

영희는 얼굴이 빨갛게 달아올랐다.

"요새 그게 뭐 부끄러운 일인가? 괜찮아. 자고 가."

"아유, 참. 엄마는! 결혼도 안 했는데 그건 좀 그래!"

"그런가? 그럼 다음에 또 놀러 와. 같이 저녁 먹고 그때는 자고 가렴."

"아, 네…. 그…."

"엄마, 우리 간다!"

철수는 얼버무리는 영희를 얼른 데리고 나왔다.

차를 타고 돌아오면서 철수가 먼저 말을 꺼냈다.

"많이 놀랐지? 엄마도 참…."

"응, 좀…. 근데 내 사정 말씀드렸어? 엄청 반겨 주시길래."

"응, 괜찮다고 하셨어. 둘이 잘 살면 된다고."

"진짜?"

"그럼, 그러니까 빨리 결혼하자."

"생각해 본다니까 그러네…. 그런데 자기 여자친구 집에 데려간 게 정말 내가 처음이야? 전에 만난 사람들 있었을 텐데?"

"응, 처음이야. 워크숍에서 너 만나기 전에 잠깐 만난 사람이 있었어. 집에 한번 데려가려고 했는데 엄마가 데려오지 말라고 했어."

"왜?"

"간호사였거든."

"집안에 간호사 있으면 좋은 거 아냐? 아플 때 집에서 링거도 맞을 수 있고 건강도 챙겨 줄 테고. 좋을 것 같은데?"

"3교대 근무니까 생활이 일정하지 않다고 반대하셨어. 내 동생이 간호사거든."

"그런데 난 왜? 우리 집 사정 다 들으셨다면서."

"자기 직업 이야기하니까 바로 데리고 오라고 하시더라고. 자기 직업이 워낙 좋잖아."

"그렇구나…."

"좋지, 뭐. 반대도 안 하시고 오늘 엄청 좋아하시는 거 자기도 봤지?"

영희는 집안 사정과 건강상의 문제를 다 알고도 문제 삼지 않는 지금의 상황이 현실이 아닌 것 같았다. 당황스럽기도 하고 신기하기도 하고 감사하기도 했다.

"저기, 약국에 잠시 들렀다 가자. 나 체했나 봐."

긴장한 탓인지 영희는 그만 체하고 말았고 소화제를 먹어야 했다. 철수는 그런 영희가 귀여워 미소를 지었다.

"우리 집에 다녀왔으니 이제 자기 집에도 인사하러 가자."

"난 아직 집에 자기 이야기 안 했는데?"

"이번 기회에 말씀드리면 되지. 얼굴만 뵙는 건데 뭐 어때?"

일주일 뒤 두 사람은 영희의 집으로 인사를 드리러 갔다. 이런저런 이야기를 나누다가 영희의 어머니는 영희가 걱정했던 이야기를 꺼냈다.

"우리 집은 교회를 다녀서…. 혹시 결혼하려면 자네도 교회를 다녀야 하네."

"아… 네, 생각해 보겠습니다."

"자네 집이 종갓집이라니 제사가 많을 텐데 우리는 제사가 없어서 사실 영희가 힘들어할 것 같아서 걱정이야. 그리고 한 가지 확실히 해 둘 것이 있어. 결혼해도 영희는 교회에 계속 다닐 거고 자네 집이나 자네가 반대해서는 안 돼."

"네, 알겠습니다."

영희는 조마조마하여 철수와 엄마의 표정을 번갈아 가며 살폈다. 무사히 저녁 식사를 마치고 돌아와서 철수도 소화제를 먹었다. 영희는 '풋' 웃음을 터뜨렸다.

"엄마가 교회 이야기해서 많이 곤란했지?"

"우리 집이 제사도 지내고 불교이긴 한데, 난 종교에 관심 없어."

"나도 그래. 대학 다닐 때 교회 뛰쳐나왔어. 주말에 집에 가면 어쩔 수 없이 따라가긴 해. 엄마는 두 집안의 종교가 다르니까 우리가 만나는 걸 많이 걱정하시는 것 같아."

"우리 결혼 반대하시면 어쩌지?"

결국, 영희는 교회에 안 간다고 하고 철수는 교회에 다니겠다고 하고 두 집안은 상견례를 했다. 차이가 있다면 철수의 어머니는 결혼식 날을 잡을 생각으로, 영희의 어머니는 일단 얼굴만 볼 생각으로 상견례를 한다는 점이었다.

상견례 날, 두 가족이 마주 앉았다. 영희는 아버지의 자리가 비어 있는 것이 허전하고 마음이 아팠다.

"이왕 이렇게 만난 김에 결혼식 날을 바로 잡으면 어떨까요?"

"글쎄요, 영희가 아직 어리고 사회 생활한 지 2년 정도밖에 안 되어서 좀 더 시간을 가졌으면 좋겠어요."

"우리는 간단하게 할 생각이에요. 예단 이런 거 없어도 되고요, 예물도 본인들끼리 간단하게 반지만 알아서 하겠다고 해요. 그냥 예의상 현금만 주고받고 간단하게 식을 올리면 되지 않을까요? 상이불 이런 거 안 해도 돼요, 사돈. 집은 지금 아들 사는 원룸으로 시작하고 나중에 둘이 벌고 제가 좀 보태 주고 해서 넓혀가면 되고요, 네?"

철수의 어머니는 벌써 사돈이라 부르고 있었다. 철수의 어머니가 강력하게 결혼을 밀어붙여서 결국 결혼식 날짜가 잡혔고 어느새 영희와 철수는 웨딩 촬영을 하고 있었다. 웨딩 촬영 후 철수의 본가를 방문했다. 그런데 철수의 어머니가 갑자기 예물 이야기를 꺼냈다.

"그래도 결혼인데 내가 예물 하나는 해 주고 싶구나. 내가 아는 금은방이 있는데 같이 가서 한번 골라 보렴. 예물은 해 두는 게 좋단다. 나중에 갑자기 돈이 급할 때도 요긴하게 쓰이거든."

영희가 커플 반지만 하겠다고 정중히 서설했으나 끝내 철수 어머니의 손에 이끌려 철수와 함께 금은방으로 갔다.

"마음에 드는 거로 골라 봐라."

철수 어머니의 말에 영희는 유리관 안을 열심히 들여다보았다. 한참을 들여다보던 영희가 고개를 들었다.

"저… 잘 모르겠어요."

"잘 살펴봐."

너무 옛날 디자인이라 영희는 마음에 드는 게 없었다.

"자기도 한번 봐. 난 못 고르겠어."

영희 옆에서 유리관 안을 살펴보던 철수가 한참 만에 고개를 들었다.

"나도 잘 모르겠어."

금은방 주인이 목걸이와 팔찌를 꺼내 보여 주었다.

"이건 어때요? 이건 좀 심플한데."

그나마 조금 나은 디자인이었다.

"이걸로 할게요."

영희의 목소리가 기어들어 갔다. 철수의 어머니는 목걸이, 팔찌, 반지 세트와 다이아몬드 반지를 따로 해 주었다. 그리고 온 김에 커플 반지도 여기서 하라고 하여 영희와 철수는 반지를 열심히 들여다보았다. 철수가 먼저 고개를 들었다.

"엄마, 반지는 우리가 알아서 따로 살게."

"온 김에 사고 가면 되지. 골라 봐."

영희와 철수는 주인아저씨의 눈치를 보며 겨우 반지를 선택했다.

"아들, 예물 마련하는 김에 너도 시계 하나 하는 게 어때?"

"나 걸리적거려서 시계 안 하고 다녀. 사 봤자 장식만 된다고."

사실이었다. 철수는 시계를 귀찮아했다.

"그럼, 시계 대신 네 커플 반지 큐빅을 다이아몬드로 하면 될 것 같구나."

"남자 반지에 다이아몬드를 왜 박아. 결혼하면 남자는 살쪄서 대부분 반지 안 끼고 다녀. 필요 없어."

"나중에 돈이 급한 일이 생기면 쓰면 되지. 영희야, 괜찮지?"

"아, 네…."

"사돈어른께 전화드려야겠다."

영희의 어머니는 전화를 받고 당황했지만 딸에게 예물을 해 주었다는 말에 철수의 반지 비용을 내기로 하였다.

예물을 하고 집으로 돌아오는 길에 영희는 조심스레 말을 꺼냈다.

"저기, 자기야. 나 혼인신고는 좀 천천히 했으면 해. 몇 달은 살아 보고 하는 게 좋을 것 같아. 요즘엔 그렇게들 많이 한대."

"그래, 그렇게 해."

의외로 시원하게 답하는 철수의 말에 영희는 안심이 되었다.

영희와 철수는 각자의 직장에 청첩장을 돌렸다.

"어머, 축하해. 영희 씨!"

"고맙습니다."

"어쩐지 요새 얼굴이 좋더라니~ 집은 구했어?"

"신랑이 원룸에 살고 있는데 거기서 살다가 같이 벌면서 늘려 가려고요."

"시댁에서 집 안 해 줬어? 영희 씨 정도면 서로 데려가려 할 텐데?"

"시댁에서 집을 왜 사 줘요?"

"원래 남자가 집 해 오잖아. 여자는 살림이랑 혼수 마련해 가는 거고."

"전 결혼은 독립이라 생각해요. 경제적으로도 정신적으로도 본인들이 책임지는 게 진짜 독립이잖아요. 너무 어려우면 도와주실 수도 있겠지만 우리가 요구할 권리는 없다고 생각해요. 안 도와준다고 서운해하지도 않을 거고요. 부모님 돈이지 우리 돈이 아니잖아요."

"어머, 요즘 맞벌이해서 집 사는 거 불가능해. 아직 순진하네, 영희 씨."

"독립이란 게 선을 긋는 것도 좀 있는 것 같아요. 시댁이나 친정에서 받으면 그만큼 요구를 들어줘야 하는 부담감 같은 거요. 특히나 시댁은 더 그런 것 같아요. 전 우리나라 시댁 문화가 제 상식으로는 도저히 이해가 안 돼요. 둘이 결혼해서 독립하고 새로운 가정을 꾸리는 건데 왜 며느리가 시댁에서 시키는 대로 쩔쩔매야 하는지, 시어머니 눈치 보며 따라다니면서 일해야 하는지 도무지 모르겠어요. 더군다나 요즘엔 거의 맞벌이잖아요. 전 시부모님께 집 받고 그렇게 살고 싶지 않아요."

"시댁에서 집 안 받아도 다들 그렇게 살더라. 영희 씨 힘들겠다. 게다가 종갓집이라면서?"

"실은 그게 걱정이에요. 명절 제사까지 5개나 된다던데요."

영희의 얼굴이 어두워졌다.

"숙모님들은 있어? 몇 분이야?"

"세 분 계세요."

"에이~. 그럼 걱정 없네, 뭐. 우리 집도 제사 3개 있는데 숙모님 두 분이 알아서 다 하셔. 난 음식 나르고 설거지만 해. 숙모님이 세 분이나 있으면 더 걱정 안 해도 되겠네. 그리고 요즘 누가 공무원 며느리 부려먹어?"

영희는 선배의 말에 조금 안심이 되는 듯했다.

결혼 준비는 빠르게 진행되었다.

"한복은 어디에서 맞출 거니?"

"알아보는 중이에요."

"내가 아는 집에서 맞추면 싸게 맞출 수 있는데."

"저희가 알아서 할게요, 어머니."

"그러지 말고 내가 아는 집에 가서 맞추자. 얼마 입지도 않을 건데 많은 돈 쓸 필요가 있니?"

철수 어머니는 영희와 철수를 데리고 한복을 맞추러 갔다. 치수를 재고 2주 뒤 한복을 찾으러 간 영희는 실망을 금치 못했다. 가장 기본만 들어간 자수와 무늬는 그렇다 치더라도 한복의 소매가 크게 둥글어 옛날 한복을 입은 듯했다. 주차장이 넓어서 편하다며 철수 어머니가 정해 준 예식장에서 드레스 피팅을 하는 날, 마음에 드는 드레스가 없어 영희는 울음을 터뜨리고 말았다. 이미 결혼식을 망친 기분이었다. 철수는 우는 영희를 달래느라 애를 먹었다.

결혼을 앞둔 주말 영희는 철수의 본가에서 점심 식사를 함께했다. 식사 후 철수의 어머니는 영희에게 이것저것 설명을 했다.

"우리 집은 제사를 지내니까 결혼하고 나면 넌 교회에 가면 안 된다. 한 집 안에 종교가 둘이면 안 좋은 일이 생겨. 그리고 처음 1년 동안은 제사 지낼 때 모두 와야 한다. 집안 어른들 얼굴도 익히고 친척들과 인사도 해야 하니까. 그다음 해부터는 고조 제사는 안 와도 되고, 증조 제사는 시간 되면 오고 시간 안 되면 안 와도 된다. 할아버지, 할머니 제사는 꼭 와야 한다. 그리고 결혼하고 3개월은 매주 집에 오거라. 처음이라 어색할 텐데 어차피 이제는 한 가족이고 서로 친해져야 하지 않겠니?"

철수의 바로 아래 동생 수영이가 말을 끊었다.

"엄마는! 새언니 부담스럽게!"

"그래야 빨리 친해지지! 참, 그리고 내가 네 앞으로 보험 하나 들었다."

"네? 보험이요? 제가 하면 되는데요….."

"너도 이제 우리 집 식구잖아. 내가 보험료 계속 내 줄 테니 신경 안 써도 된다. 우리 아들 취직 전에 들었던 보험도 내가 계속 내고 있어."

"너무 죄송해서요….."

"가족인데 뭐 어떠니."

"감사합니다….."

철수의 막냇동생 수진이가 거들었다.

"결혼도 안 했는데 보험부터 챙긴 거야? 엄마, 새언니 진짜 마음에 드나 보네."

"그리고 우리 집이 식당 겸 집이다 보니 네가 부담스러울 수도 있는데 다른 거 하나도 안 해도 된다. 그냥 컵만 씻어서 엎어 놓으면 돼."

'시댁에 올 때마다 시어머니는 식당에서 일하고 계실 텐데, 컵만 씻어 놓고 앉아 있을 수 있을까? 안 될 것 같은데….'

영희는 큰 산 앞에 서 있는 느낌이었다.

영희가 결혼식을 앞두고 신혼여행 동안 자리를 비우게 되니 직장에서 미리 이것저것 일 처리를 하느라 정신이 없을 때 이모에게서 전화가 왔다.

"영희야, 축하한다. 준비하느라 정신이 없지?"

"네, 이모. 얼떨떨해요. 진짜 결혼하는 건가 싶기도 하고요."

"그래, 원래 결혼이 그렇지. 신랑집이 식당을 크게 한다면서? 잘 됐구나. 네가 장녀니까 집안을 일으켜야지. 그래서 엄마 용돈도 넉넉하게 드리고 동생들도 챙기고…. 암튼 축하한다. 식장에서 보자~"

"네, 이모. 고마워요."

영희는 이모의 축하 전화가 무겁게 느껴졌다.

'그래도 성진이가 취직했으니까 괜찮겠지….'

성재는 졸업을 앞두고 바로 취직이 되어 일찌감치 회사 생활을 하고 있었다. 보수도 영희보다 많았고, 전문대를 간 막내 성진이도 졸업을 앞두고 있었다. 영희는 아버지가 계시지 않아 학비 걱정에 전문대를 간 막내가 마음에 걸렸다. 동생들을 좀 더 돕지 않고 빨리 결혼하는 게 미안한 영희였다.

II

결혼 후 8개월 동안의 기록

◇◇◇◇

D-day

결혼식 날 아침, 영희는 새벽 일찍 택시를 타고 결혼식장으로 먼저 출발했다. 영희는 택시를 타고 가는 내내 창밖을 내다보았다. 괜히 눈물이 났다. 너무 일찍 결혼하는 건 아닌지, 이렇게 결혼해도 되는 건지 혼란스럽고 예상할 수 없는 앞날이 불안하고 무서웠다. 도망가 버릴까 하는 생각도 들었다.

어쩌면 영희는 결혼을 감당하기에는 너무 어렸는지도 모른다.

영희와 철수가 결혼하는 날은 길일이라 하여 결혼식이 가장 많은 날이었다. 로비는 사람들로 가득 차 다른 사람의 어깨를 스치지 않고는 지나다니기 힘들 정도였다. 신부 화장을 하기 위해 자리에 앉은 영희는 가슴이 두근거려 얼굴이 달아올랐다. 신부 화장과 머리를 하고 눈을 떠 거울을 본 영희는 경악했다. 영희가 한 화장과 머리는 80년대 신부를 연상시켰다. 영희를 본 철수도 실망한 표정이 역력했다. 부끄러워 화끈거리는 얼굴로 식장의 문 앞에서 대기하던 영희는 숨을 크게 들이쉬었다. 모든 게 마음에 들지 않았지만, 막상 문 앞에 서니 다시 긴장되었다. 영희는 큰 숨을 내쉬어 보았지만 팔과 다리가 부들부들 떨리고 심장이 쿵, 쿵, 쿵 빠르게 뛰었다. 철수도 내색은 하지 않았지만 긴장되긴 마찬가지였다.

영희는 아버지 대신 큰아버지의 손을 잡고 신부 입장을 하고 철수의 팔짱을 낀 채 주례사를 해 주시는 교수님 앞에 섰다. 영희는 주례사의 내용은 하나도 들리지 않고 제멋대로 뛰는 심장 소리만 들렸다. 다리는 덜덜 떨렸고 머리는 어지러워 쓰러질 것 같았다. 철수의 팔을 꼭 붙들었는데 철수의 팔도 심하게 떨리고 있었다.

결혼식은 30여 분 만에 끝이 났고 폐백까지 무사히 마친 후 가족들에게 인사를 했다. 철수의 친구가 운전하는 웨딩카 안에서야 긴장이 풀리며 졸음이 밀려왔다. 영희는 철수의 어깨에 기대어 잠이 들었다. 신혼여행을 가는 비행기 안에서는 두 사람 모두 곯아떨어졌다.

영화에서 보았던 멋지고 화려하며 여유로운 웃음이 넘치는 결혼식은 그냥 영화에서나 가능한 일이었다. 그래도 두 사람은 '이제 끝났다'며 큰 숨을 내쉬며 둘만의 여행을 떠났다.

2002년 12월, 영희와 철수가 결혼했다.

◇◇◇◇

시집간 영희, 장가간 철수

신혼여행을 다녀와서 영희의 집으로 가니 부엌이 음식으로 가득했다. 영희의 어머니는 이바지 음식을 만들고 있었다. 주문한 것 이외에 반찬을 더 만들고 있었던 것이다. 너무 많은 것 아니냐고 영희가 말렸지만, 어머니는 반찬을 충분히 가져가야 한다며 계속 음식을 만들었다.

저녁을 먹고 철수가 잠시 자리를 비운 사이 영희의 어머니가 목소리를 낮추어 말했다.

"실은 너 신혼여행 간 사이에 사돈에게 전화가 왔어. 친구들이 와서 상이불 구경을 하자고 한다고, 현금만 주고받기로 했지만 간단하게 상이불을 보내 줄 수 없겠냐고…. 그래서 이불 가게에 가서 제일 비싼 것으로 보냈다. 친구들이 구경하자고 하는데 차마 대충 보낼 수가 없더구나. 못 보내겠다고 하면 괜히 네가 책잡힐 것 같기도 하고…."

"엄마, 돈도 없으면서 어떻게 보냈어?"

영희의 눈에 눈물이 고였다. 이유는 모르겠지만 뭔가 억울하고 서러웠다.

지난번 철수의 커플 반지를 다이아몬드로 한다고 해서 돈을 더 써야 했기 때문에 영희는 엄마에게 더 미안했다.

"미안해, 엄마…."

'결혼이 이런 건가? 왜 이리 어려운 거야?'

묘한 감정을 느끼며 영희의 마음이 복잡해졌다.

다음 날 점심을 먹은 후 영희와 철수는 이바지 음식을 차에 가득 싣고, 영희에게 시가가 된 철수의 집으로 향했다. 긴장한 마음을 추스르고 문을 열고 들어선 순간 두 사람에게 철수 어머니의 불호령이 떨어졌다.

"누가 시집을 오후에 오냐! 사돈이 말씀 안 하셨니? 아니면 모르셨던 거니?"

"저… 몰랐어요. 죄송합니다."

영희는 죄인이 되어 고개를 푹 숙였다. 눈물이 날 것 같았다.

"아들! 너도 몰랐어?"

"아… 나도 몰랐지."

철수의 목소리도 기어들어 갔다.

"원래 시집오면 며느리한테 큰 상을 주는데 네가 안 와서 다 치웠다."

어찌할 바를 모른 채 서 있는 두 사람에게 철수의 어머니는 다시 나긋한 목소리로 들어오라고 했고 두 사람은 쭈뼛거리며 안으로 들어가 철수의 부모님에게 큰절을 올렸다.

잠시 후 철수가 차에서 이바지 음식을 꺼내왔다.

"세상에, 뭐가 이리 많아? 엄청 비싼 걸 하셨네!"

철수의 어머니는 진심으로 놀랐다. 결혼한 지 한참이 지나고 친척들의 이바지 음식을 보고서야 영희는 어머니가 제일 비싼 것으로 준비했다는 사실을 깨달았다.

시가에서 첫날 밤, 자기 전 인사를 건네는 영희에게 철수 어머니가 당부의 말을 했다.

"내일 아침 일찍 일어나서 한복 입고 절부터 하고 아침밥 차리면 된다."

영희와 철수는 안방 옆, 테이블이 있는 방의 테이블을 한쪽 구석에 쌓아 두고 이불을 깔았다. 영희는 내일이 걱정되고 긴장되어 늦게까지 뒤척이다 잠이 들었다.

시가에서의 첫날 아침, 영희는 새벽 일찍 일어나 한복을 입고 곱게 머리를 묶었다. 부엌으로 들어가 이바지 음식을 꺼냈지만, 뭐가 어디에 있는지 도무지 알 수가 없었다. 그렇게 영희가 헤매고 있을 때 철수의 어머니가 부엌으로 들어왔다.

"가정 살림집이 아니라서 뭐가 어디에 있는지 모르겠지?"

"네…."

"그럴 것 같더라. 내가 도와줄 테니 넌 음식을 나르고 상만 차리렴."

"네, 어머니…."

영희의 목소리가 기어들어 갔다. 상을 차리고 이제는 남편이 된 철수를 깨웠다. 시부모에게 아침 인사로 큰절을 한 후 철수의 여동생들까지 깨워 다같이 아침 식사를 했다. 결혼 후 첫 식사였다. 오후에는 선산에 가서 인사를 하느라 영희와 철수는 한복을 입은 채로 등산을 하다시피 했다. 철수 아버지의 본가 주변의 어른들에게 일일이 인사를 하고 이번에는 철수의 외할머니 집으로 인사를 하러 갔다. '시어머니의 친정'이었다. 철수의 외할머니와 이모분들, 외삼촌 두 분의 가족들 앞에서 절을 올렸다. 간단하게 다과를 하고 나오는데 큰외숙모님의 한마디가 영희의 귀를 때렸다.

"질부 시어머니가 뒤끝은 없는데, 말 때문에 힘들긴 할 거야. 질부가 고생이 많겠다."

영희는 이 말을 깊이 새겼어야 했다.

정신없이 오후를 보내고, 저녁을 먹고 나서야 영희와 철수는 신혼집으로 출발했다.

신혼집에 도착한 영희와 철수는 동시에 한숨을 쉬었다.

"하, 끝났다…!"

짐을 풀자마자 두 사람은 곯아떨어졌다. 내일은 출근하는 날이었다.

결혼 후 첫 출근을 하는 날, 버스 안에서 영희는 큰 나무 그늘 아래에서 따뜻한 봄바람을 맞고 있는 기분이었다. 말로 표현할 수 없는 안도감, 편안함에 영희는 가벼운 한숨을 쉬었다.

'이래서 결혼하는 거구나.'

출근하는 40분 내내 영희의 얼굴에서 빛이 났다.

◇◇◇◇

첫 번째 선물

결혼 후 시가에서의 첫 주말, 영희와 철수는 6시 30분 알람에 맞춰 일어나 한복을 입고 절을 하려고 했으나 철수의 어머니는 이제 안 해도 된다며 그냥 아침을 먹자고 했다.

"철수야, 피곤할 텐데 넌 들어가서 더 자."

아침을 먹자마자 철수 어머니가 철수를 방으로 보냈다. 철수는 뒤도 돌아보지 않고 방에 들어가 다시 잠을 잤고, 주유소에서 일하는 철수 아버지는 출근했다.

철수의 어머니는 장사 준비를 시작했다. 영희는 앉아 있는 내내 무엇을 해야 할지 몰라 마음이 불편했다.

"며늘아, 이리 와 봐라."

철수의 어머니는 영희를 불러 파를 한 뭉치 주며 잘게 썰라고 했다. 파를 다 썰자 철수의 어머니는 영희에게 반찬 담는 법, 담아야 할 반찬들의 종류를 가르친 후 손님 테이블에 놓는 걸 가르쳐 주었다. 10시 반이 좀 지나자 막내 수진이가 일어나 씻으러 나왔다.

"언니, 일찍 일어났네요. 잘 잤어요?"

"네, 아가씨."

곧 점심시간이 되고 영희는 철수 어머니에게서 배운 대로 음식을 나르고 식사가 끝난 자리의 빈 그릇을 가져왔다.

"그릇은 뚝배기랑 반찬 그릇을 따로 포개서 오고, 반찬 그릇은 이렇게 포개서 와야 해."

좌식 테이블이라 허리를 숙이고 일을 하는 것은 힘든 일이었다. 뚝배기는 너무 무거웠고 남은 반찬을 정리해서 모으는 것도 기분이 좋지 않았다.

점심시간이 지나고 철수 어머니와 가족의 식사를 준비한 후 철수를 깨워 늦은 점심을 먹었다. 점심 설거지까지 끝나자 철수는 소설책을 읽고 있었고 수진이는 외출했다. 둘째 수영이는 늦게 일어나 야간 근무라며 출근을 했다. 영희는 커피를 마시며 철수 어머니와 마주 앉았는데 철수 어머니가 종이를 내밀었다.

"우리 집 제사, 생일, 집안 행사가 적힌 날짜야. 잘 기억해 두었다가 챙기렴. 시누이들 생일도 적긴 했는데 시누이들 생일은 안 챙겨도 된다. 그리고 결혼했으니 일주일에 한 번은 전화해라. 서로 안부도 묻고, 네 시아버지도 좋아하실 거야."

"네, 어머니."

"참, 너 생일이랑 태어난 시각이 언제니? 궁합을 좀 보려고 하는데."

"이미 결혼했는데 꼭 궁합을 볼 필요가 있을까요?"

"아이, 그냥 한번 보는 거지 뭐. 좋으면 좋은 거고 안 좋게 나오면 그냥 그런가 보다 하는 거고. 그런데 네 생일이 음력이야?"

"양력이에요."

"우리 집은 다 음력으로 지내는데, 너도 음력으로 바꿔라. 그래야 내가 챙기기도 수월하고."

"저희 식구들은 모두 양력으로 지내요. 그리고 지금까지 양력으로 지내며 살아왔는데 바꾸고 싶지는 않아요."

"그래도 음력으로 하면 좋을 텐데…."

이런저런 이야기를 하다 보니 저녁 시간이 되었고 철수의 아버지가 퇴근하여 돌아왔다. 철수는 TV를 보고 있었고 영희는 철수 어머니와 저녁 장사를 시작했다. 저녁 설거지를 마치고 가게 정리를 어느 정도 마무리한 후 9시가 되어서야 철수와 영희는 시가를 나섰고 30분 거리에 있는 영희의 친정으로 가서 간단히 차를 마신 후 신혼집으로 돌아왔다. 영희는 집에 오자마자 쓰러져 잠이 들었다.

다음 주 주말, 토요일 오전 근무를 마치고 점심을 먹은 후 입을 옷을 챙겨 4시 30분쯤 시가에 도착했다. 문을 열고 들어가는 철수와 영희에게 철수 어머니가 불같이 화를 냈다.

"이렇게 늦게 오면 어떡해!"

"어머니, 저희 점심 먹고 짐 챙겨서 바로 출발했어요."

"다음부터는 점심 먹지 말고 와라!"

영희는 목이 메어 오는 것 같았다. 그 후로부터 영희와 철수는 토요일마다 점심밥을 거르고 바로 시가에 갔다. 점심을 안 먹었으니 갈비탕을 먹으라고도 했지만 3시에 점심을 먹기에는 부담스러워 정말 배가 고프지 않은 때가 아니면 점심은 건너뛰었다.

방에 가방을 가져다 놓고 나오는 영희를 철수 어머니가 다정하게 불렀다.

"며늘아~ 이리 와 봐라. 내가 줄 게 있다."

철수 어머니는 종이 가방을 내밀었다. 갈색 천이 보였다. 영희는 두근대며 안에 든 것을 꺼내 들었다.

"이게 뭐예요?"

"선물이다. 내가 너 주려고 특별히 챙겼어. 결혼 첫 선물이란다."

영희는 접힌 물건을 펼쳐 들었다. 갈색 앞치마에 소주 브랜드 이름이 또렷하게 적혀 있었다.

"우리 식당에 음료수 납품하는 업체에서 앞치마를 종종 몇 개씩 주는데 맨날 초록색만 들어오다가 이번엔 갈색으로 왔더라고. 예뻐서 너 주려고 내가 하나 따로 챙겨뒀다. 나머지는 서랍장 안에 있어. 어때, 이쁘지?"

"아, 네⋯."

"그거 매고 우리 아들 맛있는 거 많이 해 주라고."

철수 어머니는 활짝 웃음을 지었다. 영희는 옆에 서 있는 철수를 쳐다보았다. 철수는 말없이 앞치마를 쳐다보고 있었다.

저녁을 먹고 문득 영희는 궁합을 본 게 생각나 결과를 물었다. 철수의 어머니가 당황한 듯 머뭇거렸고 철수의 아버지는 시선을 피했다.

"너희는 궁합이 안 나온다는구나."

영희는 그런가 보다 하고 더 이상 묻지 않았다. 8시가 되어 친정에 간 영희와 철수는 커피를 한 잔 마시고 집으로 향했다. 집에 도착한 영희는 앞치마를 부엌 서랍 깊숙이 넣고 다시는 꺼내지 않았고, 집에서 원래 하던 앞치마마저도 다시는 하지 않았다.

40분 거리를 매일 출퇴근하고 토요일 근무를 마친 후 점심도 먹지 않고 시가에 가서 일하고, 일요일에는 6시 30분에 일어나 밤 8~9시까지 일한 후 친정까지 다녀오는 일과에 영희는 점점 지쳐 갔다. 철수는 토요일이면 새벽 3시가 넘도록 소설책을 보다가 일요일 점심상을 차린 후에 깨워야 일어났으며 식당 일은 전혀 하지 않았다.

주말을 시가에서 보낸 지 한 달이 되어갈 무렵 토요일 밤, 영희는 가게 뒷정리를 하고 잘 주무시라고 시부모에게 인사를 한 후 철수 옆에 누웠다. 잠이 오질 않았다. 몸도 힘들고 마음도 힘들었던 영희는 눈물이 났다. 참으려고 했지만 결국 영희의 베개에는 굵은 눈물방울들이 떨어지기 시작했다. 영희는 철수에게 등을 돌리고 누웠다. 철수는 영희가 훌쩍거리는 소리에 말없이 영희를 껴안고 눈물을 닦아 주었고 영희는 이불을 끌어당겨 얼굴을 덮었다. 언제 잠들었는지 모르게 영희는 잠이 들었다.

다음날 밤, 시가를 나서며 인사를 하는 영희에게 철수의 어머니가 역정을 냈다.
"너는 일주일에 한 번씩 전화하라고 했는데 왜 지난주에 전화 안 했어?"
"아, 요즘 회사 일이 좀 바빴어요. 죄송해요. 그래도 저희 매주 오잖아요, 어머니."
"오는 건 오는 거고. 전화는 매주 해야지. 네 시아버지가 전화 기다린단 말이다. 잊지 말고 꼭 해라."

◇◇◇◇

신혼입니다

퇴근 후 영희와 철수는 늘 함께 마트에 갔다. 채소와 고기, 과일을 사고 집에 와서는 함께 저녁밥을 준비했다. 요리를 잘하는 철수는 국을 도맡아 끓였고 영희는 밑반찬을 준비했다. 철수가 설거지를 도우려 하자 영희는 설거지 양이 얼마 되지 않으니 혼자 하겠다며 고무장갑을 꼈다. 설거지하는 영희를 철수가 뒤에서 껴안은 채 한 손으로 그릇을 헹궜다. 밤이 되자 철수는 출출하다며 만두 한 봉지를 꺼내 프라이팬에 구워 접시에 담아 왔다. 철수는 야식을 즐기는 편이었다. 함께 장을 보고 저녁 식사를 준비하며 두 사람은 알콩달콩 신혼을 즐겼다.
철수가 회식하는 날, 영희는 혼자 밥을 먹고 소설책을 읽고 있었다. 갑자기 철수에게서 전화가 왔다.

"응, 자기 웬일이야? 회식 벌써 끝났어?"

영희와 철수는 회식이 있는 날 서로에게 전화하지 않았다. 회식에 방해가 되지 않기 위해, 그리고 서로의 사회생활을 존중하는 의미에서 일찍 오라는 전화는 절대 하지 않았다. 따로 합의한 것은 아니었다. 그저 서로의 생각이 같은 두 사람이었다.

"아니, 지금 2차 와서 맥주 한 잔 더 하고 있어."

"아, 그래? 그런데 왜? 무슨 일 있어?"

"자기 지금 나올 수 있어? 우리 직원들이 자기 보고 싶다고 해서."

"자기 회사 회식인데 내가 어떻게 가? 됐어."

"우리 부서 사람들밖에 없어. 회식 거의 끝나가니까 와서 잠깐만 있다가 나랑 같이 들어가면 되지."

전화기 너머로 직원의 목소리가 들려왔다.

"철수 씨가 영희 씨 예쁘다고 엄청 자랑했어요~ 자기가 먼저 보여 주고 싶다고 한 거예요~"

곧이어 직원들의 웃음소리가 들려왔다. 영희의 얼굴이 달아올랐다.

"우리도 보고 싶어요~ 잠시만 왔다 가요~"

"거봐. 사람들이 자기 보고 싶어 하잖아. 잠시만 와. 집에서 가까워."

영희는 어쩔 수 없이 옷을 갈아입고 술집으로 향했다. 문을 열고 들어서니 철수와 직원들이 웃으며 손을 흔들었다. 영희의 얼굴이 또다시 달아올랐다. 영희는 수줍게 철수의 옆자리에 앉았다.

"철수 씨가 미인이라고 하도 자랑을 하기에 궁금했는데 진짜 미인이시네요."

"그러게요. 빈말이 아니었네."

영희는 몸 둘 바를 몰라 대답도 못 한 채 웃기만 했다.

"철수 씨가 회사에서 집사람 자랑을 얼마나 하는지 몰라요. 귀에 딱지 앉는 줄 알았다니까요."

영희는 철수를 쳐다보았다. 철수의 얼굴이 빨갛게 달아올라 있었다.

"철수 씨 집사람 오니까 표정이 완전히 다르네요. 철수 씨 이런 얼굴 처음 봐요. 직장에서는 까칠하고 엄격한데."

너무 진지하게 이야기하는 바람에 영희는 두 눈을 동그랗게 뜨고 직원을 쳐다보았다.

"지난번에 컴퓨터 좀 봐 달라고 했더니 컴퓨터 관리를 어떻게 이렇게 하냐며 막 까칠하게 말하더라고요. 철수 씨 회사에서 일할 때는 까칠한 편이에요."

"대신 일을 잘하잖아요. 꼼꼼하게 챙기고, 컴퓨터도 잘 만지고."

영희는 직원들의 대화에 끼어들 수 없어 그저 듣고만 있었다.

"와~ 그런데 집사람 오니까 표정 싹 변하네."

"팔불출이야, 팔불출."

회사직원은 크게 웃음을 터뜨렸고 철수는 민망한 듯 술잔을 비웠다.

"영희 씨라고 했죠? 그런데 여동생이나 언니 없어요? 있으면 저 좀 소개해 주시면 안 돼요?"

젊은 남자 직원이 조심스럽게 물었다.

"아, 전 남동생만 둘 있어요."

"아! 아까워라."

철수의 직원들과 맥주를 나눠 마신 영희와 철수는 자리에서 일어났다. 두 사람은 다정하게 깍지 낀 손을 잡고 집으로 천천히 걸어갔다.

"자기야, 뭐 해?"

회식 중이던 철수에게 전화가 왔다.

"TV 보고 있었어. 그런데 왜 이렇게 시끄러워?"

"지금 노래방이야. 자기 지금 나올 수 있어?"

"또?"

"응, 지금 분위기 엄청 좋아."

"노래방이잖아. 나 안 가. 노래라도 시키면 어떡해?"

"노래 안 시킬게. 와서 조금만 앉아 있다가 같이 가자."

영희는 어쩔 수 없이 외투를 걸치고 집에서 멀지 않은 노래방으로 걸어갔다. 노래방 앞에 철수가 기다리고 있었다. 룸 안에는 지난번 술집에서 만났던 직원들이 술이 거나하게 취한 채 노래를 부르고 있었다. 영희가 들어간 후 분위기는 무르익어 정점을 달리기 시작했다.

"영희 씨, 노래 한 곡만 해 봐요."

"그래요, 신부 노래 한번 들어 봐요."

주변 사람들이 호응하며 박수하기 시작했다. 영희가 곤란한 표정으로 어쩔 줄 몰라 머뭇거리고 있자 철수가 대신 나서 노래를 불렀다.

"에이~ 영희 씨 노래 듣고 싶었는데. 그럼 블루스라도 추든가~"

결국, 다른 직원의 발라드 노래에 맞춰 영희와 철수는 블루스를 췄다. 두 사람의 블루스 타임이 끝나자 철수가 마이크를 잡았다.

"이 노래를 사랑하는 나의 아내 영희에게 바칩니다."

직원들의 환호와 박수 소리가 울려 퍼지고 영희는 부끄러워 양 볼을 감쌌다. 철수가 선택한 곡은 '아로하'였다. 철수가 노래를 시작하자 직원들은 일제히 두 팔을 높이 들어 올려 좌우로 흔들었다. 노래를 부르던 철수가 영희에게 다가와 손을 내밀었다. 영희가 손을 잡자 철수는 영희를 앞으로 데리고 나와 영희의 얼굴을 바라보며 노래를 불렀다.

영희와 철수는 참기름 냄새 폴폴 나는 '신혼'이었다.

12월 크리스마스를 앞둔 주말, 시가에서 주말을 보내고 집으로 가려는 두 사람을 철수 어머니가 불러 세웠다.

"내일모레 크리스마스잖아. 전날에 내려와라. 크리스마스 같이 보내면 좋잖니? 같이 케이크 사서 초도 켜고 크리스마스 축하도 하고."

"엄마, 나 26일부터 동호회 사람들하고 태국 여행 가야 해. 못 와."

"24일에 왔다가 25일에 가면 되잖아."

"그냥 크리스마스는 우리끼리 보낼게. 엄마랑 아빠는 절에 다니면서 크리스마스에 케이크는 무슨!"

단둘이 크리스마스를 보낸 철수는 3박 4일 동안 태국에 다녀왔다. 4일 만에 철수가 집에 들어오자 영희는 맨발로 문밖에 나가 철수의 목에 매달렸다.
"나 보고 싶었어?"
"응, 응."
"들어가자, 자기한테 줄 거 있어."
문을 닫은 철수는 캐리어를 열어 작은 빨간색 벨벳 재질의 상자를 내밀었다.
"열어 봐."
뚜껑을 열자 빨간색 보석이 박힌 반지가 들어 있었다.
"루비 반지야. 루비 반지를 약지에 끼고 있으면 심장에 좋대서. 자기 심장 약하잖아. 맞을지 모르겠다. 최대한 맞춰서 사긴 했는데."
영희는 약지에 반지를 끼웠다. 살짝 크긴 했지만 거의 맞았다.
"고마워, 자기야아~~"

◇◇◇◇

예물의 의미

반지를 선물 받은 후 영희는 결혼반지 대신 루비 반지를 끼고 다니며 직장 동료들에게 자랑했다. 철수가 영희를 위해 고심해서 사 준 의미 있는 반지였기에 결혼반지는 눈에 들어오지도 않았다. 철수는 반지가 걸리적거리고 결혼 후 살이 쪄서 손가락에 맞지 않는다며 결혼반지를 끼고 다니지 않았다.
정장을 자주 입지 않는 영희였지만 가끔 원피스를 입고 출근할 때면 예물로 받은 목걸이, 팔찌를 하곤 했다.

"어머, 영희 씨. 목걸이 예물인가 봐요?"

"아, 네."

"아, 그런데 너무 나이 들어 보인다. 요즘 젊은 사람들 이런 거 안 하는데."

"시어머니가 아는 금은방에 가서 하자고 하셔서 거기서 했는데요, 마음에 드는 게 없더라고요."

"그럼, 다른 데 가서 하자고 하지 그랬어."

"아는 사람 가게라는데 어떻게 그냥 나와요…."

"그럼 영희 씨 끼고 다니던 결혼반지도?"

"네."

"어쩐지…. 말은 안 했지만 좀 촌스럽더라."

"그나마 제일 나은 거로 한 거예요."

"결혼반지보다 지금 영희 씨가 끼고 있는 반지가 훨씬 낫네. 루비면 비쌀 텐데. 영희 씨 남편한테 정말 많이 사랑받고 사는구나."

"그래 보여요?"

영희는 활짝 미소를 지어 보였다.

'정작 우리만의 의미 있는 커플링이 없네. 결혼반지만큼은 우리가 알아서 하겠다고 끝까지 버텨야 했었는데…. 왠지 커다란 추억 하나를 뺏긴 기분이야. 새로 커플링을 하나 살까?'

며칠 후 영희는 철수에게 커플링을 새로 하나 맞추는 게 어떠냐고 물었지만, 철수는 반지를 끼는 게 너무 거추장스럽다며 다음에 하자고 했다. 서운한 마음이 들었지만, 루비 반지도 계속 끼고 싶어 철수의 말에 따르기로 했다. 영희는 예물과 결혼반지를 벨벳 상자에 넣은 뒤 서랍 깊숙이 보관했고, 선물 받은 반지만 끼고 다녔다. 철수 역시 결혼반지를 찾지 않았다.

비 오는 수요일

철수는 주말이 아닌 주중에 늘 바쁘게 지냈다. 동호회 모임, 축구 모임, 배구 모임, 선배들과의 술자리 등으로 늦는 날이 많았다. 그런 날이면 영희는 혼자 저녁을 먹고 청소를 하거나 직장 동료들과 회식을 했다. 가끔 친구를 만나 맥주를 마시며 학창 시절 이야기를 나누기도 했다. 영희는 집에만 있는 것이 갑갑했다. 직장을 다니고 친구를 만나고 가벼운 술자리를 가지는 것이 즐거웠다. 직장은 절대 그만두지 않겠다고 생각하는 영희였다. 철수가 늦게 오는 것에도 스트레스를 받지 않았다.

철수는 늘 정장을 입고 다니기에 영희는 거의 매일 셔츠를 다려 옷걸이에 걸어 두었다. 그날도 영희는 옷을 다리고 있었다. 그때 문이 열리며 철수가 들어오더니 미니 장미가 핀 작은 화분을 내밀었다.
"비 오는 수요일에는 장미를 선물하는 거래."
철수는 화분을 내밀며 빙그레 웃었다. 영희는 웃으며 화분을 받고 입을 맞추었다. 다음에도, 또 그다음에도 비 오는 수요일이면 철수는 장미꽃 한 송이나 작은 장미 화분을 사 왔다.

어느 수요일, 그날은 비가 오지 않았다.
'비가 오면 좋을 텐데….'
영희는 서운한 듯 하늘을 올려다보며 퇴근길에 올랐다. 그날 철수는 배구 모임이 있는 날이었는데 8시가 채 되지 않아 들어왔다.
"오늘은 일찍 왔네. 웬일이야? 자기 오늘 정기 모임 하는 날이잖아."
"짠~"

철수가 빨간 장미 한 송이를 내밀었다.

"오늘 비 안 왔는데?"

"밖에 지금 비 와."

영희는 철수를 와락 껴안았다.

철수가 씻으러 들어간 사이 영희는 만두를 구웠다. 만두를 안주 삼아 맥주한 캔씩을 시원하게 들이킨 후 두 사람은 잠자리에 들었다.

◇◇◇◇

혼인신고

12월 31일, 새해를 앞두고 철수 어머니는 새해를 같이 하자며 시가로 오라고 전화를 했다. 철수는 설날에 가겠다고 했으나 1월 1일은 새해라 설날과 다르다며 퇴근 후 바로 와서 함께 저녁을 먹자고 했다. 영희는 케이크에 초를 켜고 12시에 새해 첫 키스를 하는 로맨틱한 밤을 포기해야 했다.

1월 1일 새해 아침, 새벽 6시 30분에 일어나 아침 식사를 하고 설거지를 마친 영희는 철수를 깨워 시부모에게 새해 첫인사로 큰절을 올렸다. 점심과 저녁 장사를 마친 후 뒷정리에 설거지까지 하고 신혼집으로 돌아온 영희는 철수에게 등을 돌린 채 누워 울다가 잠이 들었다.

주말이 되어 시가로 가는 내내 영희는 말이 없었다. 창밖만 바라보다 영희는 눈을 감았다. 너무 피곤해서 차를 돌리라고 말하고 싶었지만 참는 중이었다.

시가에 들어서는데 분위기가 좋지 않았다.

"너희들 아직도 혼인신고를 안 했니?! 결혼했는데 혼인신고를 안 하는 애들이 어디 있어?!"

"엄마, 어떻게 알았어?"

"인감이랑 주민등록등본 뗄 일이 있어서 서류를 뗐는데 너희 혼인신고가 안 되어 있잖아!"

"엄마, 때가 되면 우리가 알아서 할게. 요즘에는 살아 보고 혼인신고하고 그래. 우리가 알아서 해."

"그런 게 어딨어! 다음 주에 혼인신고하고 등본 떼서 들고 와!!"

주중에 영희와 철수는 혼인신고를 했다. 영희는 혼인신고 서류에 서명하려다가 잠시 멈추었다. 마음이 복잡했다. 이렇게 혼인신고를 하는 게 영 마음에 걸리고 기분이 좋지 않았다. 혼인신고를 마치고 동사무소를 나오며 철수가 "여보야~"라며 장난스럽게 불렀으나 영희는 피식 웃고 넘겼다. 강요로 혼인신고를 한 것 같아 마음 한구석이 불편한 영희였다.

주말에 시가에 가서 철수는 주민등록등본을 어머니에게 내밀었다. 철수 어머니는 등본을 펼쳐 보며 잘했다고, 결혼하면 혼인신고를 바로 하는 게 맞다며 미소를 지었다.

그날 밤, 철수가 분위기를 잡았다.

"여보~ 우리 이제 진짜 부부네."

철수가 영희를 끌어안았다.

"왜 이래~ 어머님 오시면 어쩌려고. 밤에 노크 안 하고 들어오시잖아. 놀란 게 한두 번이야?"

"지금 열한 시 넘었어. 괜찮아."

"바로 옆방이야, 소리 들리면 어떡해."

"주무실 거야. 이리 와 봐~"

영희도 못 이기는 척 철수의 품에 안겼다. 얼마 후 방문이 갑자기 벌컥 열렸다. 철수는 얼른 이불을 당겨 영희의 머리끝까지 덮고 발로 영희의 옷을 이불 밑으로 밀어 넣었다.

"아들, 뭐 하니? 안 자니?"

"엄마는! 노크 좀 해!!"

"얘가 새삼스럽게? 언제는 내가 노크하고 들어왔니?"

"왜?"

"너 내일 외할머니 집에 가서 무 좀 실어 와라. 간장도 받아 오고. 며느리는 자나?"

"아, 알았어! 집사람 자니까 빨리 가!"

"쳇! 알았다. 내일 일찍 일어나서 가라."

11시 반이 넘은 시각이었다.

◇◇◇◇
월급 통장

주말을 시가에서 보내고 영희와 철수는 집으로 가기 위해 짐을 들고나왔다. 철수 어머니가 두 사람을 배웅하기 위해 현관 앞에 섰다.

"잠깐만, 나 화장실 좀 다녀올게."

철수가 화장실로 간 사이 철수 어머니는 월급 이야기를 꺼냈다.

"너희들 월급날 다 되지 않았니? 너희 월급은 어떻게 관리하니? 네가 관리하니?"

"아직 각자 쓰고 있어요."

"그럼, 내가 통장 하나 만들 테니까 너희 둘 월급 그리로 입금해라."

"네?"

"너희 월급 입금하면 내가 매달 생활비 주고 나머지는 저축해 줄게. 그러면 쓸데없는 데에 돈 쓰지 않고 빨리 모을 수 있지 않겠니?"

'내가 일해서 번 돈인데, 내 월급을 왜 보내? 더군다나 우리 살림인데 왜 돈 관리를 어머님이 하신다는 거지?'

영희는 월급을 뺏기는 기분이 들어 몹시 언짢았다.

"저희 둘이 합해도 월급 얼마 안 되고요, 저축할 만큼 넉넉하지도 않아요."

"그럴수록 아껴야 빨리 돈을 모으지. 나중에 이사도 해야 하잖아."

"저희가 알아서 할게요. 그리고 살다가 생활비가 모자랄 수도 있잖아요."

"그때 내가 돈을 더 보내 주면 되지. 혹시 네가 옷 사 입거나 둘이 놀러 가거나 해서 돈이 모자라면 달라고 해라."

'내가 내 돈으로 옷 하나 사 입는 것도 눈치를 보라고?'

영희는 이 어이없는 상황에 화가 났지만 마음을 꾹 눌렀다.

"매번 전화해서 달라고 하는 거 너무 번거로울 것 같아요. 그냥 저희가 알아서 관리할게요."

그때, 화장실에 갔던 철수가 나왔다.

"아들! 내가 통장 하나 만들 테니까 너희 월급 매달 통장으로 보내라. 내가 생활비 보내 주고 저축하나 들어 줄게."

영희와 철수의 눈이 마주쳤다. 영희의 심란한 표정을 본 철수는 알아서 하겠다며 딱 잘라 말했다. 그러자 철수 어머니는 역정을 냈다.

"알아서 하긴 뭘 알아서 해? 요새 젊은 애들 쓸데없는 데에 돈 쓰고 다니던데 언제 돈 모으려고 그래? 돈 모아서 집 살 때 내 돈 더 보태서 같이 준다니까! 월급도 적다면서 언제 집 사려고 그래?"

"우리가 알아서 한다니까! 우리가 번 돈을 왜 엄마가 관리한다고 그래?!"

"이 녀석이! 나도 네 아버지 번 돈 시어머니께 드리고 생활비 받아서 썼어!"

"그래서 돈 모았어?! 삼촌들하고 고모 밑으로 다 들어갔잖아!"

"이 녀석이! 그래! 너희가 알아서 해라. 내가 어디 나 좋으라고 달라고 했냐?! 너희 돈 모아주려고 그러지! 쳇!"

철수 어머니는 팔짱을 낀 채 고개를 돌렸다. 철수 어머니가 토라졌을 때나 서운할 때 나오는 행동이었다.

그 뒤, 철수 어머니는 영희를 앉혀 놓고 저축 통장을 따로 만들고 생활비 관리는 이렇게 해야 한다며 일장 연설을 늘어놓았지만, 영희는 알아서 하겠다며 한쪽 귀로 흘려 버렸다.

◇◇◇◇

첫 명절

결혼 후 첫 명절이 다가오고 있었다. 설날을 앞두고 철수 어머니는 설 명절 이틀 전에 오라고 전화를 했고 영희와 철수는 퇴근을 후 바로 짐을 챙겨 시가에 갔다. 저녁 장사를 마무리한 후 앉아서 쉬고 있는데 철수 아버지가 어깨가 아프다며 어깨를 두드리고 있었다.

"아버님, 제가 주물러 드릴까요?"

"응, 새아가."

"시원하세요?"

"응, 시원하다. 그런데 우리 새아가 손 힘이 약하구나. 뭘 좀 많이 먹어라. 어깨는 우리 수진이가 잘 주무르는데. 수진이가 손이 야무져."

영희는 조금 더 세게 주물렀다.

"아이고, 됐다. 우리 며느리가 주물러 주니 금방 풀리는구나. 수고했다."

다정하게 건네는 철수 아버지의 말에 영희의 마음이 따뜻해졌다.

"또 주물러 드릴게요. 아프시면 말씀하세요."

"오냐."

여느 때처럼 영희는 자기 전 잘 주무시라는 인사를 드리고 방에 들어와 누웠다. 첫 명절이라 긴장한 탓인지 잠이 오지 않아 한참을 뒤척이다 잠이 들었다.

다음 날 새벽 5시 30분, 철수의 어머니가 영희를 깨웠다.

"며늘아, 새벽 시장 갔다 오게 일어나라."

영희는 부스스한 얼굴로 겨우 눈을 떴다.

"네? 지금이요?"

"그래, 일찍 가야 싸게 살 수 있어. 얼른 옷 입고 나와."

영희는 대충 세수만 하고 급히 옷을 입은 후 거실로 나왔다.

"뭐 사실 거예요, 어머니?"

"과일 몇 가지하고 차례상에 올릴 과자 좀 사려고. 간 김에 생선도 사 와야겠다."

"어머님하고 저하고 다 못 들고 올 것 같은데요?"

"올 때는 택시 타고 오면 되지."

"그거 들고 돌아다녀야 하잖아요. 저 못 들어요, 어머니…."

영희의 목소리가 기어들어 갔다.

"그걸 왜 못 들어? 그리 힘이 없어서 어쩌니?"

"저 페트병도 잘 못 열어서 남편이 열어 주는데요. 저 정말 못 들어요, 어머니…."

"그럼, 어쩌나?"

"남편 깨워서 같이 가요."

"그걸 못 들어서…. 알았다. 그럼 철수 좀 더 자게 6시 반 되면 가자."

세 사람은 6시 반에 철수의 차를 타고 함께 시장으로 갔다.

"일찍 가야 싸게 살 수 있는데, 돈 더 들게 생겼네."

시장을 한 바퀴 돌면서 과일 다섯 가지와 전통 과자, 생선 한 상자를 샀다.

"엄마는 이렇게 많이 살 거면서 둘이 오려고 했어?"

"생선은 네가 같이 왔으니까 온 김에 한 상자 산 거야."

"생선 아니라도 한 짐이고만. 그냥 마트에서 사고 배달시켜."

"마트에서 사는 건 안 싱싱해. 이 녀석아!"

철수와 철수 어머니의 툴툴거리는 말을 들으며 영희는 아파 오는 팔을 들어 올려 양손에 들린 봉지들을 다잡았다. 영희가 자꾸 뒤처져서 걷자 철수는 생선이 들어 있는 아이스박스를 한쪽 어깨에 올려 잡고 영희의 손에 있는 봉지 몇 개를 대신 들었다.

그날 점심 장사를 끝내고 명절 음식 준비를 시작했다. 철수 어머니와 함께 큰 냄비 5개에 나물 다섯 가지를 만들어 담고, 거기에 더하여 나물 네 가지를 더 만들었다. 생선을 찌고 과일, 떡 등을 준비하는 동안 4시가 되었다. 그런데 숙모들이 아무도 오지 않았다.

"숙모님들께선 왜 안 오세요?"

"걔네는 맨날 늦어. 빨리 와서 음식 좀 하지. 같이 만들면 빨리 끝나고 좀 좋아. 쯧쯧. 직장도 안 다니면서 말을 안 들어. 일하러 다니는 막내 숙모나 일찍 올까. 좀 있으면 막내 숙모 올 거다. 전은 그때 부치고 그동안 좀 쉬자."

철수 어머니와 영희는 커피를 타서 마주 앉았고 철수는 옆에서 소설책을 보고 있었다.

"내일 할아버지들 오시면 너 안동 김씨라고 해라. 할아버지들이 옛날 사람들이라 동성동본끼리 결혼했다고 하면 난리를 치실 거야."

4시 반이 되자 직장에서 퇴근한 막내 숙모와 막내 삼촌 가족이 도착했고 함께 전 다섯 가지를 구웠다. 튀김 두 가지는 철수 어머니가 만들었다. 차례 음식 준비를 마치고 다시 저녁 장사를 시작했다. 영희는 서빙을 하고 빈 그릇을 치워 와서 설거지했다.

밤 9시가 되어 가게 정리를 하고 설거지를 시작하자 나머지 두 숙모 가족들이 식당 문을 열고 들어왔다.

"형님, 저희 왔어요."

"그래, 왔니? 일찍 일찍 좀 다녀. 너희들은 맨날 늦게 와. 밥은 먹었니?"

"안 먹었어요. 밥 좀 주세요, 형님."

철수 어머니와 영희는 9시에 저녁상을 차렸다. 두 숙모 내외와 고등학생, 초등학생 아이들까지 8명의 식사였다. 식사를 마치고 숙모들과 아이들은 방으로 들어가고 삼촌들은 식당 거실에서 TV를 보고 있었다.

영희는 테이블을 내려다보고 멍해졌다. 두 숙모는 식사 후 숟가락만 내려놓고 그대로 방으로 들어가 버렸다.

"며늘아, 상 치워 와라."

부엌에서 철수 어머니가 말했다. 영희는 화가 나는 것을 꾹 참으며 상을 치웠다. 설거지하러 부엌으로 들어가려는데 삼촌이 영희를 불렀다.

"질부야, 커피 좀 타와 봐라."

커피를 다 마신 삼촌은 또 영희를 불렀다.

"질부야, 술 하고 안주 좀 가져와라."

"어머님, 삼촌께서 안주를 달라고 하시는데, 뭘 가져가야 할까요?"

"안주는 내가 만들 테니, 술부터 갖다 드려라."

영희는 술을 먼저 가져다드렸다.

"안주도 없이 술부터 먹으라는 거냐?"

철수 어머니가 그 소릴 듣고 부엌 밖으로 내다보며 말했다.

"지금 만들고 있으니까 먼저 한잔하고 있어요."

영희가 안주를 가져다주고 얼마 후 삼촌이 이번엔 철수 어머니를 불렀다.

"형수! 안주 좀 더 줘요."

철수 어머니가 발끈 화를 냈다.

"바빠 죽겠는데 또 안주를 달라고?! 방에 있는 마누라한테 달라고 해요!!"

삼촌은 입을 다물고 술만 더 들이켰다.

숙모들이 3명이나 있으니 걱정 안 해도 된다던 회사 선배의 말은 영희에게는 해당하지 않는 것이었다. 영희는 앞날이 까마득했다.

설날 아침, 영희는 5시 30분에 일어나 한복을 입고 부엌으로 갔다. 아무도 없는 어둑어둑한 부엌의 전등을 켜고 어제 준비한 음식들을 꺼내 늘어놓았다. 피곤하여 잠이 덜 깬 영희가 커피 한 잔을 마시고 있는데 새벽에 목욕탕에 갔던 철수 어머니가 들어왔다.

"우리 며느리, 일찍 일어났네."

떡국을 끓여 먹은 후 시부모와 삼촌, 숙모들에게 절을 올리고 사촌들끼리 절을 주고받았다. 철수의 아버지는 첫 명절이라며 영희에게 절값을 주었다. 곧 작은할아버지 두 분과 다른 친척들이 도착하여 인사를 나누고 영희는 철수와 큰절을 올렸다.

차례를 지내기 전 둘째 할아버지가 영희를 불러 앉혔다.

"그래, 우리 손부는 본가가 어디인고?"

영희는 옆에 서 있는 철수 어머니를 한번 쳐다보았다. 철수 어머니는 불안한 표정으로 서 있었다.

"안동 김씨입니다."

"그래, 다행이구나. 김씨가 흔하다고 동성동본끼리 결혼하는 애들이 많던데, 그게 사람이냐?! 짐승이지! 그래, 손부는 몇 대손인고?"

미처 그것까지는 생각 못 했던 영희는 얼굴이 빨개졌다.

"저… 잘 모르겠어요."

"요새 애들은 이게 문제야! 제 뿌리도 모르고 살아. 자기가 몇 대손인 줄은 알고 살아야지. 쯧쯧쯧."

"이제 차례 지내야 할 시간인데요."

철수의 어머니가 말을 끊었다.

'할아버님, 저 71대손이고요, 남편은 72대손이에요. 제가 남편의 고모뻘이라고 하던데요.'

속으로 말해 봤자, 영희는 졸지에 제 뿌리도 모르는 짐승이 되었다.

차례를 지내고 차례 음식을 나눠 먹은 뒤 영희는 막내 숙모와 설거지를 했다. 큰숙모와 과일을 깎아 대접하고 잠시 앉아 있는 영희에게 큰숙모와 큰삼촌이 다가와 앉았다. 큰숙모가 더 가까이 앉으며 말했다.

"질부야, 혹시 이천만 원만 빌려줄 수 있니?"

"네?"

"우리가 사업을 하는데 돈이 조금 부족해서 그래. 원래 종갓집 맏며느리는 그렇게 하는 거야. 집안일도 챙기면서."

"저는 그럴 만한 돈이 없어요, 숙모님."

"그럼 대출이라도 어찌 안 되겠니? 너희 직장 좋아서 대출 잘 되잖아. 아니면 천만 원만이라도 안 될까?"

"저는 대학교 4학년 때 아버지께서 돌아가셔서요, 그럴 상황이 안 돼요. 죄송해요."

'종갓집 며느리는 일도 많이 하면서 돈도 많아야 하는 거야?'

숙모의 말이 착잡하게 다가왔다.

거절은 했지만 내내 마음이 불편했던 영희는 철수 어머니에게 의논할 겸 이야기를 꺼냈다.

"저, 어머니. 큰숙모님께서 이천만 원을 빌려 달라고 하시는데요…. 어떻게 해야 할지 모르겠어요."

갑자기 철수 어머니는 부엌에서 뛰쳐나와 소리를 질렀다.

"너 누구한테 돈을 빌려달라고 하는 거야? 며느리도 내 아들도 너희가 돈 빌릴 수 있는 사람 아냐! 나한테 빌려 간 돈이나 빨리 갚아! 너희 빌려 간 돈 한 번도 안 갚았잖아! 다른 삼촌들도 빌려 간 돈 갚아!"

철수의 어머니는 영희를 돌아보며 작게 말했다.

"혹시 또 돈 빌려 달라고 하면 절대 빌려주지 마라. 그럴 돈 없다고 딱 잘라 말해야 한다."

큰삼촌, 큰숙모와 눈이 마주친 영희는 어쩔 줄 몰라 방으로 도망갔고 철수는 큰삼촌을 말없이 노려보았다. 영희는 곤란한 상황에서 나서 준 철수의 어머니가 고마웠다.

영희는 철수 어머니와 함께 삼촌들에게 줄 명절 음식을 싼 뒤 친척들을 배웅했다. 이제 한숨 돌리나 싶었으나 곧 철수 아버지의 본가로 가야 하니 얼른 방 정리를 하라는 말에 큰방으로 향하던 중 눈 앞에 펼쳐진 모습에 경악하고 말았다.

어제 하룻밤 시가에서 잠을 잔 세 삼촌 식구들의 흔적들이 그대로 남아 있었다. 사용한 수건들과 칫솔들이 여기저기 널브러져 있었고, 방에는 이불과 베개들이 아무렇게나 구겨진 채 그대로 펼쳐져 있었다. 수건과 칫솔들을 치우고 철수를 불러 함께 이불을 개어 장롱에 넣어 놓고 영희는 한숨을 쉬었다.

영희와 철수는 철수 아버지의 본가에 도착하여 주변 친척들을 방문하고 다니며 다과상을 받은 후 오후가 되어서야 시가로 돌아왔다.

3시가 넘어 영희의 친정으로 가려는데 철수의 어머니가 저녁을 먹고 가라며 붙잡았다. 철수가 가야 한다고 하자 그럼 조금만 더 있다가 가라며 영희와 철수를 눌러 앉혔다.

"우리 때는 명절에 친정 가는 건 꿈도 못 꿨는데, 요새 애들은 꼬박꼬박 다 가더라. 시집오면 그 집 사람인데 말이야. 일단 시집을 오면 출가외인이야. 결혼하면 그 집 귀신이 되는 거다."

철수 어머니의 말에 아버지가 맞장구를 쳤다.

"그렇지, 시집오면 그 집 귀신이 되는 게 맞지."

오후 5시가 다 되어 영희에게 언제 오냐며 친정에서 전화가 오는 것을 보고서야 철수 어머니는 영희를 보내 주었다. 새벽 5시 반에 일어났던 영희는 친정에 도착하자마자 이불 속으로 들어가 잠이 들었고, 동생이 저녁을 먹으라고 깨워서야 일어났다.

시아버지의 존재

주말, 시가에 도착하니 둘째 수영이가 먼저 마중을 나왔다.

"아가씨, 집에 있었네요?"

"오늘 OFF예요."

수영이가 미소를 활짝 지어 보였다. 신을 벗고 거실에 올라서는데 철수 아버지가 손에 양말을 들고 방에서 나왔다.

"며느리 왔니?"

"네, 아버님."

영희의 인사를 받은 철수 아버지가 부엌으로 가더니 짜증을 냈다.

"당신은 양말에 구멍이 났는데 버리지 않고 왜 서랍에 넣어 놨어?!"

"구멍 난 줄 몰랐어요. 새 양말 꺼내 신으면 되잖아요!"

철수 어머니도 짜증을 내며 맞붙었다.

"새 양말이 없으니까 내가 이러고 있지!"

"새 양말이 왜 없어요? 맨날 넣어 두는 데에 넣어 뒀잖아요!"

"당신이 와서 찾아봐! 있는지 없는지!"

"지금 바쁘니까 좀 있다 찾아 줄게요!"

"그럼 그때까지 맨발로 있으란 소리야?"

이번엔 수영이가 짜증을 냈다.

"아빠는 엄마 바쁜데 와서 왜 그래? 좀 기다리면 되잖아!"

영희는 깜짝 놀라 수영이를 쳐다보았다. 늘 다정한 목소리로 '새언니~' 하며 웃던 수영이의 모습이 아니었다. 놀란 영희의 옆에서 철수가 언성을 높였다.

"아버지! 제발 엄마 일할 때 그러지 좀 마! 양말 그거 뭐라고!"

영희는 놀란 눈으로 세 사람을 번갈아 쳐다보다 철수 아버지와 눈이 마주쳤다. 철수 아버지는 민망한 듯 방으로 들어가 버렸다.

"며늘아, 네가 가서 찾아봐라!"

"네, 어머님."

영희는 얼른 방으로 들어가 서랍을 열었다. 정말로 양말이 없었다.

"봐라, 없지?"

"네, 그러네요. 아버님."

영희는 옆 칸 서랍을 열었다. 양말 여러 켤레가 나란히 놓여 있었다.

"여기 있어요. 아버님."

철수 아버지는 영희가 건넨 새 양말로 갈아신었다.

"온 식구들이 나를 못 잡아먹어서 안달이다, 에휴!"

철수 아버지는 한숨을 쉬며 방에서 나갔다.

'이 집에서 아버님의 존재가 미미하구나. 그래서 그렇게 말씀이 없으신 건가?'

그날 밤, 이불을 깔고 철수와 나란히 누워 있던 영희는 궁금했던 것을 물었다.

"자기야, 다들 아버님께 왜 그렇게 말해? 자기도 그렇고. 무슨 일 있었어?"

"특별한 일이 있었다기보다는 엄마가 아버지 때문에 너무 고생을 많이 하고 살아서 그래. 그렇다고 엄마한테 잘해 주는 것도 아니고. 아까 봤지? 엄마는 바쁘게 일하는데 늘 별거 아닌 거로 옆에서 잔소리하고 짜증을 내거든."

"아까 싸움 나는 줄 알고 엄청 놀랐어."

"자주 있는 일이야. 신경 쓰지 마. 이런 얘기 그만하고 자자. 팔베개 해 줄까?"

◇◇◇◇

김 200장

결혼한 지 3개월이 막 지난 주말, 영희는 이제는 말을 해야겠다고 생각했다.

"자기야, 어머님이 결혼하고 3개월은 매주 오라고 하셨는데 지난주가 딱 3개월이었어. 이제 좀 덜 가도 되지 않을까? 매주 일하니까 너무 힘들어. 뚝배기를 자꾸 드니까 손목도 아프고…. 게다가 가까운 거리도 아니고, 나도 주중에는 일하는데 주말까지 일하려니까 너무 피곤해."

"그래, 이번 주에 가서 이야기할게."

철수는 영희를 꼭 껴안으며 이마에 입을 맞추었다.

영희는 가벼운 마음으로 시가에 갔다. 식당에서 일하면서도 이제 주말에 늦잠도 자고 쉴 수도 있다는 생각에 절로 웃음이 났다. 철수 아버지의 어깨를 주물러 드리면서 더 다정하게 말을 건네 보는 영희였다.

일요일 오후 4시쯤, 철수가 먼저 말을 꺼냈다.

"엄마, 오늘은 처가에 좀 일찍 갈게. 저녁 먹고 가려니까 시간도 너무 늦고 다음 날 출근해야 하는데 너무 피곤해. 그리고 3개월 지났으니까 앞으로는 매주 오지는 않을 거야."

"아직은 안 된다. 진짜 식구처럼 친해지려면 아직 멀었어. 몇 달 더 와라. 그리고 네 아버지가 며느리 얼마나 기다리는데. 주말 되면 며느리 온다고 얼마나 기분 좋아하시는데. 안 그러니, 며늘아? 너 오면 시아버지가 엄청 좋아하시잖아."

철수 아버지가 웃으며 서 있었다. 순식간에 영희의 기분이 바닥으로 가라앉았다. 결국, 영희는 그날도 밤까지 일하고서야 시가를 나섰다.

며
느
리
인
권

78

다음 주 주말 일요일 오후, 영희는 말없이 손님상에 나가는 물통에 물을 채우고 물수건을 갠 후, 수저를 수저통에 담아 테이블마다 놓고 있었다.

"엄마, 우리 갈게."

영희는 놀라서 고개를 들고 철수를 쳐다보았다.

"뭐? 벌써 간다고? 저녁 안 먹고?"

"우리도 좀 쉬어야지. 자기야 가방 챙겨서 나와."

영희는 얼른 일어나 방으로 종종 걸어가서 가방을 들고나왔다. 그날 결혼 후 처음으로 친정에서 저녁밥을 먹었다.

그다음 주도 철수는 일찍 가겠다며 4시쯤 자리에서 일어났고 영희는 가방을 가지고 나왔다.

"엄마, 우리 갈게."

"며느리 너, 김 구워서 좀 가져가라."

"네, 어머니."

"이거 200장이다. 좀 많이 구워서 우리도 좀 먹고, 너희도 가져가라."

"이렇게나 많이요?"

"먹을 때마다 구우면 귀찮잖니? 한 번에 굽는 게 낫지."

어쩔 수 없이 영희는 가방을 내려놓고 김을 구웠다. 김을 굽고 참기름을 발라 소금을 뿌린 후 다시 굽는 동안 저녁 시간이 되었다. 저녁을 먹고 가라는 말을 뿌리치고 시가를 나선 영희는 눈물을 겨우 참는 중이었다.

"오늘은 그냥 집에 바로 가자."

"왜? 처가로 안 가고?"

"너무 피곤해."

집에 도착한 후 영희는 침대에 누웠고 철수는 저녁밥을 차려 영희를 깨웠다.

다음 주 주말에도 철수는 일찌감치 가방을 챙겨 나왔다. 그래 봤자 4시였지만. 철수 어머니는 김 100장을 내밀며 구워서 가져가라고 했다.

"어머님, 지난주에 가져간 것도 많이 남았어요. 그리고 지난주에 200장이나 구웠는데 너무 많지 않아요?"

"여기저기 나눠주고 나니까 얼마 남지 않더구나. 구워서 너도 좀 가져가면 좋잖니. 김은 오래 두고 먹어도 돼."

영희는 숨죽여 눈물을 소매로 훔치며 김을 구웠다. 김을 다 구운 후 가려고 일어났다.

"김 구운 거 좀 가져가라."

철수 어머니는 김이 담긴 통을 내밀었다.

"아니에요, 괜찮아요."

"가져가서 두고두고 먹어."

"아니에요. 괜찮아요."

"아, 가져가라니까!"

철수 어머니의 큰 소리에 영희는 억지로 김을 받아들었다.

그날도 영희는 철수에게 친정에 가지 말고 집으로 바로 가자고 했다. 철수가 시가에 다녀왔으니 친정에도 가야 하지 않겠냐고 했으나 몸이 너무 힘들었던 영희는 집으로 비로 가자고 했고 그 뒤로 한동안 진정에 가지 않았다.

다행인 건 일요일 오후마다 철수가 먼저 시가를 나서 주어 일요일 저녁 일찍 잠자리에 들 수 있다는 것이었으나, 석 달이 넘도록 늦잠 한번 자지 못하고 주말에도 일해 온 영희는 점점 피곤이 쌓여 많이 지쳐 있었다.

◇◇◇◇

진상

봄이 되고 날씨가 제법 풀려 뉴스에서는 꽃구경하러 다니는 상춘객에 대한 보도가 연일 들려왔다. 영희가 출근하는 길가에도 벚나무의 꽃이 활짝 피어 영희를 설레게 했다. 영희는 철수와 벚꽃 나무 아래에서 사진을 찍는 상상을 하며 미소를 지었다. 하지만 주말, 식당에서 영희는 그릇에 반찬을 담고 서빙을 하고, 빈 그릇을 치우고 설거지를 하고 있었다. 영희는 자꾸만 바깥을 내다보며 심란한 마음을 추슬러야 했다. 철수는 이런 영희의 마음을 아는지 모르는지 점심때가 다 되어도 일어나지 않았다.

점심 장사가 시작되자 첫 손님으로 남자 두 명이 들어와 음식과 술을 시켰다. 철수 어머니가 아는 얼굴인지 '오랜만이네요.' 하며 인사를 건넸다. 손님들이 자리를 잡고 앉자 영희가 물과 밑반찬을 가져다주었다.

"사장님, 처음 보는 아가씨네요. 딸은 아닌데…. 직원이에요?"

"아니에요. 우리 며느리예요."

"와, 며느리가 미인이네요."

"예, 그렇죠?"

"저, 술 한잔 따라 줄래요?"

"네?"

"아, 우리 여기 가끔 오는 사람들이에요. 술 한잔 따라줘 봐요. 며느님이 예뻐서 그래요."

영희는 놀란 눈으로 철수 어머니를 쳐다보았다.

"종종 오시는 손님들이셔. 한잔 따라 드려라."

영희는 놀란 눈으로 이번에는 두 손님을 쳐다보았다.

"그러지 말고 딱 한 잔만 따라 줘요."

두 남자는 눈웃음을 치며 손에 든 잔을 영희 쪽으로 내밀었다.

영희는 벌떡 자리에서 일어나 화장실로 갔다. 두 남자가 그런 영희를 곁눈질로 쳐다보며 속닥거렸다. 화장실에서 영희는 찬물로 세수를 하며 흐르는 눈물을 가렸다.

오후에 철수 어머니가 잠시 자리를 비운 틈을 타 수영이에게 물었다.

"아가씨, 손님들에게 술 따라 준 적 있어요?"

수영이는 놀라며 정색했다.

"언니, 여기가 무슨 실비집도 아니고 무슨 술을 따라 줘요? 누가 언니한테 술 따라 달래요? 언니가 예뻐서 수작 부리는 거 같은데 절대! 따라 주지 말아요. 혹시 그런 일 있으면 우리 엄마한테 일러요!"

그날 저녁, 영희는 저녁도 거른 채 잠이 들었다. 철수는 저녁밥을 차려 영희를 깨웠으나 일어나지 않아 혼자 밥을 먹었다.

◇◇◇◇

네가 편해

4월 어느 날, 퇴근 후 철수가 요즘 인기 있는 영화가 있다며 영화를 보러 가자고 했다. 팝콘과 콜라를 마시며 영화를 본 후 간단하게 저녁까지 먹고 들어왔다. 결혼 후 첫 데이트였다.

주말에 시가에 가니 어머니가 고용한 아주머니가 인사를 했다. 일이 바빠지니 인력사무소를 통해 사람을 구한 것이었다.

일하는 아주머니가 있으니 일이 수월해졌다. 서빙도 빈 그릇을 치우는 일도 손이 하나 더 생기니 훨씬 나았다. 무엇보다 설거지를 안 해도 되니 좋았다.

다음 날 점심을 먹고 철수 어머니와 일하는 아주머니, 영희는 식당에서 쓰는 물수건을 개어 플라스틱 통에 담았다. 철수 어머니와 일하는 아주머니는 이런저런 이야기를 나누었고 영희는 아무 말 없이 물수건만 개고 있었다. 영희는 너무 피곤하여 이야기를 나눌 여유가 없었다.

"얘는 아버지가 없어서 일 시키기가 편해."

"네?"

영희는 놀라서 눈을 동그랗게 뜨고 철수 어머니를 쳐다보았다.

"아니~ 네가 편하다는 말이다. 아무래도 아버지가 안 계시니까 사돈 눈치도 덜 보이고, 그래서 일을 시키기가 편하다고. 네가 편하다는 말이야."

영희는 할 말을 잃은 채 멍하니 쳐다보다 고개를 돌렸다. 아무 말도 하고 싶지 않았다. 철수 어머니는 아주머니와 말을 이어갔다.

"요새 애들은 참 편해. 우리 때는 시집가서 시댁에서 하루 세 끼 밥 차리고 농사일하고 집안일에 제사에 명절까지 혼자 다 일했는데. 내가 시집가니까 시집왔으니 제사를 나보고 다 지내라면서 시어머니는 손을 떼더라고. 그뿐이야? 시집 안 간 시누이도 있고 아래로 시동생들이 셋이나 있지 뭐야. 시동생들이 초등학생, 중학생, 고등학생이라 매일 새벽에 도시락 싸서 학교 보내고 내가 키우다시피 했어. 그렇게 키워놨더니 장남이라고 시동생 결혼할 때 우리더러 돈을 다 내라는 거야. 시누이 결혼할 때도 돈을 우리가 다 냈지. 일은 또 얼마나 많았는데. 식구가 많으니 빨래도 많고 설거지할 것도 많은데 동네 우물에서 일일이 물 길어와서 했어. 밥이랑 반찬도 얼마나 많이 해야 하는지…. 농사일하다 와서 남자들은 쉬는데 나는 그 많은 식구 밥 준비하고 또 일하러 나갔지. 하루는 앞집에 잠시 다녀왔는데, 글쎄 시아버지가 농사일은 안 하고 어디 갔다 왔냐고 하면서 쇠 대야를 마당에 던지는 거야. 아직도 그 일은 잊히지 않아."

"맞아요, 우리 때는 시동생들 키우고 시집, 장가보내고 다 그렇게 살았죠. 요새 애들은 참 편해요."

"이런 식당 일은 거기에 비하면 편한 거지. 며늘아, 그때랑 비하면 넌 편한 세상 사는 거야. 수돗물 나오니까 우물에 가서 물 안 길어도 되지, 세탁기가 빨래해 주지, 청소기가 청소해 주지. 얼마나 좋은 세상이냐?"

'아버지가 없어서 편하고, 일을 시키더라도 며느리는 힘들 게 없다는 말인가요? 세탁기도 있고 청소기도 있어서?'

영희는 그날 밤에도 울면서 이불을 끌어안았고, 철수는 돌아누운 영희를 말없이 토닥였다. 영희는 첫 데이트의 즐거움이 하나도 기억나지 않았다.

며칠 후 철수가 또 영화를 보러 가자며 데이트 신청을 했다.

"나 너무 피곤한데 주말에 가면 안 돼?"

"주말엔 집에 내려가야 하니까 시간이 없잖아. 오늘 가자."

영화를 보는 내내 영희는 잠이 쏟아졌다. 영화를 보고 나왔지만 내용이 기억나지 않았다.

그 후에도 철수가 평일 퇴근 후 영화를 보러 가자고 하거나 잠시 나들이를 다녀오자고 했으나 영희는 피곤하다며 거절했다.

'자기는 주말에 잘 수 있지만 난 새벽에 일어나서 집에 오기 전까지 일해야 한다고!'

혼자 속으로 삼키고 속상해하는 영희였다.

잔인한 4월

영희에게 첫 제사가 다가오고 있었다. 증조부모 제사. 퇴근 후 철수와 함께 시가에 가니 철수 어머니가 이미 음식 준비를 마친 후였다.

"죄송해요, 어머니. 제가 도와 드려야 하는데…."

"됐다. 다음에 제사가 주말이거든 일찍 와서 같이 하면 되지, 뭐."

"네, 어머니. 그때는 일찍 올게요."

저녁 식사가 거의 끝나갈 때쯤 세 삼촌의 가족들이 왔다.

"왔어요? 밥은?"

"안 먹었어요, 형수."

영희와 철수 어머니는 밥 먹던 숟가락을 내려놓고 저녁상을 차렸다. 숙모들은 나중에 제삿밥을 먹겠다며 방으로 들어갔다. 제사 시간이 다가오자 철수 어머니는 방에 있던 오래된 나무함의 빗장을 열고 제기를 꺼냈고 막내 숙모와 영희가 제기를 꺼내 닦았다. 큰숙모들이 제기에 음식을 담고 11시 반이 되어 제사를 지냈다. 엎드려 절하는 풍경도, 제기와 제기에 담긴 음식들도 영희에게는 낯설었다. 12시쯤 제사가 끝나고 음식을 담아 제삿밥을 나누어 먹고 과일을 깎아 먹은 뒤 삼촌들이 자리에서 일어났다. 영희와 철수 어머니는 비닐 팩 6개를 꺼내 음식을 담아 숙모들에게 나눠준 뒤 배웅을 했다.

"원래 종손은 제일 마지막에 가는 거야. 너희도 이제 음식 싸서 가라."

나물, 전, 생선, 국, 과일을 가득 담은 종이 박스를 차에 싣고 1시가 넘어 집으로 출발했다. 집에 도착한 시각 2시 30분.

철수는 종손이었다.

일요일 오전. 부엌에서 일하던 영희가 깜짝 놀라 두 눈을 동그랗게 떴다. 철수가 일어났다.

"뭐야? 왜 일어났어?"

"엄마가 외할머니께 가서 쌀을 좀 찧어오라고 해서."

철수 어머니는 외할머니 집에 가져가라며 이것저것 챙겨서 철수를 보냈다. 영희는 시가에 혼자 있게 되는 게 묘하게 불안한 기분이었다. 혼자 남겨진 기분이랄까.

점심을 먹고 나니 수진이가 나왔다. 수진이가 나오자 철수 어머니는 딸에게 물수건을 개라며 일을 시켰다. 영희가 옆에 앉아 수건을 개려고 하자 철수 어머니는 갑자기 친절한 목소리로 말했다.

"너는 그만 쉬어라."

영희는 기분이 상했다. 오전에는 '파 썰어라, 물수건 개라, 식당 바닥 청소기 돌려라.' 하며 일을 시켰다. 점심때는 서빙을 하고 빈 그릇을 치우느라 허리가 아프게 일했다. 그런데 오후에 수영이나 수진이가 나오면 늘 친절한 목소리로 말하며 쉬라고 했다. 영희는 시누이들에게 오해를 받을 것 같고, 영희가 얼마나 힘든지 모를 것 같아 찜찜했다.

"며느리 아끼느라 딸 일 시키는 거예요?"

일하는 아주머니가 눈치 없이 끼어들었다.

"그럼~ 우리 며느리 내가 아껴야지 누가 아끼겠어?"

"며느님 좋으시겠네~ 시어머니가 이렇게 아껴 주고."

영희는 수진이 눈치를 보느라 가시방석이었다.

어떤 날은 옆 가게 아주머니가 놀러 와서 같은 장면을 보고는 호들갑을 떨었다.

"시어머니가 이렇게 며느리를 예뻐하니 좋으시겠어요~"

영희는 '시어머니'의 앞과 뒤가 다른 말과 행동에 화가 났지만, 큰 시누인 수영이의 말에 마음이 풀렸다.

"언니, 매주 오려니까 힘들죠? 직장 다니면서 주말마다 오면 힘들 텐데 좀 쉬어요. 시어머니 눈치 보느라 마음 편히 쉬지도 못할 텐데 다음 주에는 오지 마세요."

영희는 말 한마디로 천 냥 빚을 갚는다는 말은 사실일지도 모른다고 생각했다.

하루가 다르게 봄은 더 화사해지고 화창해졌다. 영희는 가게 밖을 멍하니 내다보았다. 따뜻한 햇볕 아래 연인들이 팔짱을 끼고 가게 앞을 지나갔다. 예쁘게 원피스를 차려입고 구두를 신은 채 걸어가는 한 여자를 보고 영희는 입고 있는 연한 분홍색 운동복 바지를 내려다보았다. 바지에 김칫국물이 묻어 있었다. 물수건을 꺼내 문질러 보았지만 지워지지 않았다. 영희는 바지를 물수건으로 더 세게 문질렀다. 바지 위로 굵은 눈물방울이 떨어졌다. 영희는 식당 거실에 있는 큰 거울 앞에 섰다. 대충 질끈 묶은 머리, 피곤해서 푸석해진 얼굴, 설거지하느라 젖은 티셔츠, 김칫국물이 묻은 운동복 바지.
영희는 화장실로 달려가 눈물을 가리려 찬물에 세수했다. 물이 빨갛게 변했다. 코피가 나고 있었다.

다음 날 오후. 영희와 철수는 집에 가려고 가방을 챙겨서 나왔다. 철수가 잠이 온다며 커피를 들고 자리에 앉았다. 철수 어머니가 부엌에서 나오더니 역정을 냈다.
"너희는 결혼한 지 3개월이 지났는데 왜 애 소식이 없냐?!"
"엄마, 우리가 알아서 할게. 그리고 우리 아직 많이 젊어."
"애는 빨리 낳아서 키우는 게 낫다. 남들 애 키우느라 고생할 때 너희는 다 키우고 쉴 수 있잖아. 며느리 너, 혹시 피임하니?!"
철수 어머니가 영희를 무섭게 쳐다보았다.
"아니요….”
영희는 기어들어 가는 목소리로 거짓말을 했다. 사실 피임을 하고 있었다.
"그럼 혹시 너한테 문제가 있어서 애가 안 생기는 거 아냐?! 우리 아들한테 문제가 있을 리는 없고. 우리 아들 이렇게 건강한데!"
철수 어머니는 여전히 목소리가 높았다. 이번에는 철수의 목소리가 높아졌다.

"우리가 알아서 한다니까! 아직 젊은데 뭐가 문제야?"

"안 되겠다. 며느리 너, 내가 병원 예약해 놓을 테니까 같이 검사하러 가자."

"엄마, 애 안 생기면 다 여자한테 문제 있는 거야?!"

"그럼 너도 같이 가자. 가서 둘 다 검사받아!"

"우리가 낳는 거지, 엄마가 낳는 거야?!"

철수는 투덜거리며 얼른 영희를 데리고 나왔다.

"미안해. 신경 쓰지 마. 아이는 우리가 낳는 거니까 우리가 알아서 하자."

"그래, 지금은 아닌 것 같아. 우리 돈 모아서 좀 더 넓은 집으로 이사하고 나면 애 갖기로 했잖아. 우리 계획대로 하는 게 나을 것 같아. 원룸에서 아이를 키우기는 좀 그래."

◇◇◇◇

여자니까

시가로 가는 치 안. 영희는 정말 가기 싫은 마음과 피곤함으로 한마디도 하지 않고 창밖만 내다보았다. 목에 쇠사슬이 감긴 채 끌려가는 기분에 서러움마저 들었다. 눈물을 꾹 참으며 창밖 풍경을 노려보았다. 시가로 가는 2시간 남짓한 시간은 빠르게 지나갔다.

문을 열고 들어서니 아들에게 먼저 말을 건넸다.

"아들~ 출장 잘 다녀왔어?"

영희는 말없이 방으로 바로 들어가 옷이 든 가방을 던지듯 놓고 나왔다.

"며느리 너는 출장 많이 가니?"

"아니요, 저는 출장이 많지 않아요. 남편은 업무상 출장이 좀 있는 편이에요."

"다행이네. 그래서 하는 말인데, 혹시 네 남편이 출장 때문에 제사에 못 와도 너는 와야 한다. 그리고 다음에는 제사가 있는 날은 조퇴하고 버스 타고 먼저 와서 음식 좀 해라. 점심 장사하고 오후에 제사 준비까지 하려니까 힘들구나. 다른 회사 같으면 조퇴하기 힘들 텐데 네 직장은 수월하잖니?"

"남편이 2박 3일씩 출장 갈 때도 있는데요?"

"그러면 제사 지내고 집에서 자고, 새벽 5시 반에 첫차가 있으니까 그거 타고 가서 출근 준비하면 되겠네."

"첫차 타도 집에 가면 7시 반이 넘어요. 직장까지 40분이나 걸려요. 버스 타러 5분 넘게 걸어가야 하고요."

"그럼 아예 출근 준비까지 해 와서 여기서 바로 출근하면 되겠네."

영희는 대답하지 않았다. 절대 그럴 생각이 없었다. 더군다나 남편 없이 오고 싶지는 않았다.

"너희 둘 다 직장을 다니고 있지만 너는 직장보다 집안일이 우선이어야 한다. 남자는 승진을 해야 하니까 넌 회사 일하고 집안일이 겹치면 집안일을 먼저 챙겨야 한다는 말이다. 혹시 너 승진할 거니?"

"아직 잘 모르겠어요."

"한 집안에서 승진은 한 명만 하면 돼. 애들도 키워야 하는데, 엄마가 일하느라 바쁘면 애들한테도 소홀하게 되고, 집안도 엉망일 테고. 그리고 애들은 엄마가 잘 챙겨야 제대로 크는 거야."

이번에도 영희는 대답하지 않았다. 철수를 쳐다보았으나 말없이 듣고 앉아 있을 뿐이었다.

집으로 돌아오는 길에 걱정스레 철수에게 물었다.

"나 진짜 제삿날 조퇴하고 먼저 가야 해? 자기 출장 가면 나 혼자 다녀와야 하는 거야?"

"아니, 너 혼자 안 보내. 혹시 내가 출장 가면 너도 가지 마. 조퇴도 하지 말고."

철수는 말은 안 했지만 어머니의 말을 들으면서 영희가 너무 힘들 것 같다고 생각했다. 철수도 어머니가 시키는 대로 할 생각이 없었다. 제사를 지내는 날 영희를 먼저 보내라는 전화를 받았지만, 철수는 퇴근 후 같이 가겠다며 딱 잘라 말했고, 철수 어머니는 다시는 영희에게 먼저 오라는 말을 꺼내지 않았다.

◇◇◇◇

아버지도 없으면서

영희의 피곤함은 극에 달했다. 피곤해서 꾸벅꾸벅 졸고 앉아 있는 영희에게 철수 아버지는 따뜻하게 말을 건넸다.

"아가, 내일은 내가 쉬는 날이니까 일찍 일어나지 말고 자고 싶은 만큼 푹자라. 아침은 내가 챙겨 먹으마."

영희는 그런 아버지가 너무 감사하여 저녁에 어깨와 등을 안마하는 것으로 보답했다.

다음 날 새벽, 울리는 알람을 꺼 버리고 다시 잠이 들었다가 눈을 뜨니 9시가 다 되어 가고 있었다. 좀 더 살까 고민하던 중 영희는 베개가 축축함을 느꼈다. 영희는 어젯밤에도 울다가 잠들었기에 눈물이겠거니 하고 그냥 눈을 감았다. 이번에는 비릿한 냄새가 났다. 영희는 일어나 베개를 내려다보았다. 축축한 느낌은 눈물이 아니라 코피였다. 얼른 거울을 보니 코피에 젖은 머리카락이 덕지덕지 엉켜 있었다. 화장실에 가려고 일어난 영희는 비틀거렸다. 코피를 많이 흘린 탓인지 어지러웠다. 화장실에서 머리카락을 씻으니 피비린내가 진동했다. 머리카락을 거의 다 씻었을 때쯤 세면대 위로 피가 떨어졌다. 코피가 나고 있었다. 한참 만에 영희는 화장실에서 나왔다. 부엌에서 덜그럭거리는 소리에 식당 거실로 나왔다. 철수 어머니는 부엌에서 나오며 한 소리를 했다.

"넌 왜 이렇게 화장실에 오래 있냐? 머리 감았니? 나 화장실 급했는데." 그리고는 화장실에 갔고 영희는 식탁 앞에 주저앉았다. 화장실을 다녀오던 철수 어머니가 철수가 자고 있는 방문을 여는 듯 문소리가 들렸다. 문을 열더니 발걸음 소리가 멈추고 잠시 조용하더니 방문을 닫았다. 철수 어머니는 식당 거실로 나오며 영희를 한 번 쳐다보았다. 영희와 눈이 마주쳤다.

영희는 어지러워 앉아 있기도 힘들었다. 벽에 기대어 고개를 젖혀 눈을 감았다 떴다를 반복했다. 그러기를 30분째, 부엌에서 일하다 나온 철수 어머니가 버럭 소리를 질렀다.

"너는 아버지도 없으면서 시아버지한테 살갑게 굴지 않고 그렇게 처앉아 있냐!"

놀란 영희는 다시 부엌으로 들어간 철수 어머니를 멍하니 쳐다보다 무릎을 감싸 안고 얼굴을 파묻었다. 영희가 앉은 바닥으로 눈물방울이 쉴새 없이 떨어졌다.

점심시간이 되어 영희는 철수를 깨우고 난 뒤 피곤하다며 점심을 먹지 않고 방에 드러누웠다. 오후에 집에 가기 위해 가방을 들고나오자 철수 어머니가 피가 묻은 베갯잇을 벗겨 거실로 들로 나오더니 빨래통에 담았다. 그리고는 집에 가기 위해 신발장에 내려서는 영희와 철수에게 신경질적으로 말했다.

"너 다음 주에 일찍 와라!"

"어머니, 저 다음 주 아버지 기일이라 친정에 가야 해요."

순간 철수 어머니의 눈이 동그래지더니 아무 말도 하지 않았다.

"며느리, 너희 집은 제사도 안 지내는데 아버지 기일을 어떻게 지내?"

"엄마 다니시는 교회 목사님을 집으로 초청해서 가정 예배드리고 간단하게 같이 식사해요."

영희는 눈을 내리깔고 낮고 작은 목소리로 대답했다.

"저녁에?"

"네."

"그럼 다음 주에 너희 집에서 저녁 먹고 이리로 넘어오면 되겠네."

영희가 고개를 들고 말없이 철수 어머니를 쳐다보았다. 정적이 흐르자 철수가 나섰다.

"장인어른 기일인데 어떻게 그래? 저녁 먹고 하룻밤 자야지."

"제사도 안 지낸다면서 저녁 먹고 오면 되지!!"

"그래도 그건 좀 아니지. 다음 주는 장모님 댁에서 잘게. 우리 간다, 엄마."

철수는 영희를 데리고 얼른 차에 탔다. 집으로 가는 내내 영희는 훌쩍거리며 울었고 철수는 아무 말 없이 운전했다.

"나… 아빠 보고 싶어…."

철수는 한 손으로 영희의 손을 꼭 잡았다. 철수의 손등 위로 영희의 눈물이 떨어졌다.

영희의 아버지를 떠나보낸 지 3년째 되는 해였다. 집으로 돌아오는 차 안에서 영희는 내내 눈물을 흘렸고 집에 도착해서도 침대에 누워 이불을 덮은 채 계속 울었지만, 철수는 영희를 껴안아 줄 뿐 아무것도 묻지 않았다. 영희는 고민에 빠졌다. 오늘 있었던 일을 말한다면 결혼한 지 얼마 되지도 않은 새신부가 남편에게 고자질하는 꼴이 되는 것 같고, 새사람이 들어온 지 얼마 되지도 않았는데 집안에 분란을 일으키게 될까 봐 죄를 짓는 듯한 기분이 들었다. 또 한편으로는 입 밖으로 꺼내기에는 너무나 잔인한 말이라 입이 떨어지지 않았다. 말을 하는 순간 영희 자신이 무너져 내릴 것 같았다. 영희는 슬픔과 아픔을 홀로 속 깊숙이 삼켜 버렸다. 하지만 영희가 억지로 삼켰다고 해서 아픔이 사라진 것은 아니었다. 그 상처가 속 깊은 곳에서 오랜 시간 동안 썩어 갈 것이라는 것을 영희는 알지 못했다.

영희는 주말에 친정에 가지 않았다. 너무 피곤해서 못 가겠다고 어머니에게 전화하고 늦잠을 잤다. 철수가 그래도 되냐며 걱정스레 물었지만, 영희는 아버지 기일마저 건너뛸 만큼 지쳐 있었다.

주말이 지나고 며칠 후 철수 어머니가 영희에게 전화했다.

"잘 지내고 있니? 살아 있나 싶어서 전화해 본다."

"네? 엊그제 아버지 기일 전까지 계속 갔었잖아요, 어머니. 전화 안 드린 지 열흘 정도밖에 안 됐는데요….."

"그래도 하도 전화가 없길래. 일주일에 한 번씩 전화하라고 했잖아. 잘 있으면 됐다. 주말에 일찍 오너라."

전화를 끊고 영희는 휴대전화를 노려보았다.

◇◇◇◇
큰 시누이의 결혼식

화창한 5월 수영이가 결혼 날짜를 잡았다. 딸의 결혼식에는 분홍색 한복을 입어야 한다며 철수 어머니는 한복을 새로 맞추었고, 철수 아버지와 동생 수진이는 정장을 새로 샀다. 영희는 결혼할 때 샀던 한복을, 철수는 결혼식 때 입었던 양복을 꺼냈다. 가장 바쁜 사람은 철수 어머니였다. 이바지 음식을 주문하고 상이불을 보내고 딸이 시가에 가는 날 보낼 음식을 만들기 위해 장을 보느라 정신이 없었다.

결혼식 전날 삼촌들의 가족이 시가로 모여들었다.

대가족의 저녁상을 치르고 가족들은 수영이와 새신랑에 관한 이야기를 나누며 저녁 시간을 보냈다. 영희는 결혼한 지 얼마 되지도 않았는데 결혼식이 새삼스럽게 느껴졌다.

다음 날 새벽 일찍 수영이가 결혼식장으로 먼저 가고, 철수 어머니가 영희를 깨웠다. 숙모들과 미용실에 가서 머리를 하러 갈 테니 같이 가자고 했다. 영희는 쌓인 피로로 몸이 천근만근이라 혼자서 간단하게 머리를 하겠다고 했다. 영희는 조금이라도 더 쉬고 싶었다. 영희는 그때 같이 갔어야 했다.

영희는 조용한 식당 거실에서 모닝커피를 마시며 반쯤 드러누워 마음 놓고 쉬고 있었다. 철수 아버지는 목욕탕에 다녀온다며 나가고 혼자 남은 영희는 평화롭기까지 했다.

30분쯤 지났을까, 방에서 삼촌들이 하나둘 나오기 시작하더니 영희에게 아침밥을 차리라고 했다. 영희는 당황했다.

"어머님하고 숙모님들 오시면 같이 드셔요."

"머리하러 갔는데 언제 올지 알고? 먼저 아침 먹자."

영희는 급하게 부엌에 들어가 밥솥을 열었는데 밥이 조금밖에 없었다. 밥을 해 보려 했지만 식당에서 사용하는 큰 밥솥에 밥을 해 본 적이 없었다. 주말에 시가에 와도 식당이다 보니 늘 밥은 있었고 음식 준비는 철수 어머니와 같이 상을 차리는 정도였다. 영희는 식사 준비보다 식당 일을 훨씬 많이 했다.

"제가 뭐가 어디 있는지 잘 몰라서요. 어머님 오시면 드릴게요."

하지만 곧 모든 삼촌이 나와 앉았고 영희에게 아침밥을 차리라고 재촉을 했다. 영희는 눈물이 나고 말았다. 어찌할 바를 몰라 허둥지둥하던 영희는 철수를 깨웠다. 철수는 눈도 제대로 뜨지 못하고 큰 솥에 밥을 안친 후 영희와 함께 반찬을 꺼내기 시작했다.

밥이 거의 다 될 무렵 철수 어머니와 숙모들이 왔고 철수 어머니는 얼른 부엌에 들어와 아침 식사 준비를 마무리했다. 그사이 철수는 씻으러 갔다. 영희는 아침밥 준비를 도우면서 계속 훌쩍거렸다. 이런 상황이 너무 서러웠다.

'내가 왜 이렇게 살아야 하지?'

철수는 훌쩍거리며 한복을 챙겨입는 영희의 어깨를 토닥였다.

그날 가족사진에 영희는 굳은 표정과 부은 눈으로 남겨졌다. 나중에 결혼식 가족사진 액자를 받고, 철수 어머니는 딸 결혼사진에 이게 뭐냐며 불같이 화를 냈다. 영희는 울먹거리며 고개를 숙였다.

"죄송해요, 어머니."

영희는 수영이에게 가장 미안했다. 평소 영희에게 수고한다며, 앉아서 쉬라며 늘 영희를 위해주던 좋은 '시누이'였다. 사진이 그 모양이 되었는데도 수영이는 사진에 대해 단 한 번도 영희에게 말을 하지 않았고, 서운한 모습도 보이지 않았다. 영희는 수영이에게 두고두고 미안해했다. 결혼 후 수영이는 다니던 직장을 그만두고 남편과 함께 자영업을 시작했다.

◇◇◇◇
세 번의 기회

6월이 시작되던 첫 주. 영희는 체력에 한계를 느꼈다. 토요일 퇴근 후 너무 힘이 들어 집에 오자마자 침대에 누웠다.

"자기야, 나 도저히 못 가겠어. 너무 힘들어."

"그래, 그럼 조금만 쉬었다가 가자."

영희가 원하던 대답이 아니었다.

"그냥 2주에 한 번씩만 가면 안 돼? 나 진짜 힘들어."

영희가 애원하는 얼굴로 말했지만 철수는 묵묵부답이었다. 영희는 이불을 뒤집어쓰고 훌쩍거리며 울기 시작했다. 한참을 울던 영희가 철수에게 부탁했다.

"이번 주만 쉬겠다고 자기가 어머님께 전화 좀 해 주면 안 돼?"

그런데 철수의 대답이 없었다. 아무리 기다려도 철수는 대답해 주지 않았고 아무 말도 하지 않았다. 결국, 영희가 이불을 박차고 일어났다. 얼굴은 눈물범벅이 되어 있었고 젖은 얼굴에 머리카락이 제멋대로 달라붙어 있었다. 영희는 차라리 직접 전화하는 게 낫다 싶었는지 핸드폰을 들었다.

"어머님, 저 너무 피곤해서요…. 이번 주에는 집에서 쉴까 해요."

"우리 아들 보고 싶어서 안 된다. 그렇게 많이 피곤하면 와서 쉬어라."

"네, 어머님…."

영희는 말없이 옷 가방을 챙겨 들고 집을 나섰다. 가는 내내 차 안에서 둘은 한마디도 하지 않았다. 밤에 등을 돌리고 누워 울고 있는 영희를 철수가 뒤에서 껴안았지만 영희는 철수의 손을 뿌리쳤다.

　잔인한 주말은 어김없이 다가왔다. 영희는 주말이 싫어졌다. 회사 동료들은 토요일이라며 종종걸음으로 신나게 퇴근을 했지만 영희는 터덜터덜 걸어가 버스를 탔다. 버스 창에 머리를 기대고 있다가 잠이 든 영희는 간신히 집 근처에서 내렸다. 직장이 가까운 철수는 집에 와서 영희를 기다리고 있었다. 영희는 말없이 가방을 던지다시피 하며 침대에 누웠다.
　"옷 안 챙겨?"
　영희는 대답 없이 돌아누워 이불 속에서 훌쩍이기 시작했다. 철수가 영희 옆에 앉아 어깨를 감쌌지만 철수의 손을 뿌리쳤다.
　"어머님께 자기가 전화해. 내가 전화하니까 아들 보고 싶어서 안 된대. 그러니까 자기가 전화해서 쉬겠다고 해 줘."
　철수는 대답이 없었다. 시간이 4시가 넘어가자 철수가 가방을 챙기는 소리가 들렸다. 그런데 나가는 소리가 나지 않았다. 영희가 이불을 걷고 철수를 보니, 영희의 옷까지 다 챙겨 놓고 의자에 앉아 있었다. 영희는 다시 이불을 덮고 소리 내어 울기 시작했다. 한참을 더 울던 영희가 마음을 다잡았다.
　'세 번의 기회를 주겠어. 그래도 안 된다면 그만할래.'
　영희가 다짐하고 벌떡 일어났는데 코에서 비린내가 났다. 코를 만지니 피가 묻어났다. 철수가 내민 화장지로 대충 피를 닦은 영희는 거칠게 현관문을 열고 나왔고, 철수는 말없이 가방을 들고 뒤를 따랐다. 시가로 가는 내내 영희는 눈물, 콧물을 쏟으며 창밖을 노려보았다.

　시가에 도착한 영희는 눈이 부어 있었다. 철수의 어머니는 아무 말도 하지 않았다. 다음 날 오후 철수의 어머니가 또다시 해서는 안 될 이야기를 하고 말았다. 최소한 일하는 아주머니 앞에서 그 말은 하지 말았어야 했다.

"얘는 아버지가 없어서 일 시키기가 편해."

"옛날에 비하면 요새 애들 고생은 고생도 아니야."

"네, 맞아요. 요새 애들은 편하게 사는 거예요."

그 후 아주머니는 점점 영희를 쉽게 생각하기 시작했고, 영희에게 '빈 그릇을 치워 와라, 수저통을 채워라.' 하며 일을 시켰다. 점심 장사 후 뒷정리를 어느 정도 끝낸 후 철수 어머니는 아주머니와 마주 앉아서 커피를 마시며 말했다.

"너, 가서 남은 그릇들 마저 치워 와라."

철수 어머니와 아주머니가 웃으며 영희를 쳐다보았다. 영희는 마음의 문을 닫았다. 그 후 아주머니가 시키는 일을 일부러 무시했고 아주머니는 영희의 눈치를 보며 더 이상 일을 시키지 않았다.

6월 말 영희의 생일이 다가오고 있었다. 마음이 아픈 영희는 기대하지 않고 있었다. 생일 전날 저녁 철수의 말을 듣고 영희는 울음을 터뜨렸다.

"엄마가 자기 첫 생일이라고 우리 집에 와서 하룻밤 자고 아침에 생일상을 차려 주시겠대."

철수는 자랑스럽게 말했는데 영희가 우는 바람에 당황했다. 그러는 사이 철수 어머니에게서 전화가 왔고 영희를 바꾸라는 말에 전화를 영희에게 넘겨주었다.

"원래 첫 생일은 시어머니와 같이 자는 거야. 그래야 정도 쌓이고. 앞으로 내 생일을 네가 챙길 텐데 나도 네 첫 생일을 잘 챙겨 줘야 하지 않겠니? 내가 가서 아침에 미역국 끓이고 생일상 차려 줄 테니까 먹고 출근하렴."

전화를 끊고 영희는 더 큰 소리로 울었다.

"이게 무슨 생일이야! 지금까지 매주 가서 식당일을 했는데 생일까지 이렇게 보내라고?"

영희는 울면서 집을 뛰쳐나갔다. 울면서 길을 걷는 영희를 사람들이 힐끗힐끗 쳐다보았다. 집 근처 가로등 아래 공원 벤치에 앉은 영희는 주변을 둘러보았다. 늦은 밤이 아니라서 지나다니는 사람들이 꽤 있었다. 한참을 울먹이던 영희가 겨우 진정이 될 무렵, 영희 앞으로 다정하게 팔짱을 낀 남녀가 지나가면서 눈물 범벅이 된 영희를 힐끗 쳐다보았다. 영희는 다시 소리 내어 울기 시작했다.

지갑도 열쇠도 없이 그냥 나온 영희는 갈 곳이 없었다. 다시 집으로 간 영희는 문을 열었지만 잠겨 있었다. 벨을 몇 번이나 눌렀지만 아무도 없는 듯 문은 열리지 않았다. 영희는 문 앞 바닥에 무릎을 감싸고 앉아 무릎에 얼굴을 묻었다. 한 시간 반쯤 후 외출했던 철수가 돌아와 문을 열었다. 철수도 영희도 서로에게 어디에 다녀왔는지 묻지 않았다.

밤새 울어 눈이 퉁퉁 부은 채, 영희는 생일날 아침 출근을 했고 일부러 늦게까지 남아 일한 뒤 어두워져서야 집에 들어갔다. 영희는 이틀째 저녁밥을 거른 채 잠이 들었다. 철수가 생일은 우리끼리 보내겠다고 이야기를 해서인지 철수 어머니는 오지 않았다.

결혼 후 첫 생일이었다.

생일을 보내고 주말, 영희는 서빙을 하는 내내 눈물이 멈추지 않아 티슈를 손에 쥐고 서빙을 하는 중이었다. 나이가 지긋한 할머니가 큰 목소리로 같이 온 일행에게 말했다.

"요새 젊은것들은 아주 못됐어. 결혼하고 주말에 자기들끼리 놀러 다니고 시부모한테 오지도 않아. 몹쓸 것들! 이 집 며느리 봐. 시댁에 와서 일도 돕고 얼마나 보기 좋아? 아들이 효자…."

순간 영희와 눈이 마주친 할머니는 영희의 얼굴에서 눈물이 떨어지는 것을 보고 말을 멈추었고 식사를 마치고 나갈 때까지 아무 말도 하지 않았다.

오후가 되어, 며칠 전 생일이었으니 집에 들렀다 가라는 어머니의 전화에 영희는 친정으로 향했다. 오랜만에 친정으로 가는 길. 괜히 눈물이 나는 영희였다. '장모님, 저희 왔습니다~'라는 씩씩한 철수의 말에 영희 어머니가 얼른 문을 열었다. 영희의 얼굴을 본 어머니는 얼어붙어 아무 말도 못 하다 기어들어 가는 목소리로 철수에게 들어가 쉬라며 겨우 한마디를 꺼냈다. 동생들이 오랜만에 온 누나를 반기며 방에서 나오더니 영희의 얼굴을 보고는 아무 말 없이 방으로 들어갔고, 영희 어머니는 말없이 부엌으로 갔다.

철수를 따라 방으로 들어온 영희는 이불을 덮고 누웠는데 가족들이 너무도 조용해서 거실로 나왔다. 어머니는 훌쩍거리며 냄비를 들었다 놨다 했고 동생들의 방에서도 훌쩍거리는 소리가 났다. 영희도 눈물이 났다. 영희는 가족들이 우는 이유를 알았다. 석 달 만에 영희를 본 가족이 우는 이유를. 결혼전 54, 55kg을 유지하며 다이어트를 한다던 딸이자 누나였던 영희가 삐쩍 마른 몸과 핼쑥한 얼굴로 친정에 나타났기 때문이었다.

영희는 철수를 다그쳐 급하게 친정을 나와 집으로 갔다. 막내 성진이는 끝내 누나를 배웅하러 나오지 않았고 눈두덩이가 빨개진 둘째 성재와 어머니가 간신히 배웅했다. 영희는 집에 와서 체중계에 올랐다. 체중계 바늘은 45를 가리켰다.

월요일 저녁, 철수는 영희에게 작은 상자를 내밀었다.

"자기 생일날 주려고 했는데, 그렇게 나가는 바람에…."

상자에는 목걸이가 반짝이고 있었다. 철수가 서툴게 영희의 목에 목걸이를 걸어 주었다. 고맙다고 인사는 했지만 영희는 결혼 후의 첫 생일이 너무나 슬펐다.

피곤한 몸을 이끌고 늦게 퇴근한 영희가 문을 열고 들어서자 철수가 매우 심각하게 스트레스를 받은 표정으로 말없이 영희를 쳐다보았다.

"무슨 일 있어?"

지친 목소리로 영희가 물었다.

"장모님이 500만 원을 달라고 하셔서 대출받아서 드렸어."

"뭐? 왜?"

영희는 깜짝 놀랐다. 결혼 전에 걱정했던 일이 생긴 걸까 생각하니 숨이 멎는 것 같았다.

"잘 모르겠어. 자세히 말씀을 안 하셨어."

영희는 엄마에게 전화를 걸었다. 엄마의 목소리에는 힘이 없었다.

"사돈이 갑자기 상이불을 보내라고 해서…. 친구들이 본다니까 제일 좋은 거로 해서 보냈고 계획에 없던 사위 다이아몬드 반지도 하고, 이바지 음식도 좋은 것으로 하다 보니 돈이 모자라더라고…. 결혼식 비용은 축의금 들어온 거로 거의 맞춰졌는데…. 게다가 예단으로 현금 주고받을 때도 우리가 보낸 것보다 적게 주셨잖아."

"그럼 나한테 말을 하지."

"너 돈 없는 거 뻔히 아는데…. 그리고 사실 계획에 없던 일을 만든 건 사돈 이잖아."

영희는 중간에서 할 말이 없었다. 철수에게 대충 설명을 하고 영희가 고개를 떨구며 말했다.

"미안해…."

영희는 처음으로 원룸에서 사는 게 싫어졌다. 숨을 곳도 피할 곳도 없었다.

7월 첫 주 토요일, 영희는 도지히 못 가겠다며 철수가 앉아 있는 의사 앞에 주저앉아 철수의 무릎에 얼굴을 묻고 펑펑 울고 있었다. 철수는 말없이 영희의 머리를 쓰다듬을 뿐이었다. 영희는 아무것도 하지 않는 철수가 미워 견딜 수가 없었다. 한참을 울던 영희는 겨우 일어나 시가에 전화했다.

"어머니, 제가 너무 피곤해서요, 이번 주 집에서 쉴게요."

"안 된다. 우리 아들도 보고 싶고 며느리도 보고 싶은데 와서 쉬려무나. 시아버지가 며느리 얼마나 기다리시는데~"

철수 어머니는 다정한 목소리로 말했지만 영희는 그 다정함을 믿지 않았다.

'오늘이 마지막 세 번째 기회야. 이제 그만할래. 여름 휴가 기간에 정리하겠어.'

속으로 다짐하며 철수와 함께 시가로 향했다.

마음을 다잡았지만 일하는 내내 영희는 눈물이 났다. 중년 손님이 하는 말에 무표정하게 서빙을 하고 돌아섰다.

"이 집 며느리는 자주 오나 봐. 아들이 효자네. 장가 잘 갔네~"

손님은 엉망이 된 영희의 얼굴과 훌쩍거리는 모습을 힐끗거리다 나가면서 철수 어머니에게 말을 걸었다. 손님을 배웅하기 위해 영희는 철수 어머니 옆에 섰다.

"며느리가 자주 오나 봐요?"

"예, 매주 와요."

"어떻게 그렇게 자주 와요?"

"며느리 길을 잘 들여서 그래요."

"자주 와서 좋으시겠어요. 그런데 이렇게 자주 부를 거면 왜 결혼시켰어요?"

순간 발끈한 철수 어머니가 언성을 높였다.

"제사 지내고 손주 보려고 결혼시켰죠! 무엇 때문이겠어요?"

영희는 순간 자신이 빈껍데기가 된 것 같았다.

'나는 도구였던 거야? 물건? 애완동물?'

팔다리에 힘이 빠져 주저앉을 뻔한 영희는 몸을 추스르며 화장실에 갔다.

모처럼 회식을 하는 날. 영희는 술을 많이 마셨다. 술에 취해 집으로 오는 버스 안. 갑자기 비가 내리기 시작했다. 버스에서 내린 영희는 내리는 비를 그대로 맞으며 터덜터덜 걸었다.

'사랑하는 사람이 이렇게 아프고 힘든데…. 그렇게나 많이 울고 쉬게 해달라고 매달리는데 어떻게 아무것도 하지 않을 수가 있지? 사랑하는 사람이 힘들어하면 당연히 마음 아파해야 하는 거 아닌가?'

젖은 옷을 겨우 갈아입고 침대에 누워 잠이 들었다. 얼마 후 역시 회식으로 술에 취한 철수가 비틀거리며 들어와 양말을 벗어 던지고 영희 옆에 드러누웠다.

7월 중순쯤 철수 어머니에게서 전화가 왔다.

"영희야, 생일 축하한다~"

"네? 제 생일 지났는데요."

'지난번 내 생일 때 와서 자고 아침상 차려 주겠다고 먼저 말해 놓고 왜 오늘 생일축하를?'

"음력으로 오늘이 네 생일이잖니~"

"고맙습니다, 어머니. 그래도 제 생일은 양력으로 지낼 거예요. 엄마와 동생들도 지난번 제 생일날 축하한다고 전화했었어요."

영희는 태어난 날을 부정당하는 느낌이었다.

주말 시가에 가니 철수의 외할머니가 와 있었다. 이야기를 나누는 도중에 외할머니는 자꾸만 영희의 쇄골을 만지고 닦았다.

"왜 그러세요?"

"이게 왜 안 닦이지?"

영희는 거울을 보았다. 쇄골이 많이 드러나 어둡게 그늘이 져 있었다.

"할머님, 이거 뼈예요. 쇄골뼈."

"철수야, 너 손부 기 네가 다 뺏어 먹나? 결혼하고 너는 살이 많이 쪘는데 손부는 왜 이렇게 말랐어?"

"야식을 같이 먹는데 저만 살이 찌더라고요. 체질이 그런가 봐요. 장모님하고 처남들도 마른 편이에요."

'일하느라 힘들어서 그런 거거든!'

영희가 쉴 수 있는 주말은 지인의 결혼식이 있는 날이었다. 일요일에 결혼식이 있는 날만은 시가에 가지 않아도, 식당 일을 하지 않아도, 일찍 일어나지 않아도 되었다.

◇◇◇◇

이혼할래

여름 휴가를 앞두고 영희는 몸이 좋지 않았다. 한여름인데 열이 나는 듯했고 머리가 아팠다. 오늘은 시가에 할아버지 제사가 있는 날이다. 휴가를 받고 퇴근하는 길, 제사를 지내고 와서 몸이 회복되면 서서히 정리해야겠다고 생각하며 집에 들어왔다.

"엄마가 제사 지내고 휴가 동안에 집에 있으래."

영희는 아이처럼 엉엉 소리 내어 울기 시작했다. 벼락을 맞은 것 같았다. 한참을 울던 영희가 울음을 그쳤다.

"제사 지내고 바로 올 거야. 나 몸이 안 좋아. 쉬어야겠어."

철수가 영희의 이마에 손을 얹었다. 하지만 아무 말도 하지 않았다.

"집에 전화해. 제사만 지내고 오겠다고. 그리고 앞으로는 2주에 한 번씩만 가면 좋겠어."

역시 대답 없는 철수. 영희는 철수가 전화할 때까지 기다리며 침대에 누웠다. 자꾸만 훌쩍이며 우는데도 철수는 그저 가만히 앉아 있을 뿐이었다.

영희는 화가나 침대에서 벌떡 일어나 캐리어를 꺼내 옷들을 대충 접어 구겨 넣기 시작했다. 철수가 자기 옷을 꺼내 캐리어에 담자 영희는 철수의 옷을 거칠게 꺼낸 뒤 그 자리에 화장품을 쓸어 담고 캐리어를 닫았다. 핸드백을 집어 든 영희는 캐리어를 끌고 현관문을 열었다.

"자기 500만 원은 내가 갚을게."

토요일 오후, 철수는 영희 없이 혼자 본가로 들어섰다.

"왜 혼자와? 며느리는?"

"친정 갔어."

"무슨 소리야? 오늘 할아버지 제산데!! 너희 둘이 싸웠니?"

철수는 어머니의 눈을 피한 채 잔뜩 스트레스를 받았다는 표정을 지었다.

"싸워도 그렇지, 제사는 와야 할 거 아니야!! 대체 왜 싸웠는데?!!"

철수는 영희가 그동안 많이 힘들었다며 이야기했지만 어머니의 높아진 언성은 계속 이어졌다. 결국, 철수도 언성을 높이기 시작했고 말싸움으로 번졌다. 그 와중에 수진이가 끼어들었다.

"내가 보기에 새언니 하는 일도 없던데? 우리 나오면 엄마는 맨날 새언니 놔두고 우리한테 일 시켰어! 뭐가 힘들다는 건데!"

수진이와 언성을 높이며 싸우던 철수는 수진이의 뺨을 때렸다. 눈물이 그렁그렁한 수진이가 뛰쳐나가고 철수의 어머니는 방으로 들어가 문을 세게 닫았다. 저녁 장사 때문에 다시 나온 철수 어머니. 가게 일이 대충 정리되자 철수에게 다시 소리를 질렀다.

"지금 가서 네 마누라 데려와! 싸웠다고 제사도 안 지내고 짐 싸서 친정으로 가? 가서 네 장모한테 그래라! 딸이 짐을 싸서 친정으로 왔으면 달래서 보내야지 데리고 있냐고! 그러는 거 아니라고!"

"집사람 없어도 우리끼리 제사 지내면 되잖아!"

"이 새끼가! 당장 가서 데리고 와!"

철수는 화를 누르며 성큼성큼 걸어 나와 운전대를 잡았다. 영희의 집에 도착한 철수는 영희 어머니에게 화를 내며 어머니가 했던 말을 그대로 내뱉었다. 영희 어머니가 눈물을 흘리는 모습을 보자 이런 상황에 너무 화가 났다. 소리 지르는 어머니, 수진이를 때린 일, 눈물을 보이는 영희 어머니가 동시에 겹쳐졌다. 철수는 대문을 쾅 닫고 나와 다시 본가로 향했다. 철수는 몇 년 후 영희와 싸우기 전까지 수진이를 때린 일을 영희에게 말하지 않았다.

택시를 타고 친정으로 간 영희. 집에 들어서자마자 눈물을 터뜨렸고 동생들은 말없이 캐리어를 안으로 들여놓았다. 이불 속에서 펑펑 우는 영희의 머리카락을 어머니가 쓰다듬었고 영희는 울다가 지쳐 잠이 들었다. 저녁밥을 먹는 동안 영희는 울며 딸꾹질을 했다.

저녁을 먹은 후 영희는 어머니와 마주 앉았다.

"엄마···. 나 이혼할래. 나 결혼하고 주말에 쉰 적이 없어. 토요일 오후부터 일요일 밤까지 식당에서 일하느라 너무 힘들었어."

"세상에, 엄마는 그런 것도 모르고···. 그래서 이렇게 뼈만 남았구나. 그래, 네가 원하는 대로 하렴."

영희와 어머니는 부둥켜안고 눈물을 흘렸다.

영희가 가만히 누워 멍하니 천장을 보며 그동안의 시간을 되돌아보는 동안 시간은 11시가 다 되어 가고 있었다.

철수가 영희의 본가에 찾아왔다. 영희 어머니는 철수와 마주 앉았다.

"장모님, 그러시는 거 아닙니다. 딸이 가방을 싸서 친정으로 왔으면 잘 달래서 보내야 하는 거 아닙니까? 오늘이 조부모 제사인데 보내셨어야죠!"

격앙된 철수의 목소리에 영희 어머니도 흥분했다.

"지금 애가 저 모양인데 어떻게 보내나? 삐쩍 말라서는 저게 뭔가! 그동안 영희가 어떻게 지냈길래 저 모양이 된 거야?"

"오늘은 할아버지 제사니까 일단 보내 주시죠. 제사 지내고 내일 데려오든지 하겠습니다."

"애가 아픈데 어떻게 보내? 지금 제사가 문제인가? 일단 오늘은 돌아가게. 우리 딸 못 보내."

끝내 철수 앞에서 영희 어머니는 눈물을 보였고, 철수는 거칠게 문을 열고 나가 버렸다.

다음 날 오전, 안 가겠다고 버티는 영희와 가라는 어머니가 실랑이를 벌이는 중이었다. 어머니는 겨우 캐리어를 쥐여 주고 영희를 밖으로 내보냈다. 영희는 몇 걸음 가다 멈추어 뒤를 돌아보더니 그 자리에 서서 꿈쩍도 하지았다. 어머니의 가라는 손짓에 몇 걸음 더 가던 영희는 다시 멈춰 섰다. 어머니는 집 앞에 버티고 서 있는 영희에게 다가와 살짝 등을 떠밀었다. 영희는 몇 번이나 뒤돌아보며 겨우 몇 걸음을 옮겼고 어머니는 자꾸만 가라는 손짓을 했다. 캐리어를 끌고 가는 영희를 바라보며 어머니는 눈물을 닦았다.

시외버스터미널에 도착한 영희는 신혼집으로 갈 생각이었다. 그러나 표를 끊으려는 찰나 자신에게 집 열쇠가 없다는 것을 깨달았다. 영희는 가방을 질질 끌며 시가로 가는 버스표를 끊었다. 시가로 향하는 차 안, 영희 머릿속에 어머니의 한마디가 계속 맴돌았다.

'기독교인은 이혼하는 거 아니란다.'

버스에서 내려 캐리어를 끌고 가는 영희의 머리 위로 뜨거운 여름 햇살이 내리쬐었다. 길거리의 풍경은 낯설게 다가왔다. 영희는 길거리를 지나가는 남자들을 보며 혐오감을 느꼈다. 세상의 모든 남자가 나쁜 놈으로 보였다. 다정하게 걸어가는 연인을 보면서도 영희는 눈살을 찌푸렸다.

'저 남자도 결혼 후에는 여자를 얼마나 힘들게 할까? 얼마나 힘든 삶을 살게 할까?'

중년의 남자를 보며 영희는 속이 뒤틀렸다.

'저 남자는 그동안 얼마나 여자를 괴롭히고 힘들게 하며 살았을까?'

영희는 비위가 상한 표정으로 길거리의 남자들을 노려보았다.

시가로 들어서니 온 가족이 굳은 표정으로 말없이 영희를 쳐다보았다. 오후에 신혼집으로 돌아올 때까지 영희는 한마디도 하지 않았다.

◇◇◇◇
아들이 아니잖아!

시가에서 집으로 온 영희는 침대에 쓰러져 누웠다. 아직도 열이 나고 머리가 아픈 것을 느끼며 누워 있던 영희가 허전함에 눈을 번쩍 떴다. 생리 날짜가 지났다. 다음 날 약국에 들러 임신테스트기를 사서 철수 몰래 테스트를 했다. 선명한 두 줄을 보고 놀란 영희는 임신테스트기를 숨겼다. 정리하려고 마음먹었는데 임신이라니! 그날이었다. 같은 날 회식을 하고 술에 취해 쓰러져 잠들었던 날.

3일 동안 혼자 끙끙 앓던 영희가 결국 철수에게 털어놓았다.

"나 임신했어."

영희의 말에 철수는 기뻤다. 하지만 이렇게 힘들어하는 영희를 놓아 주어야 한다는 생각에 내색하지 않았다.

"어떻게 할래?"

"모르겠어. 생각해 볼게."

암묵적으로 서로에 대해 정리하기로 한 부부간에 가능한 대화였다.

일주일이 지나도 영희가 대답하지 않자 다급해진 철수가 먼저 말을 꺼냈다.

"빨리 결정을 해야 할 것 같아. 아이가 자꾸 자라는데…."

영희는 일주일간 고민이 많았다. 이런 상황, 더군다나 철수 어머니에 대해서는 답이 없어 보였지만 한편으로는 아기에 대한 죄책감을 감당할 자신이 없었다. 이혼녀라고 낙인찍을 주변의 시선을 감당할 자신도 없었다. 영희는 이혼한 자신의 모습을 떠올렸다. 뒤에서 수군거리는 사람들과 '이혼녀'라고 계속 붙어 다닐 꼬리표를 생각하니 소름이 돋았다.

'임신하고 아이를 낳으면 달라지지 않을까?'

애써 달라질 거라고 자신을 달래는 중 철수가 결정을 재촉했다.

"나, 낳을래."

순간, 심각하던 철수의 얼굴이 확 바뀌며 웃음이 만개했다. 철수는 기뻐서 영희를 세게 끌어안았다. 영희가 숨겨 놓았던 임신테스트기를 철수에게 내밀자 철수는 신기하다는 듯 만지작거렸다. 철수와 영희는 산부인과를 방문하여 첫 초음파 사진을 받았다. 작은 콩처럼 보이는 초음파 사진을 철수는 자꾸만 쳐다보며 연신 웃음을 멈추지 않았다. 병원을 다녀와서 철수가 어머니에게 전화를 걸었다. 전화를 넘겨받은 영희의 목소리에 기뻐서 떨리는 철수 어머니의 목소리가 들려왔다.

"아이고~ 고맙다. 정말 고맙다. 수고했다. 몸조심하거라."

결혼 후 들어본 말 중에 가장 다정하고 진심이 어린 친절한 목소리였다. 영희는 어머니에게도 전화해 임신 사실을 알렸다. 목멘 소리로 축하한다는 말에 괜히 눈시울이 붉어졌다.

영희는 휴가 내내 집에서 쉬었다. 철수는 홀쭉하기만 한 영희의 배를 쓰다듬으며 귀를 갖다 대고 말을 걸었다.

"아가아~ 아빠 목소리 들리니? 대답해 봐, 우리 아가~"

"뭐야~ 아직 콩이라고 콩!"

"자꾸 아빠 목소리를 들려줘야 나중에 '아빠~' 하고 말할 거잖아."

"아직 귀도 없을걸? 근데 딸이면 좋겠어, 아들이면 좋겠어?"

"별 상관없어. 하지만… 딸이면 더 좋겠어."

"낳았는데 아들이면?"

"둘째는 딸로 낳아야지."

"그래도 아들이면?"

"셋째 낳아야지~~"

결혼 후 두 사람은 휴가 기간 내내 가장 행복한 시간을 보냈다. 주말에 시가에 가서 일하지도 않았으며 맛있는 음식을 먹으며 웃고 떠들었다.

휴가가 끝나고 영희의 입덧이 시작되었다. 수시로 달려가 토하는 영희를 대신해 철수가 밥을 차리고 집안일을 했다.

휴가가 끝나고 일주일 뒤 3주 만에 시가에 가기로 한 두 사람. 철수는 가는 동안 몇 번이나 차를 길가에 세워야 했다.

"그냥 돌아가면 안 돼? 나 힘들어서 못 가겠어."

"거의 다 왔는데, 돌아가면 시간이 더 걸려서 자기가 더 힘들 거야."

겨우 시가에 도착한 영희는 가족의 환대를 받았다.

"축하해요, 새언니."

철수의 막냇동생 수진이가 불편한 웃음을 지으며 축하 인사를 건넸다.

입덧과 멀미로 힘들어하는 영희를 방으로 들여보내 쉬게 하고 철수는 식당 일을 시작했다. 영희는 임신하길 잘했다고, 아이를 지켜 다행이라고 생각하며 배를 쓰다듬었다.

며칠 수 철수가 리본이 달린 작은 분홍색 상자를 내밀었다.

"이게 뭐야? 오늘 무슨 날도 아닌데?"

영희는 상자를 열었다. 작은 목걸이와 귀걸이가 반짝거리고 있었다.

"임신 축하 선물이야. 나중에 애 태어나면 이런 거 못 하고 다닌대. 지금이라도 하고 다니라고."

영희는 철수를 꼭 껴안았다.

영희의 입덧이 끝날 무렵 다시 시가에 갔다. 영희는 임신한 이후로 시가에 가는 동안에도 마음이 편했다.

"입덧은 끝났니? 혹시 딸인지 아들인지 병원에서 알려 주던?"

"엄마, 요새 그거 불법이야."

"수영이 아는 사람이 개인 산부인과를 열었대. 그래서 성별 검사를 해 달라고 내가 미리 부탁해 놓았다.”

“엄마, 우린 성별 몰라도 돼. 됐어! 안 가.”

끈질긴 어머니의 설득에 할 수 없이 병원으로 따라나섰다. 병원은 걸어서 10분 거리에 있었다. 병원에서 초음파를 보는데 ‘나 딸이에요.’ 하고 너무나 분명하게 보여 주는 화면을 보고 의사가 웃음을 터뜨렸다.

“축하해요. 예쁜 공주님이네요.”

철수의 입이 귀에 걸리고 눈은 초승달이 되었다. 너무나 기뻐하는 철수를 보며 영희가 활짝 웃었고 그런 영희의 양 볼을 철수가 손으로 감쌌다. 철수의 눈에서는 빛이 나고 있었다. 그런데 어머니가 보이지 않았다. 철수 어머니는 이미 병원을 나와 저만치 걸어가고 있었다. 두 사람은 종종걸음으로 뒤따랐다. 철수가 영희에게 뛰지 말라고 했기 때문이다.

횡단보도 앞에 선 철수 어머니의 옆얼굴을 보고서야 영희는 어머니가 화가 났다는 것을 알았다. 집에 도착할 때까지 어머니는 한마디도 하지 않았고 집에 와서는 방으로 쌩하니 들어가 버렸다. 딸인 것을 안 철수 아버지는 축하한다면서도 둘째는 아들을 낳으라며 웃었다.

뒷날 시가에 인사하고 나올 때까지도 어머니의 표정은 좋지 않았다. 철수는 어제 받은 초음파 사진을 들고 싱글벙글기리며 웃음을 감추지 못했다. 영희는 서운했지만 철수가 이렇게 좋아하니 그것으로 충분하다고 생각했다.

‘아이는 우리가 낳고 키우는 거니까.’

철수가 영희에게 태교 음악 CD를 선물했다.

“이렇게나 많이?”

“집에서도 듣고, 차에서도 들으라고.”

철수가 섬세하게 챙겨주는 게 고마웠지만 원룸에 살다 보니 방음이 잘 안 되어 영희는 이어폰으로 음악을 들어야 했다. 이어폰을 계속 꽂고 있다 보니 귀가 아파 영희는 차에서만 태교 음악을 들었다. 대신 집에서는 해리포터 원서를 읽으며 태교를 했다.

"이러면 언어 능력이 뛰어날지도 모르잖아?"

철수 어머니는 임산부에게 좋다며 파프리카 한 박스를 주었다. 영희는 아침마다 파프리카를 갈아서 마셨고 다 먹고 나자 철수 어머니는 한 박스를 더 주었다. 영희는 파프리카를 마지막 한 개까지 깔끔하게 갈아 마셨다.

◇◇◇◇

라떼는 말이야

영희는 입덧이 끝나지 않은 채 다시 출근했다. 샤워하다가도 화장품을 바르다가도 화장실로 달려가야 했고 음식 냄새 때문에 점심을 거르기 일쑤였다. 입덧이 잦아들자 영희와 철수는 다시 매주 주말 시가에 갔다. 영희는 몸에 무리가 갈까 봐 식당 일을 하다가 힘들거나 피곤하면 철수를 깨웠다. 그렇게 철수는 영희를 대신해서 식당 일을 하기 시작했다. 철수가 손을 보태고 일하는 아주머니까지 있으니 영희는 한결 수월해져 주말에 시가에 가는 것이 덜 부담이 되었다. 영희의 배가 불러오기 시작하자 영희는 식당 일을 더 줄였고 그만큼 철수가 일을 더 많이 하게 되었다. 여전히 새벽 2시, 3시가 되도록 소설책을 보다 늦게 잠들었으나 점심 장사가 시작될 무렵에 일어나 어머니의 일을 거들었고 오후에는 잠깐씩 낮잠을 잤다.

"우리 아들은 또 낮잠 자러 들어갔나 보네."

"네, 어머니. 밤에 좀 일찍 자면 덜 피곤할 텐데 매번 늦게까지 책을 보다가 자네요."

"책 보는 건 좋은 거다. 철수가 술을 먹고 깽판을 치냐, 바람을 피우기를 하냐, 여자를 패기를 하냐? 그런 거 아니고 책을 보는 거잖아. 다행 아니니? 책을 저렇게 많이 보는 건 좋은 거다. 난 책만 보면 그렇게 잠이 오더구나. 책을 본 게 언젠지 기억도 안 난다. 딴짓 안 하고 책 보는 게 참 다행이지 않니?"

"네, 어머니. 그런 것 같아요."

"우리 철수 같은 남편이 어딨니? 일 잘하지 똑똑하지. 대학교도 지가 선택해서 알아서 가고, 바로 취직도 하고. 학교 다닐 때도 공부하라는 잔소리 한 번 안 해 봤어. 넌 결혼 잘한 거다. 책 보는 거 가지고 잔소리하지 마라."

"네, 어머니."

임신으로 배가 점점 불러오자 영희는 직장 일을 하면서 주말에 시가에 와서 일하는 게 더 힘들어졌다. 영희는 소소한 일을 제외하고는 거의 일을 하지 않았다. 철수 어머니의 눈치가 보였지만 영희는 아이를 위해 과감하게 쉬기로 마음먹었다.

점심 장사가 끝나고 철수가 방에 들어간 후 영희는 일하는 아주머니와 물수건을 개어 담고 씻은 수저를 정리하여 수저통에 담고 있었다. 설거지를 끝낸 철수 어머니가 부엌에서 나와 영희 옆에 앉으며 말을 꺼냈다.

"요새 애들은 참 편해. 우리 때는 애 낳고 바로 논밭에 나가 일했는데."

일하는 아주머니가 말을 이어받았다..

"맞아요. 저도 애 낳고 바로 집안일 시작했죠. 손목이 아픈데 걸레도 빨고요. 지금도 손목이 안 좋아요. 요즘에는 애 낳고 나면 차가운 김치도 안 만진다고 하더라고요. 산후조리원에 들어가서 2, 3주씩 있다 나오기도 하고, 세상 많이 좋아졌어요."

"그렇지? 내가 철수 가졌을 때 말이야, 애 낳기 직전까지 집안일, 농사일 다 했지. 밥하다가 애가 나올 것 같아서 시어머니께 병원 가겠다고 했더니 집에서 낳으라는 거야. 산파 불러서 애 낳고 누워 있는데 시골집이라 외풍이 얼마나 심하던지 온몸이 으슬으슬하더라고. 시골 겨울이 좀 추워? 그러고는 애 낳고 3일 후부터 집안일 시작했지. 하루 세끼 그 많은 식구 밥하느라 얼마나 힘들었는지 몰라. 빨래는 시누이가 좀 해 주긴 하더구면. 철수 삼촌들이 우물에서 물도 길어다 주고. 그러더니 애 낳은 지 일주일 만에 농사일하러 나가라는 거야. 쭈그리고 앉아 일하는데 허리도 아프고 온몸이 쑤시더라고. 그때랑 비교하자면 요즘 애들 고생은 고생도 아니야."

"어머님, 엄청 고생하면서 사셨네요."

영희는 안쓰러운 표정으로 철수 어머니를 쳐다보았다.

"아이고~ 말도 못 한다. 어찌 그러고 살았는지. 요즘은 살기 편한 거다."

영희는 수저 정리를 끝내고 자리에서 일어났다.

'어머니, 전 그래도 쉴래요. 힘들어요.'

◇◇◇◇
철수 부모님의 생일

추석을 2주 앞두고 시가에 가기 전, 영희가 철수 어머니에게 전화했다.

"어머니, 생신 앞당겨서 주말에 가족 식사하기로 했잖아요. 음식 재료 뭐 사 갈까요? 뭐 드시고 싶으세요?"

"생일 뭐 특별한 거 있나? 그냥 간단하게 집에 있는 거로 하면 돼. 집에 재료 다 있고, 내가 양념 고기하고 생선도 사 놨다. 그냥 오면 된다."

전화를 끊고 영희는 걱정스럽게 철수를 쳐다보았다.

"진짜 그냥 가도 될까? 가는 길에 과일이라도 한 상자 사 가자."

"괜찮아, 아무것도 안 사도 돼. 집이 식당이고 제사도 지내니까 웬만한 건 다 있어."

토요일, 시가에 도착한 영희는 미역국부터 끓이려고 했지만 자기 살림이 아니라서 헤매고 있었다. 철수 어머니는 필요한 재료들을 꺼냈고 영희와 함께 생일 음식을 준비했다. 철수 어머니는 말이 없었다. 왠지 뒷모습이 슬퍼 보였다.

'어머니 생신인데 자기 생일상을 함께 준비하다니….'

영희는 불편한 마음에 종종거리며 어머니를 쫓아다녔다. 6시가 되자 수영이와 큰매제가 문을 열고 들어왔다.

"박 서방, 왔나?"

철수 어머니가 부엌을 나서며 수영이 가족을 반겼다.

"새언니, 고생이 많죠?"

늘 다정하게 인사를 건네는 수영이. 영희는 수영이를 향해 괜찮다며 활짝 웃어 보였다. 수영이는 가방을 내려놓자마자 부엌으로 달려왔다. 생일상을 차리기 시작할 때쯤, 사업가 남자친구의 사무실에 일하러 다니는 수진이가 퇴근하여 음식 나르는 것을 도왔다.

"음식 준비는 다 됐어?"

영희는 철수 아버지를 멍하니 쳐다보았다. 곧 철수가 나와 음식 나르는 것을 마저 도왔고, 식사 후에는 철수와 함께 뒷정리했다. 수진이와 설거지를 하면서 영희는 자꾸만 철수 어머니의 표정을 살폈다.

가게 정리를 마치고 테이블에 둘러앉아 케이크에 초를 붙인 후 생일을 축하하는 노래를 불렀다. 수진이는 선물 상자를, 수영이와 영희는 봉투를 꺼냈다. 철수 어머니는 웃으며 선물과 봉투를 받아들었다.

일요일 오후, 영희는 궁금했던 것을 물어보기로 했다.

"어머님, 남편이랑 제가 결혼하기 전에는 생신을 어떻게 지내셨어요?"

"생일? 그런 게 어딨어? 그냥 대충 넘어가는 거지. 가끔 고기나 구워 먹고, 그렇지 않으면 그냥 넘어가는 거지 뭐."

"아버님이 생일상 안 차려 주세요?"

"뭐? 생일상? 그런 거 받아 본 적 없다. 결혼 전에는 네 큰 시누가 두 번 차려 주더구나."

"그래도 생일선물은 주셨을 거 아니에요."

"선물 받아 본 게 언젠지 기억도 안 난다."

영희는 부모님을 떠올렸다. 영희의 아버지는 영희 어머니의 생일이 되면 꽃다발을 선물하고 단둘이 외식을 하거나 나들이하러 다녀오곤 했다. 물론 선물도 잊지 않았다. 영희는 또 한 번 철수 어머니를 안타깝게 쳐다보았다.

철수 어머니의 생일날 오후, 일하고 있는 영희의 핸드폰이 울렸다.
"어머니, 웬일이세요?"
"오늘 내 생일인데 왜 전화 안 하니?"
"오늘 일이 많아서요. 퇴근하고 전화 드리려고 했어요."
"그런 건 아침이나 오전에 하는 거다. 다음엔 그렇게 해라."
"네, 어머니. 죄송해요. 다음엔 꼭 그렇게 할게요. 생신 축하드려요, 어머니."
퇴근 후 영희와 철수의 집.
"자기, 오늘 어머니 생신인데 전화 안 드렸어?"
"주말에 모여서 밥 먹고 케이크에 촛불 켜고 생일 축하했는데 뭐 하러?"
"아, 그래…."

11월, 철수 아버지의 생일을 기념하여 주말에 가족이 모이기로 했다.
"이번에도 그냥 가면 되는 거야? 뭐라도 사 가야 할 것 같은데?"
"괜찮아. 우리 집엔 웬만한 건 다 있다니까. 지난번에 엄마도 그렇게 말했잖아."
"전화 안 해 봐도 될까?"
"괜찮아."
시가에 들어선 영희에게 철수 어머니가 물었다.
"왜 빈손이야? 장 안 봐 왔어?"
"네? 저, 저번에 웬만한 건 집에 다 있다고 하셔서…."
"그래도 고기라도 사 와야지. 아이고, 어쩌나. 미역도 없는데. 철수야 마트에 가서 미역하고 양념 고기 좀 사 와라."
'전화해 보고 올걸.'

영희는 후회하면서도 오락가락하는 철수 어머니의 말이 이해가 되지 않았다.

철수 아버지의 생일날 오전, 영희는 철수 아버지에게 전화했다.

"아버님, 생신 축하드려요."

"응, 그래. 고맙다. 주말에 축하받았는데 뭐하러 또 전화하니?"

"그래도 생신은 오늘이잖아요."

"그래, 며늘아. 고맙다~"

그날 저녁, 철수는 아버지 생신인데 아들이 전화해야 하지 않냐는 영희의 닦달에 어쩔 수 없이 전화했다. 한 번도 그런 전화를 해 본 적이 없었던 철수는 전화하는 내내 어색하기 짝이 없었다.

영희 집안에서 유일하게 음력으로 지내는 어머니의 생일은 철수 어머니의 생일과 같은 날이다. 토요일 저녁에 철수 어머니의 생일을 지내고 나면, 철수 어머니는 늘 일요일 오후 늦게 영희네 가족을 보내주었다. 그래서 영희 어머니의 생일모임은 늘 아슬아슬하게 저녁 시간에 맞춰 가족이 모였으며 영희의 동생들은 다음 날 출근을 해야 함에도 10시가 넘은 늦은 시간에 각자의 집으로 돌아가야 했다. 역시 월요일 출근을 앞둔 영희네 가족도 피곤하긴 마찬가지였다. 부모님의 생일은 늘 시가의 가속이 먼저였다. 다행히 영희의 어머니는 뻔한 생일 음식 대신 외식을 하며 특별한 음식을 먹기 원했기 때문에 영희의 부담을 덜 수 있었다. 철수의 어머니는 자신의 생일날 외식을 하는 경우일지라도 단 한 번도 사돈의 생일을 먼저 지내고 오라는 말을 하지 않았다.

철수의 생일날 오전, 철수 어머니에게서 전화가 왔다.

"며늘아, 오늘 우리 아들 생일인데 왜 전화를 안 하니?"

"네?"

"원래 남편 생일에는 시부모님께 전화해서 좋은 남편을 낳아 주셔서 감사합니다~ 하고 감사 인사를 하는 거야. 다음에는 꼭 그렇게 해라. 그리고 저녁에 우리 아들 맛있는 것 많이 해 줘라."

영희는 멍하니 허공을 쳐다보았다.

◇◇◇◇
숨 좀 쉬자

추석 일주일 전, 철수와 영희, 철수의 부모님은 벌초하러 일요일 아침 일찍 철수 아버지의 본가로 향했다. 차에는 상자에 담은 국과 반찬, 과일들의 냄새가 섞여 진동했고 영희는 냄새 때문에 멀미가 온 듯 속이 안 좋은 걸 느꼈다.

본가에 도착한 영희는 단독주택인 집주변을 둘러보았다. 결혼해서 처음 왔을 때는 정신이 없어서 풍경이 눈에 들어오지 않았었다. 좁은 비포장도로의 끝. 산으로 둘러싸인 곳에 작은 동네가 있었고 제일 안쪽에 본가가 있었다. 집 뒤로는 높게 자란 대나무가 스산한 소리를 내며 바람에 흔들리고 있었고 오른쪽에는 기와지붕이 내려앉아 비스듬히 기울어진 폐가가 있었다. 몇 걸음 떨어진 곳에는 철수 어머니가 물을 길었다는 작은 우물이 나무 덮개가 덮인 채 버려져 있었다.

'공포 영화에 나오는 동네 같아.'

영희는 몸서리를 쳤다.

"그만 구경하고 들어가자."

철수의 손에 이끌려 집안에 들어간 영희는 방바닥에 주저앉았다. 철수가 이불을 펴고 베개를 꺼내 영희를 눕혔다.

삼촌 가족들이 도착하자 철수와 아버지는 제초기를 챙겨 벌초에 나섰다. 산 아랫자락부터 시작된 벌초는 산 중턱을 지나 산꼭대기 너머에 있는 묘까지 오후 1시가 지나서야 끝이 났다. 영희와 철수 어머니, 숙모들은 본가에서 점심 식사 준비를 하고 있었다. 벌초를 끝낸 철수와 삼촌들이 돌아오자 점심상이 차려졌지만 속이 좋지 않았던 영희는 점심을 건너뛰었다.

"자기야, 이거라도 마셔 봐."

철수가 주스 한 병을 내밀었다. 영희는 주스를 벌컥벌컥 마셔 금세 한 병을 비우고 다시 누웠다. 철수가 걱정스럽게 영희의 머리를 쓰다듬었다.

11월 중순, 주말 시가에 가니 생선 냄새가 진동했다.

"엄마, 이게 무슨 냄새야?"

"내일 묘사잖아. 이번이 우리 집 차례라서 생선 찌고 있다."

철수는 생선비린내를 극도로 싫어했다. 철수가 출입문을 활짝 열어 놓았다.

다음 날 아침 일찍 철수 아버지의 본가로 다시 차를 몰았다. 차에는 전과 나물, 떡, 과일에 생선 비린내까지 더해져 원래 멀미를 하지 않던 철수마저 속이 좋지 않았다. 영희는 또다시 속이 울렁거리는 것을 느꼈다. 일주일 전 철수 아버지의 생일에 이어 묘사까지 가려니 영희는 여간 힘든 게 아니었다. 임신 6개월인 영희에게는 더 버거운 일이었다.

본가에 도착하자마자 철수는 집에 보일러를 켜고 이불을 깐 뒤 영희를 눕혔다. 영희를 제외한 모든 가족은 상자에 든 음식을 싫어지고 산을 오르기 시작했다. 묘소마다 들러 제상을 차리고 절을 하느라 11월인데도 철수의 이마에 땀방울이 맺혔다. 묘사를 지내고 본가로 내려와 늦은 점심을 먹던 철수가 투덜댔다.

"엄마, 묘사 음식 좀 줄여. 들고 가는데 무거워 죽는 줄 알았어."

철수가 한숨을 크게 쉬었다. 방에 누워 철수의 말을 듣고 있던 영희도 큰 한숨을 내뱉었다. 점심밥을 다 먹은 철수가 방으로 들어왔다.

"자기야, 2주 뒤 고조부모 제사야."

철수의 말에 영희는 더 큰 한숨을 내쉬었다.

그냥, 집에 가고 싶어요

12월, 임신 7개월이 된 영희는 몸이 무거워져 주말마다 시가에 가는 게 부담이 되었다. 마침, 철수가 출장과 연수를 연이어 가게 되자 영희는 회사에 2주 휴가를 내고 집에서 쉬기로 했다.

"엄마가 휴가 기간에 집에 와 있으래…."

"뭐? 자기 출장 간다며. 나 혼자 가 있으라고?"

"나도 엄마 집에서 출장 다녀오고, 연수도 다닐 거야. 혼자 있으라는 거 아니야."

"나 힘들어서 집에서 쉬고 싶어. 식당 일 힘들어."

"배가 이렇게 불렀는데 일 시키겠어? 일하는 아줌마도 있잖아. 집에 가 있으면 힘들게 너 혼자 밥 차려 먹지 않아도 되고. 내가 일 시키지 말라고 이야기할게."

철수의 어머니가 집에 와 있으라고 전화까지 하자 영희는 거절하지 못하고 휴가 기간 내내 시가에 머무르게 되었다.

'대신 일은 안 할 거야. 쉬려고 휴가까지 낸 건데….'

캐리어에 잔뜩 옷을 채워 넣고 시가에 도착한 영희와 철수. 저녁을 먹으며 철수의 어머니가 영희에게 말했다.

"너 식당 일은 안 해도 되는데 아침에 일어나서 아침밥 먹고 시아버지 출근하는 건 보고 쉬든지 다시 자든지 해야 한다."

영희는 매일 6시 30분에 일어나 철수의 부모님과 아침 식사를 하고 철수의 아버지를 배웅했다. 주유소에는 주말이 따로 없어 주말에도 새벽에 일어나야 했다. 철수의 아버지를 배웅하고 영희는 철수를 깨우고 철수가 출근하는 것을 보고 난 뒤에 다시 방에 들어가 잠이 들었고, 철수 어머니는 9시 반이 되면 어김없이 영희를 깨웠고 종종 수진이와 마주쳤다. 수진이는 주말마다 사업을 하는 남자친구의 사무실에 가서 일을 돕고 데이트를 하다 밤 9시가 되어서야 집에 들어왔다. 어느 날 피곤한 몸으로 눈을 비비며 나오는 영희와 마주친 수진이.

"새언니, 너무 편하게 있는 거 아니에요? 그래도 시댁인데?"

"아가씨, 나 매일 새벽 6시 반에 일어나서 아버님, 어머님하고 아침밥 먹고 아버님 배웅해드리고 난 다음에 남편 깨워서 연수 가는 것까지 보고 잠시 눈 붙이고 나와요."

수진이는 멈칫하더니 신발을 신고 뒤도 돌아보지 않은 채 영희에게 인사를 했다.

"엄마, 다녀올게."

"다녀올게요, 새언니."

열흘이 넘어가자 영희의 얼굴에 피곤한 기색이 역력했다. 철수의 아버지는 그런 영희를 보고 먼저 말을 꺼냈다.

"내일부터는 아침에 나오지 말아라. 아침밥은 철수 엄마하고 나하고 둘이 먹으마. 아니면 나 혼자 차려 먹어도 된다."

"무슨 소리예요? 며느리가 시아버지 배웅을 해야지."

"아, 됐어. 우리 며느리 힘들어. 당신도 아침 안 차려도 돼. 내가 알아서 먹을 데니."

다음 날 아침, 철수 아버지가 출근하는 시간이 되자 철수 어머니는 시아버지를 배웅하라며 영희를 깨웠다.

"며느리 뭐 먹고 싶은 거 없니? 먹고 싶은 거 있으면 언제든지 말하거라."

철수 부모님으로부터 거의 매일 같은 말을 들었지만 영희는 딱히 먹고 싶은 음식이 없었다.

'그냥, 집에 가고 싶어요.'

차마 입 밖으로 꺼내지 못하고 속으로만 삼키며 영희는 철수의 연수가 끝나는 날만 손꼽아 기다렸다.

출산 준비

출산일이 가까워지자 영희와 철수 모두 잠을 설치기 시작했다. 다리에 쥐가 나서 영희가 자주 깨자 철수가 자다 말고 일어나 영희의 다리를 주물렀다. 퇴근 후 철수는 저녁밥을 준비하고 집안일을 했다. 밤에는 출산 후 모유수유를 위해 매일 영희의 가슴을 마사지하고 임산부 오일과 크림을 발라 주었다. 배 속의 아이에게 말을 거는 일도 잊지 않았다.

"딸~ 아빠야 아빠. 발로 차 봐. 움직여 봐~ 이제 만날 날이 얼마 안 남았네. 얼른 나와라~"

"얼른 나오면 안 되지~ 예정일에 맞춰서 나와야지, 그렇지?"

힘들지만 알콩달콩한 시간을 보내며 영희와 철수는 아기를 기다렸다.

출산 예정일을 열흘 앞두고 영희는 출산휴가에 들어갔다. 주말, 영희와 철수가 시가에 가니 두 사람이 함께 있는 자리에서 철수 어머니가 보험 증서를 내밀었다.

"내가 아는 사람 통해서 미리 손녀 보험을 들었다. 15세 만기 환급형이니까 나중에 애 대학 갈 때 보태면 될 거야."

"아니에요, 어머니. 저희가 넣으면 되는데요⋯."

"내가 시집와서 돈 없이 힘들게 살아서 너희는 그러지 말라고 해 주는 거야. 보험료도 내가 계속 낼 테니 나중에 요긴하게 쓰거라."

"감사합니다. 어머니⋯."

"그리고 다음 주엔 안 와도 된다. 출산 준비물은 미리 챙겨 놨니?"

"내 차에 맨날 싣고 다녀, 엄마. 혹시 몰라서."

"그래, 그럼 애 낳고 오너라."

시가에서 집으로 오는 차 안.

"자기, 이번 주엔 모임 같은 거 가지 말고 일찍 오면 안 돼? 불안해서…."

"안 그래도 모임은 안 갈 생각이었어. 그런데 일이 있어서 조금 늦긴 할 거야."

"무슨 일인데?"

"그냥, 할 일이 좀 있어."

출산 예정 5일 전, 철수 어머니에게서 전화가 왔다.

"몸은 좀 괜찮니?"

"네, 어머니."

"병원 가기 전에 혹시 빠진 거 없는지 한 번 더 챙겨 봐라. 그리고 가기 전에 너 병원에 있는 동안에 철수가 먹을 반찬을 몇 가지 만들어 놔라. 혼자서 아침, 저녁 다 먹어야 하잖아."

"네, 그럴게요."

"참! 잊을 뻔했네! 애 이름은 정했니?"

"네, 나은이로 하기로 했어요."

"좀 있어 봐라. 네 시아버지가 이름 지어 준다고 한 달 동안 책 붙들고 있다."

"이름은 저희가 알아서 지을게요."

"그래도 시아버지가 이름 지어 주겠다고 저러고 있는데 기다려 봐라."

'내가 낳은 아이인데 이름도 마음대로 못 짓는다고? 평생 부를 이름인데…. 원하지 않는 이름을 지어 놓으면 아이 이름을 부를 때마다 싫을 것 같은데.'

영희는 숨이 턱 막혔다.

몸이 무거워 시장을 보러 가기도, 짐을 들고 오기도 힘들었던 영희는 철수가 퇴근하기를 기다렸다.

"마트 좀 다녀오자. 나 병원에 있는 동안 자기 먹을 반찬거리 좀 만들려고."

"몸도 무거운데 힘들게 뭐하러 그래? 나 혼자서도 잘 챙겨 먹어."

"그럼 셔츠를 좀 다려 놓을까? 자기 옷 다리는 거 엄청 싫어하잖아."

"안 해도 돼. 대충 펴서 입으면 되지. 정 안 되면 세탁소에 맡기면 되고."

"세탁소에 맡기면 너무 비싸잖아. 한두 벌도 아니고…. 참! 그리고 낮에 어머님께 전화 왔었어. 아이 이름 아버님이 짓고 계신다고 이름 짓는 거 좀 기다려 보라고 하시던데?"

"애 이름은 우리가 지어야지. 우리가 부를 이름인데, 나은이라고 할 거야."

한시름 놓은 영희는 아이 이름에 더 이상 신경 쓰지 않았다. 영희는 출산 전 나흘간 매일 조금씩 셔츠를 다려 15벌의 셔츠를 옷걸이에 걸어 두었다.

◇◇◇◇

영희와 철수, 부모가 되다.

출산 예정일 전날 오후, 영희는 철수에게 전화를 걸었다.

"나, 배가 아파."

부리나케 집으로 온 철수는 영희를 데리고 급히 병원으로 갔다. 8시부터 진통이 시작되었고 철수는 집에 전화했다.

"못해도 12시간은 걸릴 거야. 내일 새벽 첫차로 갈 테니 넌 병원에 있어라."

진통은 갈수록 심해졌고 철수는 영희의 손을 꼭 잡고 영희의 곁을 지켰다. 영희의 비명이 최고조에 달하고 아이가 나오기 시작하자 영희가 분만실로 옮겨졌다. 출산 예정일 새벽 2시 15분. 진통 6시간여 만에 영희와 철수는 딸을 품에 안았다.

출산 직후 병실 이동을 위해 잠시 침대에서 대기 중이던 영희의 손을 잡으며 철수가 영희의 손에 입을 맞추었다.

"자기야, 수고했어."

영희는 힘없이 미소를 지어 보였고 철수는 땀에 젖은 영희의 머리카락을 쓸어 주며 영희의 이마에 다시 입을 맞추었다.

아이를 인큐베이터에 눕히고 영희는 휠체어를 탄 채 철수와 함께 산모 병동으로 이동했다. 아이를 받으러 온 간호사의 한마디에 철수의 입이 귀에 걸렸다.
"어머! 신생아인데 예쁘네. 팔다리고 길고. 쌍꺼풀까지 있네!"
다음 날 아침, 철수의 어머니가 도착했다. 출산에 온 힘을 쏟아부은 영희는 지친 몸으로 침대에 누워 있었고 새벽에 온 영희 어머니는 잠깐 아기를 본 뒤 영희의 곁을 지켰다. 철수와 철수 어머니는 태어난 아기를 하염없이 바라보며 미소를 지우지 않았다. 철수에게서 간호사의 말을 전해 들은 철수 어머니는 잇몸이 드러나도록 기뻐하며 웃었다.
"얘야, 수고했다. 몸조리 잘하거라~"
철수 어머니는 영희에게 인사를 하고 철수와 함께 병원을 나섰다.

영희가 병원에서 퇴원하고 아기를 안고 집으로 오는 날, 퇴원하기 전 철수는 아이를 데려가기 위해 겉싸개를 가지고 왔다.
"자기 아이 낳은 날, 엄마가 50만 원짜리 아기 침구를 사 주셨어."
"뭐? 뭘 그렇게 비싼 걸…. 죄송스럽게…."
"첫 손주라고 좋은 거 사 주고 싶다고 해서…. 나도 말렸는데, 끝까지 고집을 부리시더라고."
아이가 처음 집에 온 순간을 사진으로 남긴 후 영희는 철수 어머니에게 전화로 안부를 전했고 감사의 말도 잊지 않았다. 철수는 손수 끓인 미역국으로 저녁밥을 차렸다. 아내를 위해 미역국을 끓여 놓은 철수의 정성에 영희는 감동의 눈빛을 보냈다.
저녁밥을 먹고 아이의 목욕을 시키는 시간. 초보 엄마, 아빠는 진땀을 뺐다. 목욕 하나로 지쳐 버린 영희와 철수가 침대에 드러눕기도 잠시, 배고픈 아이는 울기 시작했고 모유가 잘 나오지 않아 또다시 진땀을 빼야 했다. 결국, 분유를 먹고 나서야 잠이 든 아이를 아기침대에 눕히고 초보 엄마, 아빠도 잠이 들었다.

아이를 데려오고 일주일 뒤, 영희와 철수는 영희 어머니의 집에서 남은 몸조리를 하고자 차에 한가득 짐을 실었다. 영희의 옷과 아기용품들을 넣으니 자리가 모자라 뒷좌석까지 짐을 실었다. 영희의 몸이 아직 많이 불편한 데다 신생아인 아기는 2시간마다 깨어 울었다. 불편한 몸으로 기저귀를 갈고 분유를 먹이느라 영희는 영희대로 힘들었고, 퇴근 후 저녁 준비에 집안일, 2시간마다 깨는 아이의 울음소리에 잠을 못 잔 철수는 철수대로 피곤했다. 아이를 목욕시키는 일은 늘 서툴렀다. 더군다나 산모인 영희를 위해 집안을 늘 따뜻하게 하다 보니, 땀이 많은 철수는 집에 있는 내내 땀을 흘려야 했다. 결국, 두 사람은 영희 어머니의 도움을 받기로 했고, 영희 어머니도 흔쾌히 허락했다.

차에 짐을 가득 채우고 영희 어머니의 집으로 갔다. 저녁을 먹은 후에도 한참을 더 앉아 있던 철수는 아쉬운 마음을 뒤로한 채 어쩔 수 없이 집으로 갔다. 영희는 철수를 보낸 뒤 알 수 없는 허전함이 밀려와 눈물이 날 것 같았다.

철수는 토요일 퇴근하기가 무섭게 영희 어머니의 집으로 갔다. 혼자 있다 보니 피곤한 기색은 없어 보였다. 반면, 영희 어머니의 얼굴에 피곤한 기색이 비쳤다. 영희 어머니는 영희 대신 분유를 타서 먹이고 아이의 목욕을 시켰으며, 영희의 끼니를 챙겼다. 2주 동안 친정에서 몸조리를 한 영희는 집으로 돌아갔다. 영희 어머니는 더 있으라며 말렸지만, 어머니를 너무 고생시키는 것 같아 마음이 불편했던 영희는 집으로 돌아가기로 마음을 먹었다.

내가 젖소

철수와 영희는 거의 한 달 만에 시가에 갔다. 기저귀와 분유, 아기 옷까지 더해져 가방이 닫히지 않았다. 카시트를 사용할 수 없었기에 영희는 아이를 안고 뒷좌석에 탔다. 시가에 도착하니 철수 어머니와 아버지가 문 앞에 서서 기다리고 있었다. 문을 열고 들어가니 철수 어머니는 신발도 신지 않고 신발장 앞으로 내려와 아이를 받아들고 거실로 올라갔다.

"아이고~ 우리 손녀 왔니?"

"엄마, 우리 왔어."

"내가 할머니다, 할머니~"

"엄마, 우리 왔다니까?"

"응, 그래 왔어? 아이고, 우리 손녀 예~쁘네~"

철수 어머니는 아이에게 시선을 고정한 채 철수의 인사를 대충 흘려 버렸다. 영희와 철수는 웃으며 부모님의 옆에 앉았다. 입이 귀에 걸린 철수의 부모님. 철수 어머니는 웃으며 아이를 어르고 아이에게 말을 걸었다. 아이를 내려놓지 않는 아내 때문에 아버지는 애가 탔다.

"이리 좀 줘봐. 나도 안아 보게."

"당신은 수저 정리나 마저 해요."

조금 더 기다려도 아이를 내어 주지 않자, 아버지는 아이를 빼앗아 안았다. 아이를 뺏긴 뒤에도 어머니는 아이에게서 눈을 떼지 않았다. 그러기도 잠시. 철수 어머니가 다시 아이를 빼앗았다. 옥신각신하던 아버지는 토라져 자리에서 일어났다. 철수와 영희는 웃으며 그 장면을 즐기는 중이었다.

"참! 너 몸조리 잘하라고 붕어하고 가자미 달여 놨다. 가져가서 먹어라."

"아, 네. 고맙습니다. 어머니."

며
느
리
인
권

영희의 몸조리가 끝나지 않았고 아이를 돌봐야 했기에 식당 일을 돕는 것은 온전히 철수의 몫이 되었다. 저녁 장사를 하는 동안 영희는 혼자 방에 앉아 아이에게 젖을 물렸지만 생각만큼 젖이 잘 나오지 않았다. 젖은 계속 물려야 모유가 잘 나온다는 말에 영희는 고군분투하는 중이었다. 젖이 잘 나오지 않아 아이는 젖을 빨다가 울고 다시 빨다가 울기를 반복했다. 영희는 진땀을 흘렸다. 아이의 울음소리를 들은 철수 어머니가 벌컥 문을 열고 들어왔다.

"젖이 잘 안 나오니?"

"네….."

철수 어머니는 성큼성큼 걸어가 양손으로 딱딱하게 뭉친 영희의 젖가슴을 위아래로 꽉 잡고 쥐어짰다. 영희는 너무 아파 찔끔 눈물이 났다.

"왜 이렇게 안 나와? 애 배고픈데."

영희는 불쾌한 얼굴로 철수 어머니를 쳐다보았다.

'내가 젖소인가?'

철수 어머니가 다시 젖을 쥐어짜려고 하자 영희는 얼른 등을 돌려 앉았다.

"남편 좀 불러 주세요. 분유를 타야 할 것 같아요."

철수 어머니는 얼른 방에서 나가며 큰 소리로 철수를 불렀다.

저녁 장사를 마치기가 무섭게 철수의 부모님은 아이를 안고 자리에 앉았다. 영희는 굳은 표정으로 어머니를 쳐다보는 중이었다.

"애미야, 마사지 좀 많이 해라. 젖이 그렇게 안 나와서 어쩌냐, 우리 손녀 배고픈데. 그지~~ 우리 손녀~~"

영희의 호칭이 바뀌었다. '애미야.'

일요일 오후, 쉬는 날이라 집에 있던 철수의 아버지가 책 한 권과 종이를 들고 철수와 영희, 철수의 어머니 앞에 앉았다.

"네 시아버지가 아이 이름을 지었단다."

철수 아버지는 책을 보며 한 달 동안이나 공부해서 지은 이름이라며 자랑스럽게 아이의 이름이 적힌 종이를 내밀었다.

"내가 이름 여러 개를 추렸는데 그중에 가은이와 나은이가 제일 낫더구나."

"아버지, 부르기에는 나은이가 더 부드러운 것 같은데요."

철수의 말에 어머니는 아이를 안아 올리며 미소를 지었다.

"아이고~ 우리 손녀 이름 생겼네. 나은아, 우리 나은이~"

영희와 철수는 의미심장한 눈빛을 주고받았다. 두 사람이 나은이라는 이름으로 이미 출생신고를 한 후였다.

영희와 철수가 집에 가기 위해 짐을 챙겨 들고나왔다.

"엄마, 우리 갈게."

"잠깐만! 우리 나은이 한 번만 더 안아 보고!"

철수 어머니가 나은이를 안고 자리에 앉는 바람에 영희와 철수도 다시 자리에 앉았다. 아이를 안고 어르던 철수 어머니가 영희에게 물었다.

"그나저나 너희 이사는 언제 할 거니?"

"네? 무슨 이사요? 저희 지금 집에서 몇 년 더 살 건데요?"

"철수 너, 아직 말 안 했니?"

영희는 고개를 돌려 옆에 앉은 철수를 쳐다보았다. 철수는 얼굴을 붉힌 채 민망하다는 표정으로 바닥을 내려다보고 있었다.

"무슨 말씀이세요?"

"아니 글쎄, 너 출산하던 날. 집에 간다고 병원을 나오는데 이 녀석이 계속 따라오더라고. 들어가라고 했더니 같이 갈 데가 있다면서 막무가내로 날 끌고 가지 뭐냐. 그래서 따라갔더니 지가 아파트 봐 둔 게 있다면서 같이 보러 가자는 거야. 지금 사는 오피스텔에 몇 년 더 살다가 너희 돈 벌어서 이사 갈 때 돈 보태 준다고 해도 오피스텔에서는 애 못 키운다면서 억지로 끌고 가더라고. 아파트 둘러보고 가려는데 나를 데리고 부동산으로 가더니 결국 철수가 계약금 걸기에 며칠 뒤에 내가 돈 6500만 원을 보냈다. 나머지는 알아서 대출받아서 넣었다고 하던데?"

영희는 철수를 다시 쳐다보았다. 아니 이번에는 노려보았다. 철수는 빨개진 얼굴로 여전히 고개를 숙이고 있었다.

"내가 너희 아파트 하나 해 준거다. 우리 나은이 잘 키우라고. 그치, 나은아~ 나은이 덕에 새집도 생겼네~"

"아⋯. 감사합니다, 어머님. 나중에 돈 모으면 갚을게요."

"됐다. 천천히 갚아도 되고 안 갚아도 되고. 너희 알아서 해라."

철수는 영희의 출산휴가가 시작되던 날부터 퇴근 후 이사할 집을 알아보고 있었던 것이었다.

집에 돌아온 영희는 화를 꾹 참으며 애써 차분하게 이야기했다.

"그런 일을 어떻게 나한테 말 한마디 없이! 미리 의논했어야지."

"원룸에서 어떻게 애를 키워."

"주변에 애 키우는 집 많아. 자기도 다니면서 봤잖아."

"그래도 애가 있는데 원룸에서 키우는 건 좀 그래. 옆집에서 애 우는 소리도 다 들리잖아. 어차피 곧 애 장난감이며 책이며 짐도 많아질 거고 자기도 좀 더 넓은 집에서 애 키우는 게 더 편할 거 아냐."

"그럼 나하고 의논을 했어야지. 그리고 조금 더 넓은 집을 알아보든지 했어야지."

"집 구한 거 싫어? 난 너랑 애 생각해서 그런 건데."

철수의 실망한 표정에 영희는 말을 멈추었다. 자기 딴에는 아내와 아기를 생각해서 부끄러운 것을 무릅쓰고 한 일인데 더 따지기가 미안했다.

'이래서 아이를 늦게 가지려고 한 건데⋯. 이렇게 덥석 돈을 받아 버리면 앞으로 시어머니께 내가 하고 싶은 말을 더 못 하고 살 텐데⋯. 지금도 이렇게 힘든데⋯.'

영희는 눈을 질끈 감았다. 묵직하게 내려앉은 마음에 영희는 크게 한숨을 내쉬었다.

철수 어머니가 달여 준 붕어와 가자미 즙을 꺼내 한 잔 마시려던 영희는 화장실로 뛰어갔다.

"그렇게 먹기 힘들어?"

"자기도 한번 먹어 봐."

철수는 냄새를 맡아 보더니 헛구역질을 했다. 붕어와 가자미 즙은 냉장고에 일주일간 자리를 차지하다 버려졌다.

철수의 꾸준한 마사지 덕분에 영희는 더 이상 밤중에 자다 깨어 분유를 타지 않아도 되었다. 모유가 잘 나오기 시작했다. 지나치게, 잘.

다음 주 주말, 모유가 차고 넘치는 영희를 보며 철수 어머니는 흡족한 미소를 지었다. 철수 아버지가 아이를 보러 자꾸 방을 들락날락하는 바람에 영희는 문을 등지고 앉아 모유 수유를 했다. 철수 아버지는 모유 수유가 끝날 때까지 닫힌 방문 앞에 서서 기다리다 아이를 받아 안고 갔다.

"나은이 애미 젖이 엄청 좋네. 다행이다. 모유는 오래 먹일수록 좋다. 우리 때는 돌 때까지도 먹였어. 너도 돌 때까지는 먹여라."

"출산휴가 끝나면 바로 복귀해야 해서 어찌할지 잘 모르겠어요."

"직장에서 짜면 되지. 요샌 젖 짜는 기계도 있고 비닐 팩도 있다면서? 틈틈이 짜서 팩에 넣고 아이스박스에 넣어 두었다가 집에 가져가라. 냉동실에 넣어 두면 오래오래 먹일 수 있다더라."

"모유를 짤 만한 장소가 없어요. 짜려면 화장실에서 짜야 하는데요…."

"그렇게라도 먹여야지. 그래야 애가 병치레를 안 한다."

영희는 냄새나는 화장실에서 모유를 짤 생각이 추호도 없었다.

역지사지

출산 후 한 달, 처음으로 아이를 안고 시가에 간 이후부터 매주 주말 시가에 갔다. 몸조리가 끝나지 않은 영희는 아이를 품에 안은 채 왕복 4시간 반씩 차를 타야 했고, 허리가 아파 오기 시작했다. 가는 동안 아이가 울면 차 안에서 모유 수유를 했다.

"길가에 차 좀 세워 봐. 젖 먹이게…."

"그냥 먹여. 천천히 갈게. 주변에 차 댈 만한 곳도 없어."

달리는 차 안에서 모유를 먹은 아이는 토하기 일쑤였다. 왈칵 토한 모유는 아이의 옷과 속싸개, 겉싸개를 흠뻑 적셨고 영희는 물티슈로 닦기 바빴다. 토한 모유가 아이의 귀에 들어가는 일도 잦았다. 같은 일이 반복되자 영희는 화가 치밀었다.

"차 좀 세우라니까!! 애가 토해서 울잖아!! 귀에도 다 들어갔어!!"

영희가 짜증을 내며 소리를 지르자 철수는 길가에 차를 세웠다. 영희는 아이가 트림할 때까지 밖에 서 있는 철수를 부르지 않았다. 시가로 가는 동안 영희는 창밖만 내다보며 철수의 말에 대꾸도 하지 않았다.

'애가 이렇게나 토하는데 부모 기분 좋은 것만 생각하다니!'

뒷좌석에서 영희는 철수를 노려보았다.

철수가 영희 대신 식당 일을 떠안은 지 한 달 반이 지났다. 철수는 빈 그릇을 치우다 영희와 어머니가 있는 자리에서 힘든 표정으로 혼잣말인 척 얘기를 꺼냈다.

"앞으로는 2주에 한 번씩 와야겠다. 힘들어서 안 되겠어."

철수 어머니는 어쩌지 하는 표정으로 아무 대꾸도 하지 않았다.

집으로 돌아오는 차 안, 영희는 아이를 안은 채 스산한 표정으로 창밖을 내다보고 있었다. 영희의 마음은 복잡했다.

'내가 그렇게 울면서 매달리고, 이번 주만 쉬자고 2주에 한 번씩만 가자고 애원할 때는 입 닫고 짐까지 챙겨서 기다리던 사람이! 겨우 한 달 반 일하고 힘들어서 2주에 한 번씩만 오겠다고 말을 꺼내? 난 코피 흘려가며 8개월을 그렇게 살았는데?! 코피 흘리고도 모진 말 들어가며 그렇게 고생했는데?! 임신했을 때도 매주 갔고 식당 일도 거들었잖아. 그런데 혼자 일한 지 겨우 한 달 반에 힘들다고?!

나를 위해서 2주에 한 번씩 간다는 게 아니잖아! 나 때문이 아니잖아! 지가 힘들어서 그런 거잖아! 내가 힘들다고 할 때 아무것도 안 했잖아! 전화도 안 해 줬잖아!'

영희의 마음속에 찢어지는 듯한 비명이 울려 퍼졌다.

뿌듯한 듯 웃으며 백미러로 뒷좌석의 영희를 쳐다보던 철수는 영희의 굳은 표정이 의아했다. 좋아할 줄 알았는데 오히려 화가 난 표정을 본 철수가 무슨 일이 있냐며 물었지만 영희는 대답도 없이 창밖만 내다보고 있었다.

◇◇◇◇

길일

이사를 앞두고 영희는 조금씩 짐을 싸기 시작했다. 자잘한 물건들을 정리하여 작은 상자에 담고 부엌살림을 정리했다. 주말 시가에 가니 철수 어머니가 이사 준비가 잘 되어 가는지 물어 왔다.

"이사 준비는 좀 했니? 원룸이라 짐은 그렇게 많지 않겠네."

"짐은 별로 없는데 집사람 몸도 아직 그렇고 애도 어려서 포장이사 하려고."

"짐이 얼마나 된다고 포장이사를 해? 그냥 박스에 담고 트럭 한 대 부르면 되지! 포장이사 돈이 얼마야! 돈이 썩어 나냐?!"

"애 데리고 어떻게 이사 준비를 해? 태어난 지 두 달밖에 안 됐는데."

"네 장모랑 처남들 있잖아! 처남들하고 너하고 이삿짐 나르는 아저씨하고 하면 되지! 장모는 자잘한 부엌살림 정리하고!"

"처남들 마른 편이라 힘이 약할걸. 그리고 처남은 출근 안 해? 일하는 처남을 어떻게 오라고 해?"

"그럼 인부를 한 명 더 부르면 되지."

"우리가 알아서 할게!"

"참 나, 짐 그거 얼마나 된다고."

며칠 후 철수 어머니에게서 전화가 왔다.

"철수야, 엄마가 이사 날짜 잡았다. 그날이 길일이래"

달력을 보던 철수가 깜짝 놀라며 대답했다.

"이날 평일이잖아! 나 출근해야 하는데, 주말에 이사해야지!"

"어차피 포장이사 한다며? 장모하고 처남들이 뒷정리하면 되지. 이사는 아무 때나 하는 거 아니다. 길일에 해야 집에 큰일이 안 생기는 거야. 꼭 그날에 해야 한다."

전화를 끊은 철수가 짜증을 냈다.

"에잇! 이삿짐센터에 다시 전화해야 하잖아. 그날 길일이라 이사가 많을 텐데."

철수는 전화 통화를 여러 번 하면서 힘들게 이삿짐센터를 바꾸었고 영희는 철수 없이 이사를 하게 되었다. 이사를 하는 당일 날. 철수는 조퇴하고 오겠다며 출근했고 영희 어머니와 회사에 연차를 쓴 동생들이 왔다. 밖에는 비가 내리고 있었다.

오전에 짐을 옮기고 새집에 그릇들을 챙겨 넣던 영희의 어머니가 역정을 냈다. 어머니가 그렇게 짜증을 내는 건 처음이었다.

"길일은 무슨 길일이야? 길일인데 이렇게 비가 오니? 주말에 이사하면 될 것을 가지고 무슨 고집이니? 애 아빠도 없이 이게 뭐야! 김 서방도 없는데 엄마랑 동생들이 못 왔으면 너 혼자 어쩔 뻔했니?"

점심으로 자장면을 시켜 먹고 뒷정리를 하는 동안 철수가 왔다. 조퇴해서 새집으로 들어서는 철수를 영희 어머니는 못마땅하게 쳐다보았다.

영희와 철수는 3개의 방을 잠자는 방, 옷방, 서재로 나누어 꾸몄다.

"어차피 아이가 어릴 때는 같이 자야 하니까 방 하나는 서재로 쓰자."

영희와 철수의 집에는 책이 많았기에 서재가 꼭 필요했다. 새 가구를 들이고 정리를 한 영희와 철수는 뿌듯한 마음으로 아이와 함께 새집에서의 첫 밤을 보냈다.

주말, 철수 어머니는 이사비용이라며 철수에게 100만 원이 든 봉투를 주었다.

"내가 이사비용도 준 거다? 대신 자주 와서 우리 손주 보여 줘야 한다. 알았지?"

영희는 목구멍이 꽉 막혔다.

'이럴 줄 알았어. 빨리 돈 모아서 갚아 버려야지.'

하지만 아이가 자라면서 돈은 더 많이 필요했고 두 사람의 월급은 더디게 올랐다. 영희와 철수는 오랫동안 돈을 갚지 못했다.

◇◇◇◇

사이코

어버이날이 있던 주말, 철수는 일요일 아침 일찍 일어나 외할머니 집으로 갔다. 외삼촌들과 모판을 만드는 날이었다. 철수를 배웅한 영희에게 다정하게 말하는 철수 어머니.

"넌 그만 들어가서 쉬어라. 애 봐야지"

'웬일로 이렇게 다정하게 말씀하시지? 손녀가 엄청 좋으신가 보네.'

영희는 편한 마음으로 방에 들어갔다.

점심시간이 지나고 바지에 흙이 여기저기 묻은 채 철수가 돌아왔다.

"자기야, 어제 내가 챙겨 달라고 한 속옷 좀 줘."

속옷을 받아들고 철수는 곧장 샤워하러 욕실에 들어갔다. 거실에서 TV를 보던 영희는 갑자기 가게 안이 너무 조용하다는 것을 느껴 부엌 쪽으로 고개를 돌렸다. 철수 어머니가 보이지 않았다.

'어디 가셨나? 나가시는 거 못 봤는데?'

10분이 지나도록 철수 어머니는 보이지 않았다. 아이가 자다 깼는지 방에서 칭얼거리는 소리가 들려 영희는 방에 가서 아이를 안고 나와 다시 거실에 앉았다. 조금 앉아 있으니 화장실에 가고 싶어진 영희는 화장실 쪽을 쳐다보았지만 철수가 나오지 않아 조금 더 기다리기로 했다. 15분이 지나도 철수가 나오지 않자 더 이상 참을 수 없었던 영희는 아이를 내려놓고 화장실 쪽으로 걸음을 옮기던 순간 그 자리에 얼어붙었다.

욕실 문을 열고 철수 어머니가 '웃으며' 나오고 있었고, 그 뒤를 따라 영희가 준 새 속옷을 입은 철수가 따라 나왔다. 철수는 옷을 입으러 방으로 들어갔고 철수 어머니는 부엌으로 들어갔다. 잠시 후 부엌에서 나온 철수 어머니의 얼굴에 화색이 돌았고 그다음 내뱉은 말에 영희는 굳어 버렸다.

"우리 아들 몸이 참~ 좋네. 어깨도 넓고 가슴도 탄탄하고, 허벅지가 어찌나 단단한지 돌덩이네, 돌덩이. 장딴지도 얼마나 튼튼하던지. 등은 또 어떻고. 널찍한 게 든든하더라고. 엉덩이도 탱탱하고 또….."

말을 이어가던 철수 어머니의 눈과 영희의 눈이 마주치자 철수 어머니는 말을 멈추었다. 영희의 동그랗게 뜬 눈은 깜빡이지 않았고, 벌어진 입은 떨리고 있었다.

'또, 또 뭐요…?'

영희의 몸이 바들바들 떨려오기 시작했다. 영희의 머릿속에서, 영희는 아이를 내던지고 식당에서 뛰쳐나가고 있었다.

옷을 다 입은 철수가 방에서 나와 아이를 안으려 했다. 철수와 손이 닿자 소름이 영희의 온몸을 타고 흘렀다. 영희는 직접 아이를 건네주지 않고 바닥에 내려놓은 뒤 방으로 들어갔다. 방문을 닫은 영희는 문에 기대어 서서 가쁜 숨을 몰아쉬었다. 가슴이 미친 듯이 뛰어 귀에서 '쿵쿵' 소리가 울렸고, 다리는 후들거렸다. 영희는 방문에 등을 기댄 채 그대로 주저앉았다.

잠시 후 문이 영희의 등을 밀었다. 철수가 방으로 들어오려고 하고 있었다. 영희는 얼른 일어나 문을 밀어 닫았다. 철수가 계속 문을 밀었다.

"뭐 해? 문 열어 봐. 나은이 기저귀 갈아야 해."

영희가 비켜서자 철수가 들어와 기저귀와 물티슈, 파우더를 꺼내 들었다.

"문 앞에서 뭐 해?"

영희는 눈을 크게 뜨고 말없이 철수를 쳐다보았다. 밖에서 아이가 우는 소리가 들려 철수는 얼른 방에서 나갔다. 방에 혼자 남은 영희는 바닥에 주저앉아 두 손으로 머리를 감쌌다. 머릿속이 텅 비어 아무 생각도 나지 않았다. 영희는 갑자기 일어나더니 화장실로 뛰어가 점심 먹은 것을 토해내기 시작했다. 잠시 후 비틀거리며 일어난 영희는 화장실을 나가려다 다시 변기로 뛰어 이가 도하기 시작했다. 한참 만에 화장실에서 나온 영희는 십에 가기 전까지 방에서 나오지 않았다.

짐을 챙겨 아이를 안고 거실로 나온 영희는 아무하고도 눈을 마주치지 않았다.

"우리 나은이 다음 주에 또 할머니 보러 와라~"

"엄마, 우리 간다."

"그래, 애 있는데 운전 살살 하고 조심해서 가라."

영희는 인사도 하지 않고 문밖으로 나와 차에 먼저 탄 뒤 문을 세게 닫았다.

집에 도착한 영희는 철수가 현관문을 열자마자 철수를 거칠게 밀치며 안으로 먼저 들어갔다. 영희가 거칠게 벗어 던진 신발 한 짝이 현관문에 부딪혀 철수 앞에 떨어졌다. 철수는 기가 막히다는 표정으로 문손잡이를 잡고 서 있었다. 영희는 아기 침대에 조심스럽게 아이를 내려놓았다. 그사이 철수가 현관문을 닫고 들어와 영희의 팔을 세게 잡아당겼다.

"도대체 왜 그래? 차 안에서도 말 한마디 없고! 물어도 대답도 안 하고!"

"몰라서 물어? 아니면 모르는 척하는 거야?"

두 사람의 눈에서 불꽃이 튀었다.

"내가 뭘? 말을 해야 알 거 아냐, 말을!"

"자기, 어머님이 샤워시켜 줬잖아! 그것도 알몸으로! 어떻게… 어떻게 그럴 수가… 있어?"

영희의 눈에 눈물이 고이기 시작했고 턱은 떨리고 있었다.

"그게 뭐 어때서! 어릴 때도 엄마가 씻겨 주잖아. 그게 뭐가 문젠데!"

"자기 결혼했고 애도 있어. 그게 정상이야? 미친 거지!"

영희가 꽥 소리를 질렀다. 철수는 영희의 그런 모습을 처음 보았다.

"엄마잖아, 엄마! 다른 사람도 아니고!"

"그래? 그럼 우리 아빠가 결혼하고 아이도 낳은 나를, 홀딱 벗고 있는 나를 씻겨 줘도 되겠네? 우리 아빠도 나 어렸을 때 목욕시켜 줬으니까! 그래도 되지?"

철수의 눈이 휘둥그레지더니 말문이 막힌 채 영희를 쳐다보기만 했다.

눈물을 닦으며 화장실에 간 영희는 찬물로 한참이나 세수를 했다.

저녁밥을 대충 먹은 뒤 설거지를 하는 영희를 철수가 뒤에서 슬며시 껴안았다. 철수의 손이 몸에 닿자 영희의 온몸에 소름이 돋았다. 영희는 몸으로 철수를 밀어냈다.

"자기야~~"

철수가 다시 껴안으려 하자 철수의 손을 뿌리치며 영희가 낮은 목소리로 말했다.

"내 몸에 손대지 마. 손가락 하나도 대지 마."

설거지를 마치고 아이를 재운 후 철수를 등지고 누웠다. 철수가 미안하다며 뒤에서 껴안았지만 영희는 철수를 강하게 뿌리쳤다. 한 달 뒤 철수가 어머니를 거절하는 일이 있기 전까지 영희는 철수의 손길을 거부했고 철수는 큰 한숨만 계속 내쉬었다.

한 달 뒤 일요일, 철수가 논에 모를 심은 후 바지 여기저기에 진흙을 묻힌 채 들어왔다. 아들이 들어오자 철수 어머니는 냉큼 일어나 웃으며 종종걸음으로 욕실 앞까지 철수를 따라갔다.

"아들 씻을 거야?"

"응."

"내가 씻겨 줄게."

"아, 됐어. 혼자 씻을 거야."

"왜 그래~? 엄마가 씻겨 줄게."

"됐다니까! 다 큰 아들을 뭘 씻겨 준다고 그래?!"

"쳇! 알았다. 그럼 혼자 씻든지!"

철수 어머니는 뾰로통하게 되돌아오다 영희와 눈이 마주쳤다. 철수 어머니는 곁눈질로 영희를 노려보다 부엌으로 들어가더니 곧 욕심 가득한 목소리로 영희를 불렀다.

"며느리! 너 이리 와서 파 썰어라!"

영희는 대답 없이 대파 뭉치를 잡고 썰다가 '탁' 소리가 나게 칼을 내려놓고 방으로 들어갔다. 잠시 후 부엌에서 철수 어머니의 목소리가 들렸다.

"너 파 썰다 말고 어디 갔니?!"

영희는 대답도 하지 않고, 나가 보지도 않은 채 아이를 안고 조용히 내려다보고 있었다. 딸아이는 겉싸개에 싸여 쌔근쌔근 숨소리를 내며 잠들어 있었다. 아이를 내려다보는 영희의 마음이 울컥했다.

'이 아이도 커서 결혼하고 이렇게 살면 어쩌지? 불쌍해서 어쩌지?'

툭! 아이의 볼에 영희의 굵고 무거운 눈물이 떨어졌다. 영희는 얼른 손수건을 꺼내 아이의 얼굴을 닦았지만 눈물은 계속해서 떨어졌다. 영희는 아이의 겉싸개 위에 얼굴을 묻고 숨죽여 울었다.

한참 뒤, 방에 들어온 철수 어머니가 아이를 안으며 물었다.

"애 겉싸개가 왜 이렇게 젖었어?"

"아, 제가 실수로 물을 좀 쏟았어요."

"조심 좀 하지."

철수가 어머니를 그렇게 거절한 뒤에도 영희는 철수의 손길에 흠칫 놀라는 일이 잦았다. 회복하기까지는 꽤 시간이 걸렸다. 철수에게도 힘든 일이었지만 영희에게는 벼락 맞은 것 같은 일이었다. 영희는 마음의 문을 굳게 닫고, 크고 무거운 자물쇠 여러 개를 채웠다. 자물쇠까지 채워진 문 안쪽은 새까만 어둠으로 가득했고, 아무것도 보이지 않았다.

얼마 후, 시가에 온 영희에게 철수 어머니는 목욕탕에 같이 가자고 했다.

"서로 등도 밀어 주고 가까워지고 좋지 않겠니? 나 때 잘 밀어."

영희는 기가 막혔다. 얼마 전에 있었던 일이 다시 떠오르며 온몸에 소름이 돋았다. 남편 몸에 이어 자신의 몸까지 모두 보여 주게 되는 상황을 도저히 용납할 수 없었다.

"아니요, 전 목욕탕 안 다녀요. 예전에는 다녔었는데 지금은 여러 사람이 같은 탕에 들어가는 게 싫어서요."

"그럼 탕에는 안 들어가고 때만 밀면 되지."

"저 친정엄마하고도 같이 목욕탕 안 가요."

그 후로도 몇 번 철수 어머니는 함께 목욕탕에 가자고 말했지만 영희는 딱 잘라 거절했다.

아빠 닮았네

샤워 사건 이후 영희는 시가에서 입을 닫아 버렸다.

"우리 나은이 클수록 아빠 닮아 가네. 눈에 쌍꺼풀 좀 봐라. 얼마나 이쁘니? 코도 오뚝하고 입술도 앵두 같고. 아유~ 예뻐라."

영희 앞에서 아이를 안고 폭풍 칭찬을 쏟아내는 철수 어머니의 말을 귓등으로 흘려들으며 영희는 TV에 시선을 고정했다.

"아유~ 팔다리도 어쩜 이렇게 길쭉길쭉하냐?"

영희가 대꾸하지 않자 철수 어머니는 영희를 불렀다.

"애미야, 봐라. 딱 철수 닮지 않았니?"

"네. 그러네요, 어머니."

영희는 건조한 목소리로 마지못해 대답했다.

"우리 철수 닮았으면 공부도 잘할 텐데~"

순간 영희는 발끈했다.

'나중에 공부 못하면 나 닮은 게 되는 거야?'

"어머니, 저도 공부 잘했어요. 저 대학 입학할 때 성적 우수 학생으로 입학금 면제받았고요, 대학 다니는 내내 장학금 받아서 등록금 절반도 안 내고 다녔어요. 아버지 돌아가셔서 중간고사 못 봤을 때 빼고는 장학금 놓친 적 없어요."

영희의 말을 들은 철수 어머니가 고개를 돌렸다. 그 모습을 본 영희는 숨도 쉬지 않고 다음 말을 쏟아냈다.

"저 고등학교 이과였고요, 전교 2등으로 졸업했어요. 고등학교 때 성적 우수 장학금도 받았고요, 영어는 전교 1등 자리 내어준 적 없어요. 모의고사에서 영어는요 만점이거나 5개 이상 틀린 적 없고요, CNN 뉴스도 봤어요."

철수 어머니는 멋쩍게 한마디 하더니 이내 아이에게로 시선을 돌렸다.

"그래? 애미도 공부 잘했네. 우리 손녀 엄마랑 아빠 닮아서 공부는 잘하겠네~"

"그런데 얘는 누굴 닮아서 이렇게 잠을 잘 안 자니? 엄마랑 아빠 힘들게…. 우리 철수는 어렸을 때 참 잘 잤는데…."

"엄마가 그러시는데 저는 모유 먹고 배부르면 깨지도 않고 잘 잤다고 하던데요?"

"그럼 얘는 누굴 닮아서 그런 거지?"

철수 어머니가 철수를 씻겨 주고 영희에게 아들 몸 자랑을 한 이후로 영희는 철수 어머니의 모든 말들이 거슬렸다. 영희의 마음은 굳게 잠겨 열리지 않았다.

철수의 아버지는 아이가 자기를 닮았다며 연신 칭찬을 아끼지 않았고, 그 옆에서 철수 어머니는 아들을 닮은 거라며 핀잔을 주었다. 부모님의 모습에 함박웃음을 짓는 철수를 영희는 심란한 얼굴로 쳐다보았다.

◇◇◇◇

인제 그만 일어나

직장에 복귀하기까지 2주가 남은 주말, 아이를 보느라 밤새 자고 깨기를 반복하던 영희는 늦잠을 잤다. 겨우 일어나 물 한 모금으로 정신을 차리려 애쓰며 수저를 정리하고 있는 철수 어머니와 아주머니 앞에 앉았다.

"너 인제 그만 일어나도 되지 않니?"

"네?"

"인제 그만 일어나서 일해도 되지 않냐는 말이다."

'남편은 지금 자고 있는데요? 남편은 안 일어나도 되고요?'

"우리 때는 애 낳고 그다음 날 밭일하러 갔다. 몸조리 그런 게 어딨니?"

철수 어머니는 지난번에 했던 이야기를 또 하고 있었다. 아주머니가 거들려고 입을 여는 것을 본 영희가 잽싸게 가로챘다.

"힘들게 사셨네요, 어머니. 친정엄마는 몸조리 하나는 잘하셨어요. 어머님처럼 시부모님 모시고 농사일도 하셨는데요, 애를 낳고 나니 시어머니가 몸에 바람 들면 안 된다고 하시면서 6개월 동안 방에서 못 나오게 하고 밥이랑 미역국이랑, 반찬을 따로 담아서 방에 넣어 주셨다고 해요. 엄마는 초여름에 저를 낳았는데 말이에요."

'우리 엄마도 이 정도 몸조리하셨어요. 제가 우리 엄마보다 몸조리를 못 해서야 되겠어요?'

"세상에, 6개월이나? 그 정도면 공주네, 공주야. 나는 바로 밭에 나갔는데, 쳇!"

철수 어머니는 팔짱을 끼더니 고개를 돌렸다. 아주머니는 입을 꾹 다물고 수저를 정리했다.

이후에도 철수 어머니는 우리 때는 애 낳고 일하러 갔다는 이야기를 꺼냈으나 영희는 자리를 피해 버렸다.

'어머니가 그렇게 살았다고 해서 왜 제가 그렇게 해야 하는 거죠? 고생하면서 저를 키운 건 우리 엄마인데 왜 저에게 보상을 바라시나요? 보상은 제가 우리 엄마한테 하는 거죠. 어머님의 보상은 어머니 자식들한테 받으세요.

안부 전화하라고 하지 마세요. 당신 아들 우리 엄마한테 안부 전화 안 해요. 저보고 딸 같다고 하지 마세요. 정말 딸처럼 행동하면 싫어할 거잖아요.

남편이랑 저랑 월급 차이 몇만 원밖에 안 나는데 왜 저만 눈치 보며 일해야 하나요? 남편은 제사 음식도 안 하고요, 우리 엄마 생일상도 안 차려요.

저 시집온 거 아니고요, 남편이랑 결혼해서 독립한 거예요. 그냥 우리를 가만히 내버려 두세요. 그럼 평화로울 거예요.'

영희는 철수 어머니의 넋두리 같은 시집살이 이야기를 더 이상 수긍하지 않았다. 마음을 닫아 버린 영희는 철수 어머니의 말에 공감하거나 마음을 나눌 생각이 없었다.

맞벌이 부부의 육아

영희가 직장에 복귀한 뒤 아이를 맡길 데가 없어 걱정하자, 영희 어머니가 근처 아파트에 전세를 얻어 이사를 왔다. 덕분에 영희는 마음 편히 아이를 맡기고 직장에 복귀할 수 있었다. 아침에 아이를 어머니 집에 데려다주고 퇴근길에 데려왔다. 영희 어머니는 아침에 헐레벌떡 아이를 맡기러 오는 모습이 안쓰러웠는지 아침에 아이를 데리러 왔고, 영희가 퇴근하기 전에 영희 집에 와서 기다렸다가 영희나 철수가 오면 집으로 돌아갔다. 퇴근한 집은 늘 청소가 되어 있었고 냉장고에는 반찬이 있었다.

"장모님, 힘드실 텐데 뭐 하러 청소에 음식까지 하셨어요? 저희가 하면 되니까 애만 봐주시면 돼요."

"그래, 엄마. 퇴근하고 우리가 하면 돼."

"그냥 집에 있으면서 틈틈이 하는 건데 뭐. 괜찮아."

영희는 자식을 다 키워 놓고 쉬어야 할 엄마에게 다시 육아에 집안일을 시키는 것 같아 죄송했다.

아이를 돌봐 주기 때문에 매달 통장으로 용돈을 보냈으나 영희와 철수의 살림이 넉넉하지 않아 충분히 보내지는 못하고 있었다. 영희는 내내 마음이 좋지 않았다.

"엄마, 지금은 우리가 돈을 많이 못 벌어서⋯. 조금 밖에 못 보내서 미안해. 우리 월급이 좀 많아지면 그때 좀 더 보낼게. 미안해."

"괜찮아. 너희 나중에 돈 많이 벌면 그때 많이, 많이 주라~"

미안해하는 영희를 웃으며 위로하는 어머니였다.

영희 어머니의 도움에도 불구하고 2시간마다 깨는 아이로 인해 영희와 철수는 늘 잠이 부족했다. 아이가 깰 때마다 기저귀를 갈고 분유를 타야 했다. 아이를 겨우 재워 눕히면 5분을 넘기지 않고 깨는 바람에 철수는 아이를 재우기 위해 새벽 2시에 아이를 차에 태워 집주변을 돌다가 들어오기도 했다. 2주에 한 번씩 시가에 가서는 곯아떨어져 잠부터 자는 두 사람이었다. 그나마 조금 자고 나서도 식당 일을 도와야 했기에 영희와 철수 모두 피곤한 기색이 역력했다.

영희와 철수의 어여쁜 딸 나은이가 100일이 되어 기념사진을 찍었다. 첫 딸이라 좋은 것으로 해 주고 싶다던 철수는 비싼 브랜드의 사진관에 예약했다. 2주 뒤 사진을 찾으러 오라는 연락을 받고 기념품과 액자, 사진첩을 받아 왔다.
"사진이 정말 잘 나왔네? 어머~ 너무 예쁘다. 나은이 좀 봐~"
"비싼 돈 들인 보람이 있네. 이쁜 우리 딸~"
벽에 아이의 사진을 걸어 두고 작은 액자 중 하나를 골라 철수 어머니에게 가져갔다. 철수 아버지가 손수 벽에 못질하고 사진을 걸었다.

시가에 가지 않고 쉬는 주말, 영희는 아이를 안고 낮잠이 들었다. 철수는 영희와 아이를 가만히 내려다보다 카메라를 꺼내 사진을 찍었다. 영희는 이상한 느낌에 눈을 떴다. 영희의 얼굴 바로 위에서 철수가 영희와 아이를 흐뭇한 표정으로 내려다보고 있었다. 영희는 깜짝 놀라 벌떡 일어났다.
"놀랐잖아~"
철수가 영희의 얼굴에 묻은 침을 닦아 주었다.
"너 입 벌리고 자더라."
영희는 얼른 화장실로 뛰어가 거울을 보더니 세수를 했다. 철수는 그런 영희를 사랑스럽게 쳐다보았다.
100일이 지나자 아이는 재롱을 떨기 시작했다. 아이의 웃음소리가 집 안을 채우기 시작했고 하루하루가 다른 아이의 행동 하나하나에 철수는 너무 기뻐 넋을 놓았다. 목에 착 감기는 아이를 안고 철수는 연신 아이의 볼에 뽀뽀를 했다. 아이를 키우는 것이 힘들지만 아이의 재롱과 웃음에 자꾸만 힘을 내게 된다는 말은 틀린 말이 아니었다. 하지만 철수의 어머니는 이들의 행복에도 찬물을 끼얹었다.

"나은이는 클수록 지 작은고모를 닮네~ 원래 아이는 며느리가 미워하는 사람을 닮는다고 했어. 애미가 작은고모를 많이 미워했나 보네~"

웃으며 실없는 소리를 하는 철수 어머니를 영희는 말없이 쏘아보았다.

◇◇◇◇
딸이 효녀

아이가 태어난 지 100일이 지나자 잠자는 시간이 조금씩 늘어났다. 가끔 분유를 먹고 자던 아이가 토하는 바람에 새벽 1시가 넘어서 아이를 씻기고 이불을 갈아야 하는 거 빼고는…. 그나마 괜찮아졌다. 다만 2주에 한 번씩 시가에 가는 것은 변하지 않았다.

영희는 포대기로 아이를 업고 식당 일을 돕고 있었다. 어깨가 아파서 빠질 것 같을 때쯤 늦게 일어난 철수가 아이를 받아들었다. 영희는 다시 아이를 받아 들고 철수에게 빈 그릇을 정리하라며 아이를 데리고 방으로 들어갔다.

'일하는 아주머니도 있는데 맞벌이까지 해 가며 주말에 아이를 업고 일을 꼭 해야 하나? 왜 이렇게까지 해야 하는 거지?'

얼마 후, 철수의 아버지가 직장을 그만두고 철수 어머니와 함께 식당 일을 시작했다. 철수 아버지가 손을 보태니 조금 더 수월해진 영희와 철수. 영희가 아이를 업고 일을 하고 있으면 철수 아버지는 아이를 대신 봐주거나 영희에게 들어가 쉬라며 일을 덜어 주었다.

명절은 어김없이 찾아왔다. 늘 그렇듯 명절 이틀 전 시가에 도착한 영희와 철수. 퇴근 후 짐을 챙겨서 시가에 도착한 두 사람은 벌써 지쳐 있었다. 아이의 이틀 치 짐과 두 사람의 짐까지 더해져 큰 가방 두 개로도 모자라 기저귀는 아예 통째로 손에 들고 왔다.

철수 어머니는 영희에게 아이가 있어 한복을 입기 불편할 테니 개량 한복을 입으라며 맞춰 주었다. 영희는 구겨진 한지 같은 회색 치마가 마음에 들지 않았지만 어차피 입고 일을 해야 하니 크게 신경 쓰지 않았다.

추석 전날 오후 철수는 외갓집에 쌀을 찧으러 갔고 철수 아버지는 외출 중이었다. 아이가 낮잠을 자는 바람에 영희는 홀가분한 몸으로 전을 굽기 시작했다. 전 한 판을 다 굽기도 전에 방에서 아이 우는 소리가 들렸다. 영희는 얼른 달려가 분유를 먹이고 아이를 재운 후 다시 부엌으로 가서 전을 부치기 시작했다. 그러나 5분을 넘기지 못하고 아이는 또다시 울기 시작했다.

"아이고~ 딸이 효녀네, 효녀야. 엄마 일하지 말라고."

"네, 그러네요. 딸이 효녀네요."

영희는 철수 어머니의 말을 웃어넘겼다. 하지만 같은 말도 여러 번 들으면 싫은 법. 주말 시가에서 일할 때마다 같은 말이 반복되자 영희는 더 이상 대꾸를 하지 않았다.

설 명절. 언제나 그렇듯 막내 숙모만이 오후에 도착해 차례 음식을 함께 만들었다. 저녁 늦게 나머지 두 삼촌의 가족과 막내 삼촌이 문을 열고 들어오자 철수 어머니는 짜증을 냈다.

"너희는 일찍 와서 음식 안 만들고 왜 이렇게 맨날 늦게 다녀?!! 며느리 애도 낳고 아이가 어려서 음식 만들기도 힘든데 너희가 와서 좀 해야 하는 거 아니야?!! 맨날 늦게 오면서 저녁밥 차려 달라고 하고!!"

첫째, 둘째 숙모는 눈치를 살피더니 방 안으로 들어가 버렸다. 영희는 화장실을 가려다 살짝 열린 방문 사이로 들려오는 두 숙모의 대화를 듣게 됐다.

"며느리가 들어왔는데 왜 우리가 일해야 해? 그리고 원래 제사나 명절 일은 맏며느리 몫이잖아."

"맞아. 큰며느리가 하는 거지."

영희는 간담이 서늘해졌다.

'망했다.'

◇◇◇◇
나도 엄마 있어요

해를 넘겨 철수의 친가와 외가의 친척들, 직장 동료들을 초대하여 성대하게 돌잔치를 열었다. 돌잔치 홀에 있는 둥근 테이블이 사람들로 가득 찼다. 사회자의 진행에 따라 이벤트가 열리고 선물이 전달되었다. 딸 나은이는 돌잡이로 양손에 돈을 꼭 쥐었다.

얼마 지나지 않아 막내 수진이가 결혼했다. 수영이가 결혼할 때에는 무덤덤했던 철수 아버지가 막내딸이 결혼하는 순간에는 눈물을 보였다. 영희는 다시 한번 아버지가 그리워졌다. 딸들이 모두 시집을 가서일까? 어느 날 갑자기 철수 어머니는 영희에게 자신을 '엄마'라고 부르라는 말을 했다.

"이제부터는 엄마라고 불러라."

웃으며 말하는 철수 어머니.

'나 엄마 있는데?'

영희가 대답하지 않자 옆에 서 있던 철수 아버지가 거들었다.

"그래, 엄마라고 부르면 친해지고 좋지 않겠니?"

영희는 끝까지 대답하지 않았지만, 그 후로도 철수 부모님의 '엄마' 강요는 계속 이어졌다.

"애미야, 엄마라고 부르라니까. 왜 엄마라고 안 하니?"

영희는 대꾸하지 않고 자리를 피했다.

'내가 그럴 마음이 없는데 어떻게 그래요?'

철수 어머니는 말할 때마다 '엄마가', '엄마한테'라며 말을 시작했고, 철수 아버지 역시 '네 엄마가', '네 엄마는'이라는 말을 사용했다. 석 달이 지나도 영희가 '엄마'라는 말을 사용하지 않자 철수 부모님은 더 이상 '엄마'라는 말을 사용하지 않았다.

◇◇◇◇

참 꾸준한 시댁

토요일 저녁 장사 시간이 되자 철수 어머니가 바쁘게 움직였다.

"오늘 철수 큰외삼촌이 모임을 우리 가게에서 한다는구나. 20명 가까이 온다고 하니 미리 준비해 놓아야겠다."

큰외삼촌은 일 년에 서너 번은 철수 어머니의 식당에서 모임을 했다. 영희와 철수가 부지런히 그릇을 날랐다. 남자들만 20명이 모이니 너무 시끄러워 영희는 아이를 안고 방으로 들어갔다. 모임이 끝나고 사람들이 자리에서 일어서자, 그릇을 치워야 한다며 철수 아버지가 영희를 데리러 왔다.

그릇을 치우고 설거지까지 마친 후 영희는 한숨 돌리며 커피를 타서 테이블 앞에 앉았다. 곧 철수 어머니가 일을 마무리하고 영희 앞에 자리를 잡았다.

"철수 외삼촌이 또 현금으로 계산을 하고 갔네. 카드는 수수료가 있으니까 일부러 맨날 현금을 주고 가. 내가 외삼촌 덕을 많이 본다. 식당 차릴 때도 도와주고 일 시작할 때도 도와주고. 이 가게도 외삼촌이 빌려준 거야."

"어머님 가게 아니에요?"

"외삼촌 가게야. 매달 월세를 주고 장사하고 있는 거야. 그러니 너도 외삼촌한테 잘해야 한다. 어릴 때 철수한테 용돈도 많이 주고, 학교 갈 때도 학비 보태 주고, 이 가게도 차리게 해 주고. 외삼촌 아니었으면 애들 대학도 못 보낼 뻔했어. 그럼 너 우리 철수도 못 만났을 거야. 외삼촌 덕에 네가 철수 만난 거다. 우리 철수 못 만났으면 어쩔 뻔했냐?"

'다른 남자 만났겠죠. 그리고 외삼촌한테는 남편이 잘해야죠. 전 혜택받은 거 없는데요?'

할아버지, 할머니 제삿날. 하늘에 구멍이라도 뚫린 듯 비가 쏟아져 내렸고 바람은 거세게 휘몰아쳤다.

"날씨가 이런데 나중에 새벽에 어떻게 와? 오늘 안 가면 안 돼? 자기가 장남이긴 하지만, 아버님이 계시잖아."

"그래도 할아버지 제사인데 어떻게 안 가?"

"이런 날씨에 애까지 데리고 2시간이 넘는 길을 운전하겠다고? 위험하게?"

영희는 짜증이 머리끝까지 올라와 있었다. 몸도 힘들고 마음도 힘들고 날씨마저 좋지 않은 날이었다. 제사를 마치고 집에 도착할 때까지 영희는 신경이 곤두서 있었다.

딸 나은이가 아장아장 걷기 시작하고 수진이가 결혼하여 새 식구가 생기자 점심 장사를 마무리하고 시가 근처에 있는 작은 동물원으로 나들이하러 갔다. 철수 가족과 수진이 가족, 철수 부모님은 동물원을 구경하며 나은이 사진을 열심히 찍어 댔다. 민소매 원피스를 입은 나은이는 동물을 무서워하지도 않고 다가가 신기한 듯 쳐다보고 어루만졌다. 결혼 후 영희의 첫 나들이였다.

추석 이틀 전 오후, 시가의 옆 가게 아주머니가 철수 어머니 가게에 들렀다.

"어머, 이 집 며느리는 명절마다 이틀 전에 오네요. 착하기도 해라."

옆집 아주머니의 사근사근하고 부드러운 목소리와 말투에 영희는 늘 위로를 받았다.

"예, 애들은 늘 일찍 와요."

"좋으시겠어요. 며느리가 이렇게 일찍 와 주고."

"우리 아들이 효자 아닙니까."

철수 어머니가 활짝 웃었고, 영희가 심란한 표정을 지었다.

"아들도 효자지만, 요즘 세상에 이런 착한 며느리가 어디 있어요? 며느리가 효부네요. 얼굴만 이쁜 게 아니라 마음씨도 이쁘네요."

영희는 괜히 눈물이 고였다. 영희를 인정해 주는 사람이 있다는 게 고마웠다. 그런데 가족 중에는 그런 말을 해 주는 사람이 없었다.

추석 아침, 차례를 지낸 철수 어머니는 이제는 철수 아버지의 본가에 가지 않아도 된다며 철수 어머니의 친정으로 갔다. 전형적인 시골집인 철수 외할머니 집에는 이모들과 외삼촌들의 가족들로 북적거렸고 외숙모 두 사람이 점심을 준비하려 하고 있었다.

"어? 질부가 웬일이야? 친정 안 갔어?"

큰외숙모의 호탕한 목소리가 영희의 가족을 맞았다.

"죄송해요. 힘드실 텐데 저희까지 와서…."

작은외숙모가 영희의 말을 받았다.

"무슨 그런 소리를 해? 서운하게…. 어서 방에 들어가."

철수의 외할머니가 영희를 반겼다. 진심으로. 딸이 귀한 외갓집에서 나은이는 최고의 인기를 누렸다. 서로 안아보겠다며 손을 내밀었고 용돈이라며 만 원, 5만 원, 10만 원을 거침없이 아이의 손에 쥐여 주었다. 추석이라 한복을 입은 아이의 복주머니가 용돈으로 가득 찼다.

영희는 문득 뒤를 돌아보았다. 방 안의 이모들과 철수 어머니, 외삼촌들이 웃고 떠드는 사이 부엌에서는 외숙모 두 사람만이 점심상을 차리고 있었다. 영희는 부엌으로 들어갔다.

"저, 도와드릴 거 없어요? 저 뭐하면 될까요?"

"시댁에서 실컷 일하고 왔을 텐데 뭘 여기서까지 일하려고 그래?"

"그래도…. 계속 숙모님들만 일하고 계셔서요…."

"아유 괜찮아. 얼른 들어가서 쉬어."

영희는 자리를 뜨지 못하고 기다리다 함께 상 차리는 것을 도왔다. 유유상종이라고 했던가. 영희는 숙모들이 안쓰러웠다. 점심을 먹은 후 과일 상이 차려지자 영희의 핸드폰이 울렸다. 영희는 마당에 나와서 전화를 받고 다시 방으로 들어갔다. 철수가 물었다.

"무슨 전화야?"

"엄마. 언제 오느냐고…."

철수와 영희의 엉덩이가 들썩이기 시작했다. 아무래도 일어날 기미가 보이지 않는 철수 어머니 때문에 두 사람은 애가 탔다.

영희가 전화 받는 것을 본 큰외숙모가 먼저 말을 꺼냈다.

"철수야, 너 장모님 댁에 안 가니? 장모님 기다리실 텐데 빨리 가."

철수 어머니가 퉁명스러운 목소리로 먼저 대답했다.

"좀 더 있다가 가면 되지, 그거 뭐 급하다고."

"철수 너희 가족들이 가야 나도 친정에 가지. 눈치 없이 눌러앉아 있고 그래? 빨리 가라. 형님도 가세요, 우리도 친정 좀 가게."

영희는 속이 뻥 뚫리는 기분이었다. 철수 어머니가 뾰로통한 얼굴로 일어섰다. 영희는 시가에 도착하자마자 가져갈 음식들을 얼른 챙겨 담고 박스에 넣어 차에 실었다.

그런데 갑자기 철수 어머니가 피곤하다며 방에 드러누워 끙끙 앓는 소리를 냈다. 영희와 철수는 어쩔 줄 몰라 거실에서 기다리다 철수가 먼저 일어나 방으로 갔다.

"엄마, 우리 간다."

철수를 따라 철수 어머니가 방에서 나왔다.

"좀 있으면 수진이 온다는데 보고 가."

"장모님 기다리시잖아. 그만 갈게."

"그러지 말고 보고 가. 금방 온다고 했는데…. 어디쯤 왔는지 전화해 봐."

철수 어머니는 다시 방에 들어가 누웠다.

한 시간이면 도착한다던 수진이는 두 시간이 다 되어서야 신랑과 함께 도착했다. 해가 뉘엿뉘엿 넘어가고 있었다.

수진이 부부가 도착하자 철수 어머니는 언제 피곤했냐는 듯 화색이 되어 방에서 나오며 수진이 부부를 반겼다. 철수 아버지가 그 뒤를 따랐다.

"엄마, 우리 이제 갈게."

"얘들 이제 왔는데 과일이라도 먹고 가. 애미야, 가서 배하고 사과 좀 가져와라."

영희는 쟁반과 접시, 포크, 과일칼을 함께 챙겨와서 테이블 위에 올려놓았다.

"뭐 하니? 배부터 깎아 봐라."

영희는 왈칵 밀려오는 감정을 누르며 과일을 깎았다. 영희의 표정을 살피던 철수가 과일을 먹다 말고 자리에서 일어났다. 영희는 친정으로 가는 내내 훌쩍거렸다. 수진이가 결혼한 이후부터 10년 동안 영희는 수진이와 작은매제의 얼굴을 본 후에 친정으로 갔다.

제사는 어김없이 돌아왔다.

"자기야, 이번 제사 고조부모 제사잖아. 안 가면 안 돼? 어머님이 고조, 증조 제사는 첫해에만 오면 된다고 하셨는데, 우리 지금 해마다 계속 가고 있잖아. 애 데리고 다니는 것도 힘들고 갔다 오면 새벽 2시가 다 되어서 오는데, 다음 날 출근도 해야 하고…. 나 너무 힘들어."

영희의 말에 철수는 어머니에게 전화를 걸었다. 돌아온 대답은 단호했다.

"그래도 네가 장남인데 제사를 빠지면 되겠니? 그리고 제사에 며느리가 안 오면 어른들이 뭐라고 하겠어? 너희 숙모들이 와서 일하는 것도 아니고, 나 혼자 일하느라 힘든데 너희들이 와서 애라도 보여 줘야 내가 힘이 나지 않겠니?"

영희는 한숨을 쉬며 짐을 챙겨 차에 올랐다. 밖에는 비가 억수같이 쏟아져 내리고 있었다. 제사에 참석하지 않은 날은 영희가 임신 중이었고 비바람이 심하게 불었던 날이었다.

"애가 두 살인데 너희는 둘째 안 가질 거니?"

"어머니, 나은이가 두 살이긴 하지만 아직 두 돌이 안 되었어요. 좀 더 있다가 낳으려고요."

"애 키울 때 같이 빨리 키워 버리는 게 나아. 둘째를 늦게 낳으면 또 처음부터 애 키우느라 힘들잖아. 친정엄마가 애 봐 줄 수 있을 때 낳아. 더 나이 들면 애 못 봐 준다."

"직장 다니면서 아이 키우느라 지금도 너무 힘들어요. 아이 둘 감당할 자신이 없어요. 엄마도 애 보느라 많이 힘들어하세요. 그런데 지금 또 아이를 낳아서 맡기면 더 힘들어지실 거예요."

"네 엄마는 일하러 안 다니잖아. 집에서 애나 보는 게 뭐가 힘들다고 그래?"

영희와 철수 어머니는 둘째 문제로 씨름하는 중이었다. 벌써 세 번째였다. 옆에서 듣고 있던 철수 아버지가 끼어들었다.

"애 셋은 더 낳아라."

이번에는 철수가 끼어들었다.

"아버지가 키워줄 거예요? 키워 주지도 못할 거면서 맨날 낳으래!"

"내가 왜 애를 못 봐. 애랑 얼마나 잘 노는데."

"기저귀도 못 갈아서 맨날 나나 집사람 부르면서! 분유도 못 타고 목욕도 못 시키잖아요!"

"네 엄마가 하면 되지."

그 말을 들은 철수 어머니가 발끈했다.

"나보고 애를 또 키우라고요?! 식당 일은 누가 하고!"

"식당 일이야 나하고 아줌마가 하면 되지. 당신은 애 키우고."

"애 키우는 게 쉬운 줄 알아요? 애를 보느니 식당 일을 하겠어요."

영희는 기가 막혀 철수 어머니를 빤히 쳐다보았다.

'좀 전에 우리 엄마가 집에서 애나 보는 게 뭐가 힘드냐고 하지 않았나?'

어느 날, 영희는 몸이 좋지 않아 산부인과를 찾았다. 1주일이 넘도록 생리가 멈추지 않고 생리의 양이 늘어나서였다. 영희는 유산이라는 말을 듣고 곧장 수술을 받고 회사를 하루 쉬었다. 주말 시가에 가서도 영희는 누워서 쉬어야 했다. 저녁밥을 먹고 거실에 앉아 있던 영희에게 철수 어머니가 가시 박힌 말을 던졌다.

"너는 몸조심을 좀 하지 그랬니…. 임신한 줄 몰랐어?"

"네, 워낙 정신없이 지내다 보니…. 요즘 회사 일도 많았어요."

"그래도 요새 애들은 낫다. 우리 때는 유산이 되어도 쉬지도 못하고 바로 일하러 갔는데. 요즘 애들은 유산이 되어도 몸조리를 하더구나. 우리 때는 애를 낳고도 몸조리를 못 했는데…. 애 낳자마자 집안일이며 밭일이며 안 한 일이 없었지."

철수 어머니는 했던 얘기를 또 하고 있었다.

'어머니, 참 꾸준하시네요.'

◇◇◇◇
친정 좀 가자고요

새해가 되고 딸 나은이는 세 살이 되었다. 설날 아침, 철수 부모님의 덕담은 아이였다.

"올해는 아들 하나 낳아라~"

차례를 지내고 철수의 외할머니 집에 다녀오자 철수 어머니는 또다시 방에 들어가 누워 잠이 들었다. 철수는 어머니가 일어나길 기다리다 영희의 눈치를 보고는 어머니를 깨웠다.

"수진이 오는 거 보고 가지? 오늘은 수영이도 온다던데? 시댁이 서울이라 명절 때마다 밤늦게 오더니 오늘은 오전에 출발해서 일찍 온다는구나."

철수와 영희는 어쩔 수 없이 짐가방을 내려놓았다. 4시 반쯤 수진이가, 5시 반쯤 수영이가 도착했다. 철수 어머니는 언제 피곤했냐는 듯 생글생글 웃으며 수진이와 수영이를 맞았다. 설 명절, 온 가족이 다 모였다.

"엄마, 이제 우리 갈게."

"이렇게 온 가족이 다 모였는데 그냥 간다고? 저녁 먹고 가라. 애미야, 네 시아버지 봐라. 얼마나 좋아하시니?"

철수 아버지의 입이 귀에 걸려 있었다.

"아이고~ 저 봐라. 얼마나 좋으시면 저렇게 웃고 계시니?"

영희는 말없이 고개만 숙였다. 철수 어머니는 둘째 사위 이 서방이 사 온 한우를 구워 먹자며 저녁상을 차리기 시작했다. 영희는 말없이 음식을 나르고 수영이와 수진이가 거들었다.

"새언니, 미안해요. 우리 때문에 친정에도 못 가고…."

수영이가 작게 속삭였다. 영희는 어색한 미소로 대답을 대신했다. 영희는 한우의 맛도 모른 채 고기를 억지로 삼켰고, 철수는 자꾸만 영희의 눈치를 살폈다. 저녁을 다 먹고 커피를 한 잔 마신 후 철수가 먼저 자리에서 일어났다. 철수 어머니는 또다시 철수를 붙잡았다.

"이왕 저녁 먹은 김에 자고 내일 가지?"

"엄마! 장모님하고 처남들 기다리잖아! 자기야, 가자."

아이의 신발을 신기는 영희의 뒤통수에 철수 어머니의 한 마디가 비수처럼 날아와 꽂혔다.

"설거지 안 하고 그냥 가니?"

"수영이랑 수진이 있잖아, 엄마!!"

철수가 짜증을 냈다.

"언니, 우리가 설거지할게요. 얼른 가세요."

"그래요, 우리가 할게요. 오빠, 얼른 가."

"그럼, 내일 오후에 너희 집으로 바로 가지 말고 여기 와서 저녁 먹고 가라."

철수와 영희는 대답하지 않고 곧장 시가를 나섰다. 친정으로 가는 영희의 눈에서 굵은 눈물이 뚝뚝 떨어졌다.

친정에서 하룻밤을 지낸 오후, 철수 어머니에게서 전화가 왔다.

"너희 와서 저녁 먹고 가라. 다 같이 모인 김에 저녁 먹고 가면 좋잖아."

"안 돼. 우리도 집에 가서 쉬어야지."

"안 된다고 하지 말고, 애미한테 물어봐라!"

철수 어머니가 짜증을 냈다. 철수는 마지못해 옆에 앉아 있는 영희에게 물었다.

"저녁 먹고 갈래?"

영희는 인상을 잔뜩 구긴 채 고개를 가로저었다.

"엄마, 그냥 우리 집에 가서 쉴게."

"저녁 먹고 가면 밥 안 차려도 되고 편할 텐데. 알았다!"

영희는 집에 도착하자마자 방에 드러누웠고 철수는 말없이 저녁상을 차렸다. 다음 명절 때도 철수 어머니는 저녁을 먹고 가라고 말했지만 철수가 딱잘라 버렸고, 수진이 내외의 얼굴만 본 후 처가로 향했다.

◇◇◇◇

가족의 의미

수영이와 큰매제가 새로이 포차 가게를 열었다. 축하도 할 겸 영희의 가족은 수영이의 가게를 방문하여 함께 점심을 먹었다. 술을 즐기는 매제를 따라 영희도 가볍게 맥주를 마셨다. 철수와 수영이가 잠시 자리를 비운 사이 큰매제가 조심스럽게 말을 꺼냈다.

"처남댁, 처남댁은 어디까지가 가족이라고 생각해요?"

"나와 남편, 자녀들. 그게 가족 아닌가요?"

"그렇죠? 나도 그렇게 생각해요. 그런데 처가는 안 그런가 봐요."

"네? 무슨 말이에요?"

"시도 때도 없이 저를 불러요. 손님이 많으니 와서 일 좀 하라고 자꾸 불러요. 가면 일만 하는 게 아니에요. 전구 교체해라, 부서진 것 좀 고쳐 보라면서 잡일까지 시키더라고요. 전구는 몰라도 부서진 건 사람 불러서 고치면 되는 거 아닌가요? 거리가 가까운 것도 아니고 한 시간이 넘게 걸리는 거리인데, 자꾸 불러제껴서 못 살겠어요. 이 가게 차리기 전에 다른 가게 할 때도 계속 그랬어요. 물론 처가가 가족이 아니라는 건 아니에요. 그런데 내 가족이 우선 아닌가요? 집사람 혼자 일하는 거 힘들까 봐 아르바이트생 붙여 놓고 가면서도 내가 왜 이렇게까지 해야 하나 싶어요.

보통 사위는 백년손님이라고 하지 않아요? 내가 손님 노릇을 하겠다는 거 아니에요. 일 있으면 사위 부를 수 있죠. 그런데 이건 너무 심하잖아요. 내가 이 문제로 집사람하고 몇 번 싸웠어요. 집사람은 착해 빠져서 장모님한테 말도 못 하고, 나 대신 자기가 일하러 가겠다고 하더라고요. 그런데 집사람이 운전이 서툴러서 보낼 수가 있나요. 그래서 늘 제가 갔어요."

"어떤 마음인지 잘 알겠어요. 전 매주 시댁에 가서 일했거든요. 지금은 격주로 계속 가고 있고요."

"네?! 정말 너무한 거 아니에요? 그럼 처남댁 가족은 뭐 하고 살아요? 놀러도 안 가요?"

"작년에 작은 아가씨 결혼하고 나서 동물원에 간 게 처음이었어요. 신혼여행 이후로 둘이 놀러 간 적도 없고, 아이 생기고 나서도 시댁만 다녔어요."

"어떻게 그렇게 살 수가 있어요?! 처남 그렇게 안 봤는데, 실망이네요. 아니, 화가 나네요!"

영희의 눈에 눈물이 맺혔다. 큰매제는 말을 잇지 못했다. 철수와 수영이가 들어와 대화는 더 이어지지 않았다. 큰매제는 인사를 하고 떠나는 영희의 가족을 안타깝게 쳐다보았다.

직장일, 육아에 격주로 시가에 다녀오는 생활은 계속 이어졌다. 영희는 갈수록 말라 갔다. 그런 영희에게 걱정의 말을 하는 것은 직장 동료였다.

"영희 씨, 요즘 무슨 일 있어?"

"왜요?"

"아니…. 이런 말 하긴 좀 그런데 영희 씨 얼굴 해골 같아. 살을 좀 찌우는 게 어때?"

"아…. 그런가요?"

"그래, 무슨 일인지는 모르겠지만 영희 씨 얼굴 보니까 물어보기도 겁나네. 힘든 일 있다면 잘 해결되었으면 좋겠어."

직원은 영희에게 돈 문제가 있다고 생각하는 것 같았지만 영희는 신경 쓰지 않았다.

"아, 네…. 감사합니다…."

영희는 화장실에 가서 한참을 나오지 않았다. 철수도 시가 식구들도 영희의 몰골을 보고 걱정하는 말을 해 주는 사람은 없었다. 가끔 들르는 철수의 외할머니가 영희에게 너무 말랐다고 말하긴 했었다. 영희는 서러움에 한참을 울다 사무실로 돌아왔다. 집에서 체중계에 올라선 영희의 몸무게는 44kg이었다.

영희의 마음을 모르는 철수 부모님은 또다시 아이 이야기를 꺼냈다.

"애미야, 나은이가 세 살인데 동생 낳아야지. 나은아, 엄마한테 동생 낳아 주세요~ 해."

"둘째는 아들을 낳아라."

"좀 더 있다가요. 아직은 힘들어요."

"네 엄마가 애 봐줄 기운 있을 때 낳아라. 그리고 애 키울 때 한 번에 키우는 게 낫다."

"애 키우면서 직장 일 하는 거 생각보다 힘들어요. 엄마가 봐 주신다고 해도 퇴근하고 나면 할 일이 많아요."

봄이 되자 벚꽃이 만개하여 길거리에는 상춘객들이 넘쳐났다. 뉴스에서는 진해군항제 축제와 붐비는 상춘객들을 연일 보도하며 봄의 분위기를 한껏 띄웠다. 점심시간 젊은 남녀 한 쌍이 들어와 음식을 주문했다. 남자가 하늘하늘한 원피스를 입은 여자의 자리에 방석을 놓아 주었고 여자는 치마를 쓸어내리며 새침하게 방석 위에 앉았다. 운동복 바지에 헐렁한 티셔츠를 입은 영희가 주문을 받고 철수 어머니와 밑반찬을 준비하여 서빙했다. 영희는 자꾸만 두 사람에게 눈길이 갔다. 곱게 한 화장, 하늘하늘한 원피스, 다정하게 말을 거는 남자.

'나도 20대인데…. 겨우 28살인데….'

"애미야, 갈비탕 가져가라~"

영희는 못 들은 척 방으로 들어가 무릎을 감싸 안고 앉았다. 방에서 나온 영희는 말없이 식당 일만 했다. 점심 장사가 마무리되고 거실에 앉아 있던 영희에게 철수 어머니가 먼저 말을 걸었다.

"왜 그리 힘이 없어? 힘드냐?"

"아, 네…. 좀…."

"아무리 일이 많아도 일 많이 해서 죽는 사람은 없다. 나도 공장 다니면서 애들 셋 데리고 시댁에 가서 제사 지내고, 명절 지내고 해도 일하니까 다 되더라. 일 많이 한다고 죽을 것 같았으면 난 벌써 죽었지. 그러니까 일을 많이 한다고 죽는 사람은 없다는 말이다."

'뉴스에 과로사하는 사람 이야기 나오던데 못 보셨나요?'

영희는 가슴이 꽉 막히는 기분이 들었다.

일요일 오후 집으로 돌아가는 차 안. 말없이 창밖을 내다보던 영희는 길거리의 연인들을 보자 가슴이 울컥했다. 곧이어 눈앞이 뿌옇게 흐려졌다.

'결혼하고 남편과 나들이하러 간 적이 한 번도 없네.'

영희는 서러운 마음을 애써 누르며 시선을 창밖에 고정한 채 철수를 쳐다보지 않았다.

주말, 시가에 갈 때마다 영희는 차에 타자마자 눈을 감았다. 길거리에서 데이트하는 연인들을 보고 싶지 않아서였다.

"차 타자마자 자는 거야?"

"응."

차가 시내를 벗어날 때쯤 영희는 눈을 떴다.

"더 자지, 왜 일어나?"

"그냥…. 우리 3주에 한 번씩만 가면 안 돼? 격주로 시댁에 다닌 지 벌써 2년이야. 이제 그래도 되지 않을까?"

철수는 대답하지 않았다. 영희도 입을 다물었다.

연인에 대한 영희의 갈망은 엉뚱하게도 남자에 대한 경멸로 이어졌다. 세상의 모든 남자가 '나쁜 놈'으로 보이기 시작했다. 결혼하면 '여자를 고생시킬 놈'으로 밖에 보이지 않았다. 영희는 눈에 경멸을 가득 담아 길거리의 남자들을 쏘아보았다.

6월의 어느 토요일, 시가에 가니 일하는 아주머니가 바뀌어 있었다. 이전 아주머니와는 달리 서글서글한 인상의 아주머니였다.

다음 날, 영희의 가족과 철수 부모님, 수영이와 수진이의 가족은 전통가옥이 있는 작은 마을로 나들이하러 갔다. 고택을 둘러보며 사진을 찍고 대청마

루에서 여자들끼리 사진을 찍었다. 사진 속 영희는 어색한 웃음을 짓고 있었고, 철수는 다른 곳을 쳐다보고 있었다.

2주 뒤, 시가 식구들과 함께 근교 공원으로 놀러 간 영희는 시가 식구들의 눈을 피해 눈물을 닦아 가며 아이와 사진을 찍었다.

영희는 집에서도 시가에서도 아이와 놀아줄 때를 제외하고는 말을 거의 하지 않았고 웃지도 않았다. 철수도 마찬가지였다.

시가에서 돌아오는 차 안에서 영희가 먼저 말을 걸었다.

"자기야, 우리 셋이서는 한 번도 놀러 간 적 없는 거 알아?"

한동안 말이 없던 철수가 샛길로 차를 몰았다. 도착한 곳은 연꽃이 피어 있는 연못이었다. 영희는 아이의 손을 잡고 연꽃을 구경하며 사진을 찍었다. 삐쩍 마른 영희가 아이를 안고 웃고 있었다.

"와이프야, 나은이 내년이면 4살인데, 이제 둘째를 가져야 하지 않을까?"

철수의 말에 영희가 발끈했다.

"격주로 시가에 다니면서 둘째를 또 낳으라고?! 지금도 이렇게 힘든데?! 둘째 낳아도 계속 이렇게 다닐 거잖아! 그런데 어떻게 또 낳으라는 거야! 나 진짜 힘들어 죽겠어! 어머님이 힘들게 고생하며 살았고 그래서 자기가 잘하려는 것도 알겠는데 이건 너무 하잖아! 이건 효도가 아니라 복종이야, 복종!"

영희도 철수도 마음이 상해 버렸다. 시간이 갈수록 두 사람의 관계는 뒤틀어졌다. 철수의 부모님은 행복했을지 모르나 영희의 가족에는 금이 가고 있었다.

덕분에

9월의 어느 토요일. 시가에서 멀지 않은 예식장에서 대학 후배의 결혼식이 있었다. 집에서 출발하기 전 영희는 애원하듯 철수에게 부탁했다.

"오늘 결혼식 갔다가 그냥 집으로 오면 안 돼?"

영희는 철수의 대답을 듣지 못한 채 예식장으로 출발했다. 결혼식이 끝나고 뷔페에 들어서자 철수의 가족을 본 선배가 손을 흔들었다. 철수는 선배들의 테이블에 합석했다. 테이블에는 선배 3명이 각자의 아내와 나란히 앉아 딸아이를 하나씩 안고 있었다.

"와, 신기하다. 전부 다 딸이네. 거기다 전부 다 3살이잖아."

영화 같은 우연에 유쾌하게 웃는 속에서 영희는 가볍게 미소를 지었다. 영희는 대화에 끼지 않고 접시만 내려다보며 조용히 음식만 먹을 뿐이었다. 영희의 굳은 표정에 분위기가 가라앉기 시작했다. 철수가 먼저 침묵을 깼다.

"선배, 밥 먹고 어디 갈 거예요?"

"우리? 장모님 댁에 갈 건데?"

"…그럼 형님은요?"

"우리 집에 가야지. 주말인데 좀 쉬어야지."

철수는 세 번째 선배에게도 질문을 던졌다.

"선배는 뭐 할 거예요?"

"우린 나온 김에 놀러 가려고."

"갔다 와서 선배 본가로 갈 거죠? 이 근처잖아요."

"아니, 집에 갈 건데. 노는 것도 피곤한 일인데 본가에 가면 집사람이 편하게 못 쉬잖아."

철수가 입을 꾹 다물었다. 선배의 마지막 말에 참았던 영희의 눈에서 눈물이 떨어졌다. 영희는 얼른 일어나 화장실로 향했다. 겨우 추스르긴 했지만 화장실을 다녀온 영희의 눈은 부어 있었다.

예식장을 나온 철수는 시가로 차를 모는 중이었다. 뒷좌석에서는 영희가 훌쩍거리고 있었다.

"아이 데리고 동물원 갔다가 갈까? 5분이면 가는데."

'동물원이 아니라 우리 집으로 가야지!'

"마음대로 해."

영희는 간신히 대답했다. 시가를 지나쳐 가는 중 영희는 아이를 돌아봤다.

"나은이가 잠들었어."

철수는 어쩔 수 없다며 시가로 다시 차를 돌렸다. 영희는 달리는 차의 문을 열고 뛰어내리고 싶었다. 신호를 받고 서 있을 때는 차 문을 열고 내려 버릴까 생각했다.

문을 열고 시가에 들어서자마자 철수의 어머니는 인사도 없이 대뜸 소리를 질렀다.

"너희는 매주 와서 애를 보여 줘야지! 왜 매주 안 오는 거냐!"

거실에 올라서며 철수가 어머니보다 더 크게 소리를 질렀다.

"우리처럼 자주 오는 사람이 어딨어!"

철수는 쿵쿵 소리를 내며 방으로 들어갔다. 철수 어머니가 두 눈을 동그랗게 뜨고 입 모양만으로 영희에게 물었다.

"왜 저래?"

"몰라요."

다음 날 시가를 나서며 철수가 선언하듯 말했다.

"앞으로는 한 달에 한 번만 올 거야."

"그럼 우리는 애 보고 싶어서 어떡하라고! 일하느라 힘들어도 애 보는 낙으로 사는데!"

"우리도 힘들어!!"

한 달에 한 번만 가게 되어 다행이었지만 영희는 속이 뒤틀렸다.

'내가 그렇게 부탁할 때는 아무것도 하지 않더니! 다른 사람들 말을 듣고서야 행동하네. 우리 집 분위기가 그렇게 엉망인데도 내 말은 안 듣고 남들 말은 귀에 들어오는 거야?!'

어찌 됐든 결혼식과 선배들 가족 덕분에 영희는 한 달에 한 번 시가를 가게 되었다. 시가를 다녀온 2주 뒤 집에 안 오냐는 전화가 왔지만 철수가 딱 잘라 거절했다. 얼마 후 새 도로가 개통되면서 시가로 가는 시간이 1시간으로 줄어들었다.

"이제 한 시간이면 오는데 좀 자주 와라."

철수 어머니의 닦달에도 철수는 꿈쩍도 하지 않았다.

주말을 갖게 된 영희와 철수는 나은이와 함께 공원, 섬 등으로 나들이하러 다니기 시작했다. 처음으로 가족다운 생활을 하게 된 영희의 마음에 꽃이 피기 시작했다.

Ⅲ

둘째 임신 후 4년 동안의 기록

아들 낳기

"나 이제 둘째 가져도 될 것 같아."

"그럴래? 잘 생각했어. 서른 전에 낳아야 아이가 똑똑하대."

"그럼 세상 모든 아이가 다 똑똑하게?"

시가에 아이를 낳겠다는 말을 전하고 시가를 방문한 날, 철수 어머니는 영희와 철수 앞에 한복 속바지를 펼쳐 놓았다.

"이게 아들 많이 낳은 집 며느리의 한복 속바지야. 속옷은 좀 그래서 속바지로 얻어왔다. 평소 입고 다니지는 못할 테니 잘 때 입고 자라."

속바지는 색이 바래 약간 누런 빛을 띠고 있었다. 영희는 그걸 입을 생각을 하니 토악질이 날 것 같았다. 철수는 징그러운 벌레라도 본 마냥 인상을 찡그렸다.

"엄마, 이거 입고 아들 낳을 것 같으면 아들 못 낳는 사람이 없게?"

"이렇게라도 해 보는 거지. 애미야, 넌 어떠냐?"

"전 이런 거 안 입어도 돼요."

영희와 철수의 일그러진 표정을 보고 철수 어머니는 속바지를 다시 섬었다.

"그래. 그럼 그냥 돌려주지, 뭐."

아들을 낳아야 한다는 부담감에 근거 없는 소문을 찾아다니는 건 영희도 마찬가지였다. 임신 한 달 전부터 철수에게는 고기를 먹게 하고 영희는 채소 위주로 식단을 짰다. 한 달 후 배란일 당일, 영희는 알람을 맞춰 두었다가 새벽 4시 30분에 철수를 깨워 미뤄 두었던 숙제를 했다. 한 번에 아이가 들어섰다.

임신하자 영희는 평소 즐겨 먹지 않았던 고기와 아이스크림을 하루 세 끼 모두 챙겨 먹었다. 영희의 어머니는 영희의 남동생을 임신했을 때와 같다며 아들일 거라고 말했지만 영희는 낳아 봐야 안다며 애써 기대감을 눌렀다. 산부인과를 다니면서도 성별에 대해 전혀 묻지 않았다.

맞벌이인 영희와 철수는 영희 어머니에게 낮 동안 나은이를 맡겼지만, 둘째가 태어나면 영희 어머니가 아이 둘을 볼 수 없었기에 나은이를 어린이집에 보내기 시작했다. 나은이가 어린이집에 적응하는 동안에도 영희 어머니의 도움을 받아야 했다. 영희는 둘째까지 맡겨야 한다는 게 너무 미안했지만 선택지가 별로 없었다. 맞벌이란 그런 거였다.

임신한 경험이 있었기에 영희의 배는 빠르게 불러 왔다. 7개월인데도 주변 사람들은 출산 예정일까지 얼마 남지 않은 줄 알고 출산휴가 언제 들어가냐는 질문을 자주 했다. 부른 배를 부여잡고 시가에 가서 저녁을 먹은 후 앉아서 쉬고 있는데 갑자기 철수의 둘째 삼촌이 방문했다. 삼촌과 철수 어머니가 마주 앉아 이야기하는 동안 영희는 아이와 방에 들어가 누워 있었다.

갑자기 밖이 소란스러워지더니 '쿵' 하는 소리가 났다. 깜짝 놀란 영희가 방문을 열고 나가자 철수가 영희를 당시 방안으로 밀어 넣었다.

"방에서 나오지 마."

밖은 더 소란스러워지고 곧 철수 어머니의 찢어지는 듯한 괴성이 들렸다. 영희가 거실로 뛰쳐나왔다. 테이블이 거꾸로 뒤집힌 채 옆 테이블에 걸쳐 있었고 바닥에는 수저들이 어지럽게 흩어져 있었다. 영희는 철수의 얼굴을 보고 숨을 멈추었다. 철수의 한쪽 얼굴이 시뻘겋게 달아올라 있었다. 영희는 철수 아버지를 찾아 두리번거렸다. 철수 아버지는 구석 테이블에 무기력하게 앉아 한숨을 쉬고 있었다.

'아들이 맞았는데 왜 아무것도 안 하시는 거예요?'

영희는 실망과 원망이 가득한 눈으로 철수 아버지를 쳐다보았다.

삼촌은 철수 어머니가 돈을 빌려주지 않자 화가 나서 테이블을 엎어 버렸다.

"큰형이면 당연히 동생한테 돈을 해 줘야 하는 거 아니에요?"

"내가 번 돈이야! 그동안 빌려 간 돈도 갚지 않았으면서! 내가 왜 또 돈을 줘야 해! 빌려 간 돈이나 갚아!"

삼촌의 어이없는 말과 행동에 화가 난 철수가 끼어들어 소리를 지르자 어린놈이 어른한테 대든다며 삼촌이 철수에게 손찌검했다.

철수는 씩씩거리며 영희와 아이를 데리고 집으로 가 버렸다. 소식을 전해 들은 수영이와 수진이, 매제들이 달려와 싸움은 이어졌고 뒤늦게 도착한 둘째 숙모까지 가세하며 더 큰 싸움으로 번졌다. 큰매제는 이런 상황에서도 무기력하게 앉아 술만 마시고 있는 철수 아버지를 나무랐고, 그로 인해 장모인 철수 어머니에게 뺨을 맞았다. 결국, 이 일로 인해 삼촌들과의 인연이 끊어졌다. 그 후 삼촌들은 제사와 명절 행사에 참석하지 않았고, 철수는 묘사와 벌초에 참석하지 않았다. 철수 아버지는 동생들과의 관계가 끊어진 것이 아내 탓이라며 술을 자주 마시기 시작했고, 큰매제와 장모인 철수 어머니의 관계는 소홀해졌다.

영희가 아이의 성별에 관해 묻지 않자, 출산을 한 달 앞두고 의사가 먼저 말을 꺼냈다.

"첫 아이가 딸이라고 하셨죠? 이불이 무슨 색깔인가요?"

"하늘색이에요."

"그거 그대로 쓰시면 되겠네요. 여기 이거 보이시죠?"

아들이라는 소식에 철수 부모님은 진심으로 기뻐했고 영희와 철수는 안도의 한숨을 내쉬었다.

철수 아버지는 아이의 이름에 돌림자가 들어가야 한다며 동현이라는 이름을 지어 주었다. 영희와 철수도 괜찮은 이름이라 생각하여 수긍했고 아이의 이름은 동현으로 지어졌다.

출산 예정일 일주일을 앞두고 양수가 터져 영희와 철수는 아침 일찍 산부인과를 찾았다.

"천공이네요. 아이가 거꾸로 들어서긴 했는데 아이 얼굴이 등이 아니라 배

쪽을 보고 있어요."

　진통이 진행되는 동안 의사는 직접 아이를 돌렸고 목에 감긴 탯줄을 풀었다. 출산보다 더한 고통에 영희는 비명을 질렀다. 분만실에 들어갔을 때 영희는 이미 모든 기운이 다 빠진 후였다. 눈앞이 흐려지고 정신은 희미해져 갔다. 옆에서 아이의 심박 수가 급격하게 떨어진다는 다급한 목소리가 들렸지만 영희는 기운을 차리지 못했다. 의사가 급히 소리쳤다.

　"엄마! 정신 차려! 아이를 죽일 셈이야?"

　의사의 말에 영희는 번쩍 눈을 떴다. 마지막 힘을 쥐어 짜내며 힘을 주었다. 진통 3시간 30분 만에 영희는 무사히 아들을 출산했다. 병실 침대에 누워 있는 영희에게 간호사가 아이를 데려다주었다.

　'아버님?!'

　아들은 철수의 아버지를 쏙 빼닮아 있었다. 잠시 후 도착한 철수의 부모님, 특히 아버지는 자신을 쏙 빼닮은 아이를 보며 기쁨을 감추지 못했다.

　"이래서 씨도둑질은 못 하는 거다. 네 시아버지하고 판박이네, 판박이야."

　영희 어머니는 여러 사람에게 축복을 받아야 아이가 잘 자란다며 병원에 떡을 돌렸다.

　그사이 철수는 산후조리원을 알아보는 중이었다. 나은이가 있다 보니 영희 어머니에게 산후조리를 부탁하기가 어려웠다. 그러나 산후조리원은 만실이었다. 여러 군데에 전화를 돌려 보았으나 출산 6개월 전 또는 1년 전에 예약했어야 한다는 답이 돌아왔다. 퇴원 하루 전 철수가 어렵게 말을 꺼냈다.

　"엄마가 그러는데 본가 맞은편 쪽 산후조리원에 자리가 있다고 하네."

　"난 우리 집 근처로 가고 싶은데…."

　"여러 군데에 전화해 봤는데 자리가 없어. 엄마가 이미 결제도 하셨대…."

　영희는 어쩔 수 없이 시가 근처 산후조리원으로 들어갔다. 산후조리원은 정말로 시가의 도로 건너 맞은 편에 있었다. 짐을 내려놓고 철수가 떠나자 영희는 괜한 외로움에 한참을 울었다.

철수 아버지는 매일 오전, 오후 꼬박꼬박 산후조리원을 방문했다. 아이를 보고 영희에게는 간식을 사다 주었다. 영희가 자고 있을 때는 방에 간식만 두고 조용히 문을 닫고 나갔다. 철수 어머니는 매일 오후에 조리원을 다녀갔다. 영희는 조리원에서 추석을 보냈다. 추석 전날 철수가 나은이를 데리고 조리원을 찾았다. 오랜만에 딸아이를 본 영희는 딸을 꼭 껴안고 눈물을 글썽였다.

산후조리원 퇴실을 며칠 앞두고 수영이 아들의 돌잔치가 열렸다. 조리원에서는 산모의 외출이 금지되어 있었으나 철수 어머니의 설득으로 영희는 잠시 외출하여 돌잔치에 참석했다. 조리원을 나와 집으로 돌아가는 길.

"자기야, 산후조리원 비용 말이야…. 어차피 우리가 지출할 돈이었으니까 부모님께 보내드려."

"엄마가 안 줘도 된다던데?"

"그러지 말고 드려."

"그래, 알았어."

영희의 뜻을 아는지 모르는지 철수는 건성으로 대답했다.

2주 뒤 아이가 보고 싶다는 말에 다시 시가를 찾았다.

"어디 보자~ 이마도 나 닮았고, 코도 나 닮았고, 입도 나 닮았고. 나랑 똑같네~"

철수의 아버지는 손주를 보며 입이 귀에 걸렸다. 철수의 어머니가 옆에서 거들었다.

"이래서 씨는 못 속이는 거다. 철수하고 수영이가 한 형제지만 애 아버지가 다르니 얼굴이 완전히 다르잖아."

철수 어머니는 손자 동현이의 보험 증서를 내밀었다.

"내가 너희 집 식구 보험 하나씩 다 들어 준 거다. 그러니까 자주 와서 애들 보여주고 그래라."

집으로 돌아오는 길에 영희는 철수에게 신신당부했다.

"자기야, 어머님께 산후조리원 비용 꼭 보내드려야 해."

영희보다 몇 달 앞서 수진이가 출산했다. 영희는 산후조리원에서 모유를 자주 먹이지 않아서 그런지 모유가 부족했다.
"네 시누가 젖이 잘 나온다니까 얻어서라도 먹여라."
수진이는 남는 모유를 모유 보관 팩에 얼려 놓았다가 영희와 철수가 시가에 오는 날 꼬박꼬박 가져다주었다.
"고마워요, 아가씨."
"어차피 남는 건데요, 뭐. 이렇게 줄 수 있으니 좋네요."
하지만 밤중에 모유를 녹여서 먹이는 것은 분유를 타서 먹이는 것보다 더 번거로웠고 시간이 오래 걸려 힘들었다. 동냥해 온 모유는 낮에만 먹였다. 영희는 수진이 덕에 모유를 조금이라도 더 먹일 수 있어서 다행이라고 생각했다.

◇◇◇◇

너무 힘들어

"자기야, 오늘 일찍 오면 안 돼…?"
철수가 회식하는 중에 영희에게서 전화가 왔다. 영희는 울먹이더니 꺼이꺼이 울기 시작했다. 신혼 때부터 나은이를 키우는 동안에도 철수가 회식 중일 때에 일찍 오라는 전화를 한 적이 없는 영희였다. 모임도 동창회도 흔쾌히 다녀오라던 영희였다. 영희가 전화하는 날은 나은이가 갑자기 아픈 날이었다. 그런 영희가 처음으로 일찍 오라며 울먹이고 있었다. 철수는 회식 자리를 박차고 일어나 곧장 집으로 향했다. 눈물범벅이 된 영희가 아이를 안고 있었다. 큰아이와 놀아 주고 작은 아이까지 돌보던 영희가 힘들다며 철수 앞에서 눈물을 보였다.

"저녁밥은 먹었어?"

"나은이는 먹였어. 흑…."

영희는 아이처럼 훌쩍이고 있었다. 철수는 곧장 옷을 갈아입고 저녁밥을 차린 뒤 영희에게서 동현이를 받아 들었다. 영희는 눈물을 훔치면서 숟가락을 들었다. 철수는 영희의 머리를 쓰다듬었다. 그날 이후 철수는 칼퇴근을 시작했다. 꼭 필요한 모임이나 회식에만 참석했고, 퇴근한 후에는 저녁밥을 차리거나 집안일을 도왔다.

철수의 노력에도 불구하고 영희는 늘 피곤해했다. 맞벌이와 두 아이의 육아는 엄마인 영희에게 육체적으로 큰 부담이었다. 철수도 힘들기는 마찬가지였다.

영희와 철수의 눈물겨운 고군분투에도 시가에 가는 주말은 계속되었다. 동현이를 낳기 전 한 달에 한 번만 가겠다던 철수의 말은 잊혔다. 철수의 부모님은 손자, 손녀를 보고 싶다며 주말에 오라는 전화를 자주 했고 영희와 철수는 2, 3주에 한 번씩 두 아이의 짐을 차에 한가득 싣고 시가에 다녀오곤 했다. 아이가 둘이라고 해서 제사와 명절이 사라지는 것은 아니었다. 철수는 고생하며 살아온 어머니의 말을 거절하지 못했고 영희는 철수 어머니의 강요를 이기지 못했다.

시가에서 영희는 늘 피곤한 얼굴로 웃는 날이 없었고 우는 날도 종종 있었다. 영희가 시가에서 피곤한 얼굴로 앉아 있을 때면 철수 어머니는 같은 말을 반복했다.

"일 많이 한다고 죽는 사람은 없다."

제사를 지내고 난 다음 날이면 영희는 직장에서 꾸벅꾸벅 졸았다.

"자기야, 아버님한테 제사 시간 좀 당기자고 말씀드리면 안 돼?"

철수도 힘들었던 터라 아버지에게 제사를 조금 일찍 지내자고 제안했다.

"옛날에는 12시에 제사 시작해서 새벽 4시까지 무릎 꿇고 앉아 있었어. 지금은 제만 올리고 끝내잖아. 제사 시간을 당길 것 같으면 뭐하러 그날 지내?

차라리 그 전날 지내자고 하지 그래?!"

철수의 아버지는 역정을 냈다. 하지만 제삿날 아이를 안고 피곤한 얼굴로 눈물을 글썽이는 영희를 본 철수 아버지는 10시 30분으로 제사 시간을 앞당겼다. 그리고 6개월 뒤 고조 제사를 없앴다.

"내가 그렇게 고조 제사 없애자고 할 때는 들은 척도 안 하더니, 며느리 힘들다고 제사 없애는 거예요?"

투덜거리는 철수 어머니를 돌아보며 아버지가 역정을 냈다.

"왜? 그럼 다시 지낼까!"

"쳇!"

제사 하나를 없앴지만 시가에 자꾸 다녀와야 하는 영희에게는 별로 나아진 게 없었다.

◇◇◇◇

천 냥 빚을 지는 말

제삿날, 퇴근하자마자 영희는 아이의 짐을 챙겨 철수와 함께 시가로 곧장 출발했다. 시가에 도착했을 때는 철수 어머니와 일하는 아주머니가 제사 음식을 모두 해 놓은 후였다.

"죄송해요, 아주머니. 제가 해야 하는 일인데….."

"일하느라 일찍 못 오는데 뭐. 괜찮아."

"그래도…. 식당 일도 아니고 집안 행사인데요….."

미안해하는 영희의 말을 철수 어머니가 끊었다.

"오후에 손님 없는 시간에 쉬면서 하는 건데 뭐."

순간 아주머니의 표정이 굳어졌고 당황한 영희는 할 말을 잃었다. 아주머니가 퇴근할 무렵 영희는 철수에게 넌지시 얘기를 건넸다.

"자기야, 아주머니가 나 대신 제사 음식을 하셨는데 수고비를 좀 챙겨드려야 하지 않을까?"

"엄마가 알아서 할 거야. 신경 쓰지 마."

"그래도…."

영희는 미안한 얼굴로 아주머니를 배웅했다. 후에 다른 제삿날 철수 어머니가 아주머니에게 5만 원을 챙겨 주었고, 제사 음식을 나눠 주거나 갈비탕을 포장해서 대신 주기도 했기에 영희는 마음의 짐을 조금이나마 덜 수 있었다.

명절은 참 빨리도 돌아왔다. 설 명절 이틀 전 시가에 온 영희는 다음 날 점심을 먹은 후 철수 어머니와 차례 음식을 만들었다. 기름 냄새에 속이 느끼했던 영희는 커피를 진하게 타서 TV 앞에 앉았다. 그때 방에서 나온 철수 어머니가 웃으며 두둑한 봉투를 내밀었다.

"설날 절값 미리 주는 거다."

"뭘 이리 많이 주세요? 괜찮아요, 어머니. 너무 많아요."

"20만 원이야. 며느리한테 많이 줘야지."

"사장님, 며느리 임청 챙기시네요."

아주머니가 부엌 밖을 내다보며 웃었다.

"며느리한테 많이 줘야지. 나중에 내가 아프면 돌봐 주고 목욕도 시켜 줄 테니까. 얘가 내 보험이야, 보험."

영희는 어색한 미소를 지으며 봉투를 내려다보았다. 명절을 지내고 집으로 돌아온 영희는 봉투를 서랍에 넣었다.

"자기야, 이거 어머님이 설이라고 주신 건데 현금 필요하면 여기서 꺼내써."

영희는 그 돈을 쓰고 싶지 않았다.

'난 보험이 아니야.'

할아버지, 할머니 제삿날, 철수가 출장을 갔다.

"철수가 한두 시간 늦게 도착할 것 같다고 전화가 왔더라. 너는 애들 데리고 버스 타고 먼저 오너라."

"어머니, 나은이 아빠 평소 퇴근 시간보다 한 시간 늦는 건데요. 그냥 출장 다녀오면 갈게요."

"그래도 조금이라도 일찍 오는 게 낫잖아. 애들도 빨리 볼 수 있고. 버스 타고 와."

차가 없었던 영희는 아기 띠로 동현이를 메고 한 손으로는 나은이의 손을 잡고, 다른 한 손에는 커다란 짐가방을 든 채 택시를 타고 시외버스 주차장으로 갔다. 시외버스를 타고 시가에 가기까지 2시간이 걸렸다. 영희가 도착하여 짐을 내려놓은 지 한 시간 후 철수가 도착했다.

'다시는 이런 미친 짓 안 할 거야.'

주말에 출장을 갔다가 늦게 온다는 말에 철수 어머니가 버스를 타고 먼저 오라는 전화를 했지만 영희는 딱 잘라 거절했다.

수진이는 철수 어머니와 가까운 곳에 살고 있어 남편과 함께 종종 친정에 들러 저녁밥을 먹고 가곤 했다. 작은매제가 마주 앉은 영희에게 안부를 물었다.

"처남댁, 요새 바쁘죠? 처남은 승진 준비한다더니 잘하고 있어요?"

"뭐, 하곤 있는데 아직 젊어서요…. 어찌 될지는 아직 잘 모르겠어요."

그때 철수 어머니가 옆에 와서 앉았다.

"그래, 박 서방. 사돈어른은 잘 계신가? 안사돈께선 편안하시고?"

"예, 장모님."

"애미야, 네 엄마는 요새 뭐 하니?"

"아, 낮에 애 보시고 집안일도 도와주시고 계세요."

"애들 봐 주고 살림만 하면 되네. 일 안 해도 되고 좋겠다. 네 엄마 팔자가 상팔자네, 상팔자야."

영희는 놀라서 작은매제를 쳐다보았다. 축구 경기를 보면서 선수가 못한다며 핀잔을 주고 있었다.

'아빠가 없으면 사돈이 아니고 네 엄마가 되는 거구나. 아빠 보고 싶다….'

얼마 후 영희는 어머니에게 아버지의 사진을 달라고 하여 지갑에 넣었다. 마음이 답답할 때마다 사진을 꺼내 보며 아버지를 그리워했다.

주말 오후, 영희는 손님이 빠져나간 식당에 앉아 턱을 괴고 눈을 감았다. 피곤함에 졸음이 밀려왔다. 영희는 갑자기 들려오는 큰 소리에 번쩍 눈을 떴다.

"너! 이혼하려면 애들 두고 가라!"

영희는 두 눈을 동그랗게 뜨고 철수 어머니를 쳐다보았다.

'갑자기? 이게 무슨?'

뜬금없는 소리에 어안이 벙벙해지는 영희였다.

"네?"

"이혼하려면 애들은 두고 가란 말이다! 아무리 네가 낳았어도 손주들은 우리 집 씨란 말이다! 이혼해도 애들은 절대 못 준다!! 우리 집 씨니까!!"

영희는 갑작스러운 날벼락에 할 말을 잃고 멍하니 철수 어머니를 쳐다보았다. 할 말을 마친 철수 어머니는 성큼성큼 걸어 방으로 들어갔다.

'이게 뭔 소리야?'

집으로 돌아와서 영희는 철수에게 집안에 무슨 일이 있냐고 물었다.

"고모 아들이 이혼했대. 한 살 된 아들을 두고 가 버렸다네. 둘째 할아버지 아들은 인연을 끊었대. 하도 자주 오라고 해서 다투다가…. 두 분 다 성격이 보통은 아니거든."

'그래서 그랬구나. 그렇다고 일방적으로 그런 말을 하다니….'

철수 어머니는 하고 싶은 말을 즉흥적으로 하는 일이 종종 있었다. 하루는 일일 드라마를 보던 중 옆에 앉아 있는 영희를 휙 돌아보며 말했다.

"아무리 결혼을 했어도 아들은 내 거다. 손주도 내 거고."

영희가 말없이 쳐다보자 마지못해 덧붙여 말하는 철수 어머니.

"며느리도 내 거고."

'우리 가족은 어머니 거 아니에요.'

영희는 하고 싶은 말을 속으로 삼켰다.

"오늘은 참 일하기 싫다. 에휴~"

"그럼 문 닫고 쉴까요, 어머니?"

"그럴까? 우리 문 닫고 놀러 갈까?"

일주일 후에도 철수 어머니는 지친 표정으로 앉으며 영희에게 말을 걸었다.

"요즘 왜 이렇게 일하기 싫으냐? 일하기 싫다. 에휴~"

"문 닫고 쉴까요, 어머니?"

"얘는!! 가게 문을 닫으면 돈은 누가 벌어?! 땅을 파 봐라, 10원짜리 하나 나오나!!"

철수 어머니는 버럭 화를 냈다.

'자기 기분대로 말하는 사람이구나.'

영희는 그 후 시가에서 입을 닫아 버렸다. 철수 어머니가 물어보는 말에 대답하는 것 이외에는 말을 하지 않았다.

"사장님, 며느리가 말이 참 없네요. 시집오면 귀머거리 3년, 벙어리 3년이라더니 그래서 그런가요?"

"그것도 옛말이지. 요새 그런 게 어딨어? 시댁에 오면 집에서 있었던 일, 직장에서 있었던 일 조곤조곤 이야기하면 좀 좋아? 시아버지한테도 살갑게 좀 굴고 그럼 좋을 텐데. 아버지도 없으면서."

"며느님, 아버지 안 계세요?"

"대학교 4학년 때 돌아가셨다던데?"

철수 어머니는 남 얘기하듯 건조하게 말했다. 영희는 방으로 들어가 문을 닫고 벽에 기대어 섰다. 두 귀를 꽉 막고 두 눈을 꼭 감은 영희는 입만 크게 벌린 채 소리 없이 비명을 질렀다.

집으로 오는 차 안에서 영희는 철수에게 단호한 말투로 선언하듯 말했다.

"이제 진짜 한 달에 한 번만 올 거야. 나한테 가자고 하지 마."

딱딱한 영희의 말투에 철수가 놀라며 대답했다.

"그래, 알았어."

토요일, 영희와 철수는 아이들과 함께 카페리를 타고 섬으로 나들이를 갔다. 철수는 동현이가 타고 있는 유모차를 밀고, 영희는 나은이의 손을 잡고 섬을 둘러보며 사진을 찍었다. 영희 가족만의 여유로운 시간이었다. 식당에서 음식을 사 먹고 간식으로 아이스크림을 핥아 먹으며 모처럼 행복한 시간을 가진 영희는 온종일 들떠서 신나게 떠들어 댔다.

"다음에는 어디로 놀러 갈까?"

영희의 얼굴에서 웃음이 떠나지 않았다. 하지만 그런 행복은 며칠 가지 않아 부서지기 시작했다.

◇◇◇◇

전화 지옥

"철수야, 내일 올 때 지난번에 가져갔던 반찬 통 가져와라."

금요일 저녁 철수 어머니에게서 전화가 왔다.

"우리 이제 한 달에 한 번만 갈 거야."

"뭐? 왜?"

"애들 둘 데리고 다니는 거 힘들어. 짐 챙기는 것도 힘들고."

"짐은 네 마누라가 챙기는데 뭐가 힘들어. 차에 싣고 오면 되잖아. 그리고 한 시간이면 오는데 왔다 가면 되지!"

"우리도 주말에 쉬어야지. 앞으로 한 달에 한 번만 갈게."

"안 된다! 애들 보고 싶어서!"

"우리 직장 다니면서 애들 키우느라 힘들어. 그러니까 그런 줄 알아."

철수가 야무지게 대답하고 전화를 끊었다. 그때부터였다. 전화 지옥이 시작되었다.

"내일 토요일인데 안 올 거야?!"

"안 간다고 했잖아. 우리도 힘들다고!"

"네 장모가 낮에 애도 봐 주고 살림도 해 준다면서 뭐가 힘들다고 그래!"

"우린 퇴근하고 나서 놀아? 애들 둘 보는 게 얼마나 힘든데! 놀아 줘야 하고 목욕도 시켜야 하고, 저녁밥도 해 먹어야 하고! 빨래도 해야 한다고!"

철수 어머니는 매주 금요일 또는 목요일에 전화를 걸어 철수를 닦달했다.

"내일 집에 와라. 아버지가 애들 보고 싶다네."

"안 간다고! 우리도 좀 쉬자!"

"누가 쉬지 말래? 집에 와서 쉬면 되지!"

"그게 돼? 왔다 갔다 하면서 식당 일까지 해야 하는데?!"

"네가 엄마보다 일 많이 하냐?! 그거 좀 하는 게 뭐가 힘들다고!"

"엄마는 식당 일 하나지만, 우리는 회삿일에 식당 일까지 하는 거잖아!"

철수가 넘어오지 않자 철수 어머니는 영희에게 전화를 걸었다.

"애미야, 내일 너희 집에 있는 쌀 포대 자루하고 반찬통 챙겨와라."

"저희 이번 주에 못 가요. 남편 출장이에요."

"출장 갔다 와서 오면 되지."

"늦는다고 했어요. 죄송해요, 어머니."

계속되는 철수 어머니의 전화와 역정, 짜증에 철수도 영희도 지쳐 갔다. 철수도 영희도 철수 어머니의 전화를 피하기 시작했다.

"영희 씨, 부장님이 부르셔. 전화 왔다던데?"

"네? 전화가 올 곳이 없는데요?"

영희는 전화를 받기 위해 뛰어갔다.

"여보세요?"

"나다."

"어머님께서 웬일이세요? 무슨 급한 일 있으세요?"

"아니, 너희들이 전화를 안 받아서 내가 네 직장으로 전화했다."

영희의 얼굴이 화끈거렸다.

"지금 부장님 전화니까 끊고 제가 다시 걸게요."

영희는 빨개진 얼굴로 전화를 끊고 매우 곤란한 표정으로 부장님을 쳐다보았다.

"영희 씨, 누구야?"

"시어머니세요."

"무슨 일 있어?"

"아니에요, 제가 전화를 못 받아서 그러신 것 같아요. 죄송합니다."

영희는 얼른 사무실에서 나와 철수 어머니에게 전화를 걸었다.

"어머님, 저 지금 일하는 중이니까 나중에 집에 가서 연락드릴게요."

"그래, 알았다."

영희는 당황스러움과 분노로 손이 부들부들 떨렸다. 그날 저녁 영희는 철수 어머니에게 전화하지 않았다. 이틀 뒤 또다시 부장님으로부터 전화를 받으라는 연락을 받고 영희는 전화를 받기 위해 달려갔다.

"어머님, 여기 제 직장이에요. 지금 일하다가 온 거라 오래 전화 못 하니까 나중에 연락할게요."

영희는 급히 전화를 끊었다.

"부장님, 죄송한데요…. 혹시 다음에 또 제 시어머니한테 전화가 오면 업무 중이니 개인적인 전화는 하지 말라고 좀 해주세요. 죄송합니다."

영희는 부끄러워 도망치듯 사무실에서 나와 철수에게 전화를 걸었다.

"자기야, 자기랑 내가 전화 안 받는다고 직장으로 어머님이 내 직장으로 전화를 하셨어. 오늘이 두 번째야. 이건 좀 아니지 않아? 자기 직장에도 어머님이 전화하셨어?"

영희는 격앙된 목소리로 철수에게 따지듯이 쏘아붙였다.

"아니, 내 직장으로 전화한 적은 없어. 내가 엄마한테 이야기할게."

철수의 목소리가 가라앉아 있었다. 그 뒤로 부장의 사무실에서 영희를 찾는 전화가 왔다는 말은 들려오지 않았다. 영희는 그 뒤로도 철수 어머니에게 전화하지 않았다.

"애미야, 시아버지가 애들 보고 싶다네. 나도 보고 싶고."

"죄송한데요, 어머니. 저희 요즘에 일이 많아서 힘들어요. 이번 주말에는 집에서 쉬려고요."

영희마저 넘어오지 않자 철수 어머니는 다시 철수에게 전화를 걸기 시작했다.

"너 집에 안 올 거냐?!"

"내일 갈 거야."

"그래, 내일 일찍 와라."

한 달 만에 시가에 간 영희는 출입문 앞에 서서 간판을 올려다보았다. 안으로 들어가고 싶지 않았다. 뒤돌아서 도망치고 싶었다. 나은이를 먼저 들여보낸 철수가 못 박힌 듯 서 있는 영희의 어깨를 감싸 안고 가게 안으로 데리고 들어갔다. 영희는 억지로 발걸음을 옮겼다. 철수 어머니는 영희의 마음이나 기분 따위에는 관심이 없었다.

"네가 철수한테 시댁에 가자고 먼저 얘기 좀 해라. 시아버지랑 내가 애들 보고 싶어 한다고 말도 좀 하고."

"남편이 요즘 일이 많아요. 출장도 많고 늦게 퇴근하는 날도 많고요. 피곤해서 자기도 쉬고 싶대요."

"그래도 네가 먼저 짐 싸서 철수한테 가자고 말을 해. 그래야 철수가 따라나서지."

"말해 볼게요."

철수 어머니의 말에도 영희는 갈 생각이 없었다. 두 사람이 꿈쩍도 하지 않자 철수 어머니는 방법을 바꾸었다.

"엄마가 주말에 외할머니 집에 가서 무를 실어 오래. 식당에 깍두기 다 떨어져서 실어 와야 한다네."

"엄마가 쌀 찧어 와야 한다고 오라네."

"집에 전등이 나갔다고 와서 갈아 달래."

"지난주에 갔다 왔잖아. 아버님이 갈면 안 돼?"

"식당 천장이 높아서 아버지 손이 닿질 않아."

"애미야, 내가 귀걸이 사났다. 저번에 네 예물 마련했던 가게 주인이 가게를 정리한다고 물건을 싸게 판다고 하더구나. 네 아가씨들 것하고 세 가지 사났으니까 얼른 와서 먼저 골라가라."

"괜찮아요. 아가씨들 먼저 가져가고 나중에 남는 거 천천히 가져갈게요."

"네 작은 시누이는 벌써 이쁜 거 골라 가더라."

"큰 아가씨한테 먼저 골라 가라고 하세요. 전 나중에 가져갈게요. 어쨌든 고맙습니다, 어머니."

철수 어머니는 여러 가지 이유로 자꾸만 영희네 가족을 집으로 불러들이고 있었다.

영희와 철수는 또다시 격주로 시가에 가고 있었다. 두 아이와 아이들의 짐, 두 사람의 옷, 아이들의 장난감과 함께. 이번에도 영희는 밖에 서서 들어갈 생각을 하지 않았다. 밖에서 가게 안을 쳐다보며 가만히 서서 꿈쩍도 하지 않았다. 철수가 영희의 손을 잡고 안으로 들어갔다. 영희는 끌려가듯 철수의 뒤를 따랐다.

영희는 갈수록 말이 없어져 집에서 철수와도 말을 거의 하지 않았다. 몸도 마음도 힘든 영희였다. 시가를 다녀오는 차 안에서 영희는 멍하니 창밖을 내다보다 울음을 터뜨렸다. 한번 터진 울음은 잘 그치지 않았다. 시가를 다녀오는 차 안에서 영희는 늘 눈물을 훔치고 있었다. 철수도 그런 영희를 보며 말이 없어졌다. 영희와 철수는 나은이, 동현이와 대화를 할 뿐 두 사람 사이에는 두껍고 무겁고 단단한 벽돌이 쌓이기 시작했다.

영희는 모든 것을 포기한 사람처럼, 유령처럼 걸어 다녔다. 영희의 눈은 항상 축축했다. 철수 어머니의 생일, 견디다 못한 영희는 수진이에게라도 기대보아야겠다는 생각에 매제, 수진이와 함께 맥주를 한 잔씩 기울였다.

"우리 며느리도 맥주 한잔한다네."

영희가 시가에서 술을 마신 건 처음이었다.

"언니, 힘들죠?"

"아니, 뭐. 어머님 생신이야 당연히 하는 거고…. 난 다른 건 괜찮은데 주말에 식당 일 하는 거 너무 힘들어. 식당 일만이라도 안 하면 좋겠어. 나 결혼해서 매주 식당에 와서 일했잖아. 어머님이 자꾸 부르고 식당 일도 해야 하고 힘들어 죽겠어."

"내가 보기엔 새언니 일 별로 안 하던데요!!"

영희의 넋두리를 듣던 수진이가 정색했다. 수진이의 말을 들은 영희는 수진이에게도 마음을 닫아 버렸다. 이제 영희의 마음은 얼어붙기 시작했다.

"하수구가 막혔네. 철수야, 네가 와서 좀 봐라."

철수 어머니의 말에 또다시 시가를 다녀오는 차 안. 멍하니 창밖을 내다보던 영희가 중얼거리듯 말했다.

"우리, 그동안 해 놓은 게 하나도 없네…. 아무것도 없어…."

"무슨 소리야? 이렇게 예쁜 아이들이 둘이나 생겼는데."

"말고…. 자기랑 나…. 결혼하고 한 게 아무것도 없다고…. 주말에 시댁에 간 거 말고 아무것도 한 게 없어. 단둘이 나들이 간 적도 없어."

"애들 있으면 둘이 못 가는 거지."

"애들 없을 때도 둘이 나들이 간 적 없잖아, 우리. 주말마다 시댁 가느라…."

"퇴근하고 영화 보러 가자고 해도, 나들이 가자고 해도 네가 싫다고 했잖아."

"피곤하니까 그랬지! 자기는 주말마다 늦잠 자고 식당 일 하나도 안 했지만 난 코피 흘려 가면서 토요일 오후부터 일요일 밤까지 일했어. 그런데 평일 날 어떻게 나가?! 피곤해 죽겠는데!! 지금도 2주에 한 번씩 가고 있잖아! 이건 효도가 아니라 복종이야, 복종!!"

영희의 눈에서 굵은 눈물방울이 끊임없이 떨어지기 시작했다. 소리 내어 울기 시작하는 영희에게 철수는 아무 말도 하지 않았다.

철수는 다시 한 달에 한 번 가기를 시도했다.

"철수야, 배수구가 막혔네. 주말에 와서 좀 봐라."

"내가 간다고 알아? 사람 불러."

"사람 부르면 돈 들잖아."

"나 못 고쳐. 돈 내가 줄 테니까 사람 불러서 고쳐."

"전등이 또 나갔네. 네가 와서 좀 갈아야겠다."

"몇 개나?"

"한 개."

"그럼 그냥 둬. 다음에 갈 때 갈아 줄게."

"너 왜 요새 집에 안 오냐?!"

"전에 말했잖아. 한 달에 한 번만 간다고."

"한 달에 한 번이면 1년에 12번밖에 더 되냐!"

"우리 엄마, 아버지 생신도 가고 제사도 가고 명절도 가잖아. 외가에 농사
지을 때도 가고!"

철수 어머니로부터 계속 전화가 오기 시작하자 철수도 영희도 마음 편할
날이 없었다. 집안에는 적막이 감돌았고 두 사람은 인상을 구긴 채 서로 말
이 없었다.

'분명히 따로 살고 있는데, 같이 살고 있는 것 같아. 아니, 그보다 더한 것 같아.'

영희의 마음에 분노가 자라고 있었다.

"철수야, 너도 자식 낳아 봐서 부모 마음 알잖아. 네가 네 자식을 1년에 12
번밖에 못 본다고 생각해 봐라. 얼마나 보고 싶겠냐? 우리도 똑같아."

"이 새끼야! 너는 네 생각만 하냐?! 자식새끼 낳아 봐야 아무 소용 없다! 너
도 자식 낳아 봤으면서 우리가 얼마나 손주들 보고 싶어 하는지 알 거 아냐!"

"자식도 가까이 있어야 자식이고 자주 보아야 자식인 거다. 내가 자식하고
손주 아니면 누굴 보고 살겠니? 너도 알다시피 내가 네 아버지 보고 살겠냐?
내가 그 고생을 하면서 살았는데 누구한테 보상을 받겠니? 네 아버지는 삼
촌들하고 등 돌리고 나서 자꾸 술만 마시고, 그렇다고 나한테 잘해 주는 것
도 아니고…. 훌쩍…. 내가 기댈 데가 어딨니?"

"네 집사람이 안 가려고 해서 안 오는 거지? 애미 바꿔 봐!"

"내가 피곤해서 안 가는 거야! 그만 좀 해, 제발!!"

어머니의 전화에 시달리던 철수는 전화를 피하기 시작했다. 철수에게 전화해서 달래고 화도 내고 훌쩍이며 애원을 해도 소용이 없자, 철수 어머니는 토요일 오후, 영희에게 전화했다.

"네가 안 오려고 하니까 철수가 안 오려는 거잖아!! 너 때문에 안 오는 거다!! 우리 철수, 결혼하기 전에는 매주 내려왔었는데, 네가 오기 싫어하니까 안 오잖아!!"

영희에게 소리를 지르고 철수 어머니는 거칠게 전화를 끊어 버렸다. 핸드폰을 꽉 쥔 영희의 주먹이 부들부들 떨렸다. 눈물이 그렁그렁하게 맺힌 눈은 분노로 번뜩이고 있었다.

사람을 죽이는 혀

전화를 끊은 영희는 심란한 마음을 부여잡고 설거지를 시작했다. 핸드폰이 다시 울렸다. 영희가 전화를 받자마자 철수 어머니는 소리를 질렀다.

"너 어디야! 애비가 왜 전화를 안 받아?!"

"남편은 모임이 있어서 나갔어요."

"애들은!!"

"나은이는 외할머니하고 놀러 갔고요, 동현이는 자고 있어요."

"철수 오거든 짐 챙겨서 내려와라! 알았어?! 안 오면 내가 간다!"

철수 어머니는 영희의 대답도 듣지 않고 전화를 끊었다. 핸드폰을 노려보는 영희의 눈에 광기가 서렸다.

영희는 열려 있는 폴더폰을 닫지 않고 노려보다 핸드폰을 부엌 바닥에 세게 집어던졌다. 핸드폰이 깨지지 않자 다시 핸드폰을 집어 들어 더 세게 던졌다. 영희는 맨발로 핸드폰을 미친 듯이 밟기 시작했다. 핸드폰은 박살이 났다. 거친 숨을 몰아쉬던 영희는 핸드폰을 내려다보다 다시 설거지하기 시작했다. 접시를 닦던 영희가 접시를 꽉 쥐었다. 영희의 떨리는 손을 따라 접시도 떨렸다. 영희는 접시를 바닥에 집어 던졌다.

'와장창'

접시는 산산조각이 나며 사방으로 흩어졌다.

"으아앙~"

접시가 깨지는 소리에 놀랐는지 방에서 자던 동현이가 울기 시작했다. 영희는 깨진 접시의 파편을 밟고 걸어가 아이가 울고 있는 방으로 갔다. 영희가 지나간 걸음을 따라 핏자국이 남았다. 영희는 아이 옆에 누워 베개를 적시며 아이를 달래다 아이와 함께 잠이 들었다.

외출했다 돌아온 철수는 엉망이 된 부엌 바닥을 발견하고 흠칫 멈추어 섰다. 철수는 말없이 핸드폰의 잔해와 접시 조각들을 치우고 핏자국을 닦은 후 방으로 들어갔다. 영희의 발에 깨진 접시 조각이 박혀 있었다. 구급상자를 꺼내 조각을 빼고 소독을 한 후 밴드를 붙였다. 잠에서 깬 영희는 침대에서 내려서다 발바닥에 밴드가 붙어 있다는 것을 알아챘지만 아무 말도 하지 않았다.

다음 날 저녁, 설거지하던 영희는 설거지통에 접시를 던지고 고무장갑을 벗어 던진 후 방으로 들어가 문을 닫았다. 철수는 설거지통에 깨져 있는 접시를 말없이 치웠다.

"핸드폰 새로 해야 하지 않아?"

"싫어, 핸드폰 필요 없어. 새로 하고 싶지 않아."

"그래도 핸드폰은 있어야지. 혹시라도 무슨 일이 생길 수도 있고…. 애가 아플 수도 있는 거고…."

아이 때문에 핸드폰은 필요했다. 영희는 어쩔 수 없이 철수와 함께 핸드폰을 사러 갔다.

목요일 저녁, 번호는 그대로인 영희의 새 핸드폰으로 전화가 왔다.

"애미야!! 너 이번 주에는 애들 데리고 와라! 안 오면 내가 가면 되지, 뭐!!"

영희는 몸을 부들부들 떨더니 베개를 가지고 서재로 들어가 문을 잠갔다. 베개를 바닥에 집어 던진 영희는 베개에 얼굴을 묻고 비명을 지르기 시작했다. 목이 아플 정도로 비명을 지르던 영희는 베개를 주먹으로 마구 때리고 발로 밟았다. 물건을 박살 내듯 베개를 마구 짓밟던 영희는 책꽂이에 꽂혀 있던 책들을 쓸어내어 바닥에 내동댕이쳤다. 영희는 책상 위에 쌓여 있던 책을 바닥에 집어 던졌다. 소리를 지르며 프린터기를 거칠게 밀어 바닥에 떨어뜨린 후 프린터기에서 흘러나와 바닥에 흩어져 있던 종이들을 찢어발겼다. 종이를 구기고 찢고 집어던지며 영희는 계속 비명을 질러 댔다. 영희의 눈에서는 눈물이 끊임없이 흘러내렸고 머리카락은 얼굴에 보기 흉하게 다닥다닥 붙었다. 그래도 분이 풀리지 않은 영희는 바닥에 드러누워 팔다리를 휘젓고 발바닥으로 바닥을 쿵쿵 내리찍으며 몸부림을 쳤다. 바닥에 어지럽게 흩어진 종이는 영희가 흘린 눈물에 젖어 찢어졌다. 바닥에 드러누워 몸부림을 치며 비명을 지르던 영희는 주먹으로 가슴을 쳤다.

영희가 서재를 엉망으로 만드는 동안 철수는 나은이를 안방으로 보냈고, 영희의 어머니는 자고 있는 동현이를 꼭 껴안고 있었다. 영희가 서재에 들어간 지 40분. 잠겼던 방문이 열리고 영희가 나왔다. 눈물범벅이 된 얼굴에는 머리카락이 덕시덕지 붙어 있었고 머리는 심하게 헝클어져 있었다.

"이제 그만해라…."

영희 어머니의 가라앉은 목소리를 흘려들은 영희는 화장실로 들어가 찬물로 세수를 했다. 얼굴의 물기도 닦지 않은 채 물을 뚝뚝 흘리며 나온 영희는 안방 침대 위로 몸을 던졌다. 철수가 얼른 들어와 나은이를 안고 거실로 나갔다.

한번 폭발한 영희의 폭주는 계속되었다. 집에 있는 커다란 노란색 오리 인형을 주먹으로 때리거나 발로 차기 일쑤였다. 베개를 주먹으로 쥐어박고 이빨로 물어뜯는 행동이 반복되었다. 어느 날 오래되어 버리려고 꺼내 놓은 이불의 천 조각과 솜을 잘라 내어 인형을 만든 영희는 시가에 갔을 때 철수 어머니의 눈을 피해 머리빗에서 철수 어머니의 머리카락을 가져왔다. 머리카락을 인형 안에 넣고 꿰맨 영희는 인형의 몸 한가운데에 네임펜으로 철수 어머니의 이름을 썼다. '이경자' 영희는 인형에 핀을 꽂기 시작했다. 손가락 끝에서부터 팔, 다리, 정수리, 두 눈, 심장 등에 핀을 꽂으며 속으로 저주를 퍼부었다. 영희는 핀을 뺐다 꽂았다 하며 속으로 끊임없이 욕지거리를 내뱉었다. 3개월이 지난 후 효험이 없다고 느낀 영희는 인형을 쓰레기통에 버렸다.

어느 날 저녁 설거지를 하느라 영희의 옷이 젖는 것을 본 영희 어머니가 물었다.
"앞치마 없니? 옷이 다 젖었네."
"있는데, 안 해."
"그래도 앞치마 메고 설거지해라."
영희 어머니는 부엌의 서랍을 뒤적거리다 소주 이름이 크고 선명하게 박힌 갈색 앞치마를 꺼내 들고 눈살을 찌푸렸다.
"이게 뭐야? 이런 앞치마는 어디서 난 거야?"
"시어머니가 결혼하고 첫 선물로 준 거야."
"뭐? 세상에! 어떻게 이런 걸 선물이라고!! 당장 버려!"
영희 어머니는 화가 나서 씩씩거리며 앞치마를 쓰레기통에 구겨 넣었다. 영희는 아무 말 없이 설거지를 계속했다. 다음 날 당장 영희 어머니는 꽃무늬에 프릴이 달린 비싸 보이는 앞치마를 사 왔다.

영희는 이혼해야겠다고 생각했다. 하지만 아이를 뺏길 수는 없었다.
'이혼하려면 애들은 두고 가란 말이다! 아무리 네가 낳았어도 손주들은 우리 집 씨란 말이다! 이혼해도 애들은 절대 못 준다! 우리 집 씨니까!'
철수 어머니의 말이 영희의 머릿속을 맴돌았다.
'이렇게는 더 못 살아. 하지만, 이혼하면 아이를 뺏길 수도, 못 볼 수도 있어.'
영희는 생각만 해도 가슴이 찢어지는 듯했다. 영희의 눈에서 눈물이 흘렀다. 양육권을 둘러싼 긴 싸움을 감당할 자신도 없었다.

'아이 없이 이혼할 바에는 차라리 죽는 게 나아. 아이 없이 어떻게 살아.'

영희의 생각은 걷잡을 수 없이 빠르게 모래 지옥으로 빨려 들어가고 있었다. 며칠 동안 영희의 머릿속에는 한 가지 생각만이 끊임없이 맴돌았다.

'그래, 죽는 게 나아! 더 이상은 이렇게 살 수도 없고, 아이들 없이 살 수도 없어.'

스산한 집안 분위기 때문에 철수는 동현이를 유모차에 태워 산책하러 자주 나갔고, 영희 어머니 역시 나은이를 자주 데리고 나갔다. 빈집에 있던 영희는 부엌의 수납장에서 과일칼을 꺼내 들었다. 한동안 칼을 내려다보던 영희는 왼쪽 손목을 들고 칼날을 갖다 댔다. 결심을 굳힌 영희는 조심스럽게 손목을 그었다. 영희는 피부만 베인 것을 보고 다른 자리에 조금 더 깊이 그었다. 피가 스며 나오는 것을 보고 다른 자리에 더 깊이 그었다. 깊이 그었다 싶었지만 피가 조금 더 날 뿐이었다.

영희는 죽겠다며 칼을 들고서도 겁을 내는 자신이 우스웠다. 영희는 부엌 바닥에 주저앉아 웃기 시작했다. 웃는데 눈물이 났다. 영희는 미친 여자처럼 한참을 웃으며 울었다. 입은 웃고 있었지만 눈은 울고 있었다. 그날 밤, 영희는 나은이가 자신의 손목을 볼까 봐 카디건을 입고 아이들을 재웠다. 이틀 뒤, 자는 영희의 손목을 잡은 철수는 손을 떨었다. 며칠 동안, 철수는 영희가 잘 때마다 손목에 연고를 발라 주었다. 철수는 깊은 한숨을 내쉬었다.

철수도 영희도 서로에게 아무 말도 하지 않았다.

철수 어머니의 전화로 폭발한 영희의 분노와 절망은 깊어져 갔다.

'이건 사는 게 아니야. 그냥 한 번에 끝내자.'

영희는 베란다 난간 앞에 섰다. 10층에서 아래를 내려다보던 영희는 다리에 힘이 풀려 주저앉았다. 고소공포증이 있는 영희는 평소에도 베란다 난간 아래를 내다보지 않았다. 이불을 털어야 할 때는 철수에게 부탁하곤 했다.

'익숙해지면 무섭지 않을 거야.'

영희는 하루에도 몇 번씩 베란다 난간에 서서 한동안 아래를 내려다보았다. 그런 날이 반복되자 무서운 느낌이 사라지기 시작했다. 그날도 영희는 베란다 난간에 서서 아래를 내려다보았다. 그러다 갑자기 영희는 구름같이 가벼운 솜이불이 몸을 감싸는 듯한 포근함을 느꼈다.

'저기로 가면 행복할 것 같아.'

영희는 의자를 가지고 와서 올라섰다. 의자에 올라서서 내려다본 바닥은 또다시 무섭게 다가왔고 영희는 반복해서 의자에 올라서서 난간 아래를 내려다보기 시작했다. 며칠 동안 반복하며 더는 무서움을 느끼지 않게 된 영희는 의자에 올라서서 오른발을 난간 위에 올리고 두 손으로 베란다 위 천장 끝을 잡았다. 의자 위의 왼쪽 발꿈치를 들어 올렸다. 아래를 보다가 두려움을 느낀 영희는 고개를 들어 하늘을 쳐다보았다.

'마지막으로 보는 세상의 풍경이구나.'

영희는 하늘과 산을 둘러보았다.

'이제 몸만 던지면 된다.'

영희는 눈을 질끈 감았다가 다시 떴다. 영희가 다시 한번 심호흡을 하는 순간 아파트 옆 동에 사는 한 여자가 베란다에서 빨래를 널다 말고 영희를 쳐다보더니 급히 창문을 열었다. 여자를 보고 놀란 영희는 얼른 난간에서 내려와 의자를 들고 거실로 들어왔다. 영희는 거실 바닥에 주저앉았다.

다음 날도 영희는 베란다에 의자를 놓고 올라서서 하늘을 쳐다보았다. 영희가 난간에 오른발을 올렸다.

"엄마! 뭐 해?!"

등 뒤에서 다급한 나은이의 목소리가 들렸다. 영희는 얼른 발을 내리고 의자에서 내려왔다.

"응? 으응, 경치가 너무 좋아서….."

"위험해! 그러면 안 돼!"

야무지게 소리친 나은이는 베란다로 와서 자신의 키보다 더 큰 의자를 질질 끌고 거실로 가기 시작했다.

"엄마가 들게⋯."

"아니야! 내가 들고 갈 거야!"

나은이가 의자를 끌어다 방에 가져다 놓고 거실로 나왔다.

"엄마! 위험하잖아."

"미안해⋯."

"그러면 안 돼. 알았지?"

"응, 응⋯. 이제 안 그럴게⋯."

영희는 한쪽 무릎을 꿇고 앉아 나은이를 꼭 껴안았다. 영희의 눈에서 굵은 눈물이 흘러내렸다. 참으려고 해도 멈춰지지 않는 눈물을 주체하지 못하던 영희는 어깨를 들썩이기 시작했다.

"엄마, 왜 울어?"

"그냥⋯. 그냥 우리 나은이가 너무 예뻐서⋯."

영희가 계속 울먹이자 나은이는 엄마의 이마를 짚었다.

"이마가 뜨거운데? 어디 아파?"

"으응⋯. 머리가 아파⋯."

"내가 호~ 해 줄까?"

나은이는 조그만 입술을 오므려 영희의 이마에 '호~' 하며 입김을 불었다.

"이제 안 아파?"

"응, 안 아파."

"그런데 왜 울어? 다른 데도 아파?"

"응⋯. 여기 가슴이 아파⋯."

영희는 가슴을 손으로 짚으며 더욱 어깨를 들썩였다.

'엄마는 마음이 너무 아파⋯.'

나은이는 또다시 '호~'하며 입김을 불었다.

"잠깐만!"

나은이는 쪼르르 방으로 달려가 장난감 청진기를 가지고 와서 영희의 가슴에 갖다 댔다.

"엄마 이제 다 나았어. 고마워, 우리 나은이."

영희가 미소를 보이자 그제야 나은이도 활짝 웃어 보였다.

5살 나은이가 영희를 구해 냈다.

'이런 착한 아이를 두고 내가 어떻게 죽어⋯.'

영희는 없는 힘을 쥐어짜며 마음을 다잡으려 애썼다. 직장을 다니고 아이들을 돌보며 힘을 내려 애쓰다 보니 여름 휴가가 코앞이었다.

'휴가가 되면 좀 쉬어야지⋯.'

여름 휴가가 시작되기 전날, 퇴근한 영희는 옷도 갈아입지 않고 화장도 지우지 않은 채 거실 바닥에 쓰러지듯 누워서 잠이 들었다. 철수와 어머니가 저녁밥을 먹으라며 깨웠지만 잠시 눈을 뜬 후 다시 눈을 감은 영희는 그대로 다음날까지 잠을 잤다.

다음 날 눈을 뜬 영희는 멍하니 천장을 올려다보았다. 몸이 움직이지 않았다. 팔도 다리도 꼼짝하지 않았다. 한참을 노력한 끝에 겨우 손가락 하나를 움직였다. 영희는 다시 눈을 감았다. 온종일 자고 깨기를 반복하던 영희는 저녁이 되어도 자리에서 일어나지 못했다. 이제는 손가락마저도 움직이지 않았다. 화장실이 가고 싶었지만 역시 몸이 움직이지 않았다. 속옷이 조금씩 젖어오기 시작하자 영희는 이를 꽉 물었다. 한참 만에 겨우 몸을 돌린 영희는 화장실로 기어가기 시작했다. 화장실을 다녀와 옷방으로 기어간 영희는 안간힘을 써 가며 속옷과 바지를 갈아입고 그 자리에 드러누웠다. 겨우 옷방에서 나온 영희는 다시 거실 바닥에 누웠다. 철수가 차린 저녁밥을 겨우 몇 숟가락 뜨던 영희는 다시 드러눕고 말았다. 밥이 넘어가질 않았다.

그다음 날도 영희는 거실 바닥에서 눈을 떴다. 아이들이 와서 놀아 달라고 했지만 말이 잘 나오지 않았다. 간신히 입을 연 영희는 아이들을 철수에게 보냈다. 다시 화장실을 가려고 했지만 고개마저 돌아가지 않는 영희. 결국 속옷과 바지가 젖어 버렸다. 두 시간 만에 움직인 영희는 화장실 바닥에 주저앉아 허리 아래쪽만 물로 씻은 후 옷을 갈아입고 거실 바닥을 닦았다. 그리고 3일 만에 화장을 지우고 세수를 했다.

영희는 일주일 만에 일어나 앉았다.

'이대로는 안 되겠다.'

핸드폰을 꺼내 든 영희는 우울증 증상을 검색하여 우울증 테스트를 했다.

"테스트 결과: 매우 심각, 당장 전문가의 상담을 받으세요."

영희는 정신과 치료를 받아야겠다고 결심했다. 하지만 정신과 치료를 받는다는 것은 드러내기 꺼려지는 일이었고 사람들의 시선 또한 곱지 않았다. 영희는 겁이 났다. 서재의 책상 앞 의자에 앉아 있던 철수에게 부탁했다.

"자기야, 나 아무래도 정신과에 가 봐야 할 것 같아. 혼자 가기 무서운데…. 같이 가 주면 안 돼?"

"너 혼자 가."

철수의 냉랭한 대답에 영희는 방문을 닫고 나왔다. 하지만 견딜 수 없었던 영희는 이틀 뒤 다시 부탁했다.

"내일 정신과에 갈 건데 같이 가 주면 안 돼?"

"……."

철수는 대답이 없었다. 영희를 돌아보지도 않았다.

다시 이틀 뒤 영희는 마지막으로 부탁을 해 보기로 했다.

"진짜 나 심각해. 같이 가 줘."

"……."

역시 철수는 영희를 쳐다보지도 않았다. 영희는 정신과 상담을 포기했고, 여름 휴가도 끝이 났다.

영희는 직장에 다시 나가면서 몸을 많이 움직이려 노력했다. 예전처럼 퇴근 후에는 매일 아이들과 놀이터를 다녀오고 저녁을 먹은 후에는 아이들이 목욕하는 동안 옆을 지켰으며 잠자기 전까지 함께 그리기, 만들기, 책 읽기 등을 하며 자신에게 쉬는 시간을 주지 않았다. 몸을 혹사하여 일찍, 쉽게 잠들

며
느
리

인
권

기 위해 애를 썼다. 영희는 그게 최선이라고 생각했다.

하지만 그것도 잠시, 영희는 지치기 시작했다. 몸이 지친 건지, 마음이 지친 건지 알 수 없었다. 퇴근 후 옷을 그대로 입고 화장도 지우지 않은 채 잠이 들었고 주말에도 계속 잠만 잤다.

치료하지 않고 덮어 두기만 한 깊은 상처는 곪기 마련이다. 영희는 안에서 부터 곪아 썩어 가고 있었다.

◇◇◇◇
상처는 안에서부터 곪는다

동현이의 돌, 영희의 가족과 철수의 부모님, 수영이와 수진이 가족이 횟집의 룸에 모였다. 둘째 아이의 돌잔치는 하지 않는 사회의 분위기 때문에 동현이의 돌잔치는 간소하게 하기로 했다. 동현이에게 새 한복을 입히고 케이크, 돌잡이 물건을 챙겨 테이블에 둘러앉았다. 식사하기 전 케이크에 초를 켜고 돌잡이를 했다. 동현이는 마이크를 만지작거리더니 망치를 집어 들었다. 철수와 매제들이 열심히 동현이의 사진을 찍어 댔다. 화기애애한 돌잔치를 마치고 시가로 돌아온 영희는 시가의 가족들과 어울리지 않고 말없이 식당 일만 했다. 시가 식구들과는 말을 섞고 싶지 않았다.

철수의 노력 덕분에 3, 4주마다 시가에 다녀오고는 있지만 영희의 마음 깊은 곳에서 치솟기 시작한 분노는 잦아들지 않았다. 시가에 있는 동안 영희는 어금니를 꽉 깨물고 두 주먹을 불끈 쥐었다. 입술을 너무 꽉 깨물어 피가 나기도 했다. 말문을 닫은 영희는 '네', '아니오'라는 말 이외에는 입을 열지 않았다.

"너는 빨리 빈 그릇 안 치워 오고 뭐 해!?"

영희는 크게 달그락 소리를 내며 쟁반에 그릇을 담은 후 부엌에 '탕' 소리가 나게 내려놓고 방으로 들어갔다. 문을 잠근 영희는 베개에 얼굴을 묻고 비명을 지르며 주먹으로 베개를 마구 내리쳤다. 베개는 영희의 눈물과 땀으로 흥건하게 젖어 버렸다.

저녁 장사를 정리할 무렵 철수 어머니는 영희에게 여러 가지 일을 시켰다.
"애미야, 남은 그릇 치워 오고 간판 불 끄고 블라인드도 치고~!"
영희는 철수 어머니의 목소리가 몸서리치게 싫어졌다. 영희는 시킨 일을 하나도 하지 않고 방으로 들어가 양손으로 귀를 꽉 틀어막았다.
"애미 어디 갔어? 남은 그릇 치워 오라니까~!"
거실에서 들려오는 소리에 영희는 더 세게 귀를 막고 벽에 등을 기댄 채 쭈그리고 앉았다.

일요일 아침, 영희는 일어나기 싫었다. 영희는 몸도 마음도 지쳐 몸이 천근만근이었다. 부엌에서 달그락거리는 소리에 눈을 떴지만 영희는 다시 눈을 감았고 곧 잠이 들었다. 얼마 후 철수 어머니가 들어와 영희를 흔들어 깨웠다.
"일어나라."
철수 어머니가 계속 어깨를 흔드는 바람에 영희는 눈을 떴고 이내 영희의 두 눈에서 불꽃이 튀었다. 철수 어머니는 두 손에 빨간 고무장갑을 낀 채 양팔을 들고 있었고 발로 영희의 어깨를 흔들어 깨우고 있었다. 영희의 볼에 닿았던 느낌은 발등이었다. 영희가 벌떡 일어나자 철수 어머니는 다시 '일어나라'는 말을 하며 방에서 나갔다. 멍하니 앉아 있던 영희가 일어섰다.
'내가 예민한 건가, 아니면 이 집은 원래 그런 분위기인가?'
영희는 철수를 발로 깨워 보기로 했다. 발로 철수의 어깨를 흔들어 깨웠다. 부스스하게 눈을 뜨던 철수가 영희를 보더니 두 눈을 부릅떴다.
"뭐야! 사람을 왜 발로 깨워!"

버럭 화를 내는 철수를 보며 영희도 화가 났다.

"어머님이 나를 발로 깨웠단 말이야!"

철수는 벌떡 일어나 방에서 나가더니 거실에 앉아 있던 어머니에게 목청껏 소리를 질렀다.

"왜 사람을 발로 깨우고 그래!"

철수 어머니는 놀란 눈으로 철수를 쳐다보더니 매우 언짢은 표정을 지으며 고개를 옆으로 돌렸다. 영희는 또 다른 분노를 하나 더 얹은 채 집으로 돌아왔다.

영희의 걸음은 1톤짜리 추를 단 것처럼 무거웠고, 시간이 갈수록 무너지고 있었다. 영희는 핸드폰으로 자살 방법을 검색하기 시작했다. 번개탄, 수면제 등 다양한 방법들을 찾아보던 영희는 조금 더 편안한 죽음을 선택했다. 영희는 수면제를 사서 모으기 시작했다. 조금만 몸이 좋지 않아도 병원을 찾아 수면제를 처방받았고, 더 이상 수면제 처방을 해 주지 않으면 다른 병원을 찾았다. 몇 달 동안 병원을 바꿔 다니는 동안 약통에는 수면제가 쌓이기 시작했다.

영희는 분노를 참아내기 힘들어졌다. 영희는 노트를 한 권 사서 기분이 나쁠 때, 주체할 수 없이 화가 날 때마다 노트에 감정을 쏟아냈다. 서재에 들어가 기분이 나빴던 일들을 쓰고 철수 어머니에 대한 감정을 휘갈겨 쓰던 영희의 글에 점점 욕설이 늘어갔다. 화난 마음과 욕설을 쓰다가 더 화가 나서 볼펜을 휘갈겨 거칠게 낙서를 하다 종이가 찢어지기 일쑤였다. 글을 쓰던 종이를 찢어 미친 듯이 가리가리 찢어 집어 던지는 바람에 노트에 남은 종이는 3분의 1도 되지 않았다. 때로는 볼펜을 거칠게 집어 던지는 바람에 볼펜이 망가지기도 했다.

노트에 욕설을 쏟아 내던 영희는 자기도 모르게 한 마디를 내뱉었다.

"씨발."

영희는 자신에게 놀라 눈을 동그랗게 뜨고 손으로 입을 막았다. 한 번도 욕을 해 본 적이 없던 영희. 놀란 영희는 노트를 덮었다. 자신을 망치는 것 같은 기분이 든 영희는 한동안 글을 쓰지 않았다. 영희는 올라오는 분노를 꾹꾹 눌렀다.

하지만 억지로 눌러 버린 분노는 다른 방법으로 영희를 괴롭히기 시작했다. 화장실에서 나온 영희는 심장 부분을 움켜쥐며 문 앞에 무릎을 꿇고 고개를 숙이더니 이내 웅크리고 바닥에 누웠다. 거친 숨을 몰아쉬던 영희는 잠시 후 몸을 일으켰다. 그 후로도 종종 영희는 심장이 조여 오는 아픔에 몸을 움츠렸다. 심장이 더 이상 아프지 않다고 느낄 때쯤 또 다른 고통이 찾아왔다.

퇴근 후 1층 엘리베이터 문 앞에 선 영희. 엘리베이터 문이 열리자 영희는 숨이 막혀 왔다. 발이 떨어지지 않았다. 겨우 한 걸음 내디뎠으나 곧 뒤로 물러나고 말았다. 영희는 10층 계단을 걸어서 집에 들어갔다. 다음 날 출근하기 위해 엘리베이터 앞에 서 있던 영희는 엘리베이터 문이 열리기도 전에 계단으로 걸어 내려갔다. 퇴근 후 다시 1층 엘리베이터 앞에 선 영희는 불안한 얼굴로 엘리베이터를 기다렸다. 1층에 도착해 문이 열린 엘리베이터 앞에서 영희는 못 박힌 듯 서 있었다. 그때 가만히 서 있는 영희를 지나친 여자가 먼저 엘리베이터 안으로 들어갔다.

"안 타세요?"

"아, 네…. 먼저 올라가세요."

영희는 나시 10층 계단을 오르기 시작했다. 영희는 엘리베이터를 타는 대신 매일 계단을 오르내렸다. 주말, 아이들과 놀이터에 가기 위해 집을 나선 영희는 엘리베이터 앞에서 멈칫했다.

"얘들아, 오늘은 계단으로 내려갈까?"

나은이는 신난다며 계단으로 내려갔고, 영희는 어린 동현이의 손을 잡고 조심조심 계단을 내려왔다. 놀이터에서 놀다가 집으로 돌아가는 길.

"얘들아, 계단으로 올라갈까?"

"엄마, 힘들어."

영희는 어쩔 수 없이 엘리베이터를 기다렸다. 문이 열리고 아이들이 먼저 엘리베이터를 탔지만 영희는 발이 떨어지지 않았다.

"엄마, 빨리 타~"

영희는 억지로 발을 옮겼다. 엘리베이터가 움직이기 시작하자 영희의 다리에 힘이 풀리고 호흡이 가빠졌다. 심장이 미친 듯이 뛰고, 이마에서는 땀이 나기 시작했다. 영희는 층수가 표시되는 숫자를 부릅뜨고 쳐다보다 눈을 질끈 감고 숨을 참았다. 정신이 아찔해질 때쯤 엘리베이터 문이 열렸다. 영희는 큰 숨을 내뱉으며 겨우 발을 떼어 엘리베이터 밖으로 나왔다.

3주 가까이 계단을 오르내리던 영희는 너무 힘이 들었다. 아이들과 놀이터를 갈 때와 돌아올 때는 아이들만 엘리베이터를 태웠고 영희는 계단을 이용했다. 계속 계단으로 다닐 수 없었던 영희는 퇴근길에 홀로 엘리베이터에 탔다. 엘리베이터 안의 공기가 영희를 조여 오더니 산소가 사라진 듯 숨이 가빠왔다. 영희는 엘리베이터 안에 쭈그리고 앉았다. 정신이 아득해지고 온몸이 땀에 젖는 듯했다. 영희는 눈을 질끈 감았다. 10층에 도착한 엘리베이터의 문이 열렸지만 영희는 일어설 수가 없었다. 닫히는 엘리베이터 문을 손으로 막은 영희는 반쯤 기어가다시피 하며 엘리베이터에서 내렸다. 영희는 집 앞에서 가쁜 숨을 고르며 손으로 바닥을 짚고 쪼그려 앉았다.

"영희 씨, 저번에 시청에 보내야 한다고 했던 자료 다 됐어?"

선배의 물음에 입을 연 영희는 당황했다. 목소리가 나오질 않았다. 목을 가다듬으려 했으나 그마저도 나오지 않았다. 영희는 얼른 메모지를 꺼냈다.

「다 해서 넘겼어요. 죄송해요, 제가 감기에 걸려서요.」

"감기가 심하게 걸렸나 보네. 병원 가 봐요."

영희는 대답 대신 고개를 끄덕였다. 영희는 휴게실로 들어갔다. 입을 열어 말을 해보려 애썼지만 음소거라도 당한 듯 아무 소리도 나지 않았다. 배에 힘을 주고 소리를 지르듯 목구멍을 열었지만 성대가 사라진 듯 공기가 빠지는 소리만 날 뿐이었다. 영희의 이마에서 식은땀이 흐르기 시작했다.

"영희 씨, 커피 마시려고요? 커피 진짜 좋아한다~"

휴게실에 들어와 말을 거는 직원을 보며 영희는 당황했다. 겨우 입을 열어 작게 대답하자 목소리가 흘러나왔다.

"아, 네. 잠이 와서요…."

영희는 안도의 한숨을 내쉬었다. 이후에도 영희는 같은 일을 몇 번 더 겪었으나 증상은 곧 사라졌다.

◇◇◇◇

악몽 위를 걷다

핸드폰을 던지면서 분노를 드러내기 시작한 이후부터 영희는 악몽에 시달리는 날이 많았다. 사방이 검회색인 아무것도 없는 공간, 영희는 손에 부엌칼을 들고 철수 어머니의 등 뒤에 서 있었다. 영희는 칼을 높이 들었다.

'이제 찌르기만 하면 된다!'

영희는 칼자루를 꽉 쥐고 철수 어머니의 등에 칼을 내리꽂으려 했다. 하지만 몸이 움직이지 않았다. 온몸이 마비된 듯 팔도 다리도 목도 움직일 수 없었다. 소리를 지르며 욕이라도 하려고 했으나 입술마저 꿈쩍도 하지 않았다. 영희는 가쁜 숨을 몰아쉬기 시작했다. 비명이라도 질러보려 안간힘을 썼지만 아무것도 할 수가 없었다.

영희는 가쁜 숨을 몰아쉬며 벌떡 일어나 앉았다. 영희의 이마에서 땀이 흘러내렸고 땀에 젖은 옷은 영희의 온몸에 달라붙어 있었다.

다음 날도 영희는 손에 칼을 든 채 철수 어머니의 등 뒤에 서 있었다. 몸은 여전히 움직이지 않았고 목소리도 나오지 않았다. 철수 어머니가 돌아서서 영희와 마주 보았다. 영희는 분노에 찬 두 눈을 부릅뜨고 모든 힘을 끌어모아 욕설을 하려 했지만 입은 마비된 듯 열리지 않았다. 화를 이기지 못한 영희가 소리를 질렀다. 영희는 소리를 지르며 꿈에서 깨어났다. 비명에 놀란 아이가 울기 시작했고 잠에서 깬 철수가 아이를 토닥였다.

그다음 날에도 영희는 철수 어머니의 등 뒤에 칼을 들고 섰다. 영희는 철수 어머니의 등 가까이 걸음을 옮겼다. 몸이 움직였다. 영희는 높이 든 칼을 있는 힘껏 철수 어머니의 등에 내리꽂았다. 쓰러진 철수 어머니가 영희를 돌아보자 영희는 온갖 욕설을 퍼부었다.

영희는 자신이 내뱉는 욕설을 들으며 잠에서 깨었다. 철수가 말없이 영희를 쳐다보다 영희를 눕히고 이불을 덮어 주었다.

"자기, 요즘에 잘 때마다 욕하는 거 알아?"

"한 번은 알겠는데…. 다른 날도 그랬어?"

"자주 그래…. 욕도 하고 소리도 지르고…. 자기가 소리를 지르는 바람에 애들이 자다가 깬 적이 여러 번 있었어. 무슨 꿈을 꾸길래 그래?"

"그냥…. 가위에 눌리는 것 같아."

영희는 철수에게 어떤 꿈을 꾸었는지 이야기하지 않았다.

어느 화창한 봄날, 철수 어머니가 나들이하러 간다며 집을 나섰다.

"놀러 갔다 올 테니까 가게 보고, 네가 장사해라."

"네? 제가요?"

"철수야, 가자."

철수가 어머니를 따라 문을 열고 나섰다. 철수가 웃으며 뒤돌아보았다.

"자기야, 갔다 올게. 장사하고 있어."

영희는 두 사람을 향해 소리를 지르며 욕설을 내뱉었다. 영희는 이번에도 자신이 지르는 소리에 놀라 잠에서 깨어났다.

◇◇◇◇

위로가 필요한 사람들

영희는 다시 노트를 열었다. 자신의 힘든 상황을 글로 쓰고 철수 어머니에 대한 원망을 토해 내며 엘리베이터에 대한 공포도, 싫어증도, 끔찍한 악몽도 점차 잦아들었다. 지난번처럼 글을 쓰다가 종이를 찢거나 볼펜을 던지지는 않았지만 마음은 커다란 바위산이 자리한 것처럼 무거웠다. 영희의 한숨이 늘어 갔다. 속을 모두 토해내는 듯한 한숨은 영희를 땅속 지하로 데려갈 것처럼 깊었다.

"영희 씨, 요즘 무슨 일 있어? 표정도 안 좋고 한숨도 많이 쉬고⋯."

"제가, 그랬어요?"

"영희 씨 한숨 진짜 많이 쉬어."

영희는 자신이 한숨을 얼마나 자주 쉬는지 세어 보았다. 한 시간에 10번이 넘었다.

"영희 씨, 요즘 힘들 때 위로를 주는 에세이나 글 같은 게 많이 나오던데 책을 읽어 보는 건 어때?"

영희는 인터넷서점에서 '나를 위한 위로'에 도움이 될 만한 책들을 찾아 주문했다. 책을 읽으며 울고 때로는 분노하며 영희는 점차 안정을 찾아가기 시작했다. 어느 날 인터넷 검색을 하던 영희는 '파페포포'의 이야기를 읽고 그 시리즈에 푹 빠지게 되었다. 발행된 책을 시리즈별로 몽땅 한꺼번에 구입한 영희는 이야기를 읽고 또 읽었다. 상큼하고 달달한 두 사람의 이야기는 영희를 단번에 사로잡았다. 영희가 꿈꾸던 신혼이 거기에 있었다. 사소한 일로 다투고 서로를 바라보며 진심을 알아가는 두 사람의 따뜻한 이야기를 읽으며 영희는 혼자 상상의 나래를 폈다.

해를 넘기고서도 몇 달 동안 영희는 책에 푹 빠져 지냈다. 위로를 주는 수필과 사랑을 노래하는 시, 유명인들의 일상 에세이, 여행 에세이, 연애소설

며
느
리
인
권

을 닥치는 대로 사서 읽으며 때로는 눈물을 흘렸고 위로를 받았다. 책을 읽는 동안에는 작가와 함께 카페에서 책을 읽으며 커피를 마셨고, 아이슬란드로 떠나는 비행기에 안에서 창밖의 구름을 내려다보았으며 다시 결혼 전으로 돌아가 연애를 했다. 초겨울, 총총히 박힌 밤하늘 아래 텐트 앞에서 모닥불을 피우고 담요를 둘러쓴 채 뜨거운 아메리카노를 홀짝거렸다. 꿈결 같은 시간이었다. 책과 함께 하는 시간은….

  여름 휴가를 받아 집에서 아이들과 지내던 어느 날 아침, 영희는 갑작스러운 통증에 배를 잡고 화장실 앞에 쓰러졌다. 극심한 고통에 신음하는 영희를 철수가 다급히 일으키려 했으나 영희는 일어나지 못했다. 철수는 영희를 등에 업으려 했으나 영희가 일어나지 못했다. 철수는 119에 전화를 했다. 들것에 실려 구급차를 타고 응급실에 도착했다. 기혼 여성이기에 주사를 놓기 전 임신 여부 검사를 받으니 임신이라는 진단이 나왔다. 영희는 주사를 맞고 통증이 다소 줄어들어 집으로 다시 돌아왔으나 다음 날 극심한 고통이 다시 찾아왔다. 영희는 철수와 함께 급히 산부인과로 향했다. 산부인과에서 계류유산이니 큰 병원에 가서 바로 수술을 받으라는 진단을 내렸다. 진단서를 받아들고 찾아간 종합병원에서 재검사한 의사는 급한 수술이라며 간호사를 불렀다. 나팔관에 착상이 되는 바람에 나팔관이 터져서 한쪽 나팔관을 절제해야 한다고 했다. 11시 40분, 영희는 수술대에 누웠다. 전신마취에 들어가기 시작한 영희는 정신을 잃었다. 영희가 눈을 떴을 때는 병실로 이동 중이었다. 마취에서 깬 영희는 한여름임에도 불구하고 오한으로 온몸을 덜덜 떨었다. 철수가 간호사에게 이불을 하나 더 받아와서 영희의 몸을 덮었다. 영희는 일주일간 병원에 입원했다. 영희의 소식을 들은 영희의 어머니와 동생들이 병문안 차 찾아왔다. 철수도 나은이를 데리고 병원에 들렀다.
  "엄마가 병문안 오신다고 했는데, 내가 안 와도 된다고 했어. 자기가 편하게 쉬는 게 나을 것 같아서…."

"잘했어, 고마워."

"토요일에 퇴원하라는데 집에 오면 애들이 있어서 편히 쉬지 못할 거야. 그냥 월요일에 퇴원하는 게 어때?"

"그래, 그럴게."

영희는 1인실에서 책을 읽으며 시간을 보냈다. 비록 수술 때문에 입원했지만 혼자 있는 시간은 꿀맛이었다. 아침에는 알람 소리가 아닌 새소리를 들으며 일어났고 낮에는 읽고 싶은 책을 마음껏 읽을 수 있었다. 침대에서 받는 밥 세 끼는 편안하기만 했다. 영희는 퇴원이 아쉬웠다.

월요일 영희가 퇴원하고 주말이 되자 시가에 가는 날이라며 철수가 짐을 챙겼다. 영희는 기분이 가라앉았다. 영희의 어머니가 걱정스러운 얼굴로 철수를 말렸다.

"월요일에 퇴원했는데 꼭 가야 해? 유산도 출산처럼 몸조리해야 뒤에 탈이 없을 텐데 그냥 가지 말지…."

철수는 곤란한 표정을 지었지만 결국 아이들과 영희를 데리고 집을 나섰다. 시가에 도착하자 철수는 영희를 곧장 방으로 들여보냈다.

"나오지 말고 쉬고 있어."

철수가 저녁밥을 먹으라며 부르기 전까지 영희는 방에 누워 쉬었다. 다음 날 오후, 철수 어머니가 영희를 불렀다.

"애미야, 뭐 하니? 나와 봐라."

"왜요? 어머니?"

"여기 물수건 좀 개고, 수저 좀 닦아라."

영희는 아주머니와 철수 어머니 옆에 앉아 수저를 닦기 시작했다.

"우리 때는 유산이 되어도 밭에 일하러 나가고 집안일도 했는데, 요즘 애들은 유산이 돼도 몸조리를 하더라고. 우리는 유산이 되면 시어른들한테 욕먹고 그랬는데."

철수 어머니의 말에 영희는 체한 듯 가슴이 꽉 막혀 왔다.

"우리 때 그렇게 힘들게 살았으니까 우리 다음 세대 아이들한테는 그렇게 안 해야죠."

"아니, 우리 때는 그랬다는 말이지. 내가 밭일을 시키냐, 집안일을 시키냐?"

철수 어머니가 삐죽거렸다. 아주머니의 한 마디에 영희는 체증이 가시는 듯했다. 영희는 아주머니가 너무 고마워 눈웃음을 지어 보였다.

언제부턴가 일하는 아주머니의 표정이 매우 어두웠다. 철수와 영희가 시가에 갈 때마다 아주머니는 가시 박힌 말들을 했다.

"아들하고 며느리가 오니 새 반찬을 먹네."

"손주들이 오니 아이스크림을 먹네."

"아들이 오니 수박이라도 먹네."

설 전날, 전을 부치고 화장실을 가던 영희의 팔을 아주머니가 다급하게 붙잡더니 영희를 방으로 밀어 넣고 문을 닫았다. 놀라서 쳐다본 아주머니의 눈에는 눈물이 그렁그렁 맺혀 있어 금방이라도 흘러내릴 것 같았다.

"내가 이런 말 하면 좀 그런데 내가 하소연할 데가 없어서…."

아주머니는 간절하고 슬픈 눈으로 영희를 올려다보았다.

"괜찮아요, 말씀하세요."

"있잖아, 네 시어머니가 자기 기분 따라 말을 막 해. 내가 감정 쓰레기통이 된 것 같아. 제사 음식 만드는 것도 오후에 쉬는 김에 하는 거라고 말하는 거 보고 정말 기가 막히더라고."

"저도 좀 그랬어요. 저하고 어머님이 해야 할 일을 하신 건데 말을 좀…."

"저번에 제사 음식 만들었다고 5만 원 줬던 것도 철수가 말해서 준 것 같던데?"

"그거 제가 남편한테 말했어요. 우리가 해야 할 일을 어쩔 수 없이 하신 건데 좀 챙겨드려야 하지 않냐고요."

"어쩐지…. 네 시어머니가 그럴 사람이 아니거든. 너희들이 오지 않으면 식당에 먹을 게 없어. 식당에서 일하는 사람도 밥은 따로 챙겨 주는데 반찬도 만드는 일이 정말 거의 없고, 수박 한 덩이 사 먹자고 하면 그거 둘이서 어떻게 먹냐고 하길래 매일 조금씩 잘라 먹으면 되지 않냐고 했더니 돈 든다고 안 사는 거야. 아이스크림이라도 사 먹자고 해도 안 사 주고. 매일 식당에 있는 갈비탕만 먹으라고 내어놓거나 국이나 찌개를 끓여 놓고 일주일씩 먹어. 네 시아버지가 먹을 새 반찬도 거의 안 해. 내가 가끔 자장면이라도 시켜 먹자고 해도 식당에 갈비탕 있는데 왜 시켜 먹냐고 그래. 내가 다른 식당에서도 일해 봤지만 이렇게 하는 사람은 없어. 어쩌다 과일을 꺼내 와도 농해서 썩기 직전인 거 꺼내 오더라고."

"저희한테도 그래요. 좋은 거 맨날 아껴 뒀다가 썩어서 버리기도 해요. 남편이 그러지 말라고 해도 못 고쳐요. 어렵게 사셔서 아끼는 게 몸에 배어 있다 보니 쉽게 안 바뀌는가 봐요."

"요새는 더해. 네 시아버지가 술을 자주 드시잖아. 둘이 싸우는 날이 늘어나니까 그 감정이 다 나한테 오더라고. 자기 기분 좋을 때는 웃었다가 기분 안 좋으면 막 짜증 내고 사람 상처받는 말을 막 하더라고."

"그건 저한테도 그래요."

"제사 지내거나 명절 때 되면 맨날 제사 음식이나 식당에 있는 갈비탕 싸 주는데 진짜 그거 받아 가기 싫어. 명절 선물을 바라는 게 아니야. 내 마음이 그러니까 하나도 고맙지 않고 받아 가기도 싫어."

"저도, 그래요…."

영희는 고개를 푹 숙였다.

"아이고~ 며느리도 참 힘들겠다."

아주머니의 눈에는 여전히 눈물이 가득 고여 있었다. 영희는 그 마음이 어떤지 충분히 이해할 수 있었다. 영희는 두 손으로 아주머니의 손을 꼭 잡았다.

"죄송해요, 아주머니."

"며느리가 죄송할 게 있나…."

"제가 해 드릴 수 있는 게 없어요. 아시잖아요. 제가 어떻게 지내 왔는지…."

영희가 눈물을 흘리기 시작했다.

"알지, 그럼. 내가 잘 알지. 나도 속상해서 그냥 털어놓고 싶었어. 그런데 네 시어머니 이렇게 사람 부리면 좋지 않을 텐데…. 우리 사이에서도 소문이 돌 거든. 이런 가게에서 일하고 싶어 하는 사람은 없을 거야."

아주머니의 눈에서도 눈물이 흘러내리기 시작했다.

"인숙이 어디 갔어?!"

철수 어머니가 부르는 소리에 아주머니는 앞치마로 눈물을 닦고 얼른 방에서 나갔다. 영희는 아주머니가 안쓰러웠다.

"자기야, 평일 날 제사에는 우리가 일찍 못 오니까 아주머니가 대신 일하잖아. 우리라도 돈을 좀 챙겨드려야 하지 않을까?"

"엄마한테 말 해봤는데 월급 주는데 뭐 하러 그러냐고 그러더라고…. 말해 봐야 소용없어."

"과일도 좋은 거 있으면 빨리 좀 먹으면 좋을 텐데…. 아주머니도 있으니까 같이 먹으면 좋잖아. 지난번에 레드망고 하나도 못 먹고 그대로 버렸잖아."

"그러게. 좋은 거 있으면 아끼지 말고 먹으라고 해도 안 바뀌어. 그냥 둬."

영희는 아주머니를 위해 할 수 있는 게 없었다.

몇 달 후 일하는 아주머니는 일을 그만두었다.

"애미야, 오늘 아주머니 일하는 마지막 날이다. 인사해라."

아주머니가 퇴근할 시간이 다 되어서야 철수 어머니가 마지막임을 알려주었다.

영희와 철수, 철수 어머니가 마지막 인사를 하며 배웅을 했다. 철수 어머니는 현관에 내려서지도 않은 채 거실에 서서 수고했다는 인사를 했다. 영희는 아주머니를 따라 출입문 바깥으로 나왔다.

"아주머니, 고생 많으셨어요."

영희의 눈에 눈물이 고였다.

"그래, 며느리도 고생 많았어. 나야 이렇게 그만두고 가 버리면 끝이지만, 난 네가 걱정이다. 나처럼 끝이 있는 것도 아니고….."

영희는 아주머니의 두 손을 꼭 잡았다.

"힘들었던 거 잊고 잘 지내세요."

"그래, 고맙다. 너도 잘 지내고, 시어머니께 할 말 좀 하고 살아. 맨날 참지만 말고."

아주머니의 눈에도 눈물이 고이기 시작했다. 영희는 멀어져 가는 아주머니의 뒷모습을 바라보았다. 동지를, 기댈 곳을 잃은 영희는 마음에 구멍이 뚫린 것 같았다.

뉴스에서 인력사무소에 사람이 넘쳐 나지만 일자리가 없다는 보도가 계속되고 있었으나 철수 어머니는 일할 사람을 구하지 못했다. 몇 달이 지나도 사람을 구하지 못하자 아르바이트생을 구하기도 했지만 계속 있을 사람은 나타나지 않았다. 식당 일이 바쁠 때는 하루나 이틀 정도 일할 사람을 불렀다.

아주머니를 구하지 못한 철수 어머니는 일이 바쁠 때마다 철수에게 전화했다. 주말에 예약 손님이 있으니 와서 손을 보태라는 전화를 받은 철수는 짜증을 냈다.

"사람 부르면 되잖아. 우리도 직장 다니는 사람인데 주말에는 쉬어야 할 거 아니야!"

"사람 부르면 돈 들잖아."

"돈 내가 줄 테니까 사람 불러서 써!"

"돈이 썩어나냐?!! 사람 부른다고 해도 일 새로 가르쳐야 하는데 번거롭단 말이다. 너희가 오면 바로 일할 수 있잖아. 엄마 일하느라 힘들고 요새 무릎도 아프고 팔도 아픈데 자식인 네가 와서 도와야지!"

"그렇게 힘들면 그럼 고정적으로 일할 사람을 구하면 되잖아! 자꾸 우리 부르지 말고!"

"사람이 안 구해지는 걸 어떡해?! 요즘 식당 일 힘들다고 사람들이 안 와!"

"옆 가게에는 일하는 사람이 세 사람이나 있더니만. 월급을 더 올려 주면 되지."

"그 돈이 한두 푼이냐? 요즘 인건비가 얼마나 비싼데!"

"맨날 힘들다고, 아프다고 하지 말고 그냥 사람을 써! 우리도 애들 둘 키우고 직장 다니느라 힘들어!"

1년이 다 되도록 일할 사람을 구하지 못하다 철수 어머니는 먼 친척인 아주머니를 채용했다.

"인사해. 내 먼 친척뻘인 이모인데, 너는 그냥 숙모라고 부르면 된다."

"아, 네. 안녕하세요?"

"앞으로 잘 부탁해요~"

영희는 두 사람의 시어머니가 생긴 기분이 들어 몹시 불편했다. 아주머니는 1년 동안 철수 어머니의 가게에서 일한 뒤 그만두었고, 철수 어머니는 6개월 만에 겨우 새 아주머니를 채용할 수 있었다.

영희의 기분과는 상관없이 여전히 한 달에 한 번은 시가에 다녀와야 했다. 몸도 마음도 지칠 대로 지친 영희. 궁지에 몰린 영희는 더 이상 일찍 일어나려 애쓰지 않았다.

"그래도 아주머니 오기 전에는 일어나야 하지 않겠니? 며느리가 늦게까지 자는 걸 보면 좀 그렇잖아."

'왜 아들은 괜찮고 며느리는 안 되지?'

"네, 알겠어요. 어머니."

영희는 자신이 일어나는 시간에 철수를 깨우기 시작했다.

"왜 벌써 깨워?"

"자기야, 아주머니 오시기 전에는 일어나야 하지 않겠어? 며느리하고 아들이 늦잠 자고 있으면 보기에 좀 그렇잖아."

영희는 식당 일도 혼자 하지 않았다. 늘 철수를 불러 함께 일했고 철수가 앉아서 쉴 때는 영희도 옆에 앉아 쉬었다. 영희는 혼자서 모든 일을 감당하지 않기로 했다. 더 이상 일찍 일어나려고 하지도 않았다.

'늦게 일어난다고 나를 죽일 거야, 어쩔 거야?'

덤빌 테면 덤벼 보라는 마음을 먹은 영희는 일찍 일어나지 않았고 자신이 일어날 때는 철수도 깨웠다. 이제 눈에 뵈는 게 없는 영희였다. 영희는 '건드리기만 해 봐.' 하는 표정으로 쉬고 싶을 때 쉬고 할 일만 하고는 더는 철수 어머니가 무슨 일을 하는지 신경 쓰지 않았다. 영희의 표정 때문인지 철수의 어머니도 영희에게 별다른 말을 하지 않았다.

영희는 시가에 가는 시간에도 얽매이지 않았다. 점심을 먹고 커피를 마신 후 여유롭게 짐을 챙겼고 4시, 5시가 넘어서야 시가로 출발했다. 한 달에 한 번 가는데도, 시가에 도착하는 시간이 늦어지자 토요일 오후가 되면 철수 어머니에게서 전화가 오기 시작했다.

"철수야, 출발했어?"

철수 어머니의 목소리에 짜증이 담겨 있었다.

"아직."

"여태 출발 안 하고 뭐 하니? 얼른 챙겨서 와라!"

그 뒤로는 출발했겠다 싶을 때쯤 늘 전화가 왔다. 철수는 스피커폰으로 전화를 받았다.

"출발했어?"

"응, 좀 전에."

"그럼 출발한다고 전화를 해야지! 알았다."

그 뒤로도 시가로 향하는 차 안에서는 늘 철수 어머니의 전화를 받아야 했다. 철수 어머니의 전화는 시가로 향하는 내내 영희와 철수의 마음을 불편하고 다급하게 만들었다. 그러자 철수는 어머니의 전화를 안 받기 시작했고, 철수가 전화를 받지 않자 영희에게 전화가 오기 시작했다. 영희도 몇 번 전화를 받았으나 재촉하는 말이 싫어 전화를 받지 않기 시작했다. 몇 달 후 철수 어머니는 더 이상 전화하지 않았다.

여전히 한 달에 한 번씩 시가를 찾으면서도 영희는 자신이 내키는 대로 행동하고 쉬었으며, 철수 어머니나 일하는 아주머니에 대해 신경 쓰지 않았다. 일찍 일어나려고 애쓰지도 않았으며 철수 어머니가 부엌에서 일하고 있어도 신경을 곤두세우지 않았다. 밀대로 식당 바닥을 닦을 때도 구석구석 깨끗하게 닦으려고 애쓰지 않았으며, 어찌해야 할지 모르는 일이 있을 때는 물어보지 않고 손을 놓아 버렸다. 영희는 마음을 놓아 버리고 신경 쓰지 않은 채 지내면서 점차 안정을 찾아 가고 있었다.

주말, 오랜만에 수진이와 작은매제가 시가를 방문했다. 가까운 곳에 사는 수진이는 친정이라며 자주 드나들었으나 사업이 바쁜 작은매제는 자주 오지 못했다. 그런데 오랜만에 본 작은매제의 얼굴이 밝지 않았다. 수진이가 방으로 들어가자 영희 앞에서 서성대던 작은매제가 먼저 말을 꺼냈다.

"처남댁, 시댁에 자주 와요?"

"전에는 자주 왔었는데 요즘엔 한 달에 한 번 정도 와요."

"나도 자주 오지는 못하는데… 장모님이 자꾸 불러서 종종 오게 되네요. 배수구가 막혔다, 전등을 갈아야 한다, 벽지를 바꿔야 할 것 같다, 손님이 많으니 와서 일 좀 해라… 뭐 이러면서요. 내가 직장에 출근하는 사람이 아니라서 시간이 자유로운 편이긴 하지만, 그래도 사업하는 사람인데 시도 때도 없이 사람을 불러요."

작은매제는 불만 가득한 표정으로 하소연을 했다.

"우리도 그래요. 냉장고가 이상하니 와서 봐라, 전등 갈아라, 무 실어 와라. 뭐, 이러면서 자주 불러요."

"오는 데 한 시간 걸리지 않아요? 그런데도 부른다고요?"

"네, 지금은 좀 나아요. 예전에는 매주 시댁에 와서 저 식당 일 했어요."

"매주요? 집사람이 자주 온다고 말하길래 그런 줄 알았더니, 매주 오는 줄은 몰랐네요. 와, 힘들어서 어떻게 살았어요?"

"그래서 남편이랑 많이 싸웠어요. 최근까지도 그랬고요."

"나도 집사람한테 한 소리 했어요. 나는 너희 집에 줄 것도 없고, 받을 것도 없다. 그러니까 나한테 자꾸 그런 거 요구하지도 말고 시키지도 마라. 그렇게 말하면서 사실 좀 싸웠어요."

'그래서 아까 수진이 얼굴이 어두웠구나.'

마침 수진이가 방에서 나오면서 이야기는 중단됐다. 수진이가 어두운 표정으로 영희와 자신의 남편을 쳐다보았다.

철수 어머니는 식당 일이 바쁠 때나 자잘하게 문제가 생길 때마다 아들과 며느리, 사위들을 부르고 있었다. 아들과 두 딸. 세 가정 모두가 흔들리고 있었다. 가장 심하게 흔들리는 사람은 영희였다. 하지만 철수 어머니는 본인으로 인해 자식들의 가정이 흔들리고 있다는 것을 끝까지 깨닫지 못했다.

영희는 아군이 생긴 것 같아 마음이 한결 풀리는 것 같았다. 작은매제는 처가에 불만이 생긴 이후 식당 일이 바쁠 때도 주말에도 거의 오지 않았다. 철수 어머니나 아버지의 생신이 되어 작은매제를 만나는 날이면 영희는 웃으며 매제를 반겼다. 그러던 어느 날 오랜만에 다시 만난 매제는 표정이 달라져 있었다. 영희가 먼저 말을 꺼냈다.

"요즘에 자주 안 오시네요."

"요즘 일이 많아서요. 바쁘네요."

"저도 자주 오지는 않는데, 여전히 힘드네요. 어머님도 편하지 않고요."

"그건 처남댁이 소심해서 그래요."

영희는 두 눈을 동그랗게 떴다. 옆에서는 수진이가 웃는 얼굴로 앉아 있었다.

"나는 우리 집사람이 성격이 시원시원해서 참 좋아요. 이 사람은 좀 안 좋은 소리 들어도 웃으면서 받아칠 줄도 알고, 몸이 안 좋아도 웃으면서 할 일 다 해요. 이 사람이 집에서 살림만 하지만 안 아픈 데가 없어요. 덩치는 있는데 종합병원 수준이라니까요. 그런데도 웃으면서 지내는 거 보면 성격이 정말 좋은 거죠. 직장까지 다녔으면…. 어휴, 몸이 남아나질 않았을 거예요. 나는 집사람의 이런 성격이라 참 다행이라 생각해요."

영희는 심장이 커다란 뿔에 '푹' 찔리며 피가 솟구치는 느낌이 들었다.

'장모님 때문에 힘들다며 먼저 다가와서 하소연할 때는 언제고! 이제는 내가 소심해서 그렇다고?'

옆에서 웃고 있는 수진이를 보니 무슨 일이 있었는지 대충 알 것 같았다.

다 함께 저녁을 먹는 자리, 영희의 아이들과 수진이의 아이들에게는 별도의 상을 차려 주고 어른들끼리 따로 상을 차렸다. 모처럼 철수 어머니가 갈비찜을 준비하여 함께 맛있게 먹고 있었다. 젓가락으로 밥알을 세던 영희는 허리를 펴고 가족들이 밥을 먹는 모습을 지켜보았다. 모두 허리를 숙이고 갈비를 뜯는 데 여념이 없었다. 영희는 소외감과 외로움을 느꼈다. 철수 아버지가 먼저 영희에게 말을 걸었다.

"며늘아, 왜 그렇게 못 먹어? 많이 먹어. 먹고 살 좀 쪄라."

"네, 아버님…."

철수 아버지의 말에도 다른 가족들은 말없이 식사를 이어갔다. 영희는 밥을 반도 먹지 않고 자리에서 일어났다. 카트를 밀고 손님들이 남긴 빈 그릇을 치우러 갔다. 영희의 등과 어깨를 찬바람이 훑고 지나갔다. 외로웠다.

명절 때마다 차례를 지내고 나면 영희는 철수 어머니의 친정으로 갔다. 철수의 외숙모들은 늘 부엌에 있었다. 영희는 외숙모들의 부엌일을 도우려고 했지만, 외숙모들은 늘 영희를 만류했다. 외숙모들이 고생해서 만든 음식을 나르던 영희에게 철수의 작은외삼촌이 철수를 향해 잔소리했다.

"너희는 거기 언제까지 있을 거야? 이제 엄마 집 근처로 오지 그러니? 애들 중학교 가기 전에 와. 가까이 살면 좋잖아. 너희 엄마 바쁠 때 일도 도와주고 주말에 같이 밥도 먹고 나들이도 가고."

"지금 승진 준비를 거기서 하고 있는데 옮기면 다시 처음부터 해야 해요.

나중에 나이 50 넘으면 올까 싶은데요."

철수의 대답에 철수 어머니가 나섰다.

"아직 나이도 젊은데 여기 와서 다시 시작하면 되지. 이 주변에도 그런 사람들 많아."

옆에 있던 철수의 이모가 거들었다.

"그냥 애들 중학교 가기 전에 일찍 들어와. 엄마도 심심하지 않고 자식이 가까이 있어야 엄마도 마음이 편하지."

아무도 영희의 눈치를 보지 않았다. 영희의 의견을 물어보지도 않았다.

'난 시댁 근처로 올 생각이 없는데…. 직장 분위기도 너무 보수적이고, 근처에 살게 되면 식당 일이 많을 때마다 평일이고 주말이고 불러들일 테고…. 평일에는 저녁 먹고 가라, 주말에도 와라, 시도 때도 없이 부를 텐데….'

마음이 답답해진 영희는 음식을 나르고 다시 부엌으로 들어갔다.

"제가 또 뭐 도울 일 없을까요?"

"거실에 가서 쉬어. 뭘 자꾸 일하겠다고 그래?"

"여기가 편해요."

자기편이 아무도 없는 적장에 있는 듯한 기분에 영희는 온몸이 저려 오는 듯했다. 영희는 피곤한 얼굴로 일하는 외숙모들을 살펴보았다. 영희는 문득 외숙모들 덕분에 이 집이 평화로운 건 아닐까 하는 생각이 들었다.

'나만 아무렇지 않게 조용히 지내면 아무 일도 일어나지 않는 건 아닐까? 나만 참으면 시댁도 평화롭겠지?'

생각해보면 그랬다. 시가에서 시키는 대로 고분고분 참고 일하면 아무 일도 일어나지 않을 것이었다. 모든 일은 순탄하게 흘러갈 것이었다.

'결국 나만 참으면, 힘들어도 내가 눈감으면 다들 괜찮아진다는 거네.'

외숙모들을 제외하고 그곳에 영희의 편은 아무도 없었다.

소소한 행복

영희는 시가에 가서도 주말에 일찍 일어나려 애쓰지 않고, 식당 일은 무조건 철수와 함께하며, 철수 어머니의 눈치를 보지 않고 쉴 때는 쉬면서 지냈기에 그 시간이 덜 부담스러워졌다. 아이들이 자라면서 한 달에 한 번씩 시가에 가는 것도 고착이 되었다. 자주 오라는 잔소리를 귓등으로 흘려듣고 바쁠때 일하러 오라는 말에도 아주머니를 더 쓰라며 철수가 먼저 나서 주니 영희의 마음은 한결 편해졌다.

영희와 철수는 쉬는 주말이 되면 아이들과 함께 나들이하러 가기 시작했다. 영희는 미술관, 뮤지컬, 연극 등을 매우 좋아했다. 결혼 후 한 번도 가지 못했던 미술관에 가기로 한 주말, 영희는 아침부터 들떠 있었다. 1층부터 5층까지 조소, 사진, 수채화, 유화 등을 둘러보며 미술 작품들에 푹 빠져 헤어나올 줄을 몰랐다. 미술관에 관심이 없는 철수는 아이들을 데리고 다니며 미술관을 대충 둘러보고 미술관 앞 잔디에서 아이들과 놀아 주며 간식을 먹었다. 미술관을 나오며 영희는 아쉬움에 자꾸만 뒤를 돌아보았다.

어떤 주말에는 모터쇼를 보러 가기도 하고 아이들과 유채꽃, 벚꽃, 국화꽃 축제를 다니며 사진을 찍기도 했다. 여름에는 워터파크에서 온종일 아이들과 놀고 간식을 먹으며 가족다운 즐거운 시간을 보냈다.

철수는 해마다 영희의 생일과 결혼기념일이 되면 영희가 다니는 직장에 꽃바구니와 케이크를 보냈다. 동료들의 부러움과 축하를 받으며 케이크를 나누어 먹고 꽃바구니에 물을 주고 꽃병에 꽃을 옮겨 꽂으며 영희는 행복한 미소를 지었다.

어느 결혼기념일, 다음 날이 쉬는 날이었던지라 철수는 아이들을 영희 어머니에게 맡기고 리조트에 방을 예약했다. 제법 널찍한 방에 들어서자 철수는 욕실에 들어가며 자기가 부르기 전까지는 절대로 들어오지 말라고 신신당부를 했다. 20분이 지나도 철수가 나오지 않자 영희는 욕실의 문을 두드렸다.

"거의 다 되어 가. 조금만 기다려~"

마침내 반투명한 욕실 문이 열리고 철수가 영희의 눈을 가리고 욕실로 데리고 들어갔다. 철수가 영희의 눈을 가렸던 손을 내렸다. 방보다 더 큰 욕실에는 초가 하트 모양으로 늘어서 있고 하트 안에는 커다란 꽃다발이 놓여 있었다. 물이 가득 찬 욕조에는 새빨간 장미 꽃잎이 가득 뿌려져 있었다.

"결혼기념일 축하해. 자기야."

철수가 영희를 뒤에서 껴안으며 귀에 속삭였다. 영희의 가슴은 마구 뛰기 시작했고 이내 철수에게 돌아서며 철수의 목을 꼭 껴안았다. 결혼 후 처음으로 낭만적인, 어쩌면 영희가 꿈꾸었을지 모를 행복한 결혼기념일을 맞은 두 사람은 밤새 사랑을 속삭였다.

그러나 낭만은 낭만이고, 현실은 현실이었다. 다음날 오전, 욕실 안에 잔뜩 떠다니는 붉은 장미꽃잎을 걷어내고, 욕실 바닥에 하트 모양으로 놓인 납작하고 둥근 초의 받침을 거두며 두 사람은 큰 웃음을 터뜨렸다.

◇◇◇◇

셋째라니요!

"너희는 셋째 안 낳을 거니?"

갑작스러운 철수 어머니의 말에 영희도 철수도 두 눈을 동그랗게 떴다.

"딸도 있고 아들도 있는데 셋째를 왜 낳아? 딸 낳고 아들 낳으면 200점이라며? 그런데 셋째를 또 낳으라고?"

철수의 투덜거리는 말에도 철수 어머니는 주장을 굽히지 않았다.

"자식이 셋은 있어야 집안에 무슨 일이 있어도 서로 의지가 되지. 엄마도 셋을 낳아 보니 셋이 딱 좋더라. 나중에 커서 결혼을 하더라도 형제가 많으면 의지가 되고 집안일도 수월해지는 법이다. 누가 돌아가시거나 형제가 죽어도 서로 돌볼 수 있고."

"직장 다니면서 애 셋을 어떻게 키워? 둘 키우는 것도 얼마나 힘든데!"

"너희 장모가 키워 줄 텐데 무슨 걱정이야?"

"장모님도 아이 둘 키우고 나서 몸이 안 좋으셔. 그런데 어떻게 또 애를 봐 달라고 해? 우리도 키울 자신 없어."

"너희 장모는 일하러 다니지도 않는데 애 키워 주고 용돈 받으면 돈벌이도 되고 좋잖아."

"됐어. 애 안 낳을 거야. 못 낳아!"

"뭐? 왜 애를 못 낳아?! 너 혹시 수술했냐?! 남자가 수술하면 어떻게 해?! 셋째를 낳을지도 모르는데 벌써 수술을 했어?"

"아니, 그런 게 아니라 셋째 낳을 생각이 없다고!"

철수는 영희가 자궁 외 임신으로 수술한 직후에 정관수술을 받았다. 너무 힘들어하는 영희에게 미안했기 때문이었다. 2년 동안 영희는 철수에게 수술하면 어떻겠냐며 자주 이야기를 했지만 쉽게 결정을 하지 못했었다. 하지만 나팔관을 절제하는 수술을 받고 영희가 병원에 입원까지 하게 되자 미뤄 왔던 수술을 받기로 했다. 철수는 어머니에게 수술했다는 말을 끝까지 하지 않았다.

"그래도 하나는 더 낳아라."

철수의 아버지가 옆에서 거들자 철수가 발끈했다.

"아버지가 키워 주실 것도 아니면서 자꾸 낳으라고만 하지 마세요!"

영희는 화가 났다.

'이 집에서 우리 마음대로 할 수 있는 게 하나도 없는 거 같아.'

◇◇◇◇
집에 있고 싶어

나은이가 10살이 되면서 나은이는 주말에 할머니 집에 가는 것을 귀찮아하기 시작했다.

"또 가야 해? 나 친구랑 놀이터에서 놀기로 했는데? 친구 집에도 놀러 가기로 했단 말이야."

하지만 철수는 시가 방문에 대해서만큼은 타협점을 보이지 않았다. 나은이는 할머니 집에 가자고 할 때마다 짜증을 냈고 철수는 그런 나은이가 못마땅했다. 나은이가 할머니 집에 가는 것을 귀찮아하자 철수 어머니는 용돈으로 아이들을 달래기 시작했다. 어렸을 때부터 주말에 손자들이 올 때마다 용돈을 쥐여 주었지만, 날이 갈수록 점점 액수를 늘리기 시작했다. 아이들이 자란 만큼 용돈을 더 주는 것이라고 말하긴 했지만, 영희가 보기에는 자주 오라는 뜻으로 보였다.

아이들이 자랄수록 시가에 가는 횟수는 줄어들기 시작했다. 아이들이 원하지 않았기 때문이다. 철수 어머니는 손자들의 핸드폰으로 직접 전화를 걸기 시작했다.

"주말에 와야 용돈을 준다~"

"용돈 많이 줄게~"

"주말에 오면 피자 사 줄게."

"주말에 할머니랑 치킨 시켜 먹자."

여러 가지 방법으로 아이들을 구슬렸다. 물론 아이들이 어릴 때는 통했지만 나은이가 12살이 되면서부터는 그마저도 통하지 않았다. 부모님으로부터 용돈을 충분히 받고 있었던 나은이는 용돈이 아쉽지 않았다.

철수 어머니는 손자들에게 용돈을 아끼지 않았다. 어렸을 때부터 명절이 되면 늘 대형 마트에 들러 10만 원이 넘는 장난감들을 아낌없이 사 주었다. 평소 아이들이 갖고 싶어 하는 장난감이 비싸면 철수는 할머니에게 사 달라고 하라며 떠넘기기도 했다.

시가에 가는 횟수가 점점 줄어들자 철수 어머니는 애가 타는 듯했다.

"나은아, 외할머니 집에는 자주 가니?"

"가까이 있으니까 가끔 가는데요, 자주 가지는 않아요."

"왜? 가까이 있으면 자주 가지."

"친구들하고 놀고, 친구 집에도 놀러 가느라 자주 안 가요."

"전화는 자주 하니?"

"전화는 자주 해요. 제가 할 때도 있고, 외할머니가 할 때도 있어요."

"할머니한테도 전화 좀 자주 해라."

"네…."

나은이는 마지못해 대답했다. 곤란해하는 나은이를 보다못해 영희가 끼어들었다.

"외할머니가 키웠으니 아무래도 조금 정이 남다른 것 같아요. 어렸을 때 급하면 제가 아니라 외할머니를 찾더라고요. 키워 주신 정이 있어서 그런가 봐요."

"아무리 외할머니가 키웠다고 하더라도 애들은 크면 자기 할머니 찾아가더라. 내가 아는 사람도 손주를 외할머니가 키웠는데 커서는 할머니를 더 자주 찾아온다더구나. 그런 말도 있잖니? 할머니와 외할머니 제사가 있으면, 손주가 할머니 제사는 꼬박꼬박 찾아가면서 외할머니 제사에는 '거기도 가 보기는 해야 할 자린데….' 그런다잖아. 그래서 애 키운 공은 없다는 거다."

나은이가 할머니의 말을 듣고 눈살을 찌푸리더니 방으로 들어가 버렸다. 나은이는 또래 애들보다 눈치가 빠르고 생각이 깊은 아이였다.

그 일 때문이었을까? 나은이는 더욱더 할머니 집에 가기를 꺼렸다. 하지만 철수는 종종 할머니 집에 가자며 나은이를 힘들게 했다.

"나은아, 토요일에 할머니 보러 갈까?"

"집에 있고 싶어."

처음에는 철수도 뜻을 굽히지 않았으나 갈수록 시가에 가는 날은 줄어들었고 나은이가 13세가 될 무렵에는 생일, 어버이날, 제사, 명절 외에는 거의 가지 않게 되었다. 대신 영희의 가족끼리 나들이하러 가는 날들이 늘어났고 카페, 공원, 축제 등을 찾아다니며 가족들끼리 단란한 시간을 보낼 수 있었다.

◇◇◇◇

철수의 장모님살이

영희가 둘째 동현이를 낳고 출산휴가가 거의 끝나갈 무렵 영희 어머니가 영희와 철수의 집으로 들어왔다. 전세로 살던 집의 주인이 집값이 올랐으니 팔겠다며 집을 내놓았다. 영희 어머니는 다른 전셋집을 알아보았으나 전셋값은 오를 대로 오른 상태였고 전세로 나오는 집도 거의 없었다. 부동산에 전세가 나오면 하루 만에 나가 버렸고, 집값이 오른 탓에 전세를 내놓는 사람들은 거의 없었다. 부동산에는 높은 가격의 매매를 알리는 안내 종이들만이 가득 붙어 있었다. 어쩔 수 없이 영희네 집으로 들어온 영희 어머니와 함께 살게 되면서 철수의 장모님살이가 시작되었다.

장모님과 함께 살기 시작하면서 철수는 불편한 점이 한두 가지가 아니었다. 안방에 작은 화장실이 있긴 했으나 샤워를 하기에는 너무 비좁아서 거실에 있는 욕실에서 샤워를 하다 보니 샤워 후 옷을 모두 갖춰 입고 나와야 했다. 뉴스 대신에 일일 드라마를 봐야 했고 즐겨 보던 TV 프로그램은 안방에 있는 컴퓨터 모니터로 봐야 했다. 독실한 기독교인이었던 영희 어머니는 기독교 방송을 자주 보고 설교를 듣고 찬송가를 들었기에 철수는 귀마저도 괴로웠다. 철수는 안방이나 서재에서 보내는 시간이 늘어 갔다.

가장 힘든 것은 육아 문제였다. 아이가 잘못해서 조금 야단을 치려 하면 어린아이가 뭘 안다고 자꾸 야단을 치려고 하냐며 나은이를 감싸는 바람에 철수는 스트레스를 받기 시작했다.

"잘못한 게 있으면 어릴 때 바로잡아 줘야죠!"

철수와 영희 어머니의 갈등이 깊어져 가고 있었다. 보다 못한 영희가 먼저 어머니의 전셋집을 구해드리는 게 어떻겠냐는 제안을 했다.

"전셋값 받은 거에 조금 더 보태서 집을 따로 구해드리는 게 어때?"

"지금 전세가 얼마나 귀한데. 전셋집이 나오면 한 시간 만에 나간대. 그리고 집값이고 전셋값이고 오를 대로 올라서 지금 가진 돈으로는 구하기 힘들어. 우리가 돈을 보태기도 힘들고…. 애들 밑에 돈이 많이 들어가잖아. 나은이 어린이집만 해도 한 달에 30만 원이나 하는데. 그래도 장모님이 애들 봐 주시니까 편한 것도 있으니까 조금 더 기다려 보자."

하지만 집값은 더 오르기만 했다.

어느 날 영희 어머니는 용돈으로만 물건을 사려니 옷을 하나 사 입으려고 해도 너무 불편하다며 영희에게 카드를 달라고 했다. 영희는 아이들을 둘이나 키워 준 어머니에게 미안해서 카드를 발급받아 어머니에게 주었다.

"자기야, 이것 좀 봐."

철수가 카드값 영수증을 내밀었다. 99만 원. 영희는 두 눈을 동그랗게 떴다.

"자기가 장모님한테 이야기 좀 해 봐. 자기 월급 150만 원도 안 되는데 카드값이 이렇게 나오면 마이너스야."

"그래, 알았어. 미안해…."

영희는 철수가 없는 틈을 타 조심스럽게 어머니에게 말을 꺼냈다.

"엄마, 카드 영수증 좀 봐. 내 월급이 150만 원인데 카드값이 이렇게 많이 나와서 이번 달 마이너스야. 좀 아껴 써."

"별로 산 것도 없는데. 카드값이 왜 이렇게 많이 나왔지?"

"카드는 얼마를 쓰는지 잘 모르기 때문에 그래."

"그냥 애들 옷 사고 간식도 사고, 시장 보러 조금 다닌 것뿐인데. 그리고 할부로 샀는데 왜 그렇지?"

"할부로 사면 나누어서 계산되는 것 같지만 할부가 쌓이면 한없이 늘어나. 그러니까 카드라고 해도 아껴서 써야 해."

"그래, 알았어."

하지만 그다음 달에는 100만 원이 넘었고, 그다음 달에는 120만 원이 넘었다. 참다못한 철수가 영희 어머니에게 직접 이야기를 꺼냈다.

"장모님, 아이들 간식이나 옷, 장난감 같은 것은 우리가 다 사니까 장모님이 안 사셔도 돼요. 장 보는 것도 퇴근하면서 저희가 할 테니 직접 장 보지 마시고 장모님 용돈 정도만 쓰세요."

"그래, 알았다."

영희 어머니는 언짢은 표정을 지었다. 결국, 영희와 철수는 결단을 내리기로 했다. 카드의 한도를 50만 원으로 낮추었다. 한도를 50만 원으로 낮춘 날 저녁, 영희 어머니는 화를 내며 영희에게 카드를 내밀었다. 물건을 사려고 계산대 앞에 섰는데 한도 초과라고 나와서 매우 난처했다는 것이었다. 영희는 앞으로는 현금으로 용돈을 주겠다고 선언했다. 영희도 어머니와의 갈등이 깊어지기 시작했다.

철수와 영희 어머니는 식성도 매우 달랐다. 인공조미료를 사용하지 않고 맑은국과 금방 만든 반찬을 좋아하는 영희 어머니와는 달리, 철수는 얼큰하거나 맵고 짠 음식, 찌개, 냉동 음식을 즐겨 먹었다. 영희와 철수가 차린 저녁 밥상 앞에서 마음에 드는 음식이 없었던 영희 어머니는 물에 밥을 말아 먹거나 밥을 먹다 말고 자리에서 일어나기도 했다. 그래서 저녁밥을 준비할 때면 철수는 진한 국물의 찌개를, 영희는 맑은국을 끓였다. 한 밥상에 두 가지 국이 놓이기 시작했다. 반찬도 두 가지 종류를 준비해야 했다.

철수는 점점 서재에만 머무르다 잠잘 시간이 되어서야 안방으로 들어갔다. 영희도 철수도 영희 어머니도 서로 대화를 하지 않았다. 철수는 집에서 늘 불편한 안색이었고 웃는 날이 없었다. 그것은 영희도 영희 어머니도 마찬가지였다.

그나마 철수가 마음을 놓고 쉴 수 있는 시간은 주말 어머니의 집에 갈 때였지만, 영희의 발작과 우울증으로 인해 그것마저 쉽지 않았다. 영희는 서재를 뒤엎으며 발작을 일으켰고 핸드폰을 부수고, 접시를 깼다. 영희의 손목에는 칼로 그은 자국이 3개나 있었다.

영희가 유산으로 수술을 받았을 때도 철수는 주말에 어머니의 집으로 향했다. 마음의 휴식이 너무나 간절했기 때문이었다.

그러나 주말이 되어 어머니 집에 간다고 해도 마음이 항상 편한 것은 아니었다. 자주 와라, 전화 좀 해라, 집에 고장 난 거 있으니 고치러 와라 등 요구하는 것과 잔소리가 많았다. 특히 자주 오라는 말은 철수를 더 곤란하게 했다. 영희가 너무 힘들어했고 우울증까지 겪고 있었기에 이러지도 저러지도 못하는 상황이었다. 셋째를 낳으라는 말도 스트레스로 다가왔다. 영희가 먼저 철수 어머니의 잔소리를 막았다.

"어머님, 남편 지금 장모님하고 사느라 불편한 게 한두 가지가 아니에요. 그리고 우리도 애들 키우면서 직장 다니는 것도 힘들고요. 그런데 셋째까지 낳으면 답이 없어요. 저희는 셋째 안 낳을 거예요."

"장모님이 애 키워 주는데 그 정도 불편한 게 뭐라고 그래? 애들 봐 주는 게 어디야? 그 정도는 참아야지!"

철수는 어머니의 말에 굳은 표정으로 고개를 돌렸다. 철수는 마음이 답답해서 터질 것 같았다. 철수 어머니는 감정이입을 할 줄 모르는 사람이었다.

아이들이 제법 자라서 자신의 도움이 덜 필요하다고 생각되자, 영희 어머니는 다른 지역에 전셋집을 구했고 영희네 집을 떠났다. 장모살이가 끝나자 철수는 180도 바뀌었다. 늘 거실에 있었으며 아이들과 다정하게 놀아 주었고 집에는 항상 웃음소리가 넘쳐 났다. 무엇보다 철수의 얼굴이 너무나, 너무나 많이 밝아졌다. 그런 철수를 바라보는 영희도 함께 웃을 수 있었다. 영희는 어머니에게 아이를 키워 준 만큼 용돈을 충분히 드리지 못하는 것이 죄송했지만 영희의 형편에 용돈을 올리기는 매우 어려운 일이었다.

"엄마가 애들 둘을 모두 키워 주셨는데 용돈을 너무 적게 드려서 엄마한테 너무 미안해."

"앞으로 오래 드리면 되지. 그리고 나이가 들면 우리 월급도 늘어날 테니까 그때 가서 조금 더 드려도 되고."

영희는 더 이상 아무 대꾸도 하지 않았다.

◇◇◇◇
돈의 대가

영희는 지역 외곽에 있는 지점으로 2년간 파견근무를 가게 되었다. 버스를 타면 40분 거리지만 자차로 이동할 경우 15분이면 충분히 갈 수 있는 거리였다. 영희 어머니도 집을 따로 구해서 나갔기 때문에 출근길에 동현이를 어린이집에 데려다주고 퇴근길에 데려오기 위해서는 차가 필요했다.

"우리 월급도 올랐고 대출받을 여유도 있으니까 차 한 대 더 사자."

"그래, 자기도 출퇴근하려면 차가 있어야겠지. 내가 알아볼게."

철수는 차량 모델과 사양이 설명되어 있는 안내 책자를 가져와서 영희와 함께 차를 선택했다. 준중형차이면서 연비가 좋고 너무 작거나 크지 않아서 출퇴근용으로 적당한 차를 골랐다.

"여자가 운전하기에는 풀옵션으로 하는 게 운전하기가 편해."

"그럼 비용이 너무 많이 들지 않을까?"

"내가 타는 차와 같은 회사 차량이라서 할인을 많이 받을 수 있어. 내가 이 회사 차만 계속 샀잖아. 대출은 내가 알아서 할게."

얼마 후 새 차를 받고 영희는 운전 연습을 할 틈도 없이 매일 자차로 출퇴근을 했다. 파견을 가기 전이지만 운전에 익숙해지기 위해서였다.

시가에 간 어느 날, 철수 어머니가 영희와 철수에게 웃으며 따지듯이 물었다.

"너희는 차 산다고 천만 원 빌려 가 놓고 왜 돈을 안 주니?"

영희는 영문을 몰라 되물었다.

"네? 무슨 말씀이세요?"

"몰랐어? 철수가 차 사야 한다고 천만 원 빌려 가면서 매달 100만 원씩 갚는다고 해 놓고 한 번 보내 주고는 안 주잖아!"

영희는 고개를 돌려 놀란 눈으로 철수를 쳐다보았다.

"알았어, 엄마! 줄게~!"

"며늘아, 내가 차 사는데 돈을 반 이상 보탠 거니까 얼른 운전 연습해서 집에 오고 그래라. 같이 시장도 보고 나 신고 나들이도 가고 그러자. 차가 있으니까 애비가 출장 가고 없어도 애들 데리고 먼저 올 수도 있고, 제사 때도 일찍 올 수 있겠네."

"아직 운전이 서툴러서요. 그리고 저 밤눈이 정말 어두워서 밤에는 운전을 잘 못 해요."

"그래도 출퇴근하느라 매일 운전하다 보면 금방 늘겠지."

영희는 철수 어머니의 웃음이 전혀 반갑지 않았다.

영희는 자신과 의논 없이 돈을 빌린 것도, 차를 살 만한 형편이 되는데도 자신의 엄마에게 손을 벌린 철수가 원망스러웠다. 집으로 돌아온 영희는 철수에게 따지듯이 물었다.

"우리 돈으로 충분히 살 수 있는데 왜 어머님께 돈을 빌린 거야?"

"괜찮아, 엄마 돈 많이 벌어. 우리 연봉 합한 것보다 순수익이 더 많아."

"그래도 난 그렇게 돈 받고 싶지 않아. 매달 백만 원씩 보내는 건 부담스러우니까 그냥 대출받아서 한꺼번에 보내드려!"

영희는 명령하듯 단호하게 말했다.

"알았어, 내가 알아서 할 테니까 너는 신경 쓰지 마. 그리고 그 정도는 괜찮아."

영희는 급격하게 피곤함을 느끼며 방으로 들어가 버렸다.

철수 어머니는 초등학교 동창들과 중국 여행을 다녀오곤 했다. 나은이가 태어난 지 얼마 되지 않았을 때는 나은이를 위한 중국풍 빨간 비단 원피스, 두 딸과 영희를 위한 저가의 화장품을 사 왔다. 철수는 남자다 보니 뭘 사야 할지 모르겠다며 선물을 사지 않았다. 어떤 때는 스카프를 사 오기도 했다. 수영이나 수진이 역시 해외여행을 다녀오면 새언니인 영희의 선물을 챙겼다.
철수 어머니가 여행을 갈 때면 철수가 어머니의 통장으로 용돈을 보냈다.
"엄마가 초등학교 동창들하고 중국 여행 간다는데 용돈을 얼마나 보내면 좋을까?"
"여행 갔을 때 돈이 부족하면 기분이 좋지 않잖아. 자기가 알아서 넉넉하게 보내드려. 나한테 물어보지 않아도 돼."
여행 가기 전에 용돈을 보내서인지 여행 선물을 받는 것은 부담스럽지 않았다. 수영이와 수진이는 홈쇼핑에서 대량으로 물건을 사면 영희에게 나눠 주곤 했다. 영희는 그런 선물은 가벼운 마음으로 받을 수 있었다.
자꾸만 시가에 오라는 철수 어머니의 말을 거절하던 어느 날, 철수 어머니에서 전화가 왔다.
"애미야, 내가 홈쇼핑을 보다가 이불하고 커튼 세트를 팔길래 예뻐서 너희 집으로 보냈다~"
자랑스러운 듯 친절하게 말하는 철수 어머니가 영희는 부담스러웠다. 택배가 도착하고 상자를 연 순간, 철수와 영희는 서로 아무 말이 없었다. 거의 흰색에 가까운 얇은 홑겹의 천에 보라색 꽃무늬가 있는 커튼과 침구 세트. 철수가 먼저 입을 열었다.
"베개랑 이불 세트는 써도 될 것 같아. 어차피 애들 때문에 자주 사서 바꿔야 하니까. 커튼은… 이건 안 되겠다."
영희는 철수 어머니에게 전화했다.

"어머님, 택배 잘 받았어요."

"그래, 예쁘지? 나는 가게에 있으니 이쁜 게 있어도 못쓰니까 너희 집에 쓰라고 내가 신경 써서 골랐다~"

"아, 네…. 어머니, 감사합니다. 잘 쓸게요."

'일부러 이런 걸 보내신 건가? 아니면 원래…. 그보다 또 집에 오라고 하시진 않겠지?'

영희는 집에 자주 오라는 말을 들을까 봐 걱정이 앞섰다.

천이 얇아서 오래 사용하지는 못했지만 철수는 자신의 어머니가 주신 것들을 내내 마음에 들어 하지 않았다.

동현이가 태어나고 3년이 지나면서부터 철수 어머니는 명절 때 종종 영희에게 용돈을 주기 시작했다. 처음에는 5만 원, 그다음에는 10만 원, 그다음에는 20만 원으로 늘어났다. 장사가 잘되고 돈이 모이면서 여유가 생긴 탓이었다. 영희는 그 돈을 대부분 철수에게 주거나 영희 어머니에게 용돈으로 주었다. 어떤 날은 나은이와 동현이에게 나누어 주기도 하였다. 철수 어머니에 대한 감정이 좋지 않았던 영희는 그 돈을 쓰고 싶지 않았다. 영희는 용돈을 원하지 않았다. 칼날 같은 말들로 베여 버린 영희의 마음은 회복되지 않고 있었다.

◇◇◇◇
가재는 게 편

명절날 차례를 지내고 철수 어머니의 친정에 가면 늘 외삼촌들의 가족이 있었다. 때로는 이모들의 가족까지 오기도 했다.

철수의 작은외삼촌이 철수 어머니, 아버지와 같은 말을 했다.

"너희들, 애들 중학교 가기 전에 엄마 집 근처로 이사 와라."

철수 어머니의 입김이 서린 말이었다. 작은외삼촌의 말을 철수 어머니가 받았다.

"자식도 가까이 살아야 자식이지, 멀리 살면 자식이 아니더라."

"엄마, 한 시간이면 오는데 뭐가 멀다고 그래?"

철수의 말에 철수 어머니가 역정을 냈다.

"한 시간 거리라도 자주 안 오잖아. 그리고 가까이 살아야 급한 일이 있어도 금방 올 수 있고 더 자주 볼 수 있잖아. 우리 손주들 얼굴도 자주 보고."

"지금 승진 준비하는데 근무지 옮기면 처음부터 다시 해야 해. 나중에 승진하고 나이 들면 올 거야."

작은외삼촌은 아들의 의무를 들먹였다.

"아들이 어머니 모시는 거야 당연한 거지. 같이 살라는 것도 아니고 근처로 이사 오는 건데 뭐 어때서 그래? 너희 집에 아들이라고는 너 하나인데 당연히 어머니를 모셔야지."

영희는 기가 막혔다.

'개소리! 아들이 모시는 게 아니라 며느리가 모시는 거지. 며느리가 모시면 시 효도는 아들이 한다는 이야기나 하겠지. 제사도 차례도 부모 봉양도 자기들 하기 싫은 일은 피 한 방울 안 섞인 며느리한테 떠넘기면서 지 아들이 효자라고 떠들어 대는 꼴이라니!'

"그래, 같이 사는 건 부담스러우니 근처로 이사 와라."

시어머니의 말에 영희는 고개를 돌렸다. 아무도 영희의 생각은 물어보지 않았다.

영희는 예전보다는 자주 시가에 가지는 않았지만 집안 행사, 예의상 찾아가는 것을 합하면 일 년에 열두 번, 평균 한 달에 한 번 정도는 시가를 방문했다. 시가에 가는 날이면 철수 아버지와 어머니는 시가 근처로 이사를 오라는 말을 자주 하곤 했다. 철수도 영희도 아직은 못 온다는 말을 반복하다 같은 말을 계속 듣자 자리를 피하는 것으로 대답을 대신했다.

"자기, 시댁 근처로 이사 갈 거야?"

"지금은 아니고, 나중에 내가 승진하고 나면 50세나 55세쯤 되면 올까 생각 중이야."

"난 그러고 싶지 않은데…."

철수는 말이 없었다.

"오면 평일에도 와서 밥 먹고 가라, 주말에도 와라, 그러실 테고 식당 일 바쁘면 주말이고 평일이고 부를 텐데. 명절이나 제사 있으면 같이 새벽 시장에 가자고 하실 거고. 지금도 명절에 시댁 오면 새벽에 같이 시장 가지 않겠냐고 물어보시는걸. 내가 안 간다고 해서 안 가는 거지. 가까이 살면…."

"그럼 내가 가면 되지. 식당 일 안 하고 새벽시장도 안 가면 되잖아."

영희는 한숨이 나왔다.

'그렇게 모르는 척하면 내 마음이 편하겠냐고. 내 마음이 어떨지는 왜 아무도 생각해 주지 않는 거지? 왜 다들 당연하게 생각하는 거지?'

영희는 답답한 마음에 바람을 쐬러 가게 밖으로 나와 근처 공원 쪽으로 걸음을 옮겼다. 세상에 혼자 있는 기분과 함께 외로움이 밀려왔다.

IV

2011년부터 2015년까지의 기록

가족 여행

"아빠, 우리는 왜 해외여행 안 가? 우리 반 친구들은 방학 때 태국도 다녀오고 일본도 다녀왔다던데 나는 비행기 한 번도 못 타 봤어."

"해외여행은 안 갔지만 벽화마을도 가고 여수도 다녀오고 여기저기 많이 다녔잖아."

"나도 비행기 타고 여행 가고 싶어~ 다른 애들은 에버랜드도 다녀오던데 우리는 왜 안 가? 나도 에버랜드 가고 싶어."

나은이의 말에 철수는 미안한 마음이 들었다. 3학년이 된 나은이는 친구들과 자신을 비교하기 시작했다. 공무원인 영희와 철수의 월급으로는 4인 가족이 해외여행을 다녀오기가 힘들었다. 주변에 대출을 받아서 여행을 다녀오는 가족들이 있다는 이야기를 듣긴 했었다. 여행을 다녀오고 6개월 동안 빚을 갚은 후 다음 방학 때 또다시 대출을 받아서 여행을 간다고들 했다. 영희는 그것도 괜찮은 방법이라고 했지만, 철수는 빚을 늘리고 싶지 않았다. 하지만 나은이의 말에 철수는 여행을 떠나기로 했다. 그동안 나은이와 동현이를 키워준 영희 어머니와 함께 제주도 여행을 계획했다. 영희네 가족이 제주도 여행을 간다는 소식에 영희의 남동생들도 같이 가자는 제안을 했다. 막내 성진이가 다니는 회사의 사장이 제주도의 콘도 패밀리룸 하나를 분양받아서 가지고 있는데 성진이에게 무료로 빌려준다고 했다. 덕분에 여름 성수기에 숙박비를 전혀 부담하지 않게 되어 그나마 마음 편하게 여행을 떠날 수 있었다.

제주도에 3박 4일 동안 머무르며 영희네 가족은 제주도의 대표적인 관광명소를 대부분 둘러볼 수 있었고 아이들이 좋아할 만한 장난감 박물관, 어린이 체험공간들도 방문했다. 섭지코지, 성산 일출봉, 이중섭 문화거리, 천제연폭포, 테마공원, 박물관, 해안도로 등을 다니는 동안 3박 4일은 순식간에 지나갔다. 성재와 성진이는 새벽에 일어나 한라산을 다녀왔다. 마지막 날 면세점에 들러 선물을 사고 집으로 돌아온 나은이가 다음 여행을 계획했다.

"아빠, 다음에는 태국으로 가자."

"그래, 다음에는 더 먼 곳으로 가자. 우리 나은이 드디어 비행기 타 봤네."

주말 시가에 들러 면세점에서 사 온 철수 어머니와 동생들의 선물을 풀어 놓았다.

"사돈이 손주들 키워 주느라 고생했는데 같이 잘 다녀왔네. 다음에는 우리도 같이 여행 한 번 가자."

"네, 어머님."

영희와 철수의 월급으로 당장은 힘들겠지만 나중에 나이가 좀 더 들고 월급이 오르면 같이 가기로 하고 이야기를 마무리했다. 그사이 철수 어머니는 초등학교 동창생들과 중국 여행을 두 번 더 다녀왔다. 여행을 다녀오면서 손자, 외손자, 딸, 며느리를 위한 선물을 사 왔다. 영희는 스카프를 선물 받았지만 옷장 깊숙이 넣어 놓고 꺼내 보지 않았다.

주말 시가를 방문한 날, 수진이네 가족이 방문했다. 철수 어머니는 또다시 여행 이야기를 꺼냈다.

"다음에 다 같이 해외여행 한 번 가자. 중국 가니까 갈 곳도 많고 좋더라."

여행을 좋아하는 작은매제는 신이 났다.

"장모님, 그럼 가족 계를 만들어서 매달 조금씩 돈을 모으면 어때요? 방은 남자 방, 여자 방 이렇게 잡으면 되겠네요."

영희는 철수 어머니와 여행을 가고 싶은 마음이 없었다. 굳은 표정이 얼굴에 드러났는지 수진이가 가로막았다.

"엄마는! 시어머니하고 여행 가면 며느리가 편하겠어? 그게 여행이겠어? 일이지. 여행보다는 당일치기로 나들이나 다녀오면 되지."

이번에는 철수가 나섰다.

"그래, 여행은 다음에 우리가 여유가 좀 생기면 그때 다시 생각해 보자."

"그럼, 집에서 밥해 먹을 것들 좀 챙겨서 추석 차례 지내고 다녀올까?"

철수 어머니의 말에 수진이가 또다시 나섰다.

"새언니 친정에 가야지. 그리고 요즘에 누가 놀러 가서 밥을 해 먹어? 그러면 며느리는 놀러 가서 또 일하는 거잖아. 나라도 안 가겠다."

"친정은 다음 주에 가면 되고, 밥이야 간단하게 해 먹으면 되지. 그게 뭐 어렵다고! 쳇!"

영희는 어느 누구와도 눈을 마주치지 않고 앉아 있었다.

그해 겨울, 철수는 역사 공부를 시킨다며 영희와 아이들을 데리고 경주로 여행을 떠났다. 2박 3일의 여행이 끝난 후 영희가 나은이에게 물었다.

"뭐가 제일 좋았어?"

"놀이공원이랑 카페에 간 거."

여행 계획은 아이들과 함께 세워야 한다는 것은 진리였다.

추석 명절 연휴, 작은매제가 가족 나들이를 가자며 강력하게 밀어붙이는 바람에 영희네 가족은 친정에 다녀온 날 저녁에 리조트로 향했다. 패밀리룸이라 방 3개와 거실, 부엌, 화장실 2개가 있었다. 철수 어머니는 과일, 전 등 명절 음식들을 식탁 위에 풀어 놓았다.

"애미야, 배하고 사과 좀 깎아 와라."

영희는 칼을 꺼내 과일을 깎기 시작했다.

'이래서 시어머니하고는 여행 오는 거 아니지.'

수진이가 눈치껏 영희 옆에 앉아서 함께 과일을 깎기 시작했다.

"이래서 시어머니하고 함께 하는 여행은 여행이 아닌 거예요. 그죠?"

수진이가 웃으며 영희를 위로했다. 영희는 그나마 마음이 풀리는 듯했다. 간단히 간식을 먹은 뒤, 뷔페에서 저녁을 먹고 게임룸에서 아이들과 시간을 보낸 뒤 숙소로 올라와 고스톱을 치며 시간을 보냈다. 철수는 자고 가라는 가족들의 말을 뿌리치고 집으로 돌아왔다. 하루 정도는 쉬어야 출근을 할 수 있다며 집에서 편하게 잠을 자겠다는 말에 수진이는 얼른 오빠의 가족들을 배웅했다.

영희는 추석 연휴를 보내고 출근한 날 온몸이 뻐근했다. 추석 이틀 전부터 시가에 있었고 차례 음식을 만들고, 아침 일찍 일어나 차례를 지내고 시가 식구들과 리조트까지 다녀오니 몸살이 날 것 같았다. 그날 저녁 영희는 철수에게 명절 연휴에 놀러 다녀오기까지 하니 너무 힘들다며 놀러 갈 거면 차례를 지내지 말고 다녀오자며 으름장을 놓았다.

"자기가 나하고 시어머니 생각해서 명절날 자꾸 놀러 다녀오자는 마음은 알겠는데 우리한테는 일이 하나 더 생기는 거야. 명절 준비하느라 힘들게 일하고 또 놀러 다녀오자는 건 쉬는 게 아니야. 차례를 지내지 않고 가면 또 모를까 그럴 거 아니면 놀러 가자고 하지 마. 작은매제가 다음에 또 놀러 가자고 해도 난 안 갈 거야."

설 명절, 작은매제가 함께 놀러 가자는 제안을 해 왔지만, 지난 추석 때 쉬지 못해서 너무 힘들었다며 영희가 먼저 거절했다. 철수 어머니가 못마땅한 듯 영희를 쳐다보며 말했다.

"친정은 일주일 뒤에 가고 명절 당일 날 출발해서 놀고 다음 날 쉬면 되지."

"엄마, 집사람도 친정 가야지. 동생들도 봐야 하고. 얼마 전에 큰 처남이 서울로 가서 자주 못 만난단 말이야."

"어버이날에도 보고 생신날에도 보잖아."

"그래도 친정에 다녀와야 집사람도 마음이 편하지. 서울 간 동생 보고 싶잖아."

"그럼 그러던가."

철수 어머니는 고개를 옆으로 돌렸다.

나은이는 4학년이 되면서 학교에서 모집하는 청소년 단체에 가입했다.

"거기 가입하면 에버랜드도 가고 워터파크도 가고 겨울에는 스키장에도 간대."

딸아이의 말을 들은 철수의 대답은 '단체로 가니까 돈도 적게 들고 괜찮네. 잘했어.' 였다.

◇◇◇◇

말 한마디

명절은 늘 힘들었다. 일은 손에 익은 듯했지만 철수 어머니에 대한 마음이 좋지 않았던 영희는 늘 마음이 불편하고 힘들었다. 영희는 시가에서 말을 거의 하지 않았다. 명절 이틀 전 퇴근하자마자 짐을 챙겨 시가에 와서 저녁을 먹은 영희는 철수와 식당 일을 거들었다. 명절 전날 철수는 외가에 가서 쌀을 찧어 오고 철수 어머니의 잔심부름을 했다. 점심 장사를 마친 영희는 전을 굽고 잠시 자리에 앉아 커피를 마시며 휴식을 취하고 있었다.

"어머님, 커피 드시겠어요?"

"그래, 나는 블랙으로 연하게 타 줘라."

커피를 마시며 마주 앉은 영희에게 철수 어머니가 영희 어머니의 안부를 물었다.

"너희 엄마는 잘 있나?"

영희는 발끈했다.

"네! 사돈어른 잘 계십니다!"

영희는 철수 어머니의 눈을 똑바로 보며 한 글자 한 글자에 힘을 주어 말했다.

철수 어머니는 가소롭다는 듯이 웃으며 고개를 돌렸다.

"그래, 사돈어른 잘 계시나?"

철수 어머니의 가소롭다는 듯한 웃음에 마음이 상한 영희는 자리에서 일어나 방으로 들어가 버렸다.

추석 명절을 보내고 돌아오는 차 안. 영희는 인상을 구긴 채 아무 말도 하지 않았다. 침묵을 먼저 깬 건 철수였다.

"많이 힘들었지?"

"당연히 힘들지. 차례 음식도 해야 하고 식당 일도 해야 하고. 거기에다 시어머니까지 말을 함부로 하니까!"

영희의 말에 철수의 기분이 상했다.

"말을 왜 그렇게 해? 그냥 좀 넘어가면 안 돼?"

화가 난 듯한 철수의 말에 영희가 발끈했다.

"내가 명절마다 시가에서 얼마나 힘든 줄 알아?"

"나는! 나는 뭐 안 힘들어?! 나도 시골 가서 일하고 오고 명절 내내 너하고 엄마 눈치 보느라 힘들다고!"

"자기가 나보다 힘들어?! 그래도 자기한테는 집이잖아! 나도 어머니 눈치 본단 말이야! 그렇게 힘든데 자기가 수고했다고 한 적 한 번이라도 있어?"

"그럼, 넌?! 넌 나한테 수고했다고 한 번이라도 말한 적 있어?"

그 말을 끝으로 영희와 철수는 입을 다물어 버렸다.

다음 명절, 이틀 전 저녁에 시가에 도착한 철수가 영희를 데리고 나왔다.

"어디 가는데?"

"좋은 곳."

철수가 배시시 웃었다. 철수는 영희를 데리고 와인 가게로 향했다.

"올해부터는 외사촌 동생들한테 와인을 주려고. 우리 와인도 사고. 먹고 싶은 걸로 몇 병 골라봐. 자기 와인 좋아하잖아."

그 뒤부터 시가에 갈 때마다 철수는 영희를 데리고 와인을 사러 갔다. 그리고 두 사람은 명절 때마다 서로에게 따뜻한 말을 건네기 시작했다.

"올해도 수고했어, 자기야."

"자기도 수고 많았어."

단순하고 짧은 말이지만 서로의 수고를 알고 있다고, 힘든 걸 이해하고 있다고 표현하는 것은 꼭 필요한 일이었다. 남들에게는 쉽게 고맙다, 수고했다고 말하면서도 정작 내 옆의 사람에게는 하지 않는 말. 그 말을 하기 시작하자 정말 크게 다른 결과가 나타났다.

◇◇◇◇

당신 마음대로

"애미야, 너 직장 그만두고 내 가게 물려받지 않을래? 나한테서 배워서 네가 운영하면 되잖아."

"어머님, 저는 식당 일 하고 싶은 생각 없어요. 식당 일 힘들잖아요. 어머님도 식당 일 힘들어서 할 만한 게 못 된다고 하셨잖아요."

"사람 쓰면 되지. 너는 카운터 보고 주방 아줌마하고 서빙하는 아줌마도 구하고. 그래도 사장이 음식은 할 줄 알아야 식당 음식 맛이 안 변하는 거다."

"저는 그래도 식당 일은 안 할 거예요. 큰아가씨네가 요식업 하니까 큰아가씨한테 물려주면 되겠네요."

"내가 월급 줄 테니까 나랑 일하면서 조금씩 배워서 그냥 네가 물려받아라. 네가 며느리잖아. 식당 시작한 지 15년이 넘어서 입소문도 나 있고 그냥 닫기에는 아깝잖아. 그리고 수영이는 출가외인이잖아."

옆에서 듣고 있던 철수가 막아섰다.

"우리 경력도 있고 월급도 올랐는데 엄마가 그만큼 월급 줄 수 있어?"

"그만큼은 못 주지! 그럼 남는 게 얼마 안 되잖아!"

철수 어머니의 퉁명스러운 대답에 철수가 덧붙였다.

"그럴 거 아니면 뭐하러 힘들게 식당 일을 해? 공무원으로 계속 이 월급 받고 일하다가 나중에 연금 받으면서 살면 되는데. 엄마가 연금 줄 것도 아니잖아. 가게

가 아까우면 수영이한테 물려줘. 수영이가 손재주도 있고 음식도 곧잘 하잖아."

철수 어머니는 토라진 듯 살짝 인상을 구기고 고개를 돌린 후 입을 다물었다. 영희는 철수 어머니의 마음과 생각, 뜻을 이해할 수 없었다. 월급 잘 받고 일하고 있고 연금도 받을 수 있는데 그만두고 식당 일을 배워 식당을 물려받으라는 이유를 알 수 없었다. 서로 공무원 하겠다고 난리인데 왜 그런 말을 하는지 영희로서는 이해 불가였다.

"애미야, 너 머리가 너무 길지 않니? 좀 잘라라."

영희는 결혼 전부터 긴 생머리를 유지하고 있었다.

"전 이 머리가 편해요. 아침에 대충 말리고 나갈 수 있고 머리를 안 감아도 대충 묶을 수 있어서 편하거든요."

"그래도 너무 길다."

"남편도 긴 생머리를 좋아해요. 저도 편하고요."

"나처럼 짧게 자르고 볶으면 편해. 뽀글뽀글하게 파마하면 1년이 넘어도 끄떡없어. 이 머리도 편해."

"어머니, 요즘 직장인들이나 젊은 사람들이 누가 그런 머리를 해요?"

"그럼 좀 자르기라도 해라. 옛날 학생들처럼 단발머리나 어깨 위 정도로 자르면 되지 않겠니?"

"저 머리 안 자를 거예요. 이게 제일 편해요."

철수 어머니는 그 이후에도 몇 번 더 영희에게 머리를 자르라고 했지만 영희는 같은 대답을 하거나 못 들은 척 자리를 피했다.

'왜 내 머리에 그렇게 집착하는 거지? 아가씨들도 모두 긴 머리인데 왜 나한테만 계속 그런 말을 하는 걸까?'

수영이와 수진이가 왔을 때 철수 어머니가 머리카락을 자르라고 말하는 것을 한 번도 본 적이 없었다. 영희는 이번에도 철수 어머니의 뜻을 이해할 수 없었다. 영희는 뭔가 강요받는 듯한 기분과 휘둘리는 느낌에 마음이 매우 언짧았다. 직장부터 머리카락까지 철수 어머니 마음대로 하려는 것 같아 영희는 철수 어머니와의 대화를 피하기 시작했다.

"요새는 며느리하고 같이 살면 며느리가 아니라 시어미가 눈치를 본다네."

드라마를 보던 철수 어머니가 TV에 시선을 고정한 채 중얼거렸다. 수진이가 말을 이었다.

"요즘은 다들 맞벌이를 하니까 일하고 집에 온 며느리의 눈치를 보게 된대. 며느리가 낮에 일하는 동안 집 안 청소나 빨래도 해 놓아야 할 것 같고, 안 해 놓으면 눈치 보인대. 그래서 요새는 시어머니들이 아들 집에서 같이 안 살려고 한다던데?"

영희는 두 사람의 대화를 못 들은 척하며 핸드폰을 만지작거리고 있었다.

"요새 실버타운에 가는 노인들이 늘어가고 있다던데? 이미 들어간 사람도 있다고 하더라고. 가면 비슷한 나이 또래의 사람들끼리 있어서 말동무도 되고 서로 말도 잘 통해서 오히려 낫다고 하더라고. 실버타운 보험 상품도 나왔다던데 나도 하나 들까?"

'전에는 나이 들면 내가 모셔야 하니 나한테 잘 보여야 하겠다면서 농담처럼 말하더니 마음이 바뀌었나 보네.'

얼마 후 철수 어머니는 실버타운 보험에 가입했다.

'내 동의도 없이 같이 살자고, 같이 목욕탕에 가서 서로 등도 밀어 주고, 아파서 거동이 불편하면 나보고 씻겨 달라고 하더니. 같이 안 산다고 하니 안심이긴 한데 나중에 어찌 될지는 그때가 되어 봐야 아는 거니까.'

영희는 당장에 일어날 일이 아니니 신경을 쓰지 않기로 했다.

철수 아버지의 병

철수 아버지의 병이 깊어져 갔다. 간이 좋지 않은 탓에 입원과 퇴원을 반복했고 많은 약을 먹어야 했다. 식당 일은 오롯이 철수 어머니의 몫이 되었다. 일하는 아주머니도 없었다. 철수 어머니는 철수에게 전화를 걸어 힘들다, 다리가 아프다, 손목이 아프다며 넋두리를 늘어놓곤 했다. 병원에 가보라는 말에도 이 정도로 돈 들게 뭐하러 병원을 가냐며 병원에 가지 않았다. 영희 가족이 시가에 갈 때마다 철수 어머니는 허리가 아프다, 다리가 아프다 등 아프다는 말을 반복했다.

"그렇게 병원에 가라니까 왜 말을 안 들어? 일하는 아줌마를 부르든지!"

"일하는 아줌마 부르면 돈이 얼만데! 네 아버지 병원비도 한두 푼이 아닌데 어떻게 아줌마를 써?"

"보험 들어서 돈 거의 안 든다며! 그리고 자식들 다 결혼했고 돈 벌면서 살고 있는데 엄마도 좀 편하게 쉬면서 일하라니까 왜 말을 안 들어!"

철수와 어머니는 같은 말을 반복하며 투덜거리는 일이 잦았다.

어느 날, 수영이네 가게의 장사가 잘되지 않아 다른 가게를 알아보고 있다는 이야기가 들렸다. 철수 어머니는 딸이 걱정되어 자주 전화를 했다.

"그냥 엄마 집 근처에 가게를 얻어서 장사해. 그리고 몇 년 뒤에 엄마 가게 너희가 물려받아서 하면 되지 않겠어? 엄마한테 요리 배우고 장사하면 괜찮을 거야. 오래된 가게라서 소문도 나 있으니까 가게 접을 일도 없을 테고."

수영이는 가게를 물려준다는 말에 엄마의 집 근처에 식당을 열었다. 수영이까지 이사를 오니 딸 둘이 모두 엄마의 집 가까이에 살게 되었다.

철수 어머니는 가게 일이 바쁠 때마다 딸들과 아들 집에 전화를 걸어 일을 도우러 오라며 불렀다. 아이 둘을 키우며 맞벌이를 하는 영희는 가지 않았지만 수진이와 수영이는 엄마의 일을 거들었다. 때로는 매제들이 오기도 했다. 하지만 수영이도 식당에서 요리를 담당하고 있었고 작은매제도 본업이 있었기에 주로 철수와 큰매제, 수진이가 일을 도왔다. 철수 어머니는 일이 끝나면 수고비를 봉투에 담아 나누어 주었다. 철수 어머니의 가게를 물려받기 위해 더 열심히, 일주일 동안 일한 큰매제가 봉투를 열어 보고는 불만을 토로했다.

"장모님, 저는 일주일 동안 매일 와서 일했는데 이틀 일한 처남하고 돈이 같네요. 저는 더 많이 주셔야 하는 거 아닙니까?"

"철수는 아들이고, 자네는 내 가게 물려받을 거 아닌가?"

"그래도 이건 아니죠. 제가 일주일 동안 제 식당 일도 제쳐 두고 매일 와서 일했는데요!"

"그래 알았네. 좀 더 줄게."

큰매제는 몇 년간 철수 어머니가 바쁠 때마다 일주일씩 와서 일했다. 수영이가 올 때도 있긴 했지만, 수영이는 일하면서 아이들도 돌봐야 했기에 주로 큰매제가 오는 날이 많았다.

그사이 철수 아버지는 술로 인해 병이 점점 더 깊어졌고 철수 어머니와의 사이도 좋지 않아 다투는 날이 늘어갔다.

큰매제가 철수 어머니의 가게에서 일하던 어느 날, 철수 아버지는 손님으로 온 친구와 함께 앉아 술을 마시고 있었다. 제법 술에 취한 철수 아버지는 식당 일은 전혀 하지 않았다. 카트를 밀고 지나가는 큰매제를 보며 철수 아버지의 친구가 물었다.

"저 사위인가? 돈 잘 번다는 사위가?"

"아니, 저거 말고 다른 사위 있다."

'저거?'

큰매제는 카트를 그대로 두고 곧장 방으로 향했고 방에서 아이들을 보고 있던 수영이에게 소리쳤다.

"당장 가방 챙겨! 나 앞으로 이 집에서 일 안 해!"

큰매제의 눈에서 불꽃이 튀었다. 놀라 당황한 수영이가 두 눈을 크게 뜨고 물었다.

"왜 그래? 무슨 일인데 그래?"

"됐고! 나 지금 아무 말도 하기 싫으니까 당장 나와!"

큰매제의 목소리는 더 커졌다. 큰 소리를 들은 철수 어머니가 부엌에서 나와 급히 방으로 들어왔다.

"왜 그래? 무슨 일이야?"

"장모님!! 저 이제 이 집에 일하러 안 옵니다!"

"대체 무슨 일인데 그래?"

"저, 자존심 상해서 일 못 하겠습니다! 수영아, 집에 가자!"

수영이는 성큼성큼 걸어나가는 남편을 따라 아이들을 데리고 얼른 뛰어나 갔다. 그렇게 수영이의 가족과 철수 어머니는 인연을 끊다시피 했다. 철수 어머니와 아버지의 생일, 어버이날에는 수영이와 아이들만 왔고 가끔 큰매제가 들러서 잠시 얼굴만 비추고 나가 버렸다. 철수 어머니는 그런 매제에 대한 불만을 토로했지만, 성격 좋은 수영이는 약속이 있어서 어쩔 수 없이 가는 거라 며 남편을 두둔하면서 미소를 지어 보였다. 영희는 그런 수영이의 모습이 안쓰러우면서도 집안의 분위기를 망치려 하지 않는 모습에 감탄했다. 참 좋은 '시누이'다.

휴식이 필요한 사람들

철수 어머니는 부쩍 일하기 싫다는 말을 자주 했다. 수진이네 가족이 함께 한 시가에서의 주말, 철수 어머니의 일하는 게 지겹고 힘들다는 말에 철수는 휴일을 정해 놓고 쉬기를 제안했다.

"다른 가게들도 다 그렇게 해. 매주 월요일은 쉬는 날이라고 써 붙여 놓고 하루 정도는 쉬면서 병원도 다녀오고 몸도 쉬면 좋잖아."

"그래도 오던 손님들이 있는데 문을 닫아 버리면 그만큼 손님들을 놓치는 거잖아. 대신 너희들이 자주 와서 좀 도와줘라."

"엄마, 우리도 일하는 사람들이고 주말에는 쉬어야지. 자꾸 우리한테 기대려고 하지 말고 아줌마를 구해. 한 달에 한 번이라도 쉬는 날을 정하면 되잖아. 처음에는 손님들이 의아해해도 곧 익숙해진단 말이야. 아, 이 집은 이날 쉬는구나 하면서. 우리도 요즘 일 많아서 힘들어. 우리가 엄마 힘들다고 늘 올 수 있는 사람들도 아니고, 우리는 못 도와준다 생각해야지."

"자식 키워 봐야 소용없네, 쳇!"

"수영이하고 매제들도 자기 가게 있고, 수진이는 주부지만 아이 둘 챙기느라 바쁜데 엄마가 조금 내려놓고 쉬는 게 낫지."

"며느리, 너도 일이 많아? 넌 승진 준비도 안 하고 여자니까 일이 좀 수월하지 않니?"

"어머니, 저도 이제 나이가 있어서 한창 어려운 업무 맡고 있고요. 공무원은 여자라고 일이 다르지 않아요. 저도 정말 힘들어서 쉬고 싶을 때가 많아요. 아이들 낳고 출산휴가 외에는 쉬어 본 적 없어요. 다른 직원들은 육아휴직도 하던데 전 쉬지 않고 계속 일했잖아요. 저도 힘들어서 쉬고 싶어요."

작은제부가 말을 받았다.

"그럼 좀 쉬면 되지 않아요? 어차피 처남이 버는데?"

"그럼 월급이 반으로 줄어들잖아요. 그걸로 애 둘을 어떻게 키워요?"

"남잔데 처남 월급이 더 많지 않아요?"

"같은 해에 발령을 받아서 월급이 같아요. 가족수당을 남편이 받으니까 월급이 조금 더 많을 뿐이에요."

"아~ 나는 처남이 월급을 더 많이 받는 줄 알았는데 공무원은 회사하고는 다른가 보네요."

철수 어머니는 그래도 자기 일을 자식들이 도와주기를 바라고 있었다.

"그럼 어쩌누? 자식들이 안 도와주면 누가 도와주나?"

"엄마, 일하는 사람 구하라니까!"

또다시 같은 말이 반복되고 있었다.

철수 어머니는 남편의 병으로 인해 더욱더 지친 상태였다. 식사를 준비해도 철수 아버지는 밥의 반 그릇도 채 먹지 않고 술을 들이켰다. 식사 자리는 늘 싸한 분위기였다. 그날도 철수 아버지는 밥을 몇 숟갈 뜨다 말고 국을 반쯤 남긴 채 자리에서 일어났다. 철수 어머니는 남은 국을 영희의 국그릇에 부었다.

"네가 국을 잘 먹네. 더 먹어라."

영희는 순간 목구멍이 막히는 기분이었다. 속이 울렁거려 영희는 국에 손도 대지 않았다.

"왜 안 먹어? 다 먹었어?"

"네, 어머님. 저 다 먹었어요."

"철수야, 그럼 네가 이 국 마저 먹어라."

철수는 국그릇을 힐끗 보더니 살짝 인상을 찌그렸다.

"됐어. 나 국 더 안 먹어."

"그럼 내가 먹지 뭐."

결국, 여러 사람의 것이 섞인 국은 철수 어머니가 비웠다.

◇◇◇◇

너희들만은 행복하길!

    작은외숙모의 큰아들이 결혼할 사람을 데리고 인사를 왔다. 고모에게 소개한다며 영희의 시가에 들른 것이다. 고운 얼굴의 여자친구는 목소리가 시원하고 호탕한 성격으로 보였다. 여자친구가 철수 어머니와 잠시 이야기를 나누는 사이 철수의 외사촌이 영희 옆에 앉았다.

    "형수님, 물어볼 게 있어요."

    "그래요, 물어보세요."

    "결혼하면 일찍 아이를 가질 거라서, 결혼 전에 미리 여행을 좀 다니려고 하는데 좋은 곳 있으면 추천 좀 해 주세요. 형님하고 많이 놀러 다니셨을 거 아니에요? 저는 아는 곳이 없어서요."

    "글쎄요. 결혼 전에는 각자 본가에 다녔고 결혼 후에는 매주 시댁에 와서 식당 일만 해서 아는 곳이 없어요."

    외사촌은 눈을 동그랗게 떴다.

    "네?! 그럼 한 번도 놀러 안 다니신 거예요?"

    "네, 지금까지 한 번도 없어요. 아이가 생긴 이후에는 아이 위주로 가볍게 나들이만 다녀와서요."

    영희의 눈에 눈물이 맺히기 시작했다. 영희는 목이 메는 것을 억지로 참으로 말을 이어갔다.

    "형님은 알지도 모르니까 형님한테 물어보세요."

    마침 철수가 방에서 나와 외사촌 옆에 앉았다.

    "무슨 얘기 하고 있어?"

    "형님, 형수님하고 놀러 다닌 적 한 번도 없어요? 결혼 전에 여자친구하고 여행 좀 다녀오려고 형수님한테 물었더니 모른다고 하시네요."

순간 철수는 할 말을 잃었다.

"도련님, 도련님은 저처럼 살지 마세요. 부모님이 오라고 한다고 무조건 오지 말고요. 사는 동안 가장 중요한 건 두 사람이에요. 부부가 행복해야 진짜 행복한 거예요."

영희는 울먹이며 겨우 말을 마쳤다.

얼마 후 두 사람은 결혼했다. 3개월 후 작은외삼촌 내외를 시가에서 만났을 때 작은외삼촌은 화가 난 표정으로 영희를 없는 사람 취급하며 눈도 마주치지 않았다. 영희에게 늘 다정하던 외숙모마저 영희의 눈을 피하며 한마디 말도 건네지 않았다. 영희는 이유를 알 것 같았다.

'도련님이 내 말을 그대로 전해 버렸네.'

3년 후 작은외사촌의 아이가 둘이 되었고, 명절날 철수의 외가에 모인 자리에서 작은외삼촌이 의외의 말을 했다.

"결혼하고 나면 부모들이 간섭을 안 해야 해. 자꾸 오라고 하면 자식들이 스트레스받고 힘들어진다고. 자기들이 행복해야 시댁에도 잘하고 집안도 행복한 거야."

영희는 철수 어머니가 그것을 깨닫지 못하는 게 화가 났다.

"작은외삼촌, 저는 매주 시댁에 와서 일했는데요."

영희는 작은외삼촌이 고생했다며 영희를 위로해 주길 기대했지만, 작은외삼촌은 못 들은 척하며 TV로 고개를 돌리고 입을 다물었다. 그랬다. 작은외삼촌은 영희 '시어머니'의 동생이었다. 영희는 부엌으로 들어갔다.

"질부야, 거실에서 쉬지 부엌에 왜 왔어?"

작은외숙모가 영희를 보고 말을 걸었다.

"괜찮아요. 전 부엌이 편해요."

영희는 말없이 커피를 타서 식탁에 앉았고, 철수가 친정에 가자고 말할 때까지 부엌에서 나오지 않았다.

새로운 보금자리

나은이가 3학년이 되었다. 영희와 철수는 나은이에게 자기만의 방과 공간이 필요하다는 생각이 들어 이사를 결심했다. 이왕 이사하는 거 새 아파트로 이사를 하기로 하고 청약통장을 들고 새 아파트 분양사무소 겸 모델하우스로 향했다. 모델하우스를 둘러본 영희는 아파트가 마음에 쏙 들었다. 거실을 확장한 구조는 커다란 창이 'ㄱ' 자 모양으로 되어 있어 바깥 풍경을 시원하게 감상할 수 있었다.

"어때? 마음에 들어"

"응, 난 이 집으로 할래."

영희와 철수는 당장 계약을 했다. 계약하고 나오면서 구경하는 집을 구한다는 데스크들을 보면서 철수가 먼저 말을 꺼냈다.

"이왕 들어가는 거 구경하는 집으로 할래? 리모델링 비용의 50%만 내면 된대. 이제 이사 가면 아이들 독립할 때까지 오래 살 텐데 리모델링해도 괜찮을 것 같아."

영희는 망설이지 않았다. 리모델링 한 집의 샘플들을 모아놓은 책자들을 둘러본 후 바로 계약까지 마쳤다. 2년 뒤 나은이가 5학년이 되면 입주가 가능했다. 입주 후에는 나은이와 동현이는 각자의 방을 갖게 될 것이었다. 영희는 기뻐서 숨이 가빠지는 느낌이 들었다. 2년이라는 시간이 빨리 지나가길 바랐다.

시가를 방문한 날 철수는 상기된 표정으로 철수 어머니에게 새 아파트 분양 사실을 알렸다. 그런데 철수 어머니의 표정과 반응은 싸늘했다. 식당 거실에 앉아 이야기를 듣던 철수 어머니는 팔짱을 낀 채 인상을 구겼다.

"뭐 하러 새집을 분양받아? 그냥 그 집에 몇 년 더 살다가 산청으로 들어오면 되지. 좀 더 있어라!"

"엄마, 우리 벌써 계약금도 다 냈고 구경하는 집 계약도 끝냈어. 그리고 나은이한테도 곧 자기 방이 필요해."

축하받을 줄 알았던 철수는 어머니의 반응에 크게 실망한 표정으로 바뀌었고 철수 어머니는 못마땅하다는 얼굴로 팔짱을 낀 채 고개를 옆으로 돌리고는 입을 다물었다. 옆에 앉아서 이야기를 듣고 있던 철수 아버지가 환하게 웃으며 영희에게 말했다.

"그럼 계약을 했으니 1년만 살고 산청으로 들어와라."

영희는 숨이 턱 막히는 듯했다. 철수 어머니가 기름을 부었다.

"거기 살다가 나은이 고등학교 들어갈 때 산청으로 들어와라!"

철수도, 영희도 대답하지 않았다. 영희는 먼저 자리에서 일어나 아이들이 있는 방으로 들어갔고 철수 역시 커피를 마시겠다며 자리에서 일어났다.

새 아파트의 입주는 쉽지 않았다. 조합아파트 건설회사는 부도가 났고 두 번의 회사교체 후 공사가 마무리되었다. 5학년인데도 자신의 방을 가지지 못한 나은이는 조바심이 났다.

"아빠, 우리 언제 이사 가?"

"내년 2월에 입주할 거야. 참, 주말에 할머니 집에 갈 거야."

"또 할머니 집에 가? 나는 안 가고 싶어. 친구들하고 놀기로 했단 말이야."

나은이의 말투에 진심으로 짜증이 났다는 것을 알 수 있었다. 딸의 반응에 철수가 인상을 쓰며 더 짜증을 냈다.

"할머니 집인데 당연히 가야지!!"

나은이는 입을 다물었지만 짜증 난 얼굴은 변함이 없었다. 옆에서 지켜보던 영희는 크게 한숨을 쉬었다.

새 아파트 입주를 몇 달 앞둔 가을, 영희의 막냇동생 성진이가 결혼했다. 영희는 오랜만에 한복을 꺼내 정성스레 다리고 미용실에서 머리를 했다. 결혼식당일 아침 영희의 어머니를 모시고 식장으로 향했다. 철수 어머니는 아침 일찍부터 올 필요가 없기에 버스를 타고 혼자 오겠다고 했다. 멋지게 차려입은 동생이 새삼스럽게 어른으로 보였다. 곱게 한복을 입고 머리까지 한 어머니를 보니 영희는 자신의 결혼식 날이 떠올라 묘한 기분에 심란해졌다. 신부와 인사를 나눈 후 뒤에 도착한 철수 어머니를 모시고 영희는 여러 친척에게 인사를 하러 갔다. 오랜만에 보는 친척 어른들과 인사를 한 후 옆에 있던 '시어머니'를 소개하려고 고개를 돌렸으나 '시어머니'는 없었다. 철수 어머니는 영희의 친척 어른들과 인사도 나누지 않은 채 뒤돌아 걸어가고 있었다. 영희는 다른 어른들께도 인사를 드리려 '시어머니'의 팔을 잡고 갔으나 철수 어머니는 눈을 마주치지도 않고 피해 버렸다. 마치 어른들을 피해 도망가는 것 같았다. 영희는 식이 시작되기 얼마 전부터 폐백이 끝날 때까지 철수 어머니를 보지 못했다.

"자기야, 어머니는? 계속 안 보이시던데?"

"아까 간다고 전화 왔어."

"식사는 하셨고?"

"몰라. 알아서 하셨겠지."

영희는 괜히 통쾌한 마음에 미소를 지었다. 영희의 친척 어른 중 삼촌들은 키가 그고 체격이 좋으며 엄격해 보이는 얼굴이었다.

나은이가 6학년이 되기 직전 2월, 영희의 가족은 새 아파트에 입주했다. 살던 집을 팔려고 했으나 경기가 나빠져 집값이 크게 떨어져서 전세를 주었다. 당장 팔고 가기에는 손해가 커서 조금 더 기다리기로 했다.

영희 가족은 이사하면서 10년 넘게 사용했던 가구와 전자제품 대부분을 버리고 새것으로 들여놓았다. 영희와 철수는 발품을 팔아 마음에 드는 가구들을 골랐고 영희는 작은 소품들까지 신경 쓰며 리모델링이 된 깨끗한 새집을 꾸며 나갔다. 발 매트부터 디퓨저까지 집에 어울리는 물건들을 고르며 새집에 들어온 기쁨에 푹 빠져 지냈다. 구경하는 집으로 리모델링을 한 집의 현관은 확장하여 대리석 벽과 바닥의 별자리 문양, 천장의 샹들리에로 장식되어 있었다. 중문은 삼중 포켓형으로 출입이 편했고 중문을 열면 보이는 대리석 벽에는 세라믹 타일에 커다랗고 심플한 꽃 그림이 있었다. 거실 벽은 수입한 천연대리석으로 둘러싸였고 천장에는 간접 조명이 달렸다. 부엌 타일은 검은 색깔의 은하수 무늬로 반짝였고 방문마다 장식 타일이 세로로 길게 붙어 있었다. 거실과 각 방에는 블라인드, 커튼을 달았고 복도식 거실 끝에는 조명이 들어오는 유리 장식장이 자리 잡았다.

나은이는 신이 나서 자신의 방을 정리했고 자신의 물건들을 깨끗하게 정리할 수 있게 책장을 사 달라며 졸라 댔다. 집 안 정리가 어느 정도 된 후 철수는 집들이를 하겠다며 어머니에게 전화했고 영희는 음식을 해야 할지도 몰라 마음의 준비를 했다. 하지만 철수 어머니의 대답은 무미건조하고 냉담했다.

"장사도 해야 하고, 네 아버지 건강도 좋지 않으니까 점심 장사 마치고 나 혼자 잠시 너희 집에 다녀가마."

"그럼 내가 데리러 갈게."

"아니, 됐다. 잠시 들렀다 올 건데 버스 타고 가마."

철수의 얼굴이 어두워졌다. 영희는 간단히 과일과 차를 준비했다. 새집을 방문한 철수 어머니의 얼굴은 내내 굳어 있었다. 집을 대충 둘러본 어머니는 소파에 앉아 과일 몇 개를 집어 먹었다.

"시공사가 부도나서 입주가 많이 늦어졌네. 예전에 살던 집은 기울어져서 보강 공사한다고 난리더니 이번에는 부도가 나고…. 너희가 집에는 참 재수가 없다."

어머니의 말에 순간 철수의 얼굴이 굳어지고 어색한 침묵이 이어졌다. 그러자 철수 어머니는 일어나서 아무 표정 없이 거실 창밖 풍경을 한참 동안 내다보았다. 차를 마저 마신 철수 어머니는 집에 가겠다며 자리에서 일어났다.

"엄마, 데려다줄게."

"그래요, 어머님. 버스 타고 가시면 한참 걸리잖아요."

"됐다. 버스 타고 갈란다. 터미널까지만 데려다줘라."

서운해하는 철수의 얼굴은 쳐다도 보지 않은 채 신발을 신고 있는 어머니에게 영희가 20만 원이 든 봉투를 내밀었다.

"오시느라 고생하셨어요. 가실 때 차비 하세요."

"그래, 고맙다."

철수 어머니는 이사 선물로 스탠드형 김치냉장고를 사 주었다. 영희는 받고 싶지 않았지만 1년 전 철수 어머니 집의 에어컨을 새로 사 드렸으니 당당하게 받기로 했다.

추석 명절, 늘 그렇듯 철수의 외할머니를 찾아뵈었다. 외할머니의 건강이 좋지 않아 큰외숙모가 모시고 있기에 큰외삼촌 가족이 사는 아파트에 찾아갔다. 철수 어머니의 형제들과 자녀들, 손녀들이 있는 자리에서 작은외삼촌은 또다시 산청으로 들어와 어머니 가까이 살라며 철수와 영희를 종용했다. 철수가 웃으며 그러나 단호하게 대답했다.

"우리는 계속 통영에 살 거예요. 근무 환경도 분위기도 너무 달라서 오고 싶지 않아요. 아이들이 졸업해도 떠나지 않을 생각이에요."

"그럼 어머니를 통영으로 모시고 가면 되겠네."

"차라리 그게 낫지요."

"뭐 같이 사는 건 서로 힘들 거고, 누나가 통영에 집 하나 지어서 가면 되겠네. 서로 자주 보고 좋잖아."

"아유, 싫다. 통영에는 아는 사람도 없고 형제들이 여기에 있는데 가긴 어딜 가? 나는 안 가고 싶다."

아들 내외가 오기를 바라는 것임을 알았지만 영희는 모르는 척 부엌으로 가서 커피를 탔다.

V
2
0
1
6
년
부
터
2
0
2
1
년
까
지
의
기
록

◇◇◇◇
영희가 누리지 못한 것

영희는 성진이 가정이 자신과 같은 상황으로 힘들어지지 않기를 원했다. 그냥 살아도 힘든데 행복을 놓치지 않기를 간절히 바랐다.

"엄마, 영은이한테 절대 시어머니 노릇 하지 마! 내가 시어머니 때문에 얼마나 힘들었는지 봤잖아. 자유롭게 살게 놔둬. 절대로 뭐 강요하지 말고!"

너무나 단호하게 말하는 영희였다.

"그래. 그럴 거야. 내가 너 사는 거 봤는데 절대 안 그럴 거야."

"그냥 하는 말이라도 시어머니처럼 느껴질 때가 있을 거야. 말조심하고!"

"그래, 알았어."

영희는 성진이의 아내 영은이를 '올케'라고 부르지 않았다. 시댁이라는 느낌과 시댁으로 맺어진 관계에 대한 부담을 덜어 주고 싶었다. 영은이는 다정다감하고 온화한 사람이었다. 영희는 그런 영은이가 마음에 들었고 늘 다정하게 이야기하려고 노력했다. 항상 '영은아'라며 이름을 불렀고 시댁이라고 자주 오지 않아도 된다며 부담 갖지 말라는 말을 했다.

성진이의 결혼 후 첫 명절, 영희의 어머니는 영은이에게 명절 선물이라며 작은 종이가방을 내밀었다. 꽃무늬로 화려하게 장식된 노란 앞치마 선물. 영희는 기겁했다.

"엄마!! 앞치마를 선물로 주면 어떡해!!"

영희가 언성을 높이자 오히려 영은이가 놀라고 말았다.

"아니에요, 형님. 저 정말 마음에 들어요. 어머니, 너무 예뻐요. 감사합니다."

영희는 조용히 영은이를 따로 불렀다.

"미안해, 예전에 내가 시어머니께 첫 선물로 소주 이름이 적힌 앞치마를 선물받은 거 알고 엄마가 엄청 화냈었어. 그리고 예쁜 앞치마를 새로 사 주셨어. 그게 한이 되어서 첫 선물로 앞치마를 산 거 같아. 마음 상해도 이해 좀 해 줘."

"아니에요, 형님. 저 정말 마음에 들어요."

영은이의 환한 미소에서 진심이 느껴졌다.

"고마워, 영은아."

영희는 친정으로 가는 영은이에게 차비 하라며 철수 몰래 용돈을 쥐여 주었다. 그 후로도 명절이 되면 선물이나 용돈을 쥐여 주며 '고생했다'는 말을 잊지 않았다. 영희 어머니는 명절에 처가에 먼저 다녀와도 된다며 시댁에 먼저 오기를 강요하지 않았고 자주 오라는 전화도 하지 않았다. 아이를 낳고 나서는 아이를 보라며 부엌일을 되도록 시키지 않으려고 했다. 영은이가 아이를 업고 부엌으로 들어오면 영희가 먼저 나서서 뜯어말렸다.

"애 업고 일하는 거 아니야. 몸 망가지면 어쩌려고 그래. 아이 보느라 잠도 못 자고 힘들 텐데 자꾸 부엌에 오지 말고 가서 아이 보고 있어."

"그래도 형님…."

"괜찮다니까. 얼른 가. 성진아! 영은이 데려가!"

영은이는 '시어머니'를 살뜰하게 챙겼다. 어버이날에는 돈을 말아서 꽂은 꽃바구니를 선물했다.

"영은아, 우리 엄마 잘 챙겨 줘서 고마워."

"당연히 해야 할 일인데요, 형님."

"그래도 고맙지. 이렇게 챙겨 주니까…. 시댁 챙기려고 너무 애쓰지 말고 성진이하고 행복하게 살아. 그게 효도야."

영희는 성진이 내외가 행복해 보여 참 다행이라 생각했다.

'너희들은 나처럼 살지 않기를….'

철수 큰외숙모의 첫째 아들이 결혼했다. 신혼여행을 다녀와서 인사를 오는 날 영희의 가족은 철수 어머니와 함께 큰외숙모의 집을 방문했다. 첫 며느리를 맞이한 큰외숙모는 엄청난 잔치 음식을 준비했다. 며느리가 가져온 생각보다 간소한 이바지 음식을 보며, 영희는 자신이 결혼할 때 어머니가 아주 비싼 이바지 음식을 준비해 주셨구나 하는 생각에 마음 한구석이 쓰려 왔다. 큰외숙모에게 며느리가 생기고 첫 명절, 철수의 본가에서 차례를 지내고 큰외숙모의 집을 방문했다. 큰외숙모가 다과를 준비하며 며느리를 불렀다.

"아가~ 여기 과일 내어 가라~"

순간 영희는 목이 메고 눈에 눈물이 가득 찼다. 영희는 철수 어머니에게서 '아가'라는 말도, 그렇게 다정한 말투도 들어 본 적이 없었다. 영희는 바람을 쐰다며 현관문을 나섰다. 문 앞에서 눈물을 훔치는 영희 앞에서 엘리베이터 문이 열리며 산소에 갔던 철수의 외사촌들이 나왔다.

"산소 다녀오나 봐요."

"네, 형수님. 왜 나와 계세요? 같이 들어가요."

영희는 집으로 오는 차 안에서 참았던 눈물을 터뜨렸다.

"큰외숙모는 며느리에게 아가~ 하면서 다정하게 말하던데, 난 단 한 번도 그런 말을 들어 본 적이 없어. 맨날 너, 애미, 네 엄마 이런 소리만 듣고…."

영희의 말에 철수가 버럭 화를 냈다.

"그런 걸 왜 신경 쓰고 그래!!!"

영희는 철수의 말에 폭발해 버렸다.

"자기 작은외삼촌 아들이 결혼한다고 할 때 주말마다 오란다고 다 가지 말라고 충고해 주지 말 걸 그랬어! 그냥 우리처럼 싸우고 시부모랑 사이 멀어지도록 놔둘 걸 그랬어!"

철수는 화가 잔뜩 난 얼굴로 말없이 운전만 했다. 영희는 집에 도착할 때까지 눈물을 닦아냈다.

◇◇◇◇
독립하지 못한 가정

나은이가 중학교 1학년이 되면서 방문을 닫기 시작했다. 사춘기였다. 말수는 줄어들었고 작은 일에도 '아, 몰라.', '싫어!' 하며 예민하게 반응했다. 같은 일이 반복되자 자기 방에 들어가 방문을 닫아 버린 나은이의 방으로 철수가 성큼성큼 걸어갔다. 영희는 소파에서 일어나 부리나케 철수를 뒤따라가 팔을 붙잡았다.

"사춘기야. 그냥 둬. 시간이 지나면 괜찮아져. 딸아이들은 예민해서 더 건드리면 안 돼. 모르는 척 눈 감아 줘."

단호한 영희의 말에 철수가 돌아섰다. 딸바보였기 때문이었을까? 철수는 나은이의 사춘기를 철저히 모른 척했고 딸아이의 기분이 좋아 보이지 않아도 평소처럼 아무렇지 않은 척 대했다. 스트레스를 받아도 꾹 참았다. 영희도 철수도 인내심을 가지고 묵묵히 지켜봐 주었고, 나은이의 사춘기는 1년 만에 끝났다. 나은이의 방문은 다시 활짝 열렸고 가족들과 웃으며 이야기를 나누었다. 때로는 친구들을 집에 데리고 와서 함께 쿠키를 만들어 먹으며 놀기도 했다.

"거봐. 눈 감아 주면 시간이 해결해 줄 거라고 했지?"

영희의 말에 철수는 피식 웃음을 흘렸다. 영희네 집에서는 다시 웃음소리가 흘러나왔다.

나은이의 사춘기는 끝이 났지만, 끝나지 않고 계속 이어지는 것이 있었다. 철수 어머니의 전화였다. 나은이와 동현이가 자랄수록 할머니 집에 가는 것을 귀찮아하기 시작했다. 나은이는 주말에 친구들과 놀기를 원했고, 동현이는 쉬기를 원했다. 명절이나 생신, 어버이날, 제사가 아닌 날에 할머니 집에 가자고 하면 아이들은 늘 투덜댔다.

"할머니 집에 가면 할 일이 없어. 컴퓨터도 없고 할 게 없어."

늘 조용하던 동현이마저 아빠에게 싫다고 말하기 시작했고 철수는 할머니 집에 가자고 할 때마다 아이들과 갈등을 겪었다.

"나 내일 친구들 만나기로 했어. 오늘 갔다가 저녁에 그냥 오면 안 돼?"

나은이의 말에 결국 철수가 물러났다. 특별한 날이 아니고는 본가에서 자지 않고 당일치기로 다니기 시작했고, 시간이 지날수록 횟수도 줄어들었다.

철수 어머니는 빠르게 반응했다. 나은이, 동현이에게 번갈아 가며 전화를 했고 전화를 할 때는 '용돈 줄게. 할머니 보러 와라.', '안 오면 용돈 안 준다.', '피자 사 줄게. 주말에 올래?' 등의 말로 아이들을 회유하였다. 하지만 아이들의 반응은 미미했다. '친구들과 만나기로 했어요.', '잘 모르겠어요.', '쉬고 싶어요. 가도 할 게 없어요.'라며 미지근한 반응을 보이자 전화는 영희에게로 돌아왔다.

"애미야, 안 자고 당일 날만 다녀가도 되니까 애들 데리고 가끔 와라."

"아이들이 안 가려고 해요, 어머니. 애들도 이제 컸잖아요. 사춘기이기도 하고요. 저희도 마음대로 가자고 말 못 해요."

영희는 더 이상 아이들에게 강요할 수 없다며 선을 그었다. 영희는 아이들에게 강요하고 싶지도, 아이들을 힘들게 하고 싶지도 않았다. 아이들과 철수와의 갈등도 원하지 않았다.

"자기야, 아이들이 안 가려고 하니까 어머님더러 우리 집에 오시라고 하면 안 돼? 이제 장사도 많이 안 해도 되고 주말에 한 번씩 오셔서 우리 집에서 주무시고 가면 되잖아. 자기가 말씀드려 봐."

하지만 무슨 이유에서인지 철수 어머니는 집들이 이후로 단 한 번도 영희의 집을 방문하지 않았다. 주말에 가게 문을 닫고 오라는 아들 철수의 말에도 장사해야 한다면서 오지 않았다. 결국, 영희와 철수가 아이들에게 맞추는 것으로 상황은 서서히 정리되었다.

하지만 상황 정리는 영희의 가족 안에서만 일어난 일이었다. 퇴근하고 저녁을 준비하던 영희에게 철수 어머니로부터 전화가 왔다.

"요새 식당 일 많이 바쁜 시기인 거 알지? 그러니까 네가 주말마다 와서 일 좀 해라."

철수 어머니의 목소리는 신경질적이었다.

"남편이랑 의논해 보고 말씀 드릴게요."

"바쁜데 너라도 와서 해야지! 네가 안 오면 네 엄마 부르련다!"

'이거, 협박이다!'

영희의 피가 거꾸로 솟았다. 화끈거리는 얼굴을 쓰다듬으며 전화를 대충 마무리했다.

"일단 알았어요."

대답은 그렇게 했지만 영희는 갈 생각이 없었다. 철수 어머니의 말에 머리 끝까지 화가 난 영희는 바로 본인 어머니에게 전화했다.

"엄마, 혹시 시어머니가 엄마한테 일하러 오라고 전화하면 몸이 안 좋아서 못 간다고 해. 알았지? 절대! 가면 안 돼!!"

"어, 그래. 알았어. 실은, 너한테 말은 안 했는데 몇 달 전에도 와서 일 좀 도와 달라면서 두 번 정도 전화 왔었어. 그런데 그때 엄마 무릎이 안 좋았잖아. 그래서 일 못 한다고 했어."

"뭐? 왜 나한테 말 안 했어!!! 아무튼, 절대! 절대 가지 마!"

"그래, 알았어."

영희의 얼굴은 더 뜨겁게 달아올랐고 화가 난 채 씩씩거리며 거친 숨을 연신 내뱉었다. 곧 뒤에서 현관문이 열리고 철수가 들어왔다. 철수는 영희를 보자마자 언성을 높였다.

"엄마한테 주말마다 일하러 간다고 했어?!"

철수도 일이 많아 바쁜 시기라 짜증이 난 상태였다. 하지만 지금의 영희에게는 중요한 문제가 아니었다. 영희도 언성을 높였다.

"그럼 어떡해!! 내가 안 오면 우리 엄마를 부르겠다고 하는데! 이거 협박이 잖아! 엄마한테 물어보니 그전에도 우리 엄마한테 개인적으로 전화해서 일하러 오라고 했다던데! 사돈한테 어떻게 그런 말을 할 수가 있어? 나 주말에 일하러 절대 안 가!"

철수는 아무 말도 하지 않았고, 철수도 영희도 주말에 일하러 가지 않았다. 영희는 더는 아이들을 데리고 산청에 가고 싶지 않았다. 영희는 이 이상 자신의 가족을 희생시키지 않겠다고 굳게 다짐했다.

시간이 흐르자 아이들은 명절이 아니고서는 할머니 집에서 자려고 하지 않았다. 어버이날 할머니 집에서 자고 오자는 말에 나은이와 동현이 모두 싫다는 반응을 보이자 철수가 발끈했다. 영희는 철수를 이해시키고 싶었다.

"아이들이 크니까 점점 할머니 집에 안 가려고 해. 사춘기이기도 하고…. 다른 아이들도 다 그래."

영희의 말에 철수의 표정이 조금 누그러졌다.

"애들 어릴 때 자주 가길 잘했지. 지금 이런데…."

순간 영희의 귀에 '쿵' 하는 소리와 함께 위장 위에서 아래로 거대한 바위가 떨어졌다. 그리고 귀에는 아무 소리도 들리지 않았다.

'내가 얼마나 고생했는데, 내가 어떤 일들을 겪었는데 그게 당신한테는 아무것도 아니었어?'

영희는 방으로 들어가 침대에 누웠다. 온몸이 껍데기만 남은 것처럼 텅 비어 버린 듯 영희는 사지를 늘어뜨린 채 천장을 멍하니 쳐다보았다.

◇◇◇◇
두 번째 우울증

"애들 어릴 때 자주 가길 잘했지."

철수의 말은 영희의 머릿속을 끊임없이 맴돌았고 온몸을 헤집어 놓았다. 가슴에는 말뚝이 박혔다. 멍한 얼굴로 몇 날 며칠을 보내던 어느 날 영희는 자신도 모르게 눈물을 흘리고 있는 자신을 발견했다. 가슴은 쥐어짜는 듯이 아팠고 갑자기 눈물을 터뜨리기도 했다. 집에서는 아이들이 볼까 봐 화장실로 숨어들었다. 화장실 바닥에 주저앉아 입술을 깨물며 울음을 삼켰다.

여느 때처럼 두 아이를 데리고 퇴근하던 차 안, 신호를 받아 기다리던 영희는 울음을 참지 못하고 흐느끼기 시작했다. 두 눈에서 뜨거운 눈물이 영희의 허벅지 위로 뚝뚝 떨어졌다. 중학교 2학년이 된 딸이 옆에서 조용히 티슈를 내밀었다. 그날 저녁 아이들은 엄마의 눈치를 보느라 말이 없었다. 영희는 일찌감치 침대에 누웠지만 한참을 뒤척였다.

다음 날, 같은 곳에서 신호대기 중이던 영희는 앞을 지나가는 커다란 덤프 트럭을 보며 생각했다.

'지금 저기로 차를 몰고 뛰어들면 다 같이 죽을 수 있겠지? 아이들이 엄마 없이 불쌍하게 자라느니 차라리 같이 죽는 게 나아.'

"엄마, 신호 바뀌었어."

딸아이의 말에 영희는 정신이 번쩍 들었다.

'지금 내가 무슨 생각을 하는 거지?'

영희는 자기 자신이 무서워졌다.

'어떻게 이런 끔찍한 생각을 할 수 있는 거지?'

다음 날 당장 조퇴를 하고 영희는 생애 처음으로 정신과를 찾았다. 영희의 길고 긴 우울증과 정신과 치료가 시작되었다.

영희는 정신과를 방문할 때마다 눈물범벅이 되어 나왔다. 한참을 울고 나오면 조금 후련해지는 듯했고, 자신이 겪은 일들이 객관적으로도 불합리하고 억울한 것임을 인정받는 느낌에 마음이 가라앉았다. 약을 먹기 시작하면서 조금이나마 마음이 안정되는 듯했다.

하지만 시가에 다녀온 후에는 영희의 우울증이 걷잡을 수 없이 차올랐다. 철수 어머니를 마주하는 날에는 지난날의 기억과 아픔이 영희를 폭풍처럼 휩쓸었다. 제사와 명절, 어버이날 등 기본적인 도리만 하는 것마저 영희에게 엄청난 인내심을 요구했고, 후에는 늘 가슴이 조여 왔다. 영희는 아이들을 생각하며 약을 먹고 버티는 중이었다.

영희는 시가를 방문할 때면 일주일 전부터 소화가 되지 않아 체하기 일쑤였다. 하루 전날에는 심장 박동이 빨라지고 숨이 가빠졌으며 가슴이 답답해져 잠을 이룰 수 없었다. 시가에서 영희는 철수 어머니와 이야기를 나누지 않으려 했다. 함께 저녁을 먹고 앉아 있게 되더라도 말없이 듣기만 할 뿐이었다.

"내가 죽거든 제사 지내지 마라. 내가 제사 때문에 너무 고생해서 너희들은 제사 안 지냈으면 좋겠다. 너희들은 나처럼 힘들게 살지 마라."

"제사를 모아서 한 번만 지내라. 명절 차례는 지내든지 말든지 알아서 해라."

"어떤 집에서 제사를 없앴더니 며느리가 몸이 아프더라. 힘들어도 며느리가 좀 고생하면 나중에 복을 받을 거다."

"혹시 내가 죽거든 집은 팔아서 너희들이 나눠 갖도록 하고 통장에 있는 현금도 정리해서 나눠 가져라. 사위, 며느리까지 다 모여서 의논해서 결정해라."

영희는 갈 때마다 말이 달라지는 철수 어머니의 말을 흘려들었고, 유산에 대해서만큼은 철수에게 못을 박았다.

"유산 분배할 때 나 부르지 마. 내 돈도 아니고 내가 번 돈도 아닌데 그 자리에 있을 이유가 없어. 자기 형제들끼리 알아서 해. 난 아무것도 안 받을 거야."

철수의 아버지가 갑자기 쓰러져 병원에 실려갔다. 영희와 철수는 조퇴를 하고 급히 산청으로 향했고 눈물을 훔치고 있는 수진이와 마주했다.

"오빠가 잘 좀 하지!"

수진이는 훌쩍이며 철수에게 원망의 말을 내뱉었다. 철수는 굳은 표정으로 말없이 고개를 숙였다. 영희는 무거운 어깨를 늘어뜨리고 있는 철수를 안타깝게 쳐다보았다.

'가족이면 서로 보듬어 주고 위로해 주어야 하는 거 아닌가? 놀라고 힘든 건 오빠도 마찬가지인데 오빠를 원망하다니. 그동안 아버지로 인해 힘들었고 신경이 쓰여 스트레스도 많이 받았는데 장남이라는 이유로 가족의 원망까지 받아야 하다니!'

영희는 분노를 담아 수진이를 쏘아보았다. 한번 쓰러진 후부터 철수의 아버지는 입·퇴원을 반복하며 오랫동안 치료를 받았다.

"철수야, 네 아버지가 넘어져서 머리를 부딪쳤어. 지금 병원에 왔는데 상태가 안 좋은 것 같아."

갑자기 걸려온 철수 어머니의 전화에 철수는 당장 짐을 챙겨 병원으로 갈 준비를 했다. 영희가 걱정스레 물었다.

"나도 갈까?"

"아니, 일단 내가 가 보고 연락할게. 이런 일이 처음도 아니고…. 내일 애들 등교시켜. 내일 아침까지 못 올지도 몰라."

철수 아버지는 계속 의식이 없었고 쓰러진 지 3일 만에 세상을 떠났다. 영희는 차에 아이들을 태우고 폭우 속을 달려 병원에 도착했다. 막내 수진이가 벌겋게 젖은 눈으로 영희를 맞았다. 장례식장이 차려지고 친척들이 속속 도착했다. 영희와 철수의 직장 동료와 철수 아버지의 지인들로 장례식장이 북적거렸다. 철수의 삼촌이 목놓아 울더니 철수 어머니를 보며 소리를 질렀다.

"사람이 이렇게 되기까지 도대체 뭘 하고! 아이고~"

철수 어머니는 화가 난 얼굴로 눈시울을 붉히며 휙 돌아서 걸어가 버렸다. 지난 10년 동안 지병을 앓는 남편을 돌보고 입·퇴원과 병원 치료를 챙겼는데 그런 말을 들었으니 마음이 좋을 리 없었다. 철수 역시 뒤에서 화를 냈다.

"그동안 형님이 아픈 거 알면서 병원비는커녕 약값 한번 안 주던 사람이! 병원 한번 데리고 간 적도 없으면서 말을 저따위로 해?!"

철수는 장례식장을 시끄럽게 만들고 싶지 않아 끓어오르는 화를 꾹꾹 눌렀다.

3일간의 장례가 끝나고 집으로 돌아온 저녁, 철수의 동생 수영이가 수고했다며 영희에게 전화했다. 막내 수진이 역시 울먹이며 전화를 걸어왔다.

"언니, 수고 많았어요. 이제 엄마가 혼자가 되었는데, 힘들더라도 언니가 자주 전화하고 안부 물어봐 주세요…."

"그래, 그럴게. 아가씨도 수고했어. 마음 잘 추스르고…."

하지만 영희는 그럴 마음이 전혀 없었다. 영희는 철수 어머니에게 딱 세 번의 안부 전화를 했다. 그 이상은 영희의 마음이 허락하지 않았다. 대신 철수에게 짐을 넘겼다.

"자기야, 어머님 혼자 계시니까 자기가 자주 전화 좀 드려. 아들이잖아."

"그래, 알았어."

철수의 대답을 듣고 영희는 더 이야기하지 않았고, 전화를 자주 하라고 종용하지도 않았다. 오히려 철수 어머니가 종종 전화하여 손자들을 찾았다. 할아비지의 장례식상을 지킨 터라 할머니의 말을 거절할 수 없었던 아이들은 할머니 집에 가자고 해도 말없이 따라나섰다. 한동안은.

시간이 흐르면서 할머니 집을 향한 아이들의 발길도, 손자들을 찾는 할머니의 전화도 뜸해져 갔다. 하지만 철수는 '할머니 혼자 계시는데 전화해 봐야지?' 하며 아이들에게 전화를 종용했다. 그럴 때면 마지 못 해 전화하는 아이들을 보며 영희는 마음이 좋지 않았다. 아니, 미웠다. 철수 어머니를 향한 영희의 마음이 닫혀 있었기 때문이었다. 철수가 어머니의 전화를 받을 때면 영희는 자리를 피해 버렸다. 전화기 너머로 들려오는 철수 어머니의 목소리마저 듣고 싶지 않았다.

철수 아버지의 죽음으로 인해 영희는 자신의 분노를 애써 누르고 추석 명절을 보냈으나 설 명절이 다가오자 영희는 더 견디지 못하고 폭발하고 말았다. 설 명절을 일주일 앞두고 영희의 손이 떨리기 시작하더니 매일매일 숨이 차는 순간이 찾아오고 가슴은 쥐어짜듯 아팠다. 안방 베란다 바닥에 주저앉아 멍하니 창밖을 내다보기 시작하던 어느 날, 영희는 베란다에 줄줄이 놓여 있는 화분들 옆에 있는 모종삽을 집어 들어 화분의 흙을 거칠게 찌르고 파헤치다 급기야 발로 화분을 걷어차 버렸다. 소란스러운 소리에 철수가 달려와 영희의 겨드랑이를 잡고 방으로 끌어들이려 하자 영희는 거칠게 뿌리치고 다시 화분을 걷어찼다. 철수의 강한 힘에 모종삽을 뺏기고 방으로 끌려 들어온 영희는 바닥에 드러누워 비명을 지르기 시작했다. 비명은 곧 통곡의 울음으로 바뀌었고 눈물범벅이 된 채 방바닥을 뒹굴기 시작하더니 곧 바닥에 주저앉아 주먹으로 바닥을 연신 내리치며 더 크게 통곡하기 시작했다. 철수는 거실에 있던 아이들을 각자의 방으로 보내고 안방 문을 굳게 닫았다.

철수가 다시 방으로 왔을 때 영희는 엎드린 채 머리를 바닥에 쿵쿵 찧어 박고 있었다. 철수가 달려들어 영희를 바로 눕히자 영희는 주먹으로 자신의 가슴을 마구 내리치며 비명을 지르고 발버둥을 치기 시작했다. 계속되는 비명과 몸부림에 철수는 온몸으로 영희를 내리누른 채 영희의 두 손을 꼭 잡고 진정시키려 애썼다. 철수에게 눌려 꼼짝하지 못하면서도 영희의 비명과 눈물은 계속되었다. 철수는 말없이 영희를 내려다보다 조용히 말했다.

"하고 싶은 말 있으면 지금 해."

철수의 말이 떨어지기 무섭게 영희는 비명을 지르며 소리치기 시작했다. 얼굴과 머리카락은 이미 눈물범벅이었다. 철수는 한 손으로 영희의 얼굴을 뒤덮은 눈물을 닦아 가며 말없이 영희의 말을, 아니 비명을 들었다.

"네 엄마가 나한테 어떻게 했는지 알아! 아버지 없어서 일 시키기 편하다고 맨날 일 시키고! 일하는 아줌마 앞에서 그 말 하는 바람에 아줌마도 나한테 일 시키고 지네들은 커피 마시고! 너는 일 안 하고 잠만 자고! 네 엄마는 지 아들이라고 깨우지도 않고 일도 안 시키고! 나 결혼한 지 7개월 만에 살이 10kg이나 빠졌어! 44kg이었다고! 내 얼굴 보고 내 동생들이랑 엄마가 방에 들어가서 우는데 너 코미디 보면서 웃고 있었어! 네가 사람이야? 제발 한 주만 쉬게 해 달라고 그렇게 애원했는데! 세 번이나 애원했는데! 너희 엄마한테 전화 한 통 안 해주고 시댁 간다고 짐 싸서 기다렸지! 야, 이 나쁜 새끼야!

얼마나 힘들었으면 내가 자면서 코피를 흘렸겠어! 네 엄마는 베개에 코피 묻은 거 보고도 나한테 아버지도 없으면서 시아버지한테 살갑게 굴지 않고 처앉아 있냐고 소리 지르더라! 그게 사람이야! 미친년이지! 씨발년! 아아아악! 씨발! 씨발!

내가 오죽 불쌍했으면 손님이 네 엄마한테 매주 부를 거면 왜 결혼시켰냐고 하니까 손주 보고 제사 지내려고 결혼시켰다면서 손님한테 화내더라! 내가 물건이야? 또 뭐? 며느리 길을 잘 들여서 매주 온다고? 내가 애완동물이야?

임신해서 입덧을 그렇게 하는데도 끝내 네 집에 데려가고! 너 연수받는 동안 나 시댁에 던져 놨지! 몸도 무거운데 늦잠도 못 자고 임신한 몸으로 식당 일 하고! 네가 남편이야?! 이 미친놈아!

애 낳고 나서 너 모판 만들러 갔다 온 날! 34분 만에 너랑 네 엄마랑 욕실에서 같이 나오더라? 네 엄마 웃으면서! 너는 내가 챙겨온 새 팬티 입고! 근데 네 엄마가 우리 아들 어깨도 넓고! 등도 넓고! 허벅지도 탄탄하고! 장딴지가 돌덩이 같고! 엉덩이도 탱탱하고! 그렇게 말하더라! 내가 놀라서 쳐다보니까 말을 멈추더라! 나랑 눈 안 마주쳤으면 그다음에는 무슨 말을 했을까? 네 엄마는 미친년이야! 한 달 뒤 모를 심고 다녀왔을 때도 네 엄마 너 씻겨 준다고 따라 들어가려다가 네가 거절하니까 나 노려보더라! 너도 네 엄마도 미친놈이야! 길 가는 사람 붙잡고 물어봐! 너희가 정상인지!

둘째 낳고 한 달에 한 번 가니까 매주 전화해서 소리 지르고 괴롭히고 전화 피하니까 내 직장에 두 번이나 전화하고! 네 직장에는 전화 안 하면서!! 내가 얼마나 만만했으면! 나중에는 나한테 네가 오기 싫어하니까 우리 아들이 안 오는 거 아니냐고 하고! 네가 안 오면 내가 가지 뭐 하면서 협박하고! 아아아악! 씨바알! 씨발년! 네 엄마가 그러는 동안 너 뭐 했어! 개새끼야! 네 엄마가 시키는 대로 다 하면서 내가 그렇게 힘들어하는 거 알면서 왜 가만히 있었어!

내가 손목 그은 거 알면서도, 내가 유산하고 퇴원했을 때도 너 시댁에 데리고 갔어! 네가 사람 새끼야? 내가 죽으려고 수면제 모으고, 뛰어내리려고 베란다에 의자 갖다 놓고 올라선 게 몇 번인지 셀 수도 없어! 그때 나를 구해준 게 나은이야! 다섯 살짜리 나은이! 넌 뭐했어, 개새끼야!! 야, 이 개새끼야! 아악! 아아아악! 아악!! 씨발! 씨발놈아!

네 엄마가 처음으로 명절에 용돈 주던 날 일하는 아줌마 앞에서 내가 지 보험이란다! 나중에 제사 지내고 지 아프면 돌봐 줄 보험! 보험이래!

아빠 없다고 나를, 우리 엄마를 얼마나 무시했으면 우리 엄마한테 전화해서 일하러 오라고 하고! 나더러 주말에 일하러 안 오면 우리 엄마 부르겠다고 협박하고! 아이 씨발! 아아아아악! 아아아아악!"

영희는 온 힘을 다해 철수를 밀어내고 옆으로 누워 몸을 웅크린 채 가슴을 쥐어뜯고 주먹으로 가슴을 치며 오열했다. 철수가 영희를 다시 바로 눕히자 영희는 잠시 거친 숨을 몰아쉬더니 다시 비명을 지르며 발버둥을 쳤다. 철수는 영희의 발작이 잦아들 때까지 기다리며 영희의 눈에서 흘러내리는 눈물을 계속 닦아냈다. 영희가 지쳐 사지를 늘어뜨린 채 거친 숨을 내쉬자 철수는 영희가 처방받았던 항우울제와 물컵을 내밀었다. 영희는 손을 덜덜 떨며 약을 먹었다. 물이 영희의 턱을 따라 흘러내렸다. 철수는 영희를 침대에 눕혔고, 등을 돌린 채 누운 영희를 뒤에서 꼭 껴안았다. 철수는 말이 없었다.

"아빠가 있었다면 나한테 이렇게 함부로 하지 못했을 텐데…."

잠시 후 영희는 주먹으로 침대를 내리치며 한참 동안 소리 내어 엉엉 울었다. 철수는 뒤에서 영희를 끌어안은 채 한참 동안 영희의 가슴을 토닥거렸다. 영희의 숨소리가 고르게 변하자 철수도 긴 한숨을 내쉬었다. 그러나 얼마 후 영희는 침대에 누워 다시 사지를 흔들며 소리를 지르기 시작했고 철수는 또다시 영희에게 약을 먹였다. 거친 숨을 내쉬던 영희가 잠잠해지고 잠이 들자 철수는 조용히 방문을 닫고 거실로 나갔다.

잠을 자던 영희는 갑자기 눈을 번쩍 뜨더니 방문을 열고 곧장 아이들의 방으로 향했다. 동현이의 방은 비어 있었다. 나은이의 방문을 열자 동현이와 나은이가 침대에 앉아 눈물이 그렁그렁한 채 혼란스러운 얼굴로 앉아 있다 문을 연 엄마를 말없이 쳐다보았다.

"엄마, 괜찮아…."

영희는 다시 안방 침대에 누웠다. 아이들에 대한 걱정으로 괴로워진 영희는 머리끝까지 이불을 뒤집어쓰고 숨죽여 울었다.

철수가 저녁밥을 준비한 후 영희를 데리러 왔지만 영희는 차마 아이들의 얼굴을 볼 수 없었다.

"그냥 잘래. 내버려 둬."

"그래, 그럼 쉬어. 푹 자."

닫힌 방문으로 그릇이 달그락거리는 소리 이외에는 아무 소리도 들리지 않았다. 침묵만큼 아이들에 대한 영희의 죄책감은 더 커져 갔다.

설 명절 이틀 전 철수는 조용히 아이들과 본가에 갈 채비를 했다.

"장모님 댁에 가서 푹 쉬다가 와. 약도 잘 챙겨 먹고. 그럼 다녀올게."

영희를 걱정스럽게 쳐다보던 철수는 아이들만 데리고 본가로 향했다.

발작을 일으킨 그날 이후부터 영희는 아무 일도 없었던 것처럼 아이들을 대하려고 노력했고 아이들도 서서히 마음을 여는 듯했다. 하지만 영희의 우울증이 나은 것은 아니었다. 아이들의 눈을 피해 안방 베란다에서 멍하니 바깥을 내다보는 날이 많아졌고 철수는 기겁하며 영희를 방 안으로 끌어당겨 놓고 베란다 창문을 잠갔다. 영희는 자신도 모르게 잠을 자는 동안 울기도 하고 악몽에 시달리다 소리를 지르거나 욕을 하기도 했다. 그럴 때마다 철수는 영희를 껴안고 등을 토닥였다.

때때로 영희는 가슴을 쥐어뜯으며 방바닥을 손톱으로 긁어댔다. 방바닥에 옆으로 누워 웅크린 채 가슴을 치고 쥐어뜯으며 입술을 깨물었다. 신음을 내며 숨죽여 울면서 바닥을 뒹굴기도 했다. 가슴이, 마음이 너무 아파 괴로워했다. 때로는 너무 괴로워서 죽고 싶었다. 스스로 정신병원에 입원하고 싶었다. 병원에 입원하면 마음껏 소리 지르고 물건을 집어 던지며 분노를, 슬픔을 폭발시킬 수 있을 것 같았다. 하지만 아이들이 영희의 발목을 붙잡았다. 아이들에게는 아직 엄마가 필요했고, 안정된 가정을 갖게 하고 싶었다. 영희는 피가 날 듯 입술을 깨물며 고통의 시간을 홀로 견뎌내고 있었다.

　영희는 꾸준히 정신과 치료를 받았다. 아니, 받을 수밖에 없었다. 약 없이는 하루하루를 견뎌내기 힘들었다. 힘들어하는 영희를 위해 철수는 주말마다 근교로, 교외로 나들이를 다녀왔다. 나들이를 가지 않는 주말에도 영희가 눈물이 그렁그렁한 채 철수를 쳐다볼 때면 철수는 당장 영희를 데리고 드라이브를 다녀왔다. 평일 저녁에는 함께 바닷가로 운동 겸 산책을 다니며 영희를 치료하기 위해 애썼다. 영희의 상태가 조금 호전된 후, 영희는 필라테스를 배우러 다니기 시작했다. 어느 날, 어머니와 함께 친척 결혼식에 다녀온 철수는 영희를 꼭 끌어안으며 나지막이 속삭였다.

　"엄마가 미안하대. 미안하다고 전해 달래."

　하지만 영희는 그 말이 가슴 깊이 와 닿지 않았다. 해질녘 영희 어머니는 영희에게 전화를 걸었다. 어머니는 화가 많이 난 상태였다.

　"좀 전에 네 시어머니께 전화가 왔더라고! 전화해서는 한다는 말이 자기가 너한테 용돈도 챙겨 주고 잘해 준다고 했는데, 네가 서운한 게 있었던 모양이라면서 변명을 늘어놓더라. 내가 너한테 무슨 일이 있었는지 뻔히 아는데! 내가 기가 막혀서! 탁 까놓고 미안하다고 하든지! 이야기하면 할수록 더 열받더라고! 그래서! 너한테는 미안하다고 했어?"

　"직접은 아니고, 남편 통해서 미안하다고 전해 달라고 했어."

　"그게 무슨 사과야?! 진짜 미안하면 너한테 직접 미안하다고 진심으로 이야기를 하는 게 맞는 거지! 나한테는 변명만 늘어놓고! 이건 사과도 뭐도 아니야. 정말 성질 같아서는 욕이라도 하고 싶어!"

"나도 그렇게 생각해. 나도 마음 풀 생각 전혀 없어. 엄마 얘기 듣고 나니까 나도 더 화가 나네. 절대 용서 안 해! 이젠 사과해도 안 받아 줄 거야!"

"네 시어머니, 나중에 그 죄를 다 어찌 받으려고 그러는지 모르겠다."

어느 날 저녁, 영희는 철수에게서 청천벽력같은 소리를 들었다.

"장모님이 엄마한테서 200만 원을 빌려 갔대. 그런데 석 달이 넘도록 갚지 않았다고 전화가 왔어."

영희는 목구멍이 꽉 막혀 왔다.

'내가 시어머니 때문에 얼마나 힘들게 살았는지 옆에서 지켜봤으면서 어떻게 시어머니께 돈을 빌릴 수가 있어?!'

영희는 배신감에 두 손으로 머리를 감싸 쥐었다.

"알았어. 내가 갚을게."

"우선 내가 입금했어. 어차피 빚 갚느라 네가 매달 내 통장으로 100만 원씩 보내고 있으니까. 장모님한테는 입금했다고 엄마한테 전화 한 통 하시라고 말씀드려."

영희는 어머니에게 전화를 걸었다.

"딸, 웬일이야?"

영희는 어머니의 목소리를 듣자 목이 메어 왔다.

"엄마…."

영희는 흐느끼기 시작했다. 어머니는 놀란 목소리로 물었다.

"왜 그래? 무슨 일 있어?"

"응, 사실은…."

영희는 그동안 철수 어머니에게 들었던 모진 말들과 힘들었던 일들을 자세하게 털어놓았다.

"세상에! 그게 인간이야? 네가 힘든 줄은 알았지만 그런 일까지 겪은 줄은 몰랐네! 사람이 어쩌면 그럴 수가 있어?"

영희 어머니의 목소리는 격앙되어 있었고 분노로 가득 차 있었다.

"엄마, 200만 원 우리가 갚았어. 시어머니께 돈 입금했다고 전화를 하든지, 아니면 문자를 보내든지 엄마가 알아서 해."

"그런 인간인 줄 알았다면 돈을 빌리지 않았을 텐데, 너한테 정말 미안하구나…."

영희 어머니는 돈을 빌린 후 뒤늦게 알게 된 영희의 우울증에 화가 나 전화 대신 문자를 보냈고 철수 어머니는 달랑 문자만 보냈다며 철수에게 전화를 걸어 역정을 냈다.

"자기야, 장모님 200만 원 입금했다고 엄마한테 전화 안 했어?"

다소 신경질적으로 말하는 철수를 영희는 똑바로 쳐다보았다.

"그럼 딸이 시어머니 때문에 우울증에 걸렸다는데 전화하고 싶겠어?"

철수는 입을 꾹 다물었다. 영희는 철수 어머니의 태도에 어이가 없었다.

'나한테 진짜 미안하면 우리 엄마가 전화 안 했다고 역정을 낼 수 없을 텐데!'

◇◇◇◇
인간이 아닌 하늘의 벌

철수가 서울로 출장을 간 날, 영희는 퇴근 후 저녁 준비를 하고 있었다. 그때, 갑자기 울리는 전화벨 소리. 철수의 전화였다.

"왜? 무슨 일 있어?"

"수영이가 교통사고를 당했대. 그런데 사고가 크게 났나 봐. 나 지금 산청으로 내려가려고."

"뭐? 아, 알았어. 나도 지금 출발할게."

영희의 머릿속이 텅 비었다. 손과 팔, 다리가 덜덜 떨렸다. 아이들에게 밥을 챙겨 먹으라고 한 뒤 영희는 급히 운전대를 잡았다. 20분 뒤 고속도로에 미처 오르기도 전에 다시 전화벨이 울렸다.

"…수영이가 좀 전에 죽었대…."

철수의 목소리는 사라져가는 메아리처럼 희미했다. 영희의 다리는 덜덜 떨렸고 눈물이 뿌옇게 시야를 가렸다. 영희는 목이 메여 오는 가운데 간신히 대답했다.

"……아, 알았어. 나 지금… 가고 있어."

"운전할 수 있겠어?"

"괜찮아. 천천히 조심해서 갈게. 나중에 봐…."

영희는 흐느끼며, 눈물을 닦아 내며 간신히 산청의 병원 장례식장 주차장에 도착했다. 건물 현관에서부터 흐느끼는 소리, 울음소리가 울려 퍼지고 있었다. 1층 로비의 의자에 철수 어머니와 막냇동생 수진이가 앉아 흐느끼고 있었다. 영희는 조용히 옆자리에 앉아 두 사람의 등을 번갈아 쓰다듬다가 밖으로 나와 소리 내어 울기 시작했다. 다정한 수영이의 목소리가 머릿속에서, 귀에서 안개처럼 떠다니다 사라져갔다.

'새언니, 고생이 많죠?'

'언니, 생일 축하해요~'

'언니, 매주 오려니까 힘들죠? 다음 주엔 오지 마세요.'

곧 경찰서에 다녀온 큰매제가 도착했다. 티셔츠와 바지에는 핏자국이 얼룩덜룩하게 묻어 있었다. 이미 눈물범벅이 된 큰매제는 로비에서 다시 오열하기 시작했다. 주변의 그 누구도 말을 건네지 못했다.

장례식장이 차려지고 큰매제는 검은 정장으로 갈아입었다. 서울에서 오느라 뒤늦게 도착한 수영이의 시가 식구들이 울먹이는 철수 어머니와 수진이에게 위로의 말과 사과의 뜻을 전했다. 수영이 남편의 큰형은 죄송하다며 철수 어머니에게 깊숙이 허리를 숙였다.

"죄송합니다. 정말 죄송합니다."

수영이를 지키지 못한 것에 대한 진심 어린 사과였다. 철수의 가족은 아무 말도 하지 못했다. 철수 어머니는 이 이상 자리를 지키기 힘들다며 집으로 갔다. 영희와 철수, 수진이도 어머니를 따라나섰다. 집에 도착해서야 철수 어머니는 참았던 설움을 쏟아냈다. 철수는 말없이 자리에 앉았고, 수진이는 어머니를 감싸 안고 울었으며, 영희는 철수 어머니를 안타깝게 바라보며 눈물을 흘렸다. 영희가 어머니를 다독이기 위해 일어서려는 순간 철수 어머니가 처음으로 입을 열었다.

"내가 살면서 잘못한 일도 없는데 왜 나한테 이런 일이 생기냐. 아이고~ 아이고~"

영희의 정신이 번쩍 들고 두 눈은 휘둥그레졌다.

'뭐? 잘못한 게 없다고? 그동안 나한테 했던 짓은? 하나도 생각 안 하는 거야? 당신한테는 아무것도 아니었던 거야? 내가 얼마나 힘들었는데! 얼마나 많이 울었는데!'

영희의 가슴 속에서 '철컥'하는 소리가 났다. 영희는 다시 한번 마음의 문을 걸어 잠갔다. 영희는 냉정한 얼굴로 철수 어머니를 쏘아보았다.

'당신, 벌 받은 거야! 나한테 그렇게 하지 말았어야지!'

화장터를 떠나 수영이를 안치할 추모공원으로 이동하는 동안 차 속은 고요했다. 수영이를 추모관에 안치하고 나온 철수는 웃으며 이야기를 나누는 어린 조카들을 보다가 조용히 눈물을 훔치며 뒤돌아섰다. 영희는 처음으로 철수의 눈물을 보았다.

철수는 동생의 죽음에 오랫동안 슬퍼했다. 철수 어머니는 슬픔을 억누르려 가게를 닫지 않고 계속 열었으며 영업이 끝난 늦은 밤 혼자 통곡을 했다고 한다. 철수 어머니는 자신의 남편이 죽은 지 1년이 채 되지 않아 9개월 만에 큰딸을 잃었다. 철수는 아버지와 동생을 잃었다. 힘들어하는 철수를 보며 영희는 자신의 아픔을 잠시 덮어 두기로 했다. 지금 위로와 보살핌이 필요한 사람은 영희가 아니라 철수였다. 4월의 따뜻한 봄날, 수영이는 가족의 곁을 떠났고 영희는 정신과 치료를 중단했다.

변하는 것과 변하지 않는 것

철수는 수영이의 죽음 이후 하루하루를 견디면서 보냈다. 영희는 철수의 기분을 살피며 철수를 챙기려고 애썼다. 영희도 철수도 영희의 우울증에 신경 쓸 여력이 없었다. 철수가 산청 본가에 갈 때면 영희와 아이들은 말없이 따라나섰고 하룻밤을 지내고 왔다. 할머니에게 안부 전화를 하라는 철수의 말을 아이들은 군소리 없이 따랐다. 몇 달이 지나자 철수 어머니도 철수도 조금씩 안정을 찾아 갔다.

"철수야, 애들 이름으로 통장 하나씩 만들어 와라. 애들 통장에 천만 원씩 넣어 주려고 그런다. 나중에 대학 가서 필요할 때 쓰게…. 대신 통장은 내가 가지고 있을 거다."

철수 어머니의 말에 영희는 반감이 들었다.

'손주들을 손에 쥐고 있겠다는 거구만. 치사하게! 끝까지 손아귀에 쥐고 있겠다는 거 아냐.'

"며느리 너도 내가 천만 원 줄게."

"아니요, 괜찮아요. 전 안 주셔도 돼요."

"왜? 준다는데 받지?"

"아니에요. 저 안 주셔도 되니까 손자들한테 주세요."

'천만 원 주고 뭘 더 요구하려고! 사람을 얼마나 더 옭아매려고!'

영희는 1억, 아니 10억을 준다고 해도 철수 어머니의 돈은 한 푼도 받고 싶지 않았다.

철수 어머니는 손자들을 만날 때, '너희 통장에 천만 원씩 넣어 놨다. 나중에 너희들 대학 가면 줄게. 너희들 어렸을 때 용돈도 많이 줬고 보험도 들어 줬고, 나중에 천만 원씩 줄 테니까 할머니한테 잘해야 한다. 알았지~' 라며 수시로 생색을 냈다.

할머니의 생색에 아이들은 쓴웃음을 지으며 말없이 고개를 돌렸다. 영희는 철수 어머니의 치사함에 치를 떨었다.

'참, 손자들한테 좋은 교육 하고 있네!'

"애미야, 이거 좀 봐 줘라. 우편으로 온 건데 이게 뭔지 모르겠네."

영희는 철수 어머니가 내민 우편물을 살펴보았다.

"Special Event 안내문이네요. 어머니, 영어를 배운 지 오래되어서 잊어버리셨나 봐요."

"나 영어 배운 적 없어. 국민학교만 졸업했거든. 동생들 공부시키느라 난 중고등학교에 못 갔어."

"네? 그럼 초등학교 졸업하고 뭐하셨어요?"

"그냥 집안일 돕고 농사일도 하고 그러다가 시집갔지."

일어나서 부엌으로 들어가는 철수 어머니를 보며 영희는 생각했다.

'커밍아웃인가? 우리 엄마 중고등학교 다닌 이야기 할 때는 아무 말도 안 하더니…. 10년 넘게 숨긴 건가? 이제야 밝히다니, 사람이 좀 변했네.'

철수 어머니는 작은딸이 건조기를 샀다는 말에 철수에게 너희도 건조기를 사라며 50만 원을 보태 주었다. 영희는 수영이의 죽음 이후 철수 어머니가 조금은 변했다고 생각했다. 하지만 그것은 영희만의 착각이었다.

철수 어머니는 영희의 머리카락에 다시 집착하기 시작했다.

"애미야, 너 머리가 너무 길다. 좀 잘라라. 내가 지금 잘라 줄까? 철수 어렸을 때 내가 머리카락 잘라줘서 나 잘 자른다."

철수 어머니는 부엌 가위를 집어 들었다. 영희는 기겁하며 자리를 피했다.

"아니요, 잘라도 미용실에서 자를 거예요. 그리고 제 머리는 제가 알아서 할게요."

다음 날 아침, 영희는 자신의 머리를 쓰다듬는 느낌에 스르르 잠이 깼다. 평소 철수가 영희의 머리를 자주 어루만져 주었기에 당연히 철수일 것이라 생각한 영희는 기분 좋게 그 손길을 느끼며 눈을 감고 있었다. 그러다 문득 드는 생각.

'여기는 시댁인데! 남편하고 나 사이에 애들이 자고 있는데?'

영희는 번쩍 눈을 떴다. 철수 어머니가 영희의 머리맡에 앉아 머리카락을 매만지고 있었다.

"머리를 이만큼은 잘라야겠다. 그러면 단발머리 정도 되겠네."

영희는 온몸에 소름이 돋았다.

"싫어요! 안 자를 거예요!"

영희는 얼른 일어나 머리맡에 빼 두었던 곱창 밴드로 머리를 묶었다. 다음 시가에 왔을 때 영희는 불안하여 잠을 이룰 수가 없었다. 자는 동안 철수 어머니가 영희의 머리카락을 잘라 버릴 것만 같았다. 영희는 머리카락을 고무줄로 단단하게 묶은 후 잠을 청했다. 하지만 다시 철수가 시가에 가자고 하자 영희는 불안감에 자고 올 자신이 없었다. 때마침 아이들도 저녁에 오면 안 되냐며 볼멘소리를 하여 영희 가족은 예전처럼 다시 당일로 시가에 다니기 시작했다.

철수는 변했다. 예전보다 더 가족에게 다정하게 말을 걸고 장난을 치기도 했다. 집안일에 더 신경을 썼고 특히 영희의 건강을 더 많이 챙겼다. 건강보조식품을 더 많이 사고 영희에게 먹으라며 챙겨 주었다. 가족에 대한 태도가 바뀐 철수를 보며 영희는 기쁘면서도 한편으로는 안쓰러웠다.

철수는 여름에 가족끼리 펜션을 예약하고 계곡이나 관광지를 다녀왔고, 겨울에는 3박 4일 일정으로 일본 여행을 다녀왔다. 철수는 영희를 데리고 나들이하러 가기도 하고 드라이브도 했다. 영희는 보고 싶었던 뮤지컬을 보러 다니고 저녁에는 철수와 산책 겸 운동을 다녔다.

철수는 은퇴 후 여유롭게 놀러 다니자는 말을 자주 했다. 하지만 영희의 생각은 달랐다. 참다못한 영희가 철수의 말에 반박했다.

"은퇴하면 나이가 60이 넘는데 나이 들어서 놀러 다니자고? 난 조금이라도 젊고 예쁘고 건강할 때 다니고 싶어. 나이 들어서 쭈글쭈글한 모습으로 사진 찍고 싶지 않다고! 은퇴하기 전에 병에 걸려 아프거나 무슨 일이 생기면 어떡해?"

"그럼 애들 대학가고 나서부터 다니면 되지."

"그래도 내 나이 50인데…. 그럼 리마인드 웨딩이라도 하자. 결혼 10주년에 하기로 했는데 우리 안 했잖아. 돈도 없었고…. 지금은 충분히 할 수 있잖아."

나은이가 영희의 말을 거들었다.

"그래, 아빠. 리마인드 웨딩 해. 엄마가 하고 싶어 하잖아."

"자기야, 하자~ 나은이는 드레스 입고, 동현이는 턱시도 입고. 가족사진도 되고 좋잖아."

"그건 좀… 별로…."

내켜 하지 않는 철수를 보며 영희가 일침을 날렸다.

"으이구~ 경상도 남자! 그럼 가족사진이라도 찍자."

"그래, 가족사진 찍으러 가자."

영희는 리마인드 웨딩을 포기했다. 대신 어머니와 함께 드레스를 입고 사진을 찍어야겠다고, 어머니와 자신을 위한 선물을 해야겠다고 다짐했다.

나름대로 철수와 영희의 가정이 안정되어 가고 있었다.

그러나 영희에게 시가에 가고 철수 어머니의 얼굴을 마주하는 일은 여전히 힘든 일이었다. 명절날, 영희가 우울증으로 정신과 치료를 받는다는 말을 들은 철수의 이모가 영희에게 조용히 물었다.

"질부야, 약 먹는다며? 직장 일이 힘들어서 그런 거지…?"

"네…."

대답은 그렇게 했지만 영희는 철수 이모의 말투에서 영희가 '시어머니'로 인해 우울증을 겪고 있을지도 모른다는 생각을 하고 있음을 느낄 수 있었다.

◇◇◇◇

부풀어 오른 풍선은 터진다

　수영이의 죽음으로 힘들어하는 철수를 위해 말없이 시가를 다니던 영희의 인내심이 한계에 다다랐다. 다시 말이 적어지고 머릿속에는 과거의 일들이 스멀스멀 떠오르며 영희를 다시 괴롭히기 시작했다. 영희는 1년 만에 정신과를 찾아갔고 약을 먹기 시작했다.

　수영이의 첫 번째 기일, 영희는 연가를 내고 철수와 함께 가려고 했지만 철수는 혼자 가겠다며 영희를 만류했다. 추모공원을 다녀온 철수는 일주일 동안 말을 거의 하지 않았다. 수영이의 첫 기일이 지나고 증조부모의 제사로 시가로 출발하기 전 영희는 약을 한 첩 먹고 하나를 더 챙겼다.

　"더 챙겨가는 게 낫지 않겠어?"

　철수의 말에 영희는 약 세 첩을 가방에 넣었다. 산청 본가 앞에 주차하고 차에서 내린 영희는 시가 앞에 못 박힌 듯 서 있었다. 들어가고 싶지 않았다. 철수는 영희의 어깨를 감싸 안고 영희를 안으로 이끌었다. 제사를 준비하는 내내 영희는 말이 없었다. 제사를 지내고 밥을 먹으며 철수 어머니가 제사 이야기를 꺼냈다.

　"너희가 제사를 지낼 때는 딱 필요한 것만 해라. 할아버지, 할머니 제사만 지내든지 아니면 그것도 절에 올려 버리든지 알아서 해."

　영희는 속으로 불만을 토로했다.

　'전에는 모두 모아서 1년에 한 번만 지내라, 아예 없애고 지내지 말라고 하더니 자기 기분대로 말을 막 바꾸네. 일관성 없이…'

　영희는 시시때때로 말을 바꾸는 철수 어머니의 말을 전혀 신뢰하지 않았다. 항우울제를 먹었는데도 영희는 가슴이 뛰고 화가 올라오는 중이었다. 거기에 철수가 기름을 부었다.

"난 딱 할아버지, 할머니 제사까지만 지낼 거야."

웃으며 당당하게 말하는 철수를 쏘아보며 영희가 딱 잘라 말했다.

"싫은데!"

너무나 단호한 목소리와 말투에 철수와 철수 어머니, 철수 아버지 형제 중 유일하게 제사에 참석하는 큰삼촌은 아무 말도 하지 못했다. 침묵이 흘렀다.

'나와 의논도 하지 않고 누구 마음대로! 허락도 없이 자기 마음대로 제사를 결정한다고?! 내가 제사 안 지내겠다고 하면 어쩔 건데!'

철수는 아차 싶었는지 고개를 숙이고 조용히 숟가락질만 했다.

일은 철수 아버지의 두 번째 기일 날 터졌다. 철수를 위해 싫은 것을 억지로 참고 시가를 방문해 오던 영희가 폭발해 버렸다. 저녁을 먹고 설거지를 하기 위해 부엌으로 간 영희는 설거지할 것이 적은 것을 보고, 나중에 손님상을 치우고 한꺼번에 하면 되겠다는 생각에 그냥 나왔다. 쉬고 앉아 있던 영희의 귀를 때리는 큰 목소리.

"애미야! 설거지 안 하냐?! 수진이하고 저녁 먹은 설거지해라!"

화를 내는 것은 아니었다. 평소 목소리가 큰 철수 어머니였다. 영희는 철수 어머니의 태도에 화가 났다.

'남편을 통해서 사과했다고 이제 없던 일이라고 생각하는 건가? 난 아직도 이렇게 힘든데! 직접 사과한 것도 아니고 엄마한테 전화해서 변명까지 했으면서! 자기가 할 일은 다 했다고, 모든 일이 끝났다고 생각하는 거야? 나는 용서하지도 않았는데 어쩌면 저렇게 아무 일도 없었다는 듯이 말하는 거지?'

영희의 숨이 가빠졌다. 씩씩거리던 영희는 밖으로 뛰쳐나갔다.

"와이프야!!"

철수가 얼른 뒤쫓아 나섰다. 미친 듯이 달리던 영희는 근처 공원의 잔디밭에 주저앉아 큰소리로 통곡하기 시작했다. 행인들이 영희를 힐끗 쳐다보며 지나갔다. 철수가 영희를 일으키려 했으나 영희는 철수의 손을 완강히 뿌리치며 더 크게 소리 내어 울면서 발버둥을 쳤다. 철수는 영희가 진정되길 기다렸다 차로 영희를 데려가 뒷좌석에 눕힌 후 편의점에 가서 물을 사 와서 영희에게 약을 먹였다.

영희는 시가에 발길을 끊었다. 추석에 아이들만 데리고 본가에 다녀온 철수가 부드러운 표정으로 봉투를 내밀었다.

"엄마가 너 주래."

봉투에는 50만 원이 들어 있었다. 영희는 철수에게 봉투를 돌려주었다.

"나 안 받을래. 당신 가져."

철수는 영희가 어머니의 성의를 무시한 듯한 기분에 마음이 상했고 3일 동안 표정이 좋지 않았지만, 영희는 그런 철수의 기분을 무시했다.

영희는 정신과를 찾았다. 의사는 안부 인사를 건네고 그동안의 근황과 현재 상황을 들은 뒤 영희에게 물었다.

"시어머니가 바뀔 것 같으세요?"

"아니요."

"시어머니는 절대 바뀌지 않으세요. 더군다나 그 연세의 분들은 지금까지 그렇게 살아오셨기 때문에 바뀔 가능성은 없다고 보시면 됩니다."

"전 시어머니가 바뀌길 원하지 않아요. 그냥 복수하고 싶어요. 전에는 시어머니를 죽이고 싶고, 빨리 죽었으면 좋겠다고 생각했어요. 하지만 지금은 생각이 달라졌어요. 저는 시어머니가 불행해졌으면 좋겠어요. 그렇게 불행하게 오래오래 살았으면 좋겠어요."

영희의 울분과 한은 영희를 바꿔 놓았다. 보기를 꺼리던 잔인한 살인 영화, 공포 영화를 아무렇지 않게 끝까지 보았으며, 뉴스에서 보복살인 보도가 나오면 '오죽하면 그랬을까'라며 살인자의 사연을 궁금해했다. 분노를 참지 못하는 날이면 가족들 몰래 다용도실에 들어가 문을 닫고 칼로 나무 도마를 난도질했다. 숨이 차고 땀이 날 때까지 도마를 칼로 찌르고 구멍이 날 때까지 후벼팠다. 버려야 할 옷은 가위로 갈기갈기 찢어 쓰레기통에 처박았고, 줄에 매달린 인형에 칼을 꽂는 게임 앱을 다운로드해서 수시로 칼을 던졌다.

◇◇◇◇

명절 아니고 이혼절

내일부터 설 명절 연휴가 시작되지만 시가에 가지 않아도 된다는 생각에 영희는 가벼운 마음으로 출근을 했다.

"안녕하세요~"

"어, 그래. 영희 씨 왔어? 기분 좋아 보이네?"

"뭐, 그러네요. 그런데 선배, 무슨 일 있어요? 평소답지 않게 표정이 어두워요."

"그래? 아, 명절이라 그런가?"

영희는 주위를 둘러보았다. 표정이 어두운 여직원들이 여럿 보였다.

"선배만 그런 건 아닌 것 같은데요? 보세요. 여자들 표정이 안 좋아요."

영희의 선배가 고개를 들어 주변을 살폈다.

"그러네. 에휴~ 명절 없었으면 좋겠다. 영희 씨는 시댁에 발길 끊었다고 했지? 부럽다. 그래도 남편이 이해해 주니 다행이네."

"그럼 뭐 해요? 3년째 정신과 치료 다니고 약 먹는데요."

"그래, 그것도 그러네. 얼마나 힘들었으면…. 시어머니들은 왜 그렇게 며느리들을 함부로 대하는지 모르겠어."

"엄연히 보면 법적으로 문제 삼아도 되지만, 애초에 그런 일이 생기지 않게 법이라도 생기면 좋겠어요."

"그러게. 왜 법적 보호막은 없는 거야? 누구 하나 유서 쓰고 죽고 뉴스에서 크게 떠들어야 생기려나?"

"법도 그렇지만 결혼하면 당연히 여자가 희생해야 하는 부분이라고 생각하는 인식 자체도 문제죠."

"세상이 변하려면 아직 한참 멀었다. 명절 직후 이혼율이 증가한다는 뉴스는 때마다 나오는데 절대 바뀌지 않아."

"우리나라 명절은 명절이 아니라 이혼절같아요. 이혼절!"

"그래, 이혼 시즌이지. 이게 뭔 개고생인지…. 난 설 명절 끝나고 일주일 뒤에 제사다. 하…."

선배는 깊은 한숨을 쉬었다. 영희는 위로의 말을 찾을 수가 없었다.

"선배, 커피 한 잔 타 드릴까요?"

영희는 커피 두 잔을 타서 가져왔다.

"고마워. 아, 근데 글 쓰는 건 잘 되고 있어?"

"뭐 그냥 계속 쓰고는 있어요."

"그래도 그렇게 글을 쓰니까 마음이 좀 안정되지 않아?"

"좀 그런 면도 있긴 해요. 그냥 문예지에 실을 수필인데도 신경이 많이 쓰이고 생각도 많아져서 힘들어요."

"그렇겠네. 정신적으로도 힘든 일이겠네. 글 쓰는 거 체력 소모도 많은데."

"네, 몸도 정신직으로도 힘드네요. 그런데 글을 쓰는 것보다 시어머니 때문에 훨씬 더 힘들어요."

"나는 영희 씨만큼 힘든 일을 많이 겪지는 않았잖아. 우리 시어머니는 그냥 옛날 사람이라서 시어머니 노릇이나 하는 정도였거든. 당시에는 힘들고 속상했는데 나이가 들고 50살이 넘어가니 시어머니가 좀 이해가 되더라고. 물론 영희 씨는 좀 다른 경우이긴 하지만…. 나이가 드니까 그 마음을 좀 알겠더라고."

영희는 충격을 받았다.

'나이가 드니까 그 마음을 알겠다…! 결혼할 때 시어머니는 50이 넘은 나이였어. 나에게 했던 말들, 해서는 안 되는 말이라는 것을 충분히 알 만한 나이야. 일부러 그랬던 거구나. 일부러가 아니라 하더라도 최소한 나쁜 말이라는 것은 알

며
느
리
인
권

282

고 있었구나. 시어머니가 나에게 그런 말들을 할 때 무슨 마음이었을까? 절대 아무 뜻 없이 한 말은 아니었구나. 결혼 시작부터 지금까지 남편도 나도 시어머니에게 휘둘리며 살았구나. 시어머니는 의도적으로 우리의 삶을 손아귀에 움켜쥐고 놓지 않았던 거구나. 시어머니에게 아들의 결혼은 독립이 아니었구나.

남편은 내가 말하기 전까지 나에게 무슨 일이 있었는지 몰랐어. 시어머니는 남편이나 가족들이 있는 자리에서는 나에게 막말을 한 적이 없어. 그렇다면 일부러 그런 거였구나!'

영희의 속이 부글부글 끓어올랐다. 영희는 씩씩거리며 자리에서 일어나 화장실로 달려가 찬물로 세수를 했다. 거울을 노려보며 영희는 복수를 다짐했다.

설 연휴 첫날, 영희는 어머니의 집으로 가서 점심을 먹었다.
"시댁은 아직도 명절에 차례 지내니?"
"응. 그런데 차례가 아니라 제사 지낼 때하고 음식을 똑같이 준비해. 진짜 차례가 뭔지도 모른다니까."
"제사 그거 뭐라고 맨날 그렇게 애타게 챙기니? 그거 미신이야. 다른 집들 보니까 제사 때문에 맨날 싸우기만 하던데. 조상이 복을 주기는 무슨 복을 줘? 싸움만 주는 거지."
"엄마, 난 이해가 안 돼. 조상에게 복을 받으려고 정말 정성스러운 마음으로 제사를 지내는 거면 누가 오든 안 오든, 늦게 오든 일찍 오든 상관없는 거 아니야? 자기가 복 받으려고 제사 지내는 거면 기분 좋게 지내야 하는데 누가 안 오네, 늦게 오네 하면서 화를 낼 이유가 없는 거잖아. 화를 낸다는 건 결국 자기도 하기 싫은 거 억지로 한다는 거 아니야? 그렇게 싸워가면서 억지로 할 거면 뭐하러 제사를 지내?"
"그러게 말이다. 교회나 다니지. 쯧쯧…."
오후에 성재와 성진이 내외가 도착하자 영희는 조카들을 데리고 나가 자동

차 장난감을 사 주고 커피를 한 잔 마신 뒤 자리에서 일어났다.

"영희야, 자고 가지. 집에 가도 아무도 없잖아."

"아니야, 난 집에서 자는 게 편해. 여기 사람도 많고 잘 데도 없고…."

붙잡는 동생과 어머니를 뿌리치고 영희는 곧장 집으로 돌아왔다. 명절이라 시가에 온 영은이에게 미안해서였다. 시가에도 가지 않고 명절 첫날부터 '친정'에 와 있는 '시누이'가 된 영희는 영은이에게 많이 미안했다.

◇◇◇◇

깊어지는 갈등

설 명절, 혼자 뒹굴거리며 핸드폰을 만지작거리던 영희는 우연히 궁합 관련 영상을 보고 결혼 초 철수 어머니가 영희와 철수의 궁합을 본 사실이 생각났다.

'너희는 궁합이 나오지 않는다고 하더라.'라는 철수 어머니의 말이 사실인지 궁금해졌다. 영희는 유료 결제로 철수와의 궁합을 알아보았다. 결과는 '천생연분'. 심장이 미친 듯이 쿵쾅거렸다.

'남편과 나의 궁합이 좋으니 아들 뺏길까 봐 일부러 나에게 그렇게 못되게 군거야? 그것도 가족들이 없는 자리에서만?'

하지만 섣불리 속단할 수는 없었다. 다른 사이트에 접속하여 다시 알아본 결과는 '매우 좋음'.

'인터넷과 실제는 다를 수도 있잖아. 아직 확신하기에는 이르다.'

며칠 후 영희는 지도를 검색하여 궁합을 보러 직접 사주 카페를 찾아갔다. 결과는 '매우 잘 맞음, 천생연분이라 할 수 있음'. 영희는 역술가에게 물었다.

"궁합이 안 나오는 경우도 있나요?"

"궁합이 안 나오는 일은 없어요. 날짜와 시간만 알면 궁합은 나옵니다."

"하…."

영희는 사주나 궁합을 믿지 않는 사람이다. 실제로 철수와 영희의 성향은 입맛부터 여행을 즐기는 방법까지 정반대여서 서로 스트레스를 받을 때가 많았다. 중요한 것은 궁합의 결과가 아니라, 철수 어머니가 궁합을 이용해 영희를 괴롭혔다는 사실이었다. 사주 카페를 나와 거리를 걷는 영희의 발걸음이 거칠었다. 주체할 수 없는 배신감과 긴 세월 동안 속았고, 이용당했다는 모욕감에 치를 떨며 운전대를 잡았다.

그날 저녁, 영희는 철수에게 따졌다.

"결혼 초에 어머님이 우리 궁합 안 나온다고 했지? 내가 알아보니까 천생연분이라던데? 궁합이 안 나오는 경우는 없대. 어머님이 거짓말을 한 거야. 궁합이 좋으니까 아들 뺏길까 봐 나를 그렇게 괴롭힌 거라고!"

영희의 말에 철수는 발끈했다.

"천생연분이면 잘 살면 되는 거지, 지금 그게 뭐가 중요해?"

"내가 얼마나 힘들었는데 그게 왜 안 중요해? 당신은 당신 어머니가 잘못했다고 생각하긴 해?"

영희의 말에 철수는 대답하지 않았다. 철수가 대답하지 않자 영희의 심장이 쿵 내려앉았다. 영희는 차분하게 다시 물었다.

"자기, 어머니가 잘못했다고 생각해?"

철수는 눈을 내리깔고 굳은 표정으로 입을 꾹 다물었다.

'차마 자기 어머니의 잘못을 입으로 인정하지는 못하겠다는 거구나.'

자신의 어머니를 끝까지 방어하는 철수의 태도에 영희는 크게 실망했다. 영희의 마음이 와르르 무너져 내렸다.

철수의 태도는 영희를 막다른 길로 몰아넣었다. 영희는 하고 싶은 말을 참지 못하고 내뱉기 시작했다. TV 예능 프로그램에서 시어머니를 모시는 문제에 관한 대화를 듣던 영희는 철수에게 일방적인 통보를 했다.

"나, 어머니 안 모실 거야!"

"그럼 그래라!"

퉁명스러운 철수의 대답에 영희는 등을 돌렸다.

어느 날, TV에서 사위가 장인어른과 하루를 보내는 이야기를 본 영희는 철수를 똑바로 쳐다보며 말했다.

"우리 아빠가 살아계셨으면 자긴 뼈도 못 추렸어. 한 대 맞았을걸?"

철수가 어색한 웃음을 흘렸다.

"나 내일 작은 할머니 제사에 다녀와야 해."

"평일인데? 첫 제사도 아니고 꼭 가야 해? 다녀오면 12시가 넘을 텐데…. 어머님은 아들이 밤늦게 운전해서 다니는 게 걱정도 안 되신대? 난 동현이가 그런 상황이면 걱정돼서 잠도 못 잘 것 같은데! 난 지금도 자기가 제사 다녀온다고 하면 자기가 오기 전까지 잠도 못 잔다고!"

"당연히 가야 할 자리인데 가야지!!"

철수가 버럭 화를 냈다. 영희는 철수도 철수 어머니도 이해할 수 없었다.

철수와의 갈등으로 영희의 우울증은 더 깊어졌다. 늘 화가 나 있는 영희는 터지기 직전이었다. 영희는 시가 식구들의 전화번호를 모두 차단했고, 서랍을 정리하다 찾은 빨간 비단 봉투에 든 납채서를 찢어 비단 봉투와 함께 쓰레기통에 던져 버렸다.

영희는 계속해서 악몽에 시달렸다. 꿈속에서, 영희는 철수 어머니에게 화를 내며 소리를 질렀지만 아무리 발버둥 쳐도 목소리가 나오지 않았다. 철수는 자신의 어머니를 두 팔로 안고 소리를 질러 대는 영희로부터 어머니를 보호하고 있었다. 영희의 화는 그런 철수에게로 향했고, 냅다 소리를 질렀다.

"개새끼야!"

드디어 나온 목소리. 영희는 자신의 목소리에 놀라 잠이 깼다.

어느 날 퇴근길, 영희는 생각했다.

'이대로 차를 몰고 산청으로 가서 소리 지르고 따질까? 가게를 엎어 버릴

까? 물건을 다 때려 부숴 버릴까?'

'망치로 가게를 통째로 부숴 버릴까? 차로 가게를 들이받아 버릴까?'

운전할 때마다 솟구치는 분노를 억제하며 부들부들 떨리는 손으로 운전대를 꽉 움켜쥐었다. 어느 날, 더 이상 참지 못한 영희는 유료 주차장에 차를 세워 놓고 정신과 병원으로 정신없이 달렸다. 두 눈에서는 이미 눈물이 주체할 수 없이 흘러내리고 있었다. 가쁜 숨을 고르며 영희는 의사 앞에 앉았다.

"시어머니의 학대에 복수하고 싶어요. 이건 고부 갈등이 아니에요. 전 일방적으로 갑질을 당했어요. 정신적으로 신체적으로 학대받았어요. 도저히 참을 수가 없어요. 꼭 복수하고 싶어요."

"영희 씨가 과거에 시어머니로부터 학대를 받은 건 맞아요. 그런데 지금 영희 씨는 자신을 학대하고 있어요. 자신에게 좀 더 집중해 보는 건 어떨까요? 취미 생활을 해 보시는 건 어때요? 전에 하시던 운동은 계속하고 있으신가요?"

"운동은 저에게 맞지 않는 것 같아요. 너무 하기 싫거든요. 원래 운동을 좋아하지도 않았어요."

"그럼, 본인이 좋아할 만한 취미를 찾아보세요."

영희는 그림 그리는 것을 좋아했다. 그날 저녁, 유화 그리기 DIY 세트를 주문했다. 그렇게 영희의 '색칠 놀이'가 시작되었고 1년 동안 30여 개의 그림을 그렸다. 영희가 그림을 그리는 데에 철수는 간섭하지 않았다. 때로는 철수가 그림 그리기 세트를 사 주기도 했다.

영희가 그림 그리기에 빠져 있던 어느 날, 철수는 수진이로부터 어머니가 뇌졸중 증세로 병원에 입원했다는 연락을 받았다. 퇴근 후 영희와 철수는 산청의 병원으로 향했다. 전업주부인 수진이가 어머니를 돌보고 있었다. 잠시 집에 다녀오겠다는 수진이를 보내고 철수가 잠시 자리를 비운 사이, 영희는 주삿바늘을 꽂고 있는 어머니를 쳐다보았다. 영희와 눈이 마주치자 철수 어머니는 등을 돌려 누운 채 철수가 오기 전까지 단 한마디도 하지 않았다. 영희는 느낄 수 있었다. 몸이 아프니 자신이 한 일들을 후회하고 있다는 것을.

'어머니, 이미 늦었어요.'

영희의 어깨에 힘이 실렸다. 한번 병원을 다녀왔을 뿐, 영희는 여전히 시가에 발을 들이지 않았다. 철수 어머니가 퇴원하자 영희는 문득 자신의 미래가 궁금해졌다.

"자기야, 나중에 어머니가 많이 아프면 어떻게 할 거야?"

"병원으로 모시면 되지."

"병원에 모실 정도는 아닌데 몸이 불편해서 누군가 옆에 있어야 하는 어중간한 그런 상황이 되면? 난 어머니 안 모실 건데."

"그럼 내가 가야지."

"그럼 나는?"

"넌 여기에 있고. 애들하고 같이…."

'신혼 때는 주말마다 시댁에서 일하느라 아무것도 못 했는데, 나이 들어서는 잘해야 주말 부부밖에 안 될지도 모르겠구나. 신혼도 황혼도 우리 것이 아니구나. 은퇴하고 같이 놀러나 다니자고 하더니 그것마저 못할지도 모르겠네….'

영희는 부부로서 둘만의 시간을 갖는 것에 대해 마음을 비웠다.

그림 그리기에 싫증이 나고 지치자, 영희는 글을 쓰기 시작했다. 평소 지역에서 발간하는 문예지에 해마다 글을 써서 제출해 영희의 글이 실려 왔고, 지역신문에 글이 채택되어 실린 적도 있었기에 영희는 다른 도전을 해 보기로 했다. 인터넷에서 신인 작가 응모 기사를 본 영희는 마감 4시간 전, 자신의 이야기를 3개의 시로 써서 응모했다. 다음 날 오전, 문단으로부터 작품이 당선되었으니 소감문과 사진, 이력을 보내 달라는 연락을 받았다. 영희는 기쁨에 들떠 가족들에게 자랑하며 모처럼 행복한 시간을 누렸다.

12월, 나은이가 퀸의 콘서트를 가고 싶다며 티켓팅을 부탁했다. 영희는 광클릭을 하여 표를 구했고, 1월에 서울로 나들이를 다녀왔다. 그리고 나은이는 고등학생, 동현이는 중학생이 되었다.

◇◇◇◇
코로나19 그리고 전환점

퀸 콘서트를 다녀온 지 한 달이 채 지나지 않아 온 나라, 전 세계가 코로나 19로 떠들썩했다. 재택근무와 온라인 수업이 시작되고 뉴스에서는 연일 확진자 수를 보도했다. 영희와 철수의 재택근무가 끝나고 출근을 시작하자 코로나 19와 관련된 업무들이 쏟아졌다. 정신없는 날들의 연속이었다. 마스크의 가격은 몇 배로 뛰었고, 약국 앞에는 마스크를 사려는 사람들이 길게 줄을 섰다. 그 와중에도 철수는 '어머니하고 나, 애들만 있는 거니까 괜찮다'며 제사와 명절 차례에는 빠짐없이 참석했다. 어버이날과 어머니의 생신은 건너뛰었지만 영희는 철수도 철수 어머니도 이해할 수 없었다.

늘어난 업무에 겨우 적응하고 아이들의 등교일이 조금씩 늘어 가자 영희는 다시 정신과 치료와 글쓰기를 시작했다.

신인 작가 공모전 당선 이후 시만 쓰던 영희는 새로운 결심을 하게 되었다. '나의 이야기를 글로 남겨야겠다. 세상 사람들 모두가 알지 못해도 상관없어. 나의 아이들과 가족들만이라도 나의 억울함과 진실, 시어머니의 실체를 알아야 해. 나 혼자 고통받다가 죽으면 없던 일이 되어 사라지는 거잖아.

이대로 죽으면 내가 당했던 일들이 없던 일이 될 거야. 억울해서 이렇게는 못 죽어. 너무 억울해서 혼자 가슴에 묻어 두고 이 모든 사실과 고통이 사라지게, 없던 일이 되게 둘 수 없어. 억울해서 미칠 것 같아! 세상이 변하려면 아직도 멀었어. 그런데 내 아이들도 이런 세상을 살아가야 해.'

영희는 온몸의 피가 거꾸로 솟고 소름이 돋았다.

'그래, 가족뿐만 아니라 세상에 알려야 해. 이 부당함과 억울함, 말도 안 되는 일들을 모두에게 알려서 조금이라도 세상을 바꿔야 해. 말도 안 되는 일들을 당연하게 생각하는 사람들이 이렇게나 많은데, 당하고도 묻고 사는 사람들이 이렇게나 많은데 내 아이들이 이런 세상에서 고통받게 내버려 둘 수 없어. 다들 당연하게 생각하고 내버려 두었던 부당함을 드러내고 고쳐야 해. 최소한 논란이 되도록 해야 조금이라도 변하게 될 거야. 내 아이들이 조금이라도 나은 세상에서 살도록 해야지. 관습이 아니라 애초에 잘못된 악습이라는 것을 깨닫게 해야 해.'

영희는 A4 종이와 볼펜을 꺼내 들었다. 그리고 자신이 겪었던 일들을 메모하듯 써 내려갔다. 여러 장의 종이가 쌓여 갔다. 영희는 과거의 일이 생각날 때마다 메모했다. 3주가 넘는 작업 끝에 영희는 노트북을 열었다. 영희의 기록이 시작되었다. 3개월 동안 영희는 정신없이 글을, 자신의 이야기를 써 내려갔다. 글을 쓰는 일은 생각보다 많은 체력과 정신력이 필요했다. 과거의 일들을 하나하나 떠올리며 글을 쓰는 것은 당시의 괴로움을 고스란히 다시 겪는 엄청난 고통이었다. 영희는 너무 괴로워 죽을 것 같았다. 게다가 영희는 오랜 우울증과 치료로 이미 몸과 마음이 지칠 대로 지쳐 한계에 다다랐다. 영희는 직장에서 일하다가도 쓰러질 것 같았다. 영희는 버티고 또 버티다 이러다 죽을지도 모른다는 두려움에 휴직을 결정했다. 직장 생활 20년 만이었다.

영희는 20년 만에 휴직했고, 코로나는 2년째 이어졌다.

휴직계를 내고 퇴근한 날, 영희는 온몸이 텅 비어 껍데기만 남은 듯했다. 두 달 동안 아이들을 등하교시키는 것 외에 아무것도 하지 않은 채 20년 동안의 피로를 한꺼번에 풀어내듯 점심밥도 거른 채 몇 시간이고 잠을 잤다. 저녁 때가 되어서야 겨우 일어나 가끔 집안일을 했고 저녁 식사는 온전히 철수의 담당이 되었다. 석 달째 접어들면서 영희의 잠은 줄어들었지만 대신 하루 종일 유튜브 영상을 보며 침대에 누워 시간을 보냈다. 극도의 무기력함으로 아무것도 하고 싶지 않았다. 휴직 후 영희는 글을 쓰지 않았다.

우울해하는 영희를 위해 철수는 도서 '좋은 생각'의 연간 구독을 신청하고, 우울증과 관련된 책들을 샀지만 영희는 보는 둥 마는 둥 했다. 5개월이 지나자 영희의 몸무게는 5kg이 줄어 46kg이 되었다. 놀란 영희는 억지로 점심밥을 챙겨 꾸역꾸역 먹기 시작했다. 가끔 혼자 드라이브를 다녀오거나 해변 도로 갓길에 차를 세워 두고 하염없이 바다를 바라보기도 했다. 영희의 무기력함을 달래기 위해 철수는 주말에 영희를 데리고 카페를 다녀오거나 드라이브를 다녀왔다.

온종일 침대에 누워 핸드폰을 손에서 놓지 않던 영희는 유튜브에서 외국인 며느리와 한국 시어머니의 갈등, 우리나라 고부 갈등의 사연들을 읽으며 자신이 얼마나 부당한 갑질과 학대를 당했는지 실감하는 중이었다. 그 부당함에 대해 참기만 한 자신이 한심하게 느껴졌다. 후회가 밀려왔지만 복수하고 싶은 마음이 사라지지는 않았다. 영희는 또다시 '시어머니'에 대한 생각과 울분 속으로 빠져들었고 우울증은 심해져 갔다. 온갖 생각들이 영희의 머릿속을 헤집어 놓았다.

'시어머니께 위자료를 청구할까? 민사소송도 같이 걸까? 결혼 전에 컵만 씻으면 된다고 해 놓고 매주 불러서 일을 시켰으니 사기죄, 쉬고 싶다고 해도 주말 방문을 강요했고 식당 일을 하느라 체중이 10kg이나 줄었으니 신체 학대, 아버지가 없다는 사실을 이용하여 모욕적인 말들을 했으니 모욕 및 명예훼손, 며느리를 감정적으로 학대했으니 인권침해와 정신적 학대, 주말마다 1박 2일 동안 식당에서 일한 만큼의 인건비 청구'

'시어머니와의 연결고리를 완전히 끊어야 우울증에서 벗어날 수 있어. 그런데 남편은 자기 엄마를 끊어낼 수 없으니 이혼을 해야 하나? 아직 아이들이 미성년자이니 동현이가 성인이 된 후에 하는 게 낫겠지? 그럼 4년만 버티면 된다. 이혼하면 재산 분배는? 성인이라도 아이들은 내가 데려와야지. 변호사와 상담을 해 볼까?'

'아니야, 그 여자 때문에 왜 우리 가족이 희생되어야 하지? 우울증 걸린 것도 억울한데 내 가족까지 희생시킬 순 없어.'

'아빠가 없다고 나를 만만하게 봤으니, 전에 시어머니가 피해 도망갔던 친척 삼촌들, 동생들, 엄마를 데리고 쳐들어가서 한바탕 크게 뒤집어엎을까?'

'시어머니 가게 앞에서 피켓 시위를 할까? 내가 당했던 일들을 모두 써서 옆에 세워 두고 억울하다고 외쳐 볼까? 그럼 SNS를 통해서 전국으로 빠르게 퍼져 나가겠지? 시청 앞에서 시위를 해 볼까?'

영희는 모래 지옥 속으로 빠르게 빨려 들어갔다.

제사는 어김없이 돌아왔다. 제사에 다녀온 철수에게 영희가 먼저 제안을 했다.

"우리가 제사를 지내게 되면 모두 모아서 1년에 한 번, 주말에 지내자."

"주말에 지내는 건 아닌 것 같아."

영희의 제안은 반만 성공했다.

철수 아버지의 제사를 일주일 앞두고 영희는 아이들의 시험이 걱정되었다. 제사 4일 후부터 1학기 기말시험이 시작되기 때문이었다.

"자기야, 애들 시험 기간인데 제사에 꼭 가야 해? 더군다나 나은이는 고2잖아. 전에 자기 사촌들 보니까 고등학교 다닐 때 제사에 오지 않던데."

"애들 할아버지 제사잖아! 당연히 가야지! 나은이한테는 내가 물어볼게!"

버럭 화를 내는 철수를 보며 영희는 숨이 턱 막혔다. 아니나 다를까 제사 하루 전날 나은이가 고민을 털어놓았다.

"엄마, 나 다음 주부터 시험이라 제사에 가기가 좀 부담스러워."

나은이는 제사 문제에서만큼은 아빠와 타협점이 없음을 알고 있었다.

"그렇지 않아도 엄마가 아빠한테 넌지시 이야기해 놨어. 아빠가 너한테 같이 갈지 물어본다고 했으니까 걱정하지 말고 부담스럽다고 이야기해도 돼."

아이들이 어렸을 때, 아이들 짐을 챙겨 제사에 가는 것이 너무 힘들어 영희와 철수만 제사에 참석한 적이 있었다. 그날 이후로 나은이는 태어나서 두 번째로 제사에 참석하지 않았다.

제사를 지내고 다음 날 하교하는 동현이를 데려오는 차 안에서, 이번에는 동현이가 고민을 털어놓았다.

"엄마, 나 제사 때 받은 용돈 중에 반은 누나한테 줬어. 누나가 제사에 안 왔다고 용돈을 2만 원밖에 안 주더라고."

영희는 동현이만 시가에 간 날, 철수 어머니가 '할머니 집에 온 사람만 용돈 많이 준다'며 동현이에게 용돈을 더 많이 주는 바람에 영희가 자신의 돈을 보태어 나은이에게 주었던 기억을 떠올렸다.

"우리 동현이 착하네~ 어른들이 치사하게 그러면 안 되는데….

"엄마, 그런데 그게 문제가 아니야. 나 장남 안 할래!"

"아빠가 장남이라서 제사에 가야 한다고 했어?"

"응, 장남이라서 꼭 가야 한대. 난 제사가 진짜, 진~짜 진짜 싫어. 나 장남 안 할래."

"걱정하지 마. 엄마가 제사 싹~다 없애 줄게."

"진짜지, 엄마? 꼭 그래야 해, 꼭!! 나 진짜 진짜 제사 싫어!"

늘 조용하고 차분한 동현이가 흥분하여 쉬지 않고 말했다.

나은이도, 동현이도 할머니와 아빠를 편하게 생각하지 않는 듯했다. 힘들어하는 아이들을 보니 영희의 가슴이 쓰려 왔다. 아이들로 인해 생각이 많아진 영희는 답답한 마음을 달래고자 바닷가를 자주 찾았고, 철수가 쉬는 주말에는 '친정'에서 시간을 보냈다.

철수의 진심은?

저녁 식사를 준비하던 철수가 생색을 냈다.

"이런 남편이 어디 있어? 밥해 줘, 청소해 줘, 빨래해 줘~"

"또, 또 그 소리! 애들 관련해서는 애들 어릴 때부터 내가 다 했잖아. 등원 준비, 하원, 옷 챙기는 것, 목욕, 노는 것, 준비물, 과제, 물통까지. 커서는 주말에 봉사활동 데리고 다니고 문제집 챙기는 것도 다 내가 하고 있어. 그리고 집안일은 혼자 해? 지금 이렇게 저녁밥 준비도 같이하고 있고 청소도, 빨래도 같이하잖아. 계절별로 옷 정리도 내가 하고 있구먼! 맞벌이에 월급도 자기랑 같은데 당연히 자기도 같이해야지!"

"그래도 애들 어렸을 때는 나 혼자 밥했잖아."

"그래, 그랬지. 자기 밥하는 동안 난 애들하고 놀아 주고 한글 공부, 숫자 공부 내가 다 시켰지."

평소 같으면 '그래~ 잘하고 있어~'라며 웃어넘겼겠지만, 오늘만큼은 지고 싶지 않았다.

신경이 날카로워진 영희는 철수의 잔소리와 말투가 거슬리기 시작했다. 그러다 문득 철수의 말투가 철수 어머니의 말투와 너무나 닮았다는 사실에 깜짝 놀랐다.

"야, 그걸 그렇게 자르면 어떡해! 국에 넣을 건데!"

"라면을 왜 반으로 잘라? 아이고, 참!"

"운동 좀 하라고 해도 하지도 않고! 나을 생각이 있긴 해?!"

맞벌이와 생활에 쫓기는 동안 사소한 것에 신경 쓰기 싫어서, 아이들 앞에서 집안을 시끄럽게 만들고 싶지 않아서 그냥 넘겼던 말버릇이 고쳐지지 않은 채 지금까지도 이어지고 있었다. 예민해진 영희는 그런 철수의 말투를 참을 수가 없었다.

"집에만 있지 말고 운동도 하고 바깥 활동도 하고, 취미 생활도 좀 해. 저녁마다 같이 운동 가자고 해도 맨날 가기 싫어~ 피곤해~ 이러고. 나으려고 노력을 해야지, 집에만 가만히 있으니까 더 우울해지잖아."

도돌이표처럼 자꾸만 반복되는 철수의 잔소리와 상대방을 배려하지 않는 듯한 말투에 영희는 폭발해 버렸다.

"시어머니가 아니었다면 우리가 이렇게 힘들어하며 살지 않았을 거야! 시어머니 때문에 이렇게 되었는데 당신은 어머니가 원망스럽지도 않아?!

인연을 끊으라는 것도 아니고 싸우라는 것도 아니야. 나도 엄마한테 함부로 대들거나 화내지 못하니까 자기가 그렇게 못하는 거 충분히 이해해. 하지만 내가 이 지경까지 왔으면 한 번쯤은 나를 위해 어머니에게 따져 줄 수 있는 거 아니야? 나라면 그 정도는 할 것 같아. 우리 엄마라도 나도 그 정도는 할 수 있어! 그런데 자기는 그마저도 안 하잖아!

그러면서 당신이 잘할 테니 나더러 이겨 내라고 자꾸 닦달하잖아. 지금 시어머니가 아니라 내 옆에 당신이 있으니 그것만으로도 나를 더 위하는 것이니 이겨 내기 위해 열심히 노력하라는 식으로 말하잖아. 그게 되면 왜 아직도 병원에 다니고 약을 먹겠어? 노력마저 안 되니까, 노력할 힘조차 없으니까 이러고 있는 거잖아. 운동하라고 바깥 활동을 하라고 자꾸 잔소리하는데 난 그럴 힘마저도 없어. 자꾸 닦달하지 마! 내 마음이 안 그렇다고!"

너무나 갑갑했던 영희는 유튜브 영상을 철수에게 보냈다. 주변 사람들이 우울증 환자에게 어떻게 대해야 하는지, 해야 할 것과 하지 말아야 할 것들을 주제로 정신과 의사들이 나눈 대화였다. 그날 이후부터 철수는 영희를 닦달하지 않았다.

영희는 철수의 평소 말투로 인해 강제로 '시어머니'를 자주 떠올려야 했다. 철수와 '시어머니'의 얼굴이 겹쳐지며 철수가 미워 보였다. 자꾸만 신경질적으로 말대꾸를 하고 냉담하게 행동하는 영희를 보며 철수도 지쳐갔다. 결국, 철수도 폭발하고 말았다.

"너, 우리 엄마 때문에 나도 보기 싫은 거잖아! 그럼 이혼을 해! 이혼하고 애들은 네가 데리고 가!!"

영희는 놀란 눈으로 철수를 노려보았다.

'적반하장도 유분수지. 네가 나한테 그런 말을 할 처지는 아닐 텐데! 나는 아이들을 지키느라 지금까지 참으며 살아왔는데 아이들을 이렇게 쉽게 내어 놓는다고? 결국, 나 혼자 아이들 지키겠다고 아등바등 살아온 거야?'

목구멍까지 올라오는 말을 삼키며 영희는 아이들을 떠올렸다.

'아이들이 성인이 될 때까지는 참아야 한다!'

영희는 말없이 뒤돌아섰지만, 철수의 말은 영희의 울분에 불을 붙였다. 적반하장격인 철수의 태도와 철수 어머니에 대한 분노가 더해져 영희의 '화'가 터져 나오기 시작했다.

"드라이브하러 가자."

영희의 심각한 말투에 철수가 굳은 표정으로 따라나섰다. 한적한 숲길에 차를 세우고 서론도 없이 영희는 하고 싶었던 말을 쏟아냈다.

"나, 자기 엄마한테 사과받아야겠어. 나한테 했던 말과 행동들 하나하나에 대해 모두 사과받아야겠어. 예전에 자기한테 미안하다고 전달해 달라고 한 건 사과가 아니야. 나한테 직접 사과한 것도 아니고 우리 엄마한테 전화해서는 자기가 용돈도 주면서 잘해 준다고 했는데 서운한 게 있었던 것 같다면서 변명만 했어. 자기, 내가 한 말들 어머님께 제대로 전달한 거 맞아?"

"그걸 엄마한테 어떻게 하나하나 자세하게 말해?"

철수의 언성이 높아졌다.

"그 얘기들을 안 했다고? 그런데 미안하다고 전해 달라고 한 거야? 그게 사과야? 난 하나하나 다 말하고 사과받을 거야!"

"하…. 우리 엄마 쓰러지겠네."

영희는 두 귀를 의심했다. 그리고 철수의 마음을 알아 버렸다. 자신의 어머니를 끝까지 지키고 방어하려는 철수의 마음을.

"내가 아무리 힘들어도 자기 엄마는 건드리지 않겠다? 자기는 나를 위해 집 안일을 하고 나의 우울증을 다 받아 주고 있으니, 결국 오로지 내 힘으로 이겨 내라는 거야? 나라면, 우리 엄마가 그랬다면 화를 내지는 않더라도 꼭 그렇게까지 했어야 하냐고 한 번쯤은 따지고 원망이라도 했을 텐데 그럴 마음은 전혀 없는 거야? 자기, 어떻게 나한테 그럴 수가 있어?"

"그래서 내가 자기 화내는 거 다 받아 주고 있잖아!"

철수의 언성이 높아지자 영희는 더 화가 났다.

"자기 엄마는 어떻게 사람한테 그럴 수가 있어? 아빠가 없다고 얼마나 나를 무시하고 쉽게 봤으면 그런 막말을 할 수가 있어?"

"우리 엄마가 못 배우고 무식해서 그렇다고!"

철수가 화를 내며 소리를 질렀다.

영희는 정신과에서 처방받은 약에 수면유도제까지 먹어야 잠을 잘 수 있는 지경이 되었다. 그리고 참아왔던 일을 저질렀다.

조용한 차 안에서 영희는 전화를 걸었다.

"여보세요?"

"저예요, 어머님."

영희의 목소리는 지극히 사무적이었다.

"어, 그래 웬일이니?"

"여쭤볼 게 있어서 전화했어요."

"그래, 뭔데?"

"결혼하기 전에요, 컵만 씻으면 된다더니 결혼하고 나서 왜 매주 불러서 식당 일을 가르치고 시키셨어요?"

"내가 너한테 식당 일을 시켰니?"

철수 어머니의 언제 그랬냐는 듯한 말 한마디에 영희는 이성의 끈을 놓았다. 영희는 처음으로 '시어머니'에게 소리를 지르기 시작했다.

"어머님이 빈 그릇 치워 오는 것, 상 차리는 것 가르치셨잖아요! 처음 3개월만 오면 된다더니 그 뒤에도 계속 오라고 했잖아요! 저요, 결혼하고 10kg이나 빠져서 동생들하고 엄마가 제 얼굴 보고 울었어요!"

"그건 네가….'

영희는 철수 어머니의 말을 들을 생각이 없었다.

"아버지가 없어서 일 시키기 편하다고 하는 바람에 일하는 아줌마도 저한테 일을 시켰다고요!"

"아줌마가 너한테 일을 시켰니?"

"나한테 일 시키고 어머님하고 아주머니는 앉아서 커피 마셨잖아요! 그리고 왜 저만 일 시키고 아들은 온종일 놀고 자게 내버려 뒀어요? 내가 얼마나 불쌍해 보였으면 일하는 손님이 '매주 부를 거면 왜 결혼시켰냐'고 하니까 '손주 보고 제사 지내려고 결혼시켰다'면서 어머님이 손님한테 화냈잖아요! 며느리 길을 잘 들여서 매주 온다고요? 내가 애완동물이에요?! 베개에 코피 묻은 거 뻔히 보고도 앉아서 쉰다고 '아버지도 없으면서 시아버지한테 살갑게 굴지 않고 처앉아 있냐'고 소리 지르고! 남편이 모판 만들고 와서 샤워하러 갈 때 같이 들어갔다가 나와서 '어깨도 넓고 다리도 돌덩이처럼 단단하고 엉덩이도 탱탱하다'고 하셨잖아요! 그게 할 소리예요?"

"난 그런 적이 없다. 다 커서 장가간 아들을 내가 왜 씻겨 주겠어?"

"어머님 그때 34분 만에 욕실에서 나왔거든요! 저 시간까지 똑똑히 기억하고 있어요!"

"난 그런 기억이 없다. 그리고 엄마가 아들 몸 자랑도 못 하니?"

"그렇다고 해도 엉덩이가 탱탱하다고 말씀하시는 건 아니죠!! 그리고 사위들한테는 사돈어른, 안사돈 잘 계시냐고 하면서 저한테는 맨날 네 엄마는 요새 뭐 하냐고 하셨잖아요! 내가 얼마나 우스우면 그랬어요? 4년 전에는 저한테 전화로 주말마다 일하러 오라면서 네가 안 오면 네 엄마 부를 거라고 협박했잖아요! 엄

머느리 인권

298

마한테 전화하니까 그 전에 엄마한테 일하러 오라고 두 번이나 전화했다면서요!"

"내가 어떻게 사돈한테 일하러 오라는 소리를 하겠니? 그리고 나는 너한테 그런 말들을 한 적이 없다."

"그럼 내가 거짓말을 하고 있다는 거네요?! 우리 엄마도 거짓말한 거네요?"

"네 엄마 부르겠다고 한 건 농담으로 그런 거지."

"아니요! 그때 어머님 신경질 내면서 말했거든요! 그리고 농담으로라도 할 말은 아니죠!"

"내가 어떻게 그런 걸 다 기억하니? 너 시집온 지가 17년인데…. 난 그런 기억이 없다."

"그럼 내가 거짓말로, 없던 일을 가지고 우울증에 걸려서 몇 년째 정신과 치료를 받고 약을 먹고 있다는 거네요?"

"그건 아니고…. 내가 기억은 안 나지만 네가 그렇다고 하니 그래, 내가 잘못했다. 미안하다."

"기억도 안 난다면서 뭐가 미안하다는 거예요!"

"네가 나 때문에 힘들었다고 하니까 내가 미안하다. 이렇게 사과하잖아."

"기억 안 난다면서요! 그건 사과가 아니죠!!"

"그래 내가 다 미안하다. 이렇게 사과하잖아. 그럼, 내가 뭘 더 어떻게 할까? 내가 어떻게 할까?"

"하나하나 다 기억해 내세요! 다 기억해 낸 다음에, 그다음에 제대로 사과하세요! 기억도 안 난다면서 사과하는 건 아무 의미도 없고 사과도 아니에요!!"

영희는 끝까지 소리를 지르다가 전화를 끊었다. 철수 어머니의 말투에서 영희는 '모른 척'한다는 것을 느낄 수 있었다. 철수 어머니는 큰 사위의 뺨을 때리고도 사위가 그 일을 따지고 들자 내가 언제 때렸냐, 뺨을 만진 것이라며 발뺌을 했었기에 영희는 '역시 그런 사람이구나.'라는 생각에 씁쓸해하며 인상을 찌푸렸다. 그리고 한숨과 함께 허탈감과 허무함이 몰려왔다.

'나 혼자서 지금까지 뭘 한 거지? 나 혼자 몸부림치고 있었던 거야?'

그날 저녁, 영희는 철수를 몰아붙였다.

"자기, 어머님이 자기 씻겨 준 적이 없다고 하던데?"

"그런 적 없어! 내가 나가라고 했다고!"

"그런데 왜 욕실에서 같이 나왔어? 그것도 빨간색 새 팬티를 입고? 자기 씻으러 가고 손님이 올까 봐 내가 어머님을 사방으로 찾아다녀도 안보이더니 34분 만에 욕실에서 자기랑 같이 나오더라! 아주 환하게 웃으면서!"

"그런 적 없다니까!"

"그런데 왜 어머님이 자기 등도 넓고 다리도 돌덩이 같고 엉덩이도 탱탱하다면서 자랑했어?! 그리고 그날 저녁에 자기가 나한테 미안하다고 사과했잖아! 그런 일 없다면서 사과는 왜 했어?"

"그럼 내가 그 상황에서 무슨 말을 하겠어?"

"자기 모심고 온 날도 어머님이 욕실로 따라가려다가 자기가 거절하니까 어머님이 나 노려봤어! 그런데도 아니라고?"

"안 씻겨 줬어! 거절했다고!!"

영희는 더 이상 캐묻지 않았다. 아무 의미가 없었다.

'나에게는 충격적이었던 일이, 이 두 사람에게는 잊어버릴 만큼 아무 일도 아니었던 거구나. 아니면 둘 다 모른 척 우기고 있거나, 둘이 미리 짰거나! 자기 엄마한테 내가 우울증에 걸린 이유를 자세하게 말하지 않았으니 시어머니는 그동안 별 고민도 생각도 하지 않고 있었겠네. 나만 죽을 만큼 힘들었구나.'

영희는 약 두 첩을 한꺼번에 삼키고서야 잠을 잘 수가 있었다.

다음 날 영희는 온종일 기분이 나쁜 순간마다 철수 어머니에게 문자를 보냈다.

『어머님이 피해자 입장이라면, 가해자가 자신이 했던 일은 하나도 기억나지 않지만 미안하다고 말한다고 해서 받아들일 수 있겠어요? 그게 사과받은 것으로 느껴지겠어요? 기억나지 않는다는 말이 믿어지겠어요? 어머님이 피해자라면 어떻게 하나도 기억하지 못할 수가 있냐며 화내지 않겠어요?

진짜 하나도 기억나지 않는다고 하면 어머님이라도 믿지 못할걸요? 그러니 열심히 생각해보셔야 할 겁니다. 저뿐만 아니라 세상의 모든 피해자는 자신이 당한 것은 모두 다 기억해요. 학교폭력 피해자들도 그래서 평생 고통스럽게 살거든요. 모든 게 하나하나 다 기억나고 잊히지 않아서요.

삼촌들이 어머님께 했던 것들을 하나도 기억나지 않는다고 말하면, 어머님은 어떻게 그걸 기억하지 못할 수가 있냐고 화내지 않겠어요? 전 10년 전에 손목도 그어 보고 수면제도 모으고, 베란다에 의자도 여러 번 갖다 놓고 뛰어내리려고 했는데 어머님의 그런 적 없다는 말을 듣고, 제 기분이 어땠을까요?

이 모든 사실을 알고 있는 친정엄마의 마음은 어떨까요? 어머님의 딸이 자살 시도까지 했다면 어머님은 어떤 마음일 것 같아요? 삼촌들이 어머님께 했던 것들이 하나도 기억나지 않는다고 하면, 어머님은 믿겠어요?

그러니 기억 안 나는 척, 농담인 척 그만하시죠. 기억해 내고 사과하세요. 기억은 안 나는데 미안하다는 말은 맞지 않습니다. 어머님이 주신 용돈들은 남편이 빚 갚는 데 보탠다고 거의 다 가져갔어요. 알고 계시라고요.』

영희가 하루 동안 보낸 문자에 철수 어머니는 어떤 답도 하지 않았다.

철수 어머니와의 통화 이후 더 억울해진 영희는 쉽게 잠들지 못했다. 철수는 이불을 뒤집어쓰고 울고 있는 영희를 껴안고 토닥였다.

"다 내 잘못이야. 네가 그런 일들을 겪게 한 것도 내 잘못이고, 내가 장모님하고 살면서 힘들어서 너를 챙기지 못한 것도 내 잘못이야."

영희는 철수의 말투에서 그 뜻을 알 수 있었다.

"난 어머님 때문에 힘든 거야! 어머님이 잘못한 것 때문이라고!"

"널 챙기지 못한 내 잘못이야. 다 내가 잘못한 거야."

"어머님 방패막이 되려고 하지 마! 어머님 때문에 일어난 일이잖아!"

"너와 결혼해서 너를 힘들게 한 내 잘못이야. 종교 때문에 엄마가 반대해도 내가 데리고 살 여자라면서 내가 우겨서 결혼한 내 잘못이야."

"자기는 엄마가 원망스럽지도 않아? 왜 엄마한테 따지지도 않는데?"

"엄마가 반대할 때 헤어졌더라면 네가 이렇게 힘들지 않았을 테고 우울증도 겪지 않았을 텐데…. 다 내 잘못이야."

영희와 철수는 각자의 말만 하고 있었다. 철수는 끝까지 자신의 어머니를 방어했다.

"어머님은 어떻게 그 많은 일을 하나도 기억하지 못할 수가 있어? 자기 어머니는 기억을 못 하는 게 아니라, 못 하는 척하는 거야."

"나이도 많은데 그걸 어떻게 기억하겠어?"

철수의 마지막 말에 영희의 마음이 무너져 내렸다.

'내가 지금 무슨 말을 들은 거지?'

영희는 몸을 웅크린 채 가슴을 꽉 부여잡았다. 숨을 쉴 수가 없었다.

철수는 그렇게 말하지 말았어야 했다.

이날의 대화는 며칠 후 영희의 생각과 마음을 정리하는 계기가 되었다.

금요일, 동현이를 하교시킨 뒤 영희는 옷을 챙겨 어머니의 집으로 향했다. 저녁을 먹고 맥주 네 캔을 마신 후 약을 먹고 잠이 들었다. 다음 날 오후 늦게 집으로 돌아오기 위해 현관에서 신발을 신은 영희는 굳은 채 멍하니 서 있었다. 두 눈에서 눈물이 끊임없이 쏟아졌다. 영희는 어머니를 바라보다 울먹이며 말했다.

"엄마…. 모두 나더러 이겨 내라고만 하고… 아무도… 아무도 나를 위해 시어머니에게 화를 내 주지 않아…. 아무도 나를 위해 시어머니에게 당신이 잘못했다고 말해 주지 않아…. 엄마… 나 시어머니 죽이고 싶어."

영희 어머니는 놀라며 영희를 껴안았다.

"엄마가… 엄마가 해 줄게. 이제는 엄마도 가만히 있지만은 않을 거야."

영희의 어머니도 울음을 터뜨렸다.

영희는 정신과 의사 앞에서 철수 어머니에게 전화한 이야기를 풀어놓았다.

"시어머니께 화풀이했다고 해서 마냥 시원하지는 않았을 텐데요?"

"며칠 동안은 시원했어요. 하지만 시어머니가 자기 잘못을 인정하지 않고 기억이 나지 않는다고 해서 기분은 계속 나빴어요."

영희는 또 다른 '속 시원한' 일들을 찾아 실행하고 싶어졌다.

심란한 마음으로 운전대를 잡은 영희는 해변 도로 갓길에 주차한 뒤 한참 동안 멍하니 바다를 쳐다보았다. 뜨거운 여름의 노을이 지고 있었다. 한참을 운전석에 앉아 있던 영희는 정신과 의사가 했던 말을 떠올렸다.

'시어머니가 바뀔 것 같으세요?'

'이 문제는 해결을 바라기는 거의 불가능한 일이에요.'

영희는 갑자기 정신이 번쩍 들었다. 두 눈을 동그랗게 뜬 채 생각에 잠겼다.

'시어머니가 바뀌길 원해? 아니야. 안 바뀌었으면 좋겠어. 해결을 원해? 아니! 해결되면 그다음은? 다시 시댁으로 기어들어 가야 하는데 그렇게 되길 원해? 아니야. 애초에 난 해결을 원하지 않았어. 복수를 원했지. 지금은 남편도 시어머니도 나에게 아무 말도 행동도, 간섭도 강요도 하지 않아. 나의 몸은 자유로워졌어. 남은 건? 나의 마음만 자유로워지면 되는 거잖아. 시어머니께 발길을 끊었듯이 마음도 끊어 버려! 몸뿐만 아니라 마음도 끊어 버려! 그래, 결국 내가 해야 했던 거구나. 해결할 게 아니라 나를 위한 답을 찾아야 했던 것이구나!'

영희의 눈에 힘이 들어가고 시야가 맑아졌다. 영희의 두 눈에는 생기가 돌았고 눈동자는 반짝거렸다.

'나의 몸은 당신으로부터 빠져나왔으나 마음은 빠져나오지 못했었구나. 이제 나는 온전히 당신으로부터 빠져나와야겠다. 이제부터 나는 몸과 마음 모두 당신의 삶에서 빠지겠다.

나는 당신이 변하기를 절대 원하지 않는다. 당신의 잘못을 깨닫고 좋은 사람이 되기를 원하지 않는다.

당신은 고작 그런 사람으로 특별할 것도 없는 고작 그런 삶을 오래오래 살기를 바란다. 그리고 제사와 차례에 얽매여 고단한 삶을 오래오래 이어가길 바란다. 나는 당신이 따뜻한 말과 마음, 삶의 아름다움을 알지도 누리지도 못한 채 오래오래 살다가 죽기를 바란다.

나는 소소한 행복과 삶의 즐거움과 가치를 마음껏 누리며 살 것이다. 나 자신을 지극히 소중하게 아끼고 가꾸며 나를 먼저 돌볼 것이다. 그렇게 세상 속에서 나만의 빛을 내며 반짝이며 살 것이다. 그럼, 시어머니! 안녕!'

영희는 가방에서 수첩과 볼펜을 꺼내 자신이 생각한 것들을 빠르게 적어 내려갔다. 영희의 가슴은 두근거렸고 얼굴에는 미소가 번졌다.

영희는 어머니에게 전화를 걸었다.

"엄마, 시어머니께 전화하지 마. 내가 해야 할 일이 있어."

주말이 지나고 월요일, 영희는 다시 한번 '속 시원한' 일을 하기로 했다. 결혼예물을 팔았다.

'결혼할 때 시댁에 침구 세트와 이바지 음식도 최고급으로 보냈고, 현금, 은수저 세트도 보냈어! 이건 당연히 내 것이고 팔든 말든 이건 내 권리야.'

영희는 차 안에 노래를 크게 틀어 놓고 흥얼거리며 집으로 돌아왔다.

영희는 자신과 철수, 철수 어머니에 대한 현재 상황을 정리하기 시작했다.

> ‣ 남편은 엄마는 엄마대로, 아내는 아내대로 각자 지키며 방어하고 있다.
> ‣ 남편은 엄마를 원망하지 않고, 지금의 힘든 상황을 따지지도 않는다.
> ‣ 남편은 내 앞에서 엄마의 잘못을 절대 '인정'하지 않고 '말'로 표현하지 않는다. 진심을 알 수 없다.
> ‣ 시어머니는 본인 때문에 자기 아들과 아들의 가정이 힘들 것이라는 생각을 하지 못한다.
> ‣ 시어머니는 아들과 손자들을 자신의 것이라 생각하고 손에 쥐려고 한다.
> ‣ 시어머니는 공감 능력이 없다.
> ‣ 남편은 엄마에게서 정신적으로 독립하기 어려워 보인다.

▸ 남편은 내가 하는 말과 나의 상황에 '공감, 동조'하지 않는다. 그냥 나를 돌보면서 나 스스로 우울증에서 벗어나기를 원한다.

▸ 하지만, 나는 감정적인 돌봄과 공감, 인정을 원한다.

그리고 자신의 가족에 대해서도 정리를 했다.

▸ 나는 시어머니가 변하기를 바라지 않고, 시어머니를 용서할 마음이 없다.

▸ 남편의 성격, 성향, 고집은 바뀔 가능성이 거의 없다.

▸ 남편은 나의 참을성과 인내로 가정을 유지해 왔다는 것을 인지하지 못하고 있다.

▸ 남편은 아내보다 자신의 어머니와 여동생에게 더 관대하다.

▸ 나은이는 할머니, 제사와 관련한 것만큼은 아빠의 눈치를 본다.

▸ 동현이는 제사를 극도로 싫어하고 장남이기를 원하지 않는다.

▸ 나는 나은이와 동현이가 할머니에게서 벗어나 자유롭게, 마음 편하게 살기를 원한다.

▸ 나는 제사와 차례를 지내며 늙어 가고 싶은 마음이 1도 없다.

▸ 나는 남편 옆에서 마음이 편하지 않다.

▸ 시어머니가 아프면 남편은 떠날 것이다. 결국, 나에게는 신혼도 없었고, 황혼도 없을지도 모른다.

▸ 앞으로 내가 해야 할 일은 무엇이며, 어떻게 할 것인가?

정리하고도 심란하던 중, 영희는 엉뚱한 곳에서 가장 원하던 것을 얻었다.

석형: 모르는 척하는 게 최선이라고 생각했어…. 그래도 나 노력한 건 맞지?

송화: 아니, 네가 무슨 노력을 했니? 그건 노력한 게 아니라 회피한 거지. 차라리 왜 훔쳤는지 캐물어 보고 싸우는 게 노력이야. 너 아무것도 안 한 거야. 수면제는 왜 이렇게 많이 먹냐, 정신과 상담은 어떠냐, 이렇게 물어보고 얘기를 해 봐야지. 고민

— 「슬기로운 의사생활 2」 5화, 석형과 송화의 대화 중(극본 이우정)

영희는 화장실로 달려가 눈물을 훔쳤다.

'그래, 내가 원한 건 그거였어. 내가 힘들어할 때, 울고 있을 때 무슨 일 때문에 그러는지 남편이 물어봐 주는 것. 나의 아픔을 남편이 알아봐 주고 인정해 주는 것. 시어머니의 잘못을 인정하고 따져주는 것. 그게 남편으로서 해야 하는 진짜 노력이었던 거야. 남편은 시간이 지나면 괜찮아질 줄 알았다고 말했었지. 문제를 덮어두고 회피하려 했었어.'

◇◇◇◇

자유

영희는 5개월 만에 다시 노트북을 열었다. 휴직 후 5개월 만에 영희의 진정한 휴식이 시작되었다. 영희는 집안을 왔다 갔다 하다가도, 글을 쓰다가도, 운전하다가도 입꼬리를 올리며 미소를 지었다. 영희는 단 두 달 만에 글을 마무리했다. 1차 퇴고를 하고 지인에게 오타 수정과 검토를 부탁한 후 수정 작업을 마쳤다. 그리고 마지막으로 「며느리 인권 선언문」을 써 내려갔다.

「며느리 인권 선언」

헌법 제10조 모든 국민은 인간으로서의 존엄과 가치 및 행복 추구권을 가진다.

하나. 결혼 후 부부는 정신적으로 독립된 가정을 이룰 권리가 있다.

하나. 며느리는 며느리이기 이전에 독립된 가정의 아내이자 아이들의 엄마로서의 역할이 우선이다.

하나. 며느리는 시가에서 한 인간으로서 존중받을 권리가 있다.

하나. 며느리는 시가로부터 지나친 간섭과 강요를 받지 않을 권리가 있다.

하나. 며느리는 시가에서 받는 부당한 대우에 대해 이의를 제기할 권리가 있다.

하나. 사위가 귀한 대접을 받듯이 며느리도 귀한 대접을 받을 권리가 있다.

하나. 며느리는 인간으로서 기본 권리를 존중받으며 행복을 추구할 권리가 있다.

하나. 며느리의 인권과 행복추구권을 침해당할 경우 법적으로 보호받을 권리가 있다.

하나. 며느리는 종교의 자유를 가질 권리가 있다.

하나. 며느리는 시가로부터 받는 인권침해와 학대, 갑질에 대해 보호받을 권리가 있다.

하나. 며느리는 명절, 집안 행사 등과 관련하여 시가와 같이 친정에 대해서도 동등한 권리가 있다.

하나. 며느리는 시가의 부당한 대우에 대해 그 정도에 따라 합당한 보상을 요구할 권리가 있다.

하나. 며느리는 출가외인이 아니며 결혼 후에도 여전히 한 집안의 귀한 딸이다.

파란 가을 하늘이 눈부시게 빛나던 어느 날, 영희는 완성된 원고가 든 서류 봉투를 꼭 껴안고 출판사의 유리문을 두드렸다.

출판사를 방문하기 전, 영희는 철수의 책상 위에 편지 봉투를 올려놓았다.

그동안 우울증에 걸린 나를 대신해서 가사 일을 하고 나를 돌봐 줘서 고마워. 당신에게도 힘든 시간이었을 텐데 잘 견뎌 줘서 정말 고맙게 생각해. 당신은 엄마는 엄마대로, 나는 나대로 각자 방어하고 지키려고 애썼지.

난 당신에게서 "우리 엄마가 잘못했어, 인정할게. 그리고 네가 힘들 때, 울고 있을 때 아무것도 묻지 않고 모른 척해서 미안해."라는 말을 듣고 싶었어.

난 나만 참으면 다 괜찮을 줄 알았어. 그런데 너무 외롭고 아프더라. 우리는 너무 오랫동안 힘들었어. 난 우리가 너무 애처롭고 불쌍해.

우리 아이들은 당신과 나처럼 살지 않았으면 좋겠어. 세상은 조금씩 천천히 변하겠지만, 아이들은 여전히 당신과 나처럼 힘든 순간들과 마주해야 할지도 몰라.

그래서 난 우리 아이들이 행복한 기억과 추억을 차곡차곡 쌓으며 살아갈 수 있게 도와주려고 해. 난 아이들에게 좀 더 나은 새로운 세상을 주고 싶어.

영희는 철수의 어머니에게도 마음속으로 전해지지 않을 편지를 남겼다.

며느리는 항우울제를, 아들은 수면유도제를 먹고 있어요. 나의 우울증을 받아 주고 어머니인 당신 앞에서는 아무렇지 않은 척하면서 지금의 상황을 외롭고 힘들게 견디고 있지요. 당신으로 인해 아들은 힘들어졌고, 아들의 가정은 무너지고 있어요. 이제 만족하시나요?

영희는 꿈을 꾸었다. 영희는 출입문을 등지고 식당의 한 가운데에 서 있었다. 오른쪽에는 부엌이, 영희가 있는 곳에는 4인용 입식 테이블 12개와 의자들이, 왼쪽에는 신발을 벗고 올라서는 나무판으로 된 공간 위에 좌식 테이블 3개가 나란히 놓여 있었다. 가게는 텅 비어 있었고 부엌의 노란 전구의 불빛만이 새어 나오고 있어 가게 안은 어두웠다. 부엌 쪽에서 시어머니의 목소리가 들려왔다.

"이제 올라가서 자라."

2층으로 올라가는 좁은 계단 앞에 남편이 서 있었다. 영희는 남편으로 따라 2층으로 올라갔다. 2층으로 올라가니 왼쪽으로 컨테이너에 동그란 손잡이가 달린 쇠문이 나타났다. 컨테이너를 상아색으로 새로 페인트칠을 해서 옥상에 올려놓은 것이었다. 컨테이너 옆에는 빨랫줄이 바람에 흔들리고 있었다. 문을 연 남편을 뒤따라 들어가니 바로 방이었다. 바닥에 깔린 장판 위에 서니 발이 시렸고 외풍으로 인해 몸은 으슬으슬했다. 추워서 여기에서는 잘 수 없다는 생각에 영희는 다시 식당으로 내려왔다. 좌식 테이블이 있는 공간에 난로를 켜 놓고 자려고 했으나 식당이 넓어 따뜻할 것 같지가 않았다. 다시 2층으로 올라간 영희는 아기 띠로 아이를 등에 업고 다시 가게로 내려왔다.

영희는 아이를 업은 채 가게 한가운데에서 서서 가게를 둘러보다 갑자기 계단 옆의 뒷문으로 달려갔다. 좁은 문을 간신히 빠져나왔으나 등에 업힌 아이의 코와 입가의 볼이 쓸리고 말았다. 칭얼거리는 소리에 영희는 고개를 돌려 아이의 얼굴을 보았다. 다행히 살짝 쓸린 것을 확인한 영희는 어둠 속을 냅다 달리기 시작했다.

숨을 헐떡이며 어둠 속을 달리는 영희의 볼에 초겨울의 차가운 바람이 스쳐 지나갔다. 한참을 달린 끝에 영희는 부둣가의 작은 회색 컨테이너 티켓 박스 앞에 도착했다. 부둣가에 파도가 부딪치며 물방울들이 영희의 얼굴에 달라붙었다. 바닷가의 소금기 가득한 공기는 끈적였고 시멘트 바닥은 축축했다. 무릎을 잡고 숨을 고르던 영희가 허리를 폈다. 작은 티켓 박스 위에 달린 전구 3개에서 노란 불빛이 축축하게 젖은 시멘트 바닥 위로 쏟아져 내리고 있었다. 영희는 고개를 돌려 오른쪽 바다에 정박해 있는 제법 큰 여객선을 쳐다보았다. 하얀색 페인트가 두껍게 칠해진 여객선은 티켓 박스에서 나오는 불빛에 끈적끈적하게 반짝이고 있었다. 부두와 여객선을 연결하는, 양

쪽으로 하얀색 페인트가 칠해진 쇠로 된 안전바가 있는 나무판자 위를 마지막 승객 3명이 줄을 서서 건너고 있었다. 순간 바닷가의 짠내가 스며들어 영희는 인상을 썼다. 영희는 아기 띠 주머니에서 지폐와 동전을 꺼내 티켓 박스의 투명하고 작은 아치형 입구에 밀어 넣었다. 표를 받아든 영희는 한 손에는 표를 들고 다른 한 손으로는 아이의 엉덩이를 손으로 받친 채 약간 허리를 숙여 엉거주춤 걸어가 검표하는 직원에게 표를 건넸다. 작고 동그란 구멍이 뚫린 표를 다시 건네받은 영희는 여객선을 향해 나무판자 위를 건너 초록색 페인트칠이 된 갑판 위에 올라섰다. 배의 시동이 걸리고 바다를 향해 배가 출발하자 영희는 새벽의 차갑고 신선한 공기를 폐 속 깊숙이 들이마셨다. 영희는 등에 업힌 아이의 엉덩이를 토닥이며 푸르스름한 새벽의 하늘과 아직은 검게 보이는 수평선을 바라보았다. 영희는 뒤돌아보지 않았다.

며느리 인권

1판 1쇄 발행 2021년 9월 27일

지은이 김영희

교정 윤혜원
편집 이전노

펴낸곳 하움출판사
펴낸이 문현광

주소 전라북도 군산시 수송로 315 하움출판사
이메일 haum1000@naver.com   **홈페이지** haum.kr

ISBN 979-11-6440-248-9(03800)

좋은 책을 만들겠습니다.
하움출판사는 독자 여러분의 의견에 항상 귀 기울이고 있습니다.